Peter Forbath
DER LETZTE HELD

Peter Forbath

DER LETZTE HELD

Roman

Aus dem Amerikanischen von
Michael Benthack

Ernst Kabel Verlag

Titel der amerikanischen Originalausgabe
Peter Forbath · THE LAST HERO
Simon & Schuster, New York, 1988

© 1988 by Peter Forbath
Deutschsprachige Ausgabe:
© 1989 Ernst Kabel Verlag GmbH, Hamburg
Umschlag: Klaus Detjen
Satz: Clausen & Bosse, Leck
Druck u. Bindung: Wiener Verlag, Himberg/Österreich
ISBN 3-8225-0111-5

Den fernen Freunden
gewidmet

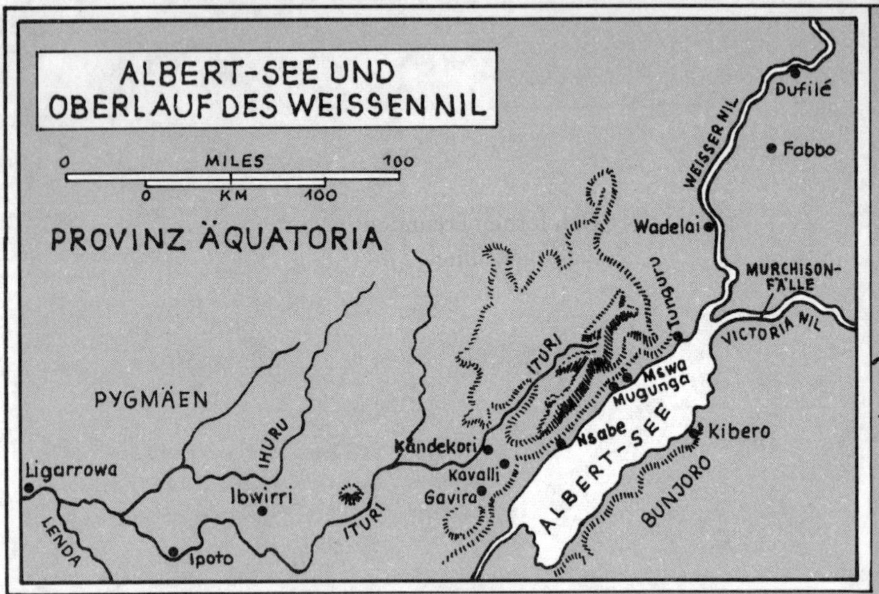
ALBERT-SEE UND
OBERLAUF DES WEISSEN NIL
0
MILES
100
0
KM
100
PROVINZ ÄQUATORIA
PYGMÄEN
IHURU
Ligarrowa
LENDA
Ibwirri
Ipoto
ITURI
Kandekori
Kavalli
Gavira
ITURI
Nsabe
Mugunga
Mswa
ALBERT-SEE
Kibero
BUNJORO
Tunguru
VICTORIA NIL
MURCHISON-
FÄLLE
Wadelai
WEISSER NIL
Dufilé
Fabbo
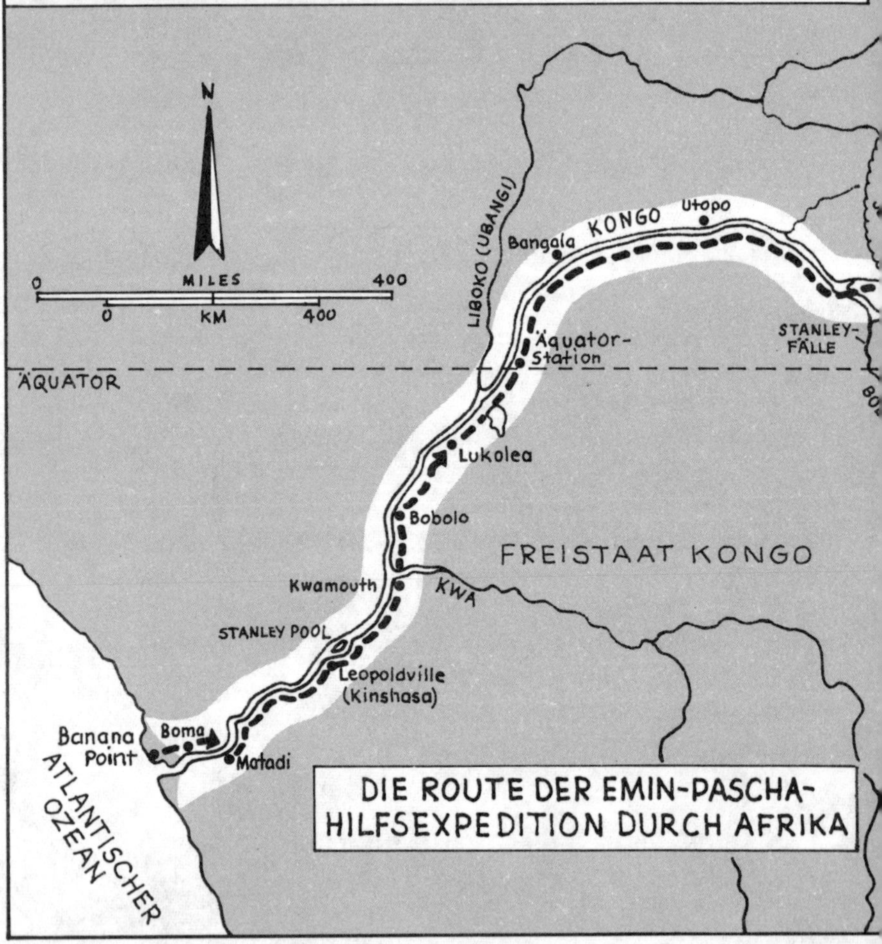
N
0
MILES
400
0
KM
400
ÄQUATOR
LIBOKO (UBANGI)
Bangala
KONGO
Utopo
STANLEY-
FÄLLE
Äquator-
Station
Lukolea
Bobolo
FREISTAAT KONGO
Kwamouth
KWA
STANLEY POOL
Leopoldville
(Kinshasa)
Banana
Point
Boma
Matadi
ATLANTISCHER
OZEAN
DIE ROUTE DER EMIN-PASCHA-
HILFSEXPEDITION DURCH AFRIKA

Khartum
100 miles
SUDAN
WEISSER NIL
BAHR EL ARAB
EL-GHAZAL
WEISSER NIL
(BAHR EL DJEBEL)
Redjaf
ÄQUATORIA
Dufilé
Wadelai
VICTORIA NIL
KIOGA-SEE
BRITISCH-OSTAFRIKA
ALBERT SEE
ITURI
BUNJORO
RUWENZORI
EDWARD-SEE
VICTORIA-SEE
KENIA
BUMBIREH
MASAI
KILIMANDSCHARO
Msalala
Mombasa
Udjidji
TANGANJIKA-SEE
MKALI
MGUNDA
Sansibar
Mpwapwa
Bagamojo
INDISCHER OZEAN
DEUTSCH-OSTAFRIKA
AFRIKA
Kairo
Khartoum
Aden
ÄQUATOR
Banana Point
Bagamojo
KARTEN-AUSSCHNITT
ATLANTISCHER OZEAN
INDISCHER OZEAN

Prolog

Der Pegel des Nils war gefallen.

Seit fünf Monaten belagerte der Mahdi mit seinem 100 000 Mann starken Heer fanatischer Ansaren schon Khartum. Er wartete auf den Tag, da der Nil so tief sank, daß man ihn überqueren konnte. Und seit fünf Monaten wußte auch der mit 8000 Soldaten und 34 000 Zivilisten in Khartum in der Falle sitzende General Charles Gordon: Sollte das Entsatzheer, das sich unter dem Befehl Sir Garnet Wolseleys von Kairo aus den Nil hinaufkämpfte, nicht vor diesem Tag eintreffen, dann hatte für sie alle in Khartum die letzte Stunde geschlagen.

So geschah es, und zwar am 26. Januar des Jahres 1885.

In der Nacht zuvor war der Mond schon früh untergegangen. Im geisterhaften, kalten Schein der Wüstensterne jagten mehr als die Hälfte der Ansaren, mehr als 50 000 mit Gewehren und Musketen, mit Äxten und Dolchen, mit Speeren und Schilden bewaffnete Krieger in ihren geblähten Dschubbahes über die Schlammebenen und die feinsandigen Landzungen, die der Fluß bei Niedrigwasser freigab. Gordon hielt vom Dach seines Palastes Ausschau. Er trug eine blütenweiße Galauniform, ein Zeremonienschwert, einen Webley-Revolver im Halfter sowie den braunen Fes mit der Quaste – Zeichen seines Amtes als Pascha, als Gouverneur. Alle über acht Jahre alten männlichen Einwohner waren auf ihren Posten und hielten Ausschau, viel mehr gab es für sie auch nicht zu tun. Die Menschen waren am Verhungern. Seit vorigem Herbst ernährten sie sich schon von Ratten, Kakerlaken und Palmenrinde. Sie dämmerten in einem fiebrigen, tranceartigen Zustand, aufgrund der Malariaanfälle, der Cholera und der Schlafkrankheit. Nach den zahllosen Gefechten seit Beginn der Belagerung war ihnen die Munition ausgegangen, die Arsenale waren leer. Die Kampfmoral der Leute war gebrochen, sie hatten jede Hoffnung aufgegeben. Es hätten auch Zinnsoldaten sein können. Und Wolseleys Armee befand sich noch immer fünfzig Meilen entfernt. Sie saß fest in einer Schlacht in der Nähe der Oase Abu Klea.

Um drei Uhr morgens, der Stunde vor Sonnenaufgang, setzte dann das Bombardement der mahdistischen Mörser und Gebirgskanonen ein. Die Ansaren, die fest daran glaubten, daß ihnen der Tod im Kampf gegen die Ungläubigen zum Einzug ins Paradies verhelfen werde, stürmten die Mauern und Tore der Stadt. Das blutige Metzeln, Plündern und Vergewaltigen zog sich mehrere Tage hin. Doch erobert war Khartum schon im Morgengrauen. Binnen Minuten nach dem Beginn des Sturmangriffs hatte man bereits Breschen in die Befestigungen geschlagen. Überall rannten Horden laut schreiender Glaubensfanatiker durch die Straßen. Gordon feuerte, bis das Magazin seines Revolvers leer war. Dann ging er zum Absatz der Treppe, die vom Dach des Palastes hinabführte. Und während er dort stand, »gelassen und würdig, die Linke auf dem Schaft seines Schwertes«, wie sich später ein Khartumer Händler erinnern sollte, der das Massaker überlebte, entstand eine kurze, unheimliche Stille. Noch zögerten die Ansaren. Voll Ehrfurcht blickten sie zu Gordon auf: Das also war der legendäre Chinesen-Gordon, der Held des Krimkrieges, Führer der immer siegreichen Armee, Generalgouverneur des Sudan, Abenteurer hoch zu Kamel, der streitbare Bibelmann – selbst der Mahdi sah in ihm einen vollkommenen Mann. Doch dann stürzte ein Ansar nach vorne, der mehr Mut hatte als die anderen, und schleuderte seinen Speer. Die Spitze durchbohrte Gordon das Brustbein – er stürzte die Stufen hinab. Augenblicke später schon hatte man ihn geköpft. Seine Leiche wurde in einen Brunnen geschleudert, sein Haupt ins Lager des Mahdi in Omdurman gebracht.

Es war der bedeutendste Sieg des Mahdis. In weniger als vier Jahren, in einer ganzen Reihe von Schlachten und Belagerungen, die ebenso blutig und grausam gewesen waren wie diese letzte Schlacht um Khartum, hatte der charismatische, grausame und tyrannische, von der Insel Abba im Weißen Nil stammende moslemische Heilige – der sich zum Boten Gottes, zum Messias des Islam ernannt und zum Dschihad, zum heiligen Krieg, gegen die Fremdherrschaft im Sudan eine Armee ungestümer Wüstenreiter um sich geschart hatte – nahezu zwei Millionen Quadratmeilen afrikanischen Bodens erobert, ein Gebiet, das größer als Deutschland, Frankreich und Italien zusammengenommen ist.

Der Sudan gehörte damals noch zu Ägypten. Sechzig Jahre zuvor hatte ihn der Khedive Mohammed Ali annektiert. Zu der Zeit unterstand Ägypten aber im Grunde – und damit auch sein sudanesischer Besitz – der Kontrolle der Engländer, die das Land nach der Eröffnung des Suez-Kanals übernommen hatten, um ihre Investitionen in den lebenswichtigen Seeweg nach Indien zu schützen. Der Aufstand des Mahdi war somit mehr als bloß ein Glaubenskrieg. Und bei allen Kalifen und Emiren im oberen Niltal fand der Aufstand sowohl aus politischen als auch aus religiösen Gründen Unterstützung, da er ja nicht nur die Reinigung des einzigen wahren Glaubens im Namen Allahs, sondern gleichermaßen die Vertreibung der verhaßten englisch-ägyptischen Besatzungsmacht zum Ziel hatte.

Angesichts der ungeheuren Geschwindigkeit, mit der der Mahdi dieses Ziel erreichte, mag es im Rückblick verblüffen, mit welch sträflicher Gelassenheit man ihn zu Beginn seines Aufstiegs einschätzte. Als dann die ersten Nachrichten über die aufrührerischen Predigten des Mahdi eintrafen, taten ihn die anglo-ägyptischen Behörden vor Ort leichthin ab. Er galt ihnen als noch einer dieser größenwahnsinnigen Fakire und Schlangenbeschörer mit irrem Blick, die damals durch die Suks und Basare im Sudan so regelmäßig wie Staubwolken fegten. Zwar entsandte man eine kleine Schar ägyptischer Soldaten zur Insel Abba, um den Mahdi zu verhaften, dabei stellte sich aber heraus, daß er durchaus keiner dieser durch die Gegend fegenden Fakire mit irrem Blick war. Zeitgenössischen Berichten zufolge stand er nämlich von Anfang an in dem Ruf, ein außerordentlich heiliger, ja fast gottähnlicher Mann zu sein. Und als er sich im Jahre 1881 zum Mahdi – zum Gelobten – ausrief, da hätte – wie es hieß – ein ganz eigentümlicher Glanz den Mann umgeben. Mit Namen hieß der Mahdi Mohammed Ahmed Ibn Seyyid Abdullah. Er war Ende dreißig: ein hochgewachsener, kräftiger Mann mit breiten Schultern, einem großen, wohlproportionierten Kopf, drei Stammestätowierungen hoch oben an den Wangenknochen, stechenden, braunen Augen und ungewöhnlich weißen, blitzenden Zähnen mit einer v-förmigen Lücke zwischen den Schneidezähnen, was im Sudan damals als Zeichen von Glück galt. Deswegen ließ er seine Zahnlücke ja auch so oft sehen. Immerzu schien er zu lächeln, dieses anziehende und gewinnende Lächeln, und es war ebenso anziehend und gewinnend wie das tiefe, volle Timbre seiner Stimme. Und wenn er dann predigte und dabei lächelte, ständig lächelte, dann entfachte er unter seinen Zuhörern eine wahrhaft ehrfurchtgebietende Leidenschaft. Als die ägyptischen Soldaten auf der Insel Abba eintrafen, um ihn gefangenzunehmen, erhoben sich deshalb auch seine Anhänger voll Zorn und metzelten ihre Gegner bis auf den letzten Mann nieder.

Nach diesem rituellen Blutbad entbrannte der Dschihad nun vollends. Der Mahdi begab sich auf die Suche nach größeren Handlungsmöglichkeiten, als Abba sie ihm gewährte, und führte seine Ansaren in die Wüste von Kordofan, westlich des Nils. Aber auch jetzt noch weigerten sich die Khartumer Behörden, in dem Mann mehr als eine Landplage zu sehen. Zudem herrschte in dem 1500 Mann starken Heer, das aus der Garnison bei Faschoda ausrückte, um ihn entgegenzuziehen, große Zuversicht, dieser Plage im Eilverfahren ein Ende zu setzen. Am dritten Tag auf ihrem Marsch in die Wüste geriet die Truppe in einen Hinterhalt; 1400 Männer wurden niedergemetzelt, noch ehe sie ihrerseits auch nur einen Schuß abgeben konnten. Dieser Überraschungssieg erhöhte das Ansehen des Mahdi in beträchtlichem Umfang. Es schien fast so, als leite tatsächlich der Wille Allahs seine Geschicke. Stammesangehörige aus dem ganzen Gebiet von Kordofan und aus der Region um Sennar versammelten sich erst zu Tausenden, dann zu Zehntausenden unter seinem grünen Banner. Schließlich erkannte man auch in Khartum, daß der Mann ernst zu nehmen war. Man stellte ein Heer mit sechstausend Mann zusammen und schickte es gegen den Mahdi ins Gefecht. Das reichte nicht und kam zu spät. In der flammendroten Wüstenmorgendämmerung fielen die arabischen Reiterhorden – in den englischen Geschichtsbüchern bezeichnete man sie noch Generationen später voll Grauen als Derwische, so als wären es die Legionen des Satans selbst – auch über diese Armee her und löschten sie vollständig aus. Als Mahnmal seines Sieges ließ der Mahdi eine kleine Pyramide aus Menschenschädeln errichten; dann aber ging er zum Angriff über und marschierte mit seinem immer größer werdenden Heer gegen die Hauptstadt von Kordofon, El Obeid. Die Stadt hatte über 100 000 Einwohner und beherbergte eine ansehnliche

Garnison ägyptischer Soldaten. Diese waren zwar selbst Moslems; aber sie waren sich auch im klaren, daß die Derwische in ihnen nichts weiter als Ungläubige sahen, die den Engländern dienten, und im Falle einer Niederlage deshalb keine Gnade erwarten durften. Sie leisteten daher auch tapfer Widerstand. Ein halbes Jahr wehrten sie sich, doch schließlich hatte man sie doch ausgehungert. Sie ergaben sich. Und nachdem die Stadttore zusammengeschossen waren, wurden sämtliche Einwohner – ob Mann, Frau oder Kind – getötet oder in die Sklaverei geführt. Man schrieb den Januar des Jahres 1883.

Bis zu diesem Zeitpunkt bildeten die Derwische eigentlich eine recht primitive Streitmacht. Zwar waren es tapfere, gnadenlose Krieger, die beseelt waren von großem religiösem und politischem Feuereifer. Als Bewaffnung verfügten sie jedoch nur über ihre Speere und Schilde und über Pfeil und Bogen. Aber deswegen waren ihre Siege umso erstaunlicher. Mit dem Fall El Obeids gelangten sie dann in den Besitz eines großen Lagers moderner Waffen. Auf diese Weise konnten sie einem nicht nur gehörigen Schrecken verbreiten, sondern stellten tatsächlich eine angsterregende Bedrohung dar. Die Khartumer Behörden erbaten von ihren Oberen in Kairo Hilfe, damit sie dieser Gefahr begegnen konnten. William Hicks, ein vom britischen Indien-Heer abgestellter General, übernahm mit einem Stab altgedienter europäischer Offiziere das Kommando über ein gewaltiges, aus 100 000 Mann und 5000 Kamelen bestehendes und mit dem Modernsten an Schnellfeuergewehren und Feldartillerie ausgerüstetes Heer. Es zog von Kairo den Nil stromaufwärts nach Khartum. Im März des Jahres 1883 marschierte es dann Richtung Westen und gelangte in die Kordofan-Wüste. Man hatte sich fest vorgenommen, El Obeid zurückzuerobern. Es wurde ein verteufelt schwieriger Zug durch eine sengende Wüste ohne Wasserstellen. Am 5. November befand sich die riesige Karawane immer noch dreißig Meilen von ihrem Ziel entfernt. Aber weiter sollte sie auch gar nicht kommen. Denn an diesem Tag wurde sie von 200 000 Derwischen überfallen. Drei Tage dauerte die Schlacht. Unter Hicks Soldaten gab es wohl höchstens 300 Überlebende. Weder er selbst noch einer der europäischen Offiziere befand sich unter ihnen.

Danach tauchten die Aufständischen überall auf, und immer schienen sie unbesiegbar, wenn sie wie ein Sandsturm durch die Wüstengebiete des Sudan fegten. Im Osten des Sudan, vom rechten Nilufer bis zum Roten Meer, rebellierten immer mehr Stämme und gingen auf Raubzug. Der lebenswichtigen Hafenstadt Suakin, der Verbindung zwischen Suez und Khartum, drohte große Gefahr. Ein weiterer Offizier aus dem britischen Indien-Heer, General Valentine Baker, setzte sich von Kairo aus mit einer Armee in Marsch, um Suakin zu retten. Nördlich der Stadt, bei El Teb traf er im Februar 1884 auf die Derwischhorden. Als Bakers Soldaten die erste, von lautem Kriegsgeheul begleitete Attacke der Reiter des Mahdi abgewehrt hatten, legten sie die Waffen nieder und fielen dem folgenden Gemetzel zum Opfer. Unterdessen kämpfte in der westlichsten Provinz Rudolf Slatin in mehreren Schlachten gegen die Stämme, die sich dem Mahdi angeschlossen hatten. Er stand auf verlorenem Posten. Um sich zu retten, erklärte er seinen Übertritt zum Islam, was zur Folge hatte, daß man ihn in Ketten legte. Als nächstes fiel Bahr al Ghazal, die südlich von Darfur gelegene Provinz. Mit entsetzlicher Leichtigkeit wurde sie von den Derwischen überrannt. Nachdem ihr Pascha Frank Lupton die vollständige Zerstörung seiner letzten Garnison und das Massaker an der Zivilbevölkerung hinnehmen mußte, kapitulierte er. Auch ihn führte man in die Sklaverei.

Und jetzt war Khartum an der Reihe.

In England – ja, in weiten Teilen der damaligen Welt – hatte man die verhängnisvollen Ereignisse im Sudan – dies erniedrigende Schauspiel der Niederlage britischer Truppen und der Versklavung britischer Beamter – mit fiebernder Anteilnahme und steigender Ungläubigkeit verfolgt. Und nun richteten sich alle Ängste auf Gordon und seine Leute in Khartum. Am 13. März 1884 waren zum letztenmal verläßliche Nachrichten über ihre Lage an die Außenwelt gelangt, seither war die telegraphische Verbindung zwischen Kairo und Khartum unterbrochen. Doch waren auch die Nachrichten, die Gordon in den nachfolgenden Monaten durch eingeborene Boten entsenden konnte, ganz und gar nicht erfreulich. Khartum war völlig isoliert. Ondurman, das am Westufer des Nils, direkt gegenüber lag, war schon gefallen.

Hunderttausend Derwische waren für die Belagerung zusammengezogen worden. Nahrungsmittel und Munition wurden knapp. Krankheiten grassierten. Immer mehr Soldaten liefen zum Mahdi über, und unter den verbleibenden Männern brach eine Meuterei aus. Im September machte sich Garnet Wolseley, Oberbefehlshaber der britischen Armee, auf den Weg und zog mit einem Entsatzheer von 7000 britischen Elitesoldaten die strapaziösen 1500 Meilen das Niltal hinauf. Ende September überschritt es bei Wadi-Halfa die Grenze zum Sudan. Da Wolseley die entsetzliche Schlappe, die Hicks und Baker erlitten hatte, noch gut in Erinnerung war, setzte er den Marsch mit größter Vorsicht fort. So traf er also erst am 28. Januar 1885 vor Khartum ein, und zwar, wie wir gesehen haben, zwei Tage zu spät.

Man übertreibt sicher nicht, wenn man behauptet, daß die Niederlage, die die Derwischlegionen den Engländern zufügte, zu den schockierendsten und schmachvollsten in der Geschichte des ganzen Empires gehörte. Als man davon erfuhr, breitete sich im ganzen Land eine Stimmung der Hysterie, der Empörung und der Beschämung aus. Vor dem Amtssitz des Premierministers in Downing Street No. 10 versammelte sich eine große Menschenmenge. Die Leute pfiffen, höhnten, brachen in Tränen aus. Königin Viktoria wurde nach eigenem Bekunden krank vor »unsagbarem Leid«; in einem Brief an Gordons Schwester hieß es, daß man »Ihrem verehrten, noblen und heldenhaften Bruder« nicht zu Hilfe gekommen sei, habe einen »Schandfleck auf der Ehre Englands« hinterlassen. In den Zeitungen, im Parlament und in der Öffentlichkeit diskutierte man die katastrophale Blamage derart hitzig und erbarmungslos, daß sich die Regierung unter William Gladstone schließlich wegen dieser Angelegenheit zum Rücktritt gezwungen sah. Aber nachdem alles gesagt und getan war, alle Beschuldigungen ausgetauscht, die Schuldfrage geklärt und alle Ausreden gefunden waren, blieb doch immer noch eine unabweisbare, schmerzliche Wahrheit bestehen: Man hatte England aus dem Sudan vertrieben. Dann jedoch senkte sich wieder Stille über jenes ferne und wilde Wüstenland – jenes Schweigen, das dann eintritt, wenn sich ein Sandsturm gelegt und alles vor sich her- und davongefegt hat.

Dann aber – im Herbst des Jahres 1886, zwei Jahre nach der Eroberung von Khartum – wurde dieses Schweigen gebrochen. Ein einsamer Kurier hatte sich aus dem Inneren Afrikas quer durch den Kontinent bis zum Indischen Ozean geschlagen und traf mit einer erstaunlichen Nachricht auf Sansibar ein: Es war gar nicht der gesamte Sudan verloren. Eine Provinz, die südlichste, Äquatoria, die sich flußaufwärts vom Rand der großen Sümpfe des Weißen Nils, dem Sudd, bis zur Quelle im Albert-See, südlich der Mond-Seen erstreckte, und deren Pascha ein gewisser Mohammed Emin Effendi – der Gläubige – war, diese eine Provinz behauptete sich immer noch gegen den Mahdi.

Die Nachricht löste in England spontane Begeisterung aus. Zwar wußte zu diesem Zeitpunkt praktisch niemand, wer dieser Emin Pascha war, woher er stammte oder auf welche Weise ihm das unglaubliche Kunststück gelungen war. Und seinen Namen kannte auch keiner. Trotzdem aber wurde dieser geheimnisvolle Emin Pascha in dem überraschenden Augenblick, als seine mutige und trotzige Nachricht die Außenwelt erreichte – er hatte geschrieben: »Wir halten aus, bis wir Hilfe erhalten oder aber untergehen« – zum englischen Volkshelden. Hier war der letzte von Gordons Getreuen, der das unternommen hatte, wozu selbst Gordon nicht in der Lage gewesen war. Hier gab es einen getreuen Soldaten, der ganz auf sich gestellt und von allen Seiten umgeben von grausamen Feinden die Kapitulation verweigerte und tapfer die letzte Bastion englisch-ägyptischer Herrschaft im Sudan gegen eine unvorstellbare Übermacht verteidigte. Doch vor allem ergab sich nun für Britannien die Chance, sich für die schmachvolle Niederlage durch die Derwische zu rächen und den unrühmlichen Schandfleck auf seiner Ehre zu tilgen. Die Presse stürzte sich begierig auf das Schicksal des Emin. Die Öffentlichkeit griff den Schrei auf: Man durfte seinem Untergang nicht tatenlos zusehen. Man mußte ihm die geforderte Hilfe zukommen lassen. Eine Hilfsexpedition mußte zusammengestellt werden. Waffen, Munition und Nahrungsmittel mußten zu seiner heroisch verteidigten Garnison am Nil gebracht werden, und zwar rechtzeitig. So lebten in jener Zeit der Erregung all die Gefühle wieder auf, die in den zwei Jahren nach der Eroberung Khartums verschüttet gewesen waren. Und deshalb avancierte die Rettung Emin Paschas in den

Augen des Volkes auch zu einem vordringlichen und mit enormer Leidenschaftlichkeit vertretenen Anliegen.

✻

»Hier drüben, Perce.« Der beleibte, rotgesichtige Schotte mit den buschigen weißen Koteletten erhob sich vom Sofa im Salon seines Londoner Clubs, dem Athenaeum, und wedelte mit der *Times*. »Hier bin ich, alter Junge.«

Sir Percy Anderson sah sich um. Im Gegensatz zu dem Schotten war er ein hagerer, kleiner Mann. Er hatte ein etwas verkniffenes, glattrasiertes Gesicht, in dem ein Ausdruck ständiger Irritation lag. Es war ein sonniger Samstagvormittag Ende November 1886, erst zwei Wochen zuvor hatte die elektrisierende Nachricht Emin Paschas England erreicht. Der Salon war so gut wie leer. Die meisten Clubmitglieder waren bereits abgereist und auf ihre Landsitze gefahren, wo sie jedes Wochenende verbrachten. Andersons Planungen hatten in der Tat vorgesehen, zu diesem Zeitpunkt London schon längst den Rücken gekehrt zu haben. Er hatte in Surrey an einer vernüglichen Rebhuhnjagd teilnehmen wollen. Seine Verärgerung entsprang zum großen Teil dem Umstand, daß er für die Besprechung im Athenaeum in London hatte bleiben müssen.

»Furchtbar nett, daß Sie gekommen sind, Perce, alter Junge«, sagte der Schotte. Er griff nach Andersons Arm und manövrierte ihn in das neben dem Salon gelegene Billardzimmer. Es war niemand drin. Zwischen zwei mit Messing beschlagenen Clubsesseln stand ein mit einer silbernen Kaffeekanne, dünnem Porzellangeschirr, einem gestärktem Tischtuch, Butter- und Konfitüretöpfchen und einem Körbchen mit Hefebrötchen gedeckter Schachtisch. »Ich weiß das wirklich zu schätzen. Sicher hatten Sie heute etwas Besseres vor. Aber nun setzen Sie sich doch erst einmal.«

Anderson nahm recht steif an der einen Seite des Schachtisches Platz und legte die Hände auf den Knauf seines Spazierstocks. Der Schotte setzte sich ihm gegenüber. Die beiden waren nicht nur gute Bekannte, sondern auch politische Verbündete – obgleich man das aus Anderson unterkühlter Art bestimmt nicht herauslesen konnte. Anderson leitete die Afrika-Abteilung im Außenministerium. Der Schotte war Sir William Mackinnon, Eigentümer der

British India Steamship Company, deren Schiffe dem Firmennamen zum Trotz regelmäßig Suez, Aden, die ostafrikanische Küste und Sansibar anliefen. Die freundschaftliche Verbundenheit der beiden war aus gemeinsamen Ansichten über die Zukunft Afrikas und der Rolle, die England dabei zu spielen hatte, hervorgegangen.

»Möchten Sie eine Tasse Kaffee? Oder vielleicht doch lieber einen Port?«

»Nein, nein, in dieser Herrgottsfrühe trinke ich noch keinen Port, ein Kaffee reicht mir.«

Mackinnon legte die *Times* auf den Tisch zurück und schenkte ihnen beiden Kaffee ein.

»Was ließ sich denn nun nicht bis Montag aufschieben, mein Bester?« erkundigte sich Anderson auf einmal gereizt und legte den Spazierstock aus der Hand. »Aus Ihrem Brief war lediglich zu entnehmen, daß wir uns unbedingt treffen müssen. Nur wüßte ich zu gern, was um alles in der Welt so dringend ist, daß es nicht bis Montag Zeit hätte? Da schulden Sie mir eine sehr triftige Erklärung. Sie haben mir das Wochenende vermasselt. Meine Frau ist völlig außer sich.

Zu allem Überfluß haben wir auch noch die Wolseleys zu Besuch, und Sie wissen ja, wie anstrengend die sein können.«

»Das tut mir leid, Perce, wirklich.« Mackinnon, der die Kaffeekanne schon wieder abgestellt hatte und in dessen Worten überhaupt kein Bedauern zum Ausdruck gekommen war, lehnte sich zurück. »Aber Sie merken ja selber, wieviel Ruhe man hier am Wochenende hat.«

»Ja, soviel Ruhe wie im Grab, verdammt noch mal.«

»Aber daß wir uns hier sehr viel ungestörter unterhalten können, als das am Montag möglich wäre, darin stimmen Sie mir doch zu, oder?«

»Wozu in Gottes Namen müssen wir uns denn ungestört unterhalten, mein Bester? Oder geht's hier um so etwas wie ein Geheimabkommen?«

Mackinnon lächelte. »Haben Sie schon gelesen?« Er hob die *Times* hoch.

»Ich habe in der Droschke auf dem Weg hierher einen kurzen Blick hineinwerfen können.«

»Nein, ich spreche von dem hier, ganz besonders diesem Artikel.« Er hatte die Seite mit den Briefen an die Herausgeber aufgeschlagen und zeigte auf einen besonders langen Leserbrief. Darin ging es um Emin Pascha.

Anderson warf nur einen kurzen Blick darauf. Verärgert platzte es aus ihm heraus: »Mein Gott, Mac, Sie wollen mir doch wohl nicht weismachen, Sie hätten mich in den Club bestellt und mir das Wochenende vermasselt, nur weil Sie sich mit mir über Emin Pascha unterhalten wollen!. Die letzten zwei Wochen habe ich über nichts anderes gesprochen. Dieser bedauernswerte Kerl... ein zweiter Gordon... man dürfe ihn nicht aufgeben – so ein Unfug. Mein lieber Freund, ich hatte mir für dieses Wochenende nichts weiter gewünscht, als ein klein wenig auf Rebhuhnjagd zu gehen und mir einmal zwei Tage lang nicht anhören zu müssen, was wir für diesen armen Türken – oder was er sonst sein mag – tun sollen.«

»Und? Was wollt ihr in der Sache unternehmen, Perce?«

»Wie bitte?«

»Ich möchte von Ihnen wissen, was die Regierung Ihrer Majestät zu tun gedenkt, um dem bedauernswerten Türken zu helfen.«

»Ich bitte Sie, Mac. Das wissen Sie doch selbst am besten – nichts, überhaupt nichts«

»Wirklich gar nichts?«

»Ganz recht – rein gar nichts.«

Mackinnon schüttelte betrübt den Kopf.

»Nun passen Sie mal auf, Mac. Sie halten Salisbury doch wohl nicht für so dumm, daß er sich dazu drängen läßt, daß England nochmals seine Nase in die inneren Angelegenheiten des Sudan steckt? O nein, davon wird er schön die Finger lassen. Die Lehre hat ihm Gladstone unmißverständlich erteilt. Das Ganze würde nur genauso bedauerlich ausgehen wie damals die Sache mit Gordon. Du meine Güte, werfen Sie doch nur einmal einen Blick auf die Landkarte. Sehen Sie sich mal an, wo Äquatoria *liegt*. Direkt im Herzen Afrikas, abgeschnitten im Osten, Westen und Süden durch Tausende Meilen der schlimmsten Wildnis, die noch kein Weißer je durchquert hat, und im Norden von diesen blutrünstigen Derwischen. Kein vernünftiger Mensch kann sich vorstellen, daß eine Hilfsexpedition zum Emin durchkommen kann, geschwiege denn rechtzeitig. Nein, nein, nein, das wäre der Gipfel der Torheit. Es wäre dieselbe Geschichte wie damals mit Gordon. Es wäre noch eine Katastrophe – unmittelbar nach den Niederlagen von Hicks, Baker und Wolseley. Außerdem – ist Ihnen eigentlich klar, wieviel das alles kosten würde? Aber warum erzähle ich Ihnen das überhaupt alles? Das muß ich ja gar nicht, Sie kennen alle Argumente doch ebenso gut wie ich.«

Mackinnon stand auf und ging zum Billardtisch. Gedankenverloren nahm er eine der Spielkugeln aus Elfenbein in die Hand.

»Donnerwetter!« sagte Anderson nach einer Weile. »Dann haben Sie mich also wirklich wegen dieses Türken herbestellt!«

»Stimmt«, erwiderte ihm Mackinnon.

»Also, worum geht's? Doch wohl nicht darum, mir mitzuteilen, daß Salisbury nicht vorhat, den Mann zu befreien?«

»Nein.«

»Und weshalb dann?«

»Weil ich die Absicht habe, ihn zu befreien.«

Anderson sah seinen Bekannten kurz an, verdrehte mit übertrieben ärgerlicher Miene die Augen und nahm dann seine Tasse wieder in die Hand.

»Nun hören Sie mal gut zu, Percy.« Den Spielball immer noch in der geschlossenen Hand, kam Mackinnon vom Billardtisch zurück. »Es geht nicht an, daß Salisbury und ihr anderen in Whitehall einfach untätig bleibt. Das wird unser Land einfach nicht zulassen. Ganz England will, daß der Türke gerettet wird, Perce. Wenn Salisbury seine Hände in den Schoß legt und zuläßt, daß man dem armen Kerl den Kopf abschlägt, so wie man es mit Gordon getan hat, dann wird dieses Land zu den Waffen greifen. Nun gut, das mag übertrieben sein; aber es wird einen Heidenaufstand geben. Lesen Sie doch nur mal die Zeitung.« Mackinnon schnappte sich die *Times* und wedelte Anderson damit kurz vor dem Gesicht herum. »Rettet den Emin Pascha. Rettet den zweiten Gordon. Stellt Englands Ehre wieder her. Gebt diesen blutsaugerischen Derwischen, was sie verdienen. Alle sind ganz wild darauf, Perce. Salisbury muß diesem Burschen ganz einfach Gordons Schicksal ersparen. Andernfalls ist er politisch erledigt. Das muß doch sogar Ihnen klar sein.«

Anderson gab keine Antwort. In aller Ruhe trank er einen Schluck Kaffee.

»Ich bin mir im klaren darüber. Im Grunde ist es doch genau das, worüber ihr in den letzten beiden Wochen in Whitehall gesprochen und euch den Kopf zerbrochen habt. Stimmt's? Wenn Salisbury und ihr übrigen nicht wüßtet, daß ihr es da mit einem verflucht heiklen Problem zu tun habt, dann müßtet ihr ja auch nichts besprechen. Dann würdet ihr das Ganze vergessen, wieder zur Tagesordnung übergehen und den verdammten Türken zum Teufel schicken. Aber ihr ahnt doch, daß das nicht geht. Ihr wißt, daß die Zeitungen, die einflußreichen Gesellschaften und die ganze Nation solange auf euch einschlagen, bis ihr etwas unternehmt. Und der Teufel wird los sein, wenn ihr untätig bleibt.«

Anderson stellte seine Tasse auf den Tisch zurück und nahm eine Zigarre aus seiner Westentasche.

»Das Schlimme ist nur, daß ihr keine Ahnung habt, *was* ihr unternehmen sollt«, fuhr Mackinnon fort. »Eine Entsatzexpedition losschicken? Gütiger Himmel, nur das nicht! Das würde einen ja bloß wieder in den Streit im Sudan verwickeln. In den Krieg mit den Derwischen. Das würde riesige Summen verschlingen. Das Leben britischer Soldaten gefährden. Also laßt ihr lieber die Finger davon. Am besten hält man sich aus der ganzen Sache heraus und hofft, das alles an einem vorübergeht. Aber die Sache geht nicht an euch vorbei. Die Nation läßt das einfach nicht zu. Man muß etwas unternehmen. O ja, Percy, mein Guter, ich kenne Ihre Einwände – in- und auswendig. Aber was wollt ihr unternehmen? Ihr ringt doch alle bloß die Hände und dreht euch im Kreis. Also, was wollt ihr tun?«

»Und was sollen wir tun?« fragte Anderson erzürnt und warf sein Zigarre unangezündet auf den Tisch. »Können Sie mir das vielleicht auch einmal verraten?«

»Das habe ich soeben getan.«

»Und das wäre?«

»Ich hole euch Emin Pascha da heraus – ich stelle eine private Hilfsexpedition auf, und damit wäret ihr aus dem Schneider.«

»Ich fürchte, ich verstehe nicht ganz...«

»Dann will ich es Ihnen mal erklären, Perce.« Mackinnon zog seinen Sessel näher zu Anderson hin und nahm wieder Platz. »Man muß etwas für Emin Pascha tun. Darin sind wir uns wohl alle einig. Salisbury meint nun aber – und vermutlich mit gutem

Grund –, daß es sich die Regierung nicht leisten kann, in die Sache hineingezogen zu werden: Sie wäre zu kostspielig – sie würde zu viele politische Verwicklungen nach sich ziehen. Gleichwohl... Trotzdem darf man aber nicht untätig bleiben. Daran führt kein Weg vorbei. Was spricht also dagegen, eine Privatexpedition zu entsenden, die keine Verbindungen zur Regierung unterhält und für die sie offiziell nicht verantwortlich zeichnet? Das wäre eine strikt private, humanitäre Unternehmung, die Antwort auf den Aufschrei der Öffentlichkeit, um diesen tapferen Türken, den letzten Gouverneur des abgöttisch geliebten Gordon zu retten? Das würde die Nation doch bestimmt zufriedenstellen, meinen Sie nicht? Und es würde die Forderung erfüllen, endlich zu handeln. Und gleichzeitig hätte sich die Regierung aus der Schußlinie gebracht.«

»Und wenn die Expedition fehlschlägt? Was sie – wie ich wohl hinzufügen darf – meiner Ansicht nach unverweigerlich wird?«

»Das wäre völlig egal. Wichtig ist nur, daß man einen Versuch unternommen hat, daß England den tapferen Mann nicht kaltblütig seinem Schicksal überlassen hätte. Und ihr Burschen wäret fein raus. So oder so, euch träfe überhaupt keine Schuld.«

Wieder hob Anderson seine Tasse, aber es war nichts mehr drin. Er warf einen kurzen Blick hinein, schwenkte geistesabwesend den Kaffeesatz und sagte dann: »Ihnen ist doch wohl klar, daß es hier um Ausgaben in Höhe von fünfzig- oder sechzigtausend Pfund Sterling geht? Wir im Außenministerium haben das schon längst alles durchgerechnet. Vierzigtausend ist das absolute Minimum.«

»Das weiß ich.«

»Warum wollen Sie die Sache dann aber machen, um Himmels willen? Was brächte Ihnen denn die Expedition?«

»Äquatoria«

»Was sagten Sie eben?« Anderson sah hoch.

»Ich will Äquatoria haben, Perce.«

»Aha, ich verstehe schon, jetzt kommen wir zum geheimen Teil der Abkommens.«

»Sagen Sie mal, Perce – wie lange sagen ich, Kirk, Hutton, Grant und de Winton und wer sonst noch alles schon, daß es an der Zeit ist, daß eine britische Privatunternehmung Ihrer Forderung, auch im inneren Afrika Handel zu treiben, Nachdruck verleiht und den dortigen Handel nicht länger den Arabern überläßt? Wie lange ist es eigentlich her, als wir zum erstenmal meinten, daß wir die Kette unserer lächerlich wenigen Lagerhäuser und Forts entlang der Küste erweitern und endlich damit anfangen müssen, das britische Empire bis ins Innere des unentdeckten Kontinents ausdehnen? Acht Jahre? Zehn?«

Anderson nickte zustimmend.

»Wir haben allerdings auch immer gesagt, daß man keinem britischen Unternehmer zumuten kann, ein solches Wagnis allein zu unternehmen. Die Regierung müßte ihn dabei massiv unterstützen. Zumindest müßte er von der Krone einen Freihandelsbrief erhalten.«

»Den die Krone Ihnen immer verweigert hat«, warf Anderson ein. »Aber Sie wissen verdammt gut, mit welchem Nachdruck Kirk und ich und die anderen darauf bestanden haben, und daß erst Gladstone und dann Salisbury unsere Forderung immer wieder abgelehnt haben. Aber jetzt kann man uns das nicht mehr abschlagen, Perce.«

»Und warum nicht?«

»Wegen Emin Pascha – weil ich die Absicht habe, den tapferen Türken in eurem Namen zu befreien.« Mackinnon hatte die Spielkugel immer noch in der Faust und lehnte sich bequem im Clubsessel zurück.

»Das riecht nach Erpressung, Mac.«

»Das läßt sich auch höflicher formulieren. Man kann die Sache doch auch so sehen: Ich organisiere eine Interessengemeinschaft, meinetwegen auch ein Komitee – ja, nennen wir's das Emin-Pascha-Hilfskomitee. Diesem Komitee treten dann ein paar von unseren gleichgesinnten Freunden und Geschäftspartnern bei. Wir werden das für eine Entsendung einer Expedition zu Emin Pascha nötige Geld auftreiben und sie mit allem erforderlichen Hilfsgütern ausstatten, die zur weiteren Verteidigung von Äquatoria gegen die Derwische benötigt werden. Ist die Expedition erfolgreich, das heißt, kommt sie rechtzeitig durch und kann Äquatoria retten, dann wird der Gemeinschaft beziehungsweise dem Komitee, das das ganze Geld zusammengebracht und das gesamte Risiko getragen hat, in dieser Provinz ein Freihandelsbrief der Krone, ein Handelsmonopol, eingeräumt. Im Falle eines Scheiterns – nun ja, das wäre das Problem des Komitees. In beiden Fällen wird die Regierung nicht behelligt. Das ist doch nur gerecht, finden Sie nicht?«

Anderson fand gar nichts.

Mackinnon beugte sich nach vorne und legte die Elfenbeinkugel auf den Schachtisch. »Das ist eine einmalige Chance, Perce – das, worüber wir all die Jahre immer gesprochen haben. Das könnte der Anfang der ersten britischen Kolonie im Inneren Afrikas sein. Und wir müßten auch nicht ganz von vorne anfangen. Das ist das Beste daran. Die Forts und Handelsstationen sind bereits vorhanden. Es gibt dort eine funktionierende Verwaltung, Beamte, Handwerker, eingeborene Soldaten. Und schließlich diesen Emin Pascha. Machen wir uns doch nichts vor, Perce – wer es auch sein mag – er muß schon ein ungewöhnlicher Mann sein, wenn er sich gegen eine derart große Übermacht halten kann. Wir könnten da die Führung übernehmen und ihn zum Gouverneur machen. Und endlich hätten wir unsere Britische Ostafrika-Gesellschaft.«

Anderson schwieg immer noch.

»Nun, was halten Sie davon, Percy? Großer Gott, nun sagen Sie doch einmal etwas!«

»Ihr Ansinnen ist atemberaubend, das sage ich.«

»Das kann ich mir gut vorstellen. Selbstverständlich ist es das. Aber eine günstigere Gelegenheit bietet sich uns nie mehr. Wir können Äquatoria umsonst bekommen. Die Regierung hat die Provinz doch längst abgeschrieben. Und vor zwei Wochen meinten wir noch, sie wäre in den Händen der Derwische. Das ist sie aber gar nicht. Holen wir sie uns also selber, Perce.«

Anderson ließ den Blick durch das Billardzimmer schweifen. Montags – eigentlich an jedem Wochentag – war der Raum voller Billard spielender Herren. Es hätte sie sicher sehr interessiert, was der Direktor der Afrika-Abteilung im Außenministerium mit dem Besitzer der *British India Steamship Company* zu besprechen hatte. Jetzt aber lag das Zimmer wie ausgestorben da. Nicht einmal der Clubsteward hatte hereingeschaut. Sicherlich hatte Mackinnon auch das arrangiert.

Anderson sah ihn wieder an und sagte: »Einverstanden. Also gut, nehmen wir die Sache selber in die Hand.«

»Sehr schön. Ich wußte ja, daß Sie die Sache so sehen würden wie ich. Wir dürfen jetzt aber keine Zeit mehr verlieren. Wer weiß, wie lange sich der Türke da in der Gegend noch halten kann.«

»Ich werde gleich am Montag mit Salisbury sprechen und dafür sorgen, daß er Sie empfängt, sobald er Zeit hat. Das wird wahrscheinlich Mittwoch oder Donnerstag sein. Am Freitag tagt das Kabinett. Sie sollten ihm die Anlegenheit allerdings lieber schon vor dem Termin unterbreiten.«

»Gut.«

»Aber, Mac, sagen Sie mal...«

»Ja...«

»Sind Sie wirklich davon überzeugt, daß die Expedition zu ihm durchkommen wird?«

»Ja, völlig.«

»Andernfalls würden Sie sie ja auch nicht entsenden. Dann wäre sie ja auch sinnlos. Dann hätten Sie jede Menge Ausgaben und Ärger, aber keine Britische Ostafrika-Gesellschaft und keinen königlichen Freihandelsbrief in der Hand, rein gar nichts, jedenfalls dann, wenn das Ganze ein Mißerfolg wird.«

»Ganz recht.«

»Und wieso sind Sie so sicher, daß die Expedition kein Mißerfolg wird?.«

»Weil ich einen ganz bestimmten Mann zu ihrem Leiter berufen werde.«

»Und wer soll das sein – wenn ich fragen darf.«

»Der Felsenbrecher, Perce, Bula Matari – der Felsenbrecher.«

Erster Teil
Die Expedition

I

Langsam fing es an zu schneien. Die Schneeflocken wirbelten im Schein der Gaslaternen entlang der Straße mit Kopfsteinpflaster. Der hochgewachsene, schlanke junge Engländer blieb kurz stehen, wischte sich rasch die schmelzenden Flocken von den Mantellaufaufschlägen aus Samt und betrat das Foyer des *Delmonico*. Sofort kam das Garderobenmädchen herbeigeeilt. Er streifte sich die taubengrauen Handschuhe ab und legte sie schwungvoll in den Bowler, lehnte sich mit den Oberkörper ein wenig nach hinten, damit die junge Frau leichter den Kragen fassen konnte, und ließ den Mantel von den Schultern gleiten. Geistesabwesend strich er sich über den nach der neuesten Mode gestutzten, schwarzen Schnurrbart und blickte sich um: Das Lokal galt als New Yorks vornehmstes Restaurant. Die Weihnachtsdekorationen hatte man schon angebracht – zwei Wochen vor den Feiertagen und daher für Londoner Begriffe zu früh. Hinter einer weihnachtlich geschmückten Eibe kam ein zierlicher Maitre d'hotel hervor.

»Kann ich Ihnen behilflich sein, Sir?« Mit geübtem Blick schätzte er den jungen Mann ab – elegant geschnittene Maßkleidung, feines, kultiviertes Profil, zarte schlanke Hände. Da wollte er sich diesmal respektvoll zeigen, und das kam höchst selten vor, wenn ein ihm unbekannter Mensch in dies bekannte Speiselokal hereinspaziert kam.

»Ich bin auf der Suche nach Mr. Stanley«, sagte der junge Mann, »in seinem Hotel war ich schon. Dort sagte man mir, daß er heute hier zu Abend esse.«

»Gehören Sie zu seiner Gesellschaft, Sir?«

»Nein, ich möchte aber trotzdem kurz mit ihm sprechen. Ist er da?«

»Ja, dürfte ich ihm vielleicht erst ausrichten, wer hier ist?«

Der junge Mann zog aus seiner Westentasche eine gedruckte Visitenkarte und überreichte sie ihm.

»Richten Sie ihm bitte aus, es täte mir außerordentlich leid, auf diese Weise zu stören; aber es ist eine dringende Angelegenheit.«

»Gewiß, Sir, ob Sie wohl solange in der Bar warten wollen?«

»Und vielleicht sollten Sie ihm auch sagen, daß mich Sir William Mackinnon aus London schickt.«

»Sagten Sie Mackinnon, Sir?«

»Ja, Sir William Mackinnon von der *British India Steamship Company*. Soll ich es Ihnen aufschreiben?«

»Das wird nicht nötig sein, Sir. Wenn ich bitten darf, die Bar befindet sich gleich da drüben, hinter den Vorhängen.«

Der Maitre eilte davon, um die Nachricht zu überbringen. Sein großes Taktgefühl verbot es ihm, einen Blick auf die Visitenkarte des jungen Mannes zu werfen, jedenfalls solange er damit noch nicht im Speisesaal angelangt war und also davon ausgehen konnte, daß man ihm dabei zusah. Aber dann riskierte er doch einen kurzen Blick. Die Aufschrift besagte schlicht: A. J. Mounteney Jephson. Der Name sagte ihm zwar nichts, hatte aber doch einen so vornehmen Klang, daß er sich in der Einschätzung des englischen Jünglings bestätigt fand: A. J. Mounteney Jephson – höchstwahrscheinlich ein Aristrokratensohn, vielleicht ja auch Erbe eines geringen Adelstitels.

Jephson lächelte. Er hatte gesehen, wie der Maitre d'hotel seine Referenzen heimlich geprüft hatte; er hatte nämlich den Vorschlag, in die Bar zu gehen und dort zu warten, gar nicht befolgt. Vielmehr war er dem Maitre d'hotel ein paar Schritte in den Speisesaal gefolgt, um festzustellen, wohin er ging und wen er ansprach. Seinem eleganten, lässigen Äußeren zum Trotz war der junge Jephson fast jungenhaft aufgeregt angesichts der Aussicht, dem legendären Henry Morton Stanley zu begegnen.

Und plötzlich sah er ihn. Daß der Maitre d'hotel so schnell sein Ziel erreichen würde, hatte er nicht vorausgesehen. Vielmehr hatte er sich vorgestellt, Mr. Stanley würde mit seinen Bekannten in einem der privaten Räume dinieren, diskret vor den Blicken anderer Leute geschützt. Der Maitre d'hotel war aber vor einem besonders exponierten Tisch stehengeblieben. Außerdem schienen sich die am Tisch Sitzenden – vier Herren und fünf oder sechs Damen – geradezu betont zur Schau stellen zu wollen. Die Leute waren farbenfroh, um nicht zu sagen knallbunt, gekleidet – an den

Frauen leuchteten eine Fülle rosa-, violett- und orangefarbener Boas und Hutfedern –, und sie unterhielten sich laut, ohne sich zu genieren. Immer wieder unterbrach rauhes und schrilles Lachen das Tischgespräch – als wollte man ganz bewußt die Aufmerksamkeit auf sich lenken. Damit hatte der junge Adlige nicht gerechnet, und er war etwas enttäuscht, als sich der Oberkellner zu dem Mann vorbeugte, der ihm mit dem Rücken zukehrt am Kopfende des Tisches saß, und ihm die Karte aushändigte.

Noch im gleichen Moment drehte sich der Mann um.

Er hatte ein kantiges, vollkommen quadratisches, wie aus einem Granitblock gehauenes Gesicht. Kantig war die Stirn unter dem kurzgeschnittenen, eisengrauen Haar, kantig das Kinn, das ein Zorn zu straffen schien, den nur er selbst kannte. Und eher grob wirkte das Gesicht auch im Ganzen, auch hierin einem Fels vergleichbar, durch die von Pocken und anderen Narben hervorgerufenen Kerben und Schnitte. Unter der breiten, häufig gebrochenen Nase trug er einen Schnauzbart, ebenfalls so unmodisch kurzgeschoren wie das Haar, nur grauer. Er konnte allerdings kaum die harte, dünne Mundpartie verbergen. Die Wangenknochen saßen ungewöhnlich hoch. Die tiefliegenden Augen waren schmal und schräg, fast asiatisch, und von einer merkwürdigen Farbe, die im Schein der Gaslampen im Restaurant irgendwo zwischen grau und grün schillerte. Diesmal sahen ihn diese Augen durchdringend an. Es schien, als wollten sie ihn durchdringen, ihn hier im Foyer unter allen Leuten fixieren, so wie ein Jäger das tat, der seine Beute anstarrt, oder auch ein Mörder seinen Gegner.

Stanley stand auf. Es wunderte Jephson, daß er lediglich mittelgroß war – er hatte gedacht, er würde den kleinen Maitre d'hotel weit überragen, doch er war kaum einen halben Kopf größer. Aber auch der Körper wirkte ebenso kantig und felshart wie das Gesicht, die Muskeln an Arm und Schultern zeichneten sich deutlich unter dem Jackettstoff ab. Mit raschen, langen Schritten kam Stanley auf ihn zu, und je näher er kam, desto größer kam er ihm vor, und desto kraftvoller und zorniger. Um ihm auszuweichen, wich der junge Mann reflexartig einen Schritt zurück.

»Sie sind also Mr....«, sagte er mit seiner leisen, rauhen Stimme, er blickte auf die Visitenkarte in seiner Hand, »... Mr. Mounteney Jephson?«

»Guten Abend, Mr. Stanley. Verzeihen Sie, daß ich Sie beim Essen störe.«

»Das macht nichts – das passiert mir nicht zum erstenmal und sicherlich auch nicht zum letztenmal.« Stanleys Erwiderung klang recht höflich, aber in seiner Miene spiegelte sich immer noch deutlich dieser geradezu unversöhnliche Zorn. Stanley strahlte eine ruhelose, körperliche Kraft aus. Fast greifbar bewegte sie die Luft zwischen ihnen, und ganz bestimmt kam er in dem knochenbrecherischen Händedruck zum Ausdruck, mit dem er ihn begrüßte.

»Maurice sagte mir, daß Mac Mackinnon Sie geschickt habe.«

»Ja, ganz recht, Sir.«

»Wie geht's denn dem alten Piraten?«

»Sehr gut, Sir«

»So etwas hört man gern.« Er musterte ihn mit seinen stechenden, graugrünen Augen. »Sie sind doch wohl kein Verwandter von Mackinnon, oder?«

»O nein, Sir.«

»Das hätte mich auch ziemlich gewundert, Sie sind auch ein viel zu gut aussehender junger Mann, als daß Sie mit dem alten Gauner verwandt sein könnten.«

Er lächelte matt. Da man das wohl kaum als Kompliment auffassen konnte, fügte er schnell hinzu: »Er und mein Vater sind gute Freunde, und durch diese Verbindung stehe ich derzeit in seinen Diensten.«

»Ach so, dann hat Sie mir Mac in Geschäftsangelegenheiten geschickt?«

»Ja, Sir. Es handelt sich um eine sehr dringliche Angelegenheit. Andernfalls wäre es mir nicht im Traum eingefallen, Sie beim Dinner zu belästigen.«

Endlich sah ihm Stanley nicht mehr ins Gesicht. »Kommen Sie, gehen wir da drüben in die Bar. Wollen wir doch mal sehen, in was für einer dringenden Geschichte der alte Seeräuber meine Hilfe benötigt.«

In der Bar war es voll. Aber er bekam ohne die geringste Mühe einen Tisch zugewiesen. Der Kellner kam und wies ihm und seinem Begleiter eine bequeme Sitzbank zu, auf der sie einander gegenüber sitzen konnten.

»Für mich bitte einen Brandy mit Soda, Sam«, bestellte er, »und Sie, mein Junge – was möchten Sie trinken?«

»Das gleiche, danke.«

»Na gut«, sagte Stanley, als der Kellner gegangen war. »Nun erzählen Sie mal, was für Geschäfte unser Seeräuber im Sinn hat.«

»Er ist dabei, eine Hilfsexpedition für den Emin Pascha zusammenzustellen, Sir«.

»Wie bitte? Eine Hilfsexpedition für den Emin Pascha? Ist das Ihr Ernst, mein Junge?«

»Aber ja, Sir, mein voller Ernst. Und Sie sollen die Expedition leiten, Sir.«

»Für Emin Pascha«, wiederholte Stanley. »Donnerwetter!« Er spitzte die Lippen, was seiner Miene endlich einen anderen Ausdruck als den unnachgiebiger Härte – möglicherweise auch nur der Belustigung – verlieh. Dann lehnte er sich zurück.

»Vielleicht haben Sie hier in New York ja noch nichts davon gehört, Sir; aber die Regierung Ihrer Majestät hat nach einer langen und sehr erregten Diskussion beschlossen, keine Bemühungen mehr zur Rettung des Emin zu unternehmen. Lord Salisbury ist fest davon überzeugt, daß die Lage des Emin völlig aussichtslos sei – genau wie damals die von Gordon, und daß eine offizielle Hilfsexpedition für die Regierung nur in einer ähnlichen Katastrophe enden kann, wie die, die ausgelöst wurde, als Wolseley Gordon in Khartum nicht rechtzeitig erreichte. Aber darüber hinaus, Sir, ist Lord Salisbury der Überzeugung, daß eine Expedition dieser Art – ob sie nun Erfolg hatte oder nicht – England unweigerlich wieder in einen Krieg mit den Derwischen hineinzöge, und das möchte er zum jetzigen Zeitpunkt um jeden Preis vermeiden. Seine Regierung vertritt die Politik, daß man sich in die Verhältnisse fügen muß. Daß der Sudan verloren ist, hat den territorialen Interessen England keinen grundlegenden Schaden zugefügt. Ägypten ist immer noch fest unter unserer Kontrolle, die Derwische bedrohen den Suez-Kanal nicht und dergleichen. Deshalb wäre es seiner Meinung nach auch der Gipfel der Torheit, wenn sich England erneut in der Region engagierte.«

Er machte eine Pause. Vielleicht wollte Stanley an diesem Punkt etwas anmerken. Aber er schwieg, lehnte sich bloß wieder zurück und sah ihm aufmerksam ins Gesicht.

»Wie sie sich vorstellen können, Sir«, fügte er hinzu, »war das bei uns in England keine sonderlich populäre Entscheidung. Sie hat vielmehr wütende Proteste hervorgerufen. Emin Pascha ist der Nation ans Herz gewachsen – der tapfere Soldat, ein zweiter Gordon, verteidigt die Ehre Englands und das ganze Gerede... Allein schon die Vorstellung, daß den Mann das gleiche Schicksal ereilen könnte wie Gordon, hat die Leute ziemlich in Harnisch gebracht. Manche, darunter auch Mitglieder aus Lord Salisburys eigener Partei, meinen, es könnte über diese Frage zum Sturz der Regierung kommen.«

Stanley nickte. »Ich versteh' schon. An dieser Stelle tritt dann unserer Freund auf den Plan, ja? Er hat angeboten, Salisbury dadurch rauszureißen, daß er eine Privatexpedition losschickt, für die die Regierung offiziell keine Verantwortung trägt. Das wäre dann eine streng private Unternehmung von lauter Menschenfreunden, so wie er einer ist, und seine Antwort auf den Aufschrei der Öffentlichkeit, man müsse den Emin Pascha retten. Gar nicht ungeschickt. Wie könnte Salisbury da widerstehen? Es würde wieder Ruhe im Land einkehren, und das Parlament wäre ebenfalls zufriedengestellt. Der edle Türke – wer immer er sein mag – wird nicht seinem blutigen Schicksal überlassen. Die Engländer lassen nichts unversucht, um diesen Verteidiger ihrer Ehre zu befreien. Und gleichzeitig halten sich Salisbury und seine Freunde da fröhlich heraus. Und im Falle eines Scheiterns der Expedition kann man allen politischen Konsequenzen aus dem Weg gehen. Doch, wirklich sehr schlau. Aber was ist das Quid pro quo?«

»Sir?«

»Das Quid pro quo, mein Junge. Hat Ihnen unser Pirat denn nicht gesagt, was er als Gegenleistung dafür erwartet, daß er Salisbury aus der Patsche hilft?«

»Nein, Sir. Dazu hat er sich nicht geäußert, aber...« Jephson griff in seine Jackettinnentasche und holte einen langen, weißen Umschlag heraus, »... er hat mich gebeten, Ihnen diesen Brief persönlich auszuhändigen. Darin richtet er Ihnen aus, er und seine Partner seien der festen Überzeugung, daß allein Sie diesem Unternehmen zum Erfolg verhelfen können, und auch, daß es sich, wie Sie feststellen würden, lohnen werde, die Unternehmung erfolgreich durchzuführen.«

Stanley nahm den Umschlag, drehte ihn um, prüfte das unaufgebrochene Wachssiegel – es war das der *British India Steamship Company* – und fragte: »Arbeiten Sie eigentlich in Macs Schiffahrtslinie, mein Junge?« Dann machte er den Umschlag auf und zog zwei eng beschriebene Seiten heraus.

»Nein, Sir. Sir William hat mich zum Sekretär des Emin-Pascha-Hifskomitees bestellt.«

»Aha, ein Hilfskomitee hat man also auch schon gegründet?«

»Ja, Sir. Es beschafft die nötigen Geldmittel für die Finanzierung der Expedition. Sir William hat den Vorsitz übernommen.«

»Und wer macht da sonst noch noch mit?«

»Das kann ich nicht genau sagen, Sir. Ich weiß nur, daß Mr. James Hutton aus Manchester, Colonel Francis de Winton und, glaube ich, Colonel James Grant dazugehören.«

»Ach ja, immer noch dieselbe Bande... die hatten ja schon immer Sehnsucht nach einem Flecken Afrika, das ihnen ganz allein gehört«, brummelte Stanley, der aber schon mit der Brieflektüre angefangen hatte und gar nicht weiter auf ihn achtete.

Die Brandies mit Soda wurden serviert. Stanley war ganz in Anspruch genommen von dem Schreiben, rührte sein Glas nicht an. Jephson zögerte einen Augenblick, entschloß sich dann aber, nicht länger zu warten. Er trank einen kleinen Schluck.

Wie alt Stanley wohl sein mochte? Er blickte über den Rand des Kognakschwenkers und nutzte diesen ersten unbeobachteten Augenblick, um sich den berühmten Henry Morton Stanley einmal aus der Nähe anzusehen. Aus dem Gesicht ließ sich das Alter jedenfalls nicht ablesen. Ging man allein nach dem zerschundenen Narbengesicht, konnte man ihn durchaus für weit über fünfzig halten. Aber das stimmte nicht. Er erinnerte sich ja schließlich noch daran – er war damals erst fünf gewesen war, aber es hatte so viel Wirbel darum gegegeben, daß er es nie vergessen hatte –, wie Stanley Livingstone fand. Das war 1871 gewesen, vor fünfzehn Jahren, Stanley war damals noch keine dreißig, eher achtundzwanzig, neunundzwanzig, also mußte er heute dreiundvierzig, vierundvierzig sein. Aber dann hatte er die ungeheuer harten afrikanischen Entdeckungsreisen unternommen – die Nilquellen, der Flußlauf des Kongo, die Errichtung des Kongo-Freistaates für den belgischen König Leopold – fünfzehn mörderische Jahre, in denen er die furchtbarsten Urwälder, Gebirge, Wüsten, Sümpfe, Flüsse, Savannen durchquerte, wo noch kein Weißer je gewesen war und wohin sich seither auch kaum ein anderer gewagt hatte. Diese großen Reisen hatten Stanley zum heroischsten und gefürchtetsten Abenteurer seiner Zeit gemacht. Das zeigte sich eben auch in seinem übel zugerichteten Mördergesicht. Mein Gott, das stellte also Afrika mit einem Mann an, dachte er schaudernd – der afrikanische Kontinent richtet einen so böse zu, bis man schließlich einem Mörder ähnelte – oder er brachte einen um.

Doch wohl ein Mann wie Stanley, sagte sich Jephson, während er ihn immer noch ganz fasziniert betrachtete, der in so elenden Verhältnissen aufgewachsen war, hatte es zu all dem Ruhm und Reichtum bringen können, den er heute besaß. Was munkelte man ständig über den Mann? Angeblich war er unehelich, das Kind einer walisischen Hure, die ihn, als er sechs Jahre war, in einem Armenhaus abgegeben hatte. Daraus sei er mit fünfzehn ausgebrochen, nachdem er zuvor den Leiter umgebracht hatte, und dann an Bord eines Baumwollfrachters nach Amerika entkommen. So in der Art oder etwas ähnlich Gemeines... Jedenfalls etwas, das dafür sorgte, daß ihm jeder Zutritt zur auch nur entfernt feinen Gesellschaft für immer versperrt gewesen wäre, hätte er nicht in Afrika seine schier unglaublichen Heldentaten vollbracht. Trotz allem würde ihm aber, war man einmal ganz ehrlich, die Anerkennung seiner großen Leistungen durch die höheren Kreise zeitlebens versagt bleiben. Jephson trank einen kleinen Schluck Brandy, nein wirklich anerkannt hatte ihn die feine Gesellschaft eigentlich nie. Sie hatte ihn gefeiert, bewundert, respektiert, sich zunutze gemacht, das schon, selbst ein bißchen gefürchtet, doch akzeptiert eben doch nicht, trotz oder vielleicht gerade wegen seiner Heldentaten. Aber wer, wenn nicht ein äußerst verzweifelter, zu allem entschlossener, nicht anerkannter Mann wäre dazu in der Lage gewesen?

Plötzlich hob Stanley den Kopf – als hätte er seine wenig schmeichelhaften Gedanken gelesen. Aber nein, er hatte lediglich Mackinnons Brief durchgelesen. Langsam steckte er das Schreiben in den Umschlag zurück und blickte in Gedanken in die Ferne. Stanleys Kinnbacken mahlten, er dachte über etwas nach, wieder schien diese innere Wut an ihm zu nagen. Aber dann steckte er den Umschlag schnell in die Jackettasche zurück, nahm sich das vor ihm stehende Glas Brandy-Soda, trank es auf einen Zug aus und sah den jungen Jephson nochmals durchdringend an.

»Also gut, mein Junge, kommen wir zu den naheliegenderen Fragen. Wann sind Sie überhaupt angekommen? Sind Sie gut untergebracht? Und vor allem – haben Sie schon zu Abend gegessen?«

»Ja, Sir, ich habe schon diniert, beim britischen Konsul. Er ist ein Bekannter meiner Kusine Dorothy Tennant. Ich logiere in seinem Amtssitz. Ich bin gleich heute nachmittag nach Ankunft des Schiffes dorthin gegangen. Der Konsul sagte mir auch, in welchem Hotel Sie abgestiegen sind«

»Sagten Sie – Dorothy Tennant?«

»Ja.«

»*Die* Dorothy Tennant?«

»Ja doch. Warum? Kennen Sie sie denn?«

»Wir haben uns einmal getroffen.«

»Das ist ja ein netter Zufall, Dolly ist nämlich meine Kusine.«

»Das sagten Sie bereits.«

»Ja, richtig.« Am liebsten hätte er die glücklichen Fügung, daß Stanley seine Kusine kannte, weiter genutzt, um mit diesem furchteinflößenden Kerl etwas vertrauter werden zu können. Aber Stanley hatte so abweisend reagiert, als er Dollys Namen erwähnte, und da verzichtete er lieber darauf.

»Dann sind Sie ja gut untergebracht, und ich muß nichts weiter veranlassen«, fuhr Stanley etwas eilig fort. »Prächtig, so etwas gefällt mir. Und nun sagen Sie mal – wie lange wollen Sie bleiben?«

»In New York?«

»Ja.«

»Aber, Sir, das hängt ganz allein von Ihnen ab. Sir William hat mich beauftragt, mich Ihnen zur Verfügung zu stellen und Sie auf Ihrer Rückreise nach England zu begleiten. Das nächste Schiff nach London, die *Eider*, geht am 15., am Mittwoch, in vier Tagen. Ich habe mir die Freiheit genommen, für uns beide eine Passage zu buchen. Sollte das aber nicht in Ihre Planungen passen, kann ich die Überfahrt auch auf dem australischen Frachtschiff buchen, der am zwanzigsten ausläuft. Der Zeitfaktor spielt in der vorliegenden

Sache allerdings eine ganz entscheidende Rolle, worauf Sir William in seinem Schreiben bestimmt hingewiesen hat. Es weiß ja keiner, wie lange sich Emin Pascha noch halten kann. Ich habe mir deshalb gedacht, daß Sie sicherlich mit dem früheren Schiff fahren wollen.«

Stanley lächelte. »Sie sind ein ziemlich fixer Junge, nicht wahr? Ich kann schon verstehen, warum Mac Sie mit der Angelegenheit beauftragt hat.«

Da freute er sich doch. Weniger allerdings über Stanleys Lob, obgleich er sich natürlich auch darüber enorm freute, sondern weil der Mann gelächelt hatte. Es war ein gewinnendes und entwaffnendes Lächeln, es brachte etwas Menschliches in die steinharten Züge, daß er selber verlegen lächeln mußte und auf einmal eine herzliche Zuneigung zu ihm faßte – als wäre er sein Sohn. Doch auf dem Lächeln gründete ohne Frage auch ein Teil von Stanleys ehrfurchtgebietender Macht.

»Ich fürchte nur, Sie haben einen voreiligen Rückschluß gezogen, mein Junge«, fügte Stanley an.

»Sir?«

»Sie gehen davon aus, daß ich Macs Auftrag übernehmen und mich schleunigst nach London begeben werde, um die Leitung der Hilfsexpedition zu übernehmen.«

»Wollen Sie denn nicht nach London fahren? Sir William und seine Geschäftspartner legen ziemlich großen Wert darauf, daß Sie die Expedition leiten.«

»Ja, das kann ich mir denken, daran habe ich gar keinen Zweifel. Die Leute können auch gar nicht anders, mein Junge. Weil sie nämlich recht haben. Ich bin wirklich der einzige, dem es halbwegs gelingen könnte, eine Hilfstruppe zu diesem Türken durchzubringen. Hört sich das unbescheiden an? Zweifellos, aber es ist die Wahrheit. Wer käme denn sonst noch in Frage? Überlegen Sie doch einmal, wie übel Gordon mitgespielt wurde. Ich habe den Mann gekannt. Ich wollte, daß er aus der Armee austrat und mit mir im Kongo-Freistaat zusammenarbeitet. Wir wollten den Kongo zwischen uns aufteilen. Ich sollte den Freistaat von den Fällen bis zum Pool übernehmen, und er vom Pool bis zur Küste. Aber dann kam der Auftrag, nach Khartum zurückzukehren, und da konnte er nicht widerstehen. Er war schon ein merkwürdiger

Kerl, das steht mal fest. Mag sein, daß er den Märtyrertod in der Wüste suchte, wie einige Leute gern mutmaßen. Aber er hat nicht verdient, was er bekommen hat. Der Mann hätte ein besseres Ende verdient.«

Stanley legte eine Pause ein; er wandte den Blick ab, dann sagte er: »Wolseley hätte rechtzeitig zu ihm durchkommen müssen. Mir wäre das gelungen. Und nur ich bin derzeit in der Lage, zum Emin Pascha durchzukommen. Das wäre zwar eine verdammt schwere, eine mörderische Angelegenheit, aber ich könnte das – und sonst keiner.« Wieder machte er eine kleine Pause. Aber diesmal sah er ihm fest in die Augen, bis er mit leiser, rauher Stimme sagte: »Aber warum erzähle ich Ihnen das eigentlich alles?«

Das konnte Jephson ihm auch nicht verraten. Er war wie gebannt von Stanleys Sprechweise – der merkwürdigen Verbindung von prahlerischer Überheblichkeit und echter Härte, neben dem geradezu femininen Zartgefühl, das er bei der Erwähnung von Gordon gezeigt hatte. Außerdem bezweifelte er, daß Stanley wirklich mit einer Antwort rechnete. Bestimmt war es eine rhetorische Frage gewesen, die sich Stanley wohl am besten selber beantwortete. Jedenfalls hoffte er das; denn er hatte nicht die leiseste Ahnung, wie er darauf hätte antworten sollen. Natürlich wußte er nicht nur viel zu wenig über Stanley, sondern genaugenommen auch über die Sache mit Emin Pascha. Unser vornehmer junge Engländer war nämlich nicht nur im vergangenen Frühjahr von der Oxforder Universität abgegangen, sondern hatte in London auch dem konventionellen und frivolen Leben eines Sohns reicher Eltern gefrönt.

Sicher, ab und zu hatte er in den Zeitungen darüber etwas gelesen, zum Beispiel auf den Fahrten zum Club in St. James und wieder zurück, auf den Hin- und Rückfahrten zu den Spieltischen in Mayfair, den Theatern im West End, den Hausgesellschaften und Wochenendjagden auf dem Land. Aber Emin Pascha hatte Jephson doch nur deshalb interessiert, weil es da einen tapferen, geheimnisvollen Kerl – einen Türken oder so etwas – gab, der irgendwo mitten in Afrika festsaß und verzweifelt auf eine Befreiungsaktion angewiesen war. Er hatte nicht nur keine Ahnung, wer dieser Emin Pascha war – das wußten zugegebenermaßen nur sehr wenige Leute –, sondern hatte eigentlich immer noch nicht so recht herausgefunden, wie der Mann da hingekommen war oder worin derzeit seine prekäre Lage bestand. Er war schlicht zu beschäftigt mit den eigenen aufregenden Tätigkeiten gewesen, als daß er sich in allen Einzelheiten mit der Angelegenheit hätte befassen können. Woran sich bestimmt auch nichts geändert hätte, wäre der Vater das nutzlose Leben des Filius nicht gründlich leid gewesen, woraufhin er sich einmal ausgiebig mit William Mackinnon über ihn unterhalten hatte.

Im Grunde lief alles darauf hinaus, daß sich dem jungen Jephson damals gar keine andere Wahl geboten hatte. Der Gerechtigkeit halber muß jedoch hinzugefügt werden, daß ihm die Vorstellung, einen Posten im Emin-Pascha-Hilfskomitee zu übernehmen, recht gut gefiel. Zum einen mußte er nicht zu festgesetzten Zeiten im Büro erscheinen, wie dies der Fall bei einer Arbeit in einer Bank oder im Ministerium gewesen wäre. Außerdem fiel auch nicht so furchtbar viel Arbeit an – man mußte sich nur um die Konten des Komitees und die Korrespondenz kümmern und für Sir William – und nun vermutlich auch für Mr. Stanley – einige Botengänge erledigen. Wenn die Expedition erst auf den Weg gebracht wäre, wäre auch nicht einmal das mehr nötig. Doch das Beste an der Stelle war in seinen Augen, daß er dadurch mit einem Schlag ins Zentrum von etwas geriet, das mit rasanter Geschwindigkeit zum meist diskutierten Ereignis der Londoner Saison geworden war, und folglich würde auch von diesem Glanz etwas auf ihn fallen. Und das fand er durchaus reizvoll. Es war gar keine unangenehme Vorstellung, wie sich die jungen Damen und Herren in seinen Kreisen um ihn scharen würden; wie er auf den Gesellschaften und Bällen, in den Theatern, den Kasinos und Wochenendgesellschaften die Runde machen und man ihn nach den letzten Neuigkeiten über Henry Morton Stanleys heroischen Wettlauf durch das tiefste Afrika zur Rettung des Emin Pascha ausfragen würde. Allein schon die Tatsache, geheimen Zugang zu besonderen Informationen zu haben, die bewundernde Anerkennung und der dabei abfallende Ruhm, das gefiel ihm schon sehr. Deshalb hatte er auch nicht lange gezögert, als Sir William ihn zu sich ins Büro der *British India Steamship Company* an der Pall Mall bestellt und ihm das Angebot unterbreitet hatte. Aber noch bevor sich ihm eine Möglichkeit geboten hatte, etwas gegen seine in der Tat schockierenden Wissenslücken in dieser Sache zu unternehmen, hatte man ihn auch schon nach New York geschickt, um Mr. Stanley zu holen.

Und so saß er nun diesem imposanten Fels von einem Mann in dieser lärmenden, verrauchten Bar gegenüber und hoffte inständig, seine abgrundtiefe Unwissenheit nicht dadurch preisgeben zu müssen, daß ihm auf Stanleys Fragen eine Antwort abverlangt würde. Warum sollte Stanley überhaupt das Kommando über die Emin-Pascha-Hilfsexpedition übernehmen wollen? Was brächte ihm das? Jedenfalls unglaubliche Entbehrungen und Gefahren, bestimmt auch das Risiko, ums Leben kommen zu können, und im Falle seines Scheiterns, das Risiko, seinem legendären Ruf großen Schaden zuzufügen. Ruhm und Reichtum? Aber ließ sich ein Mann wie Stanley, der in den letzten anderthalb Jahrzehnten mit nichts anderem überschüttet worden war, davon noch in Versuchung führen? Durfte man damit rechnen, daß er für so etwas, zumal sich seine erstaunliche Karriere dem Ende zuneigte, das Leben und die Reputation leichtfertig verspielte? Er hatte mehr als ausreichend in seinem Leben erreicht und hatte es nicht mehr nötig, große Schmach oder den Tod zu riskieren. Nein, da mußte es noch etwas, einen anderen Grund geben, der weder mit Ruhm noch Geld zu tun hatte, von dem Jephson aber wegen seiner Unreife und Unwissenheit überhaupt keine Ahnung hatte.

Anscheinend hatte Stanley bemerkt, wie unwissend er war; denn kaum hatte er die Frage gestellt, drehte er sich um und winkte dem Barkellner zu, noch zwei Brandy mit Soda zu bringen. Aber diesmal trank er langsam. Er war nachdenklich geworden. Zurückgelehnt im braunen Plüsch der Sitzbank, gedankenverloren sein Glas schwenkend, blickte er mit leicht zusammengekniffenen Augen an Jephson vorbei. Er hatte wohl vergessen, daß es ihn auch noch gab, und da er nicht recht wußte, was er sagen sollte, breitete sich ein gar nicht so unangenehmes Schweigen zwischen ihnen aus.

Da unterbrach ein kleiner, korpulenter Mann in auffälligem Tweedanzug ihre Gedanken. »Was zum Teufel soll das, Bula Matari?« fragte er mit unüberhörbar amerikanischem Akzent, »die Damen denken ja schon, Sie wollen sie sitzen lassen.«

»Ah, Pond...«, Stanley stand auf, »...Major Pond – Mr. Mounteney Jephson.«

»Guten Tag«, sagte Pond und schüttelte Jephson die Hand.

»Angenehm, Sir«, antwortete Jephson und erhob sich von seinem Platz.

»Holen Sie sich einen Stuhl ran, Pond«, sagte Stanley. »Die Sache hier dürfte sie interessieren.«

»Was könnte mich mehr interessieren als unsere Damen.« Pond sah sich aber trotzdem nach einem freien Stuhl um und zog ihn hinter sich her zur Sitzbank.

»Major Pond ist Literaturagent, er organisiert meine Vortragsreisen«, sagte Stanley zu Jephson.

»Ach ja?« Als der militärische Rang erwähnt wurde, hatte Jephson angenommen, Pond sei ein alter Afrikafahrer, der an einem von Stanleys Abenteuer teilgenommen hätte. Er war einigermaßen enttäuscht, dies nicht bestätigt zu finden.

»Und er macht seine Sache verflucht gut. Er hat eine Lesereise organisiert, die kreuz und quer durch die Vereinigten Staaten führt. Morgen ist Boston dran? Stimmt's Pond?«

»Ja«, sagte Pond und winkte dem Barkellner.

»Und dann geht's irgendwohin nach Vermont, ja?«

»Nach Saint Johnsbury«, antwortete Pond. Nachdem er seinen Whisky bestellt hatte, schaltete er sich eifrig in das Gespräch ein. »Und anschließend habe ich für den alten Knaben einen Vortrag im Rathaus von Hartford gebucht. Das liegt in Connecticut. Und dann fahren wir nach St. Louis, ich habe arrangiert, daß Samuel Clemens – Mark Twain – die einführenden Worte spricht. Anschließend geht's über den Mississipi und dann kreuz und quer durch unser herrliches Land. In San Francisco wird dann Endstation sein.«

»Sechzigtausend Dollar, mein Junge«, sagte Stanley, »na, wie finden Sie das?«

»Sir?«

»Für den ganzen Unsinn bekomme ich sechzigtausend Dollar.«

»Wieso denn Unsinn? Wissen Sie, Mr. Jephson, die Leute sind ganz wild darauf, den Mann zu hören, ihn leibhaftig vor sich zu sehen. Da steht er dann vor ihnen – Henry Morton Stanley. Können Sie sich vorstellen, was das für die Leute bedeutet? Wußten Sie, wie sehr man ihn für das, was er gemacht hat, bewundert? Es ist mehr als Bewunderung, sie verehren ihn.«

»Das ist doch Unsinn«, meinte Stanley. »Vor einer Schar schwatzender alter Weiber und Grünschnäbeln auf der Bühne zu stehen und sie mit prickelnden Geschichten über einen unerforschten Kontinent in Erregung zu versetzen – Himmel, das ist ja noch schlimmer als Unsinn.« Wieder richtete er den Blick in die Ferne, der er offenbar die Gedanken anvertrautete, die er den anderen vorenthielt.

Pond zuckte mit den Schultern, nahm erst einmal einen ordentlichen Schluck und fragte dann: »Was müßte mich eigentlich interessieren, Bula Matari?«

»Was?«

»Sie sprachen davon, daß mich Ihre Unterhaltung mit Mr. Jephson interessieren dürfte.«

»Ach ja, stimmt, die Sache dürfte Sie interessieren.«

»Worum geht's denn dabei?«

»Mr. Jephson möchte, daß ich die Tournee absage.«

»Er will, daß Sie die Lesetour absagen?«

»Ja. Er ist gerade aus London eingetroffen, mit einem Angebot eines guten Bekannten. Wenn ich es annehme, muß unsere Tour ausfallen.«

»Machen Sie bitte keine Witze. Ich habe keine Lust mehr, mir Ihre schlechten Witze anzuhören.« Vor lauter Erregung lief Ponds schwammiges, verschwitztes Gesicht schon rot an. Er schob seinen Stuhl so heftig zurück, daß er etwas Whisky verschüttete. »Ich finde das gar nicht komisch – ganz und gar nicht. Die Tournee absagen? Wissen Sie eigentlich, wieviel mich das kosten würde?« Er stand ungeschickt auf und betupfte mit einer Serviette die Whiskytropfen auf seiner Weste. »Und wenn Königin Victoria persönlich den jungen Mann hier geschickt hätte – die Tournee wird auf keinen Fall gestrichen. Nein, Sir! Wir werden morgen wie geplant mit dem Nachmittagzug nach Boston fahren. Und jetzt sollten wir wirklich wieder zu den Damen gehen, ehe *die* uns weglaufen. Entschuldigen Sie mich bitte, Mr. Jephson. Hat mich gefreut, Sie kennzulernen.«

»Setzen Sie sich, Pond.« Stanleys Aufforderung kam wie aus der Pistole geschossen.

Pond nahm wieder Platz.

Stanley winkte den Barkellner erneut an den Tisch. »Sam, bringen Sie Major Pond bitte noch einen Whisky. Ihm ist da ein kleines Malheur passiert. Und können Sie mir bitte etwas zum Schreiben bringen?«

»Bula Matari, das war doch wohl nur ein Scherz, oder?« wagte Pond nach einer Weile zu fragen. Als Stanley ihm keine Antwort darauf gab, sah er hilfesuchend Jephson an.

Aber der erwiderte seinen Blick auch nicht. Statt dessen betrachtete er Stanley, seine verschlossenen, harten Gesichtszüge, die mahlende Kinnlade und die Augen, die er so weit zusammenkniff, daß sie geradezu im Schatten der groben Wangenknochen verschwanden. Sein privater Zorn schien Stanley erneut zu verzehren.

Der Barkellner kam mit dem Whisky für Pond und Papier, einem Umschlag, Federhalter und Tinte für Stanley zurück.

»Kleinen Moment bitte, Sam.« Stanley schob seinen Kognakschwenker zur Seite und stellte die Spitze des Halters richtig ein. »Es dauert nicht lange.« Er machte sich erst gar nicht die Mühe zu verbergen, was er schrieb. Aber weder Pond noch Jephson wollten einen Blick darauf werfen. Und es dauerte wirklich nicht lange – er warf nur rasch ein paar Zeilen aufs Papier, löschte sie sorfältig ab, faltete den Bogen zusammen und steckte ihn in den Umschlag. Dann holte er Mackinnons Brief aus der Brusttasche und schrieb Mackinnons Londoner Adresse aufs Kuvert. Nachdem er auch das sorgfältig abgelöscht hatte, reichte er es dem Kellner. »Lassen Sie den Brief bitte zum Telegrafenamt bringen, Sam. Er soll sofort gekabelt werden.« Stanley gab dem Kellner eine Silbermünze und sah hin, wie er mit dem Brief den Raum verließ. Dann drehte er sich wieder Pond und Jephson zu. »Also was ist, Gentlemen, wollen wir uns zu den Damen setzen?«

Da Jephson ein unerwarteter Gast war, machte man viel Aufhebens, einen Stuhl für ihn zu besorgen und ihm am Tisch Platz zu machen. Darauf folgte eine recht verworrene Vorstellungsrunde, bei der jeder jedem ins Wort fiel, alberne Witze riß oder in stürmisches Gelächter ausbrach. Das lag hauptsächlich an den Damen. Sie wurden ihm seltsamerweise lediglich mit Vornamen vorgestellt, die Lola und Fanny und Flossy und Flo und Zizi und Carmen und Fifi und dergleichen lauteten. Da jedoch lediglich fünf Damen am Tisch saßen, konnten ja nicht alle so heißen, und natürlich war das auch der Grund für die allgemeine Heiterkeit. In Wahrheit wußte keiner, wie die Damen hießen. Es waren Huren. Und die beiden anderen Herren in der Runde waren gesellschaftlich auch nicht viel höhergestellt: aufdringliche, vulgäre Zeilenschreiber vom *New York Herald*, bei der Stanley einmal gearbeitet hatte und die ihn überhaupt erst auf die Suche nach Livingstone geschickt hatte. Der Kerl, neben dem Jephson schließlich Platz nahm, rechts von ihm saß eine dieser Leilas, Gigis oder Rosies, hieß Noe oder Nye oder so ähnlich und behauptete, schon lange vor dem berühmten Ereignis Stanleys Kollege und Freund gewesen zu sein. Kaum hatte Jephson neben ihm Platz genommen, fing er tatsächlich damit an, den jungen Engländer zwar leicht betrunken, aber dafür enorm anschaulich durch Erzählungen über seine Abenteuer mit Stanley zu unterhalten: über die Indianerkriege im Wilden Westen, den Sonderauftrag in Konstantinopel, die Berichterstattung über den Karlistenaufstand in Spanien, den Feldzug von Robert Napier gegen den Kaiser Theodor in Abessinien. Das war ein derart haarsträubendes Zeug, daß er gar nicht mehr wußte, was er davon – wenn überhaupt etwas – glauben sollte. Aber während er nach einer günstigen Gelegenheit Ausschau hielt, bei der er mit Stanley ein kurzes Wort wechseln konnte, um zu erfahren, was er Mackinnon geantwortet hatte, hörte er ohnehin nicht allzugenau hin.

»In Wirklichkeit heißt er ja gar nicht Stanley«, meinte dieser Noe oder Nye und schenkte ihm das Champagnerglas bis obenhin voll. »In Wahrheit kam er als ein gewisser John Rowlands auf die Welt, was aber nur die wenigsten wissen. Den Namen ›Stanley‹ hat er sich erst hier in Amerika zugelegt. Er hat mir mal erzählt, das wäre der Nachname des reichen Baumwollhändlers aus New Orleans, der ihn adoptiert hatte, nachdem er aus irgendeinem englischen Armenhaus ausgerissen war und in New Orleans von dem Schiff abgehauen sei. Der Mann hat sich angeblich solange um ihn gekümmert, bis er auf seiten der Südstaaten in den Bürgerkrieg eingetreten ist. Ich habe ihm das aber nie abgenommen. Von diesem – oder irgendeinem anderen – Vater fehlt bisher jede Spur. Ich glaube da eher, Stanley hat sich den Namen bloß ausgedacht, weil er sich gut anhört. Jeder Name mußte ja auch besser klingen als sein richtiger. Verdammt! Wenn man bedenkt, daß er damals auf der Flucht war. Als ich ihn kennenlernte, behauptete er sogar, daß er Henry *Morelake* Stanley, nicht Henry *Morton* Stanley hieße.«

»Wann haben Sie ihn denn kennengelernt?« fragte Jephson. Es dauerte bestimmt noch einige Zeit, bis er sich ungestört mit Stanley unterhalten konnte – auf der anderen Tischseite hatte Pond nämlich Stanley in ein erregtes Gespräch verwickelt – und was dieser Noe oder Nye so kenntnisreich zum Besten gab, war doch ziemlich faszinierend.

»Wann? Lassen Sie mich mal überlegen... 1864 oder 1865. Jedenfalls muß das so gegen Ende des Bürgerkriegs gewesen sein. Wir dienten damals beide in der Marine der Nordstaaten.«

»Der Flotte der Föderierten? Verzeihen Sie, aber ich dachte, Sie hätten gesagt, daß Mr. Stanley im Krieg auf seiten der Konföderierten gekämpft habe – bei den *Dixie Greys*?«

»Das war bei Kriegsanfang. Er geriet dann aber bei Shiloh in Gefangenschaft. Um aus dem Gefangenlager herauszukommen, ist er dann zur Union übergetreten.«

»Wollen Sie damit sagen, er sei übergelaufen, Sir?«

»Warum benutzen Sie denn ein so häßliches Wort, mein Junge. Er war ja kein Amerikaner. Ihn verband weder mit der einen noch mit der anderen Seite sehr viel. Er hätte auf keiner Seite zu kämpfen brauchen. Er hat da mitgemacht, weil er Spaß daran hatte. Ist ja auch egal, jedenfalls kam er an Bord der *Minnesota*, als ich auch gerade auf ihr fuhr. Wir haben auch die letzte große Schlacht, den Angriff auf Fort Fisher in North Carolina, zusammen erlebt. Später hat er mich dann überredet, wir sollten zusammen in den Westen gehen und unser Glück in den Silberminen in Colarado versuchen. Wir hatten allerdings nicht sehr viel Glück; deshalb ist er auf die Idee verfallen, wir könnten für die Zeitungen schreiben. Colonel Custer stellte damals bei Fort Wallace gerade die Siebte Kavallerie für den Feldzug gegen die Cheyenne auf, und da hat er sich ausgerechnet...«

Doch der Kerl bekam keine Gelegenheit mehr zu sagen, was sich Stanley ausgerechnet hatte. Denn noch im gleichen Augenblick war Pond aufgesprungen und wie ohnmächtig mit dem Kopf auf den Tisch geknallt. Ein fürchterlicher Aufruhr hob an. Die Damen kreischten, Kellner und Bedienungshilfen kamen herbeigelaufen. Im ganzen Restaurant sprangen die Gäste auf, um zu sehen, was da eigentlich los war. Lauthals rief man sich zu, man solle dem armen Mann doch die Krawatte zu lösen, damit er mehr Luft bekäme.

Auch Jephson war überrascht aufgesprungen. Dann aber wurde ihm klar, was passiert war. Mitten in dem ganzen Tumult fiel sein Blick auf Stanley. Er war nicht aufgestanden; er lehnte sich bequem im Stuhl zurück und lächelte, als er merkte, daß Jephson ihn ansah. Als er Platz nahm, empfand er einen Schauer der Erregung. Und da wußte er, daß sich Stanley vorgenommen hatte, sich zu Emin Pascha durchzuschlagen. Die Gründe dafür waren ihm aber immer noch nicht klar.

Als er Stanley erneut ansah, packte er gerade Pond beim Jakkettkragen, zog ihn vom Tisch hoch und setzte ihn wieder in den Stuhl, gab ihm einen kurzen Schlag über seine aufgedunsenen Wangen und flüsterte ihm etwas zu. Pond schlug die Augen auf. Eine der Damen hielt ihm ein Glas Champagner hin, er winkte ab. Dann richtete er sich mit einer Reihe kunstvoller Gebärden wieder her, zog seine Weste straff, glättete sich das Haar, wischte sich mit dem seidenen Taschentuch den Schweiß von der Stirn und so weiter. Schließlich stand er auf und maschierte, nachdem er sich vor seinen Bekannten zwar verbeugt, aber sich von keinem mit einem Wort verabschiedet hatte, steifbeinig aus dem Restaurant.

Natürlich wollten alle am Tisch sofort wissen, worum es *dabei* gegangen sei, und von allen Seiten stürmten Fragen auf Stanley ein. Eine Weile schien es fast so, als ob er sich nicht dazu äußern wollte. Jephson, der ihn genau betrachtete, hatte ihn allerdings im Verdacht, daß er an seinem selbstproduzierten Drama ziemlich großen Gefallen fand und es einzig der Wirkung halber in die Länge zog. Er bestellte noch mehr Champagner und sorgte dafür, daß alle Gläser vollgeschenkt wurden; die Fragen wehrte er mit einem Schulterzucken und einem einnehmenden Lächeln auf dem zerschundenen Gesicht ab. Doch dann gab er schließlich nach, mit einem hervorragenden Gespür für den richtigen Zeitpunkt, gerade als das Interesse der Damen vielleicht nachgelassen hätte.

»Ich werde nach Afrika zurückkehren«, sagte er mit der ihm eigenen rauhen, tiefen Stimme. »Die Nachricht hat Major Pond verständlicherweise etwas aus der Fassung gebracht – sie bedeutet ja, daß er die restliche Tournee absagen muß.«

»Nach Afrika zurückkehren?«

»Wozu?«

»Wohin?«

»Um was zu tun?«

»Um Leopold zur Hilfe zu kommen?«

Diese Fragen hatten die beiden Reporter in kurzer Folge auf ihn losgelassen. Die Damen fanden die ganze Geschichte himmlisch aufregend und unheimlich abenteuerlich. Sie fingen an, untereinander zu tuscheln, seufzten, wären fast in Ohnmacht gefallen, so wetteiferten sie in dem Bemühen, ihre Bewunderung für Stanleys Wagemut zum Ausdruck zu bringen. Aber die Männer – beide Journalisten – erkannten sofort, daß sie da einer fabelhaften Story für die Sonntagsausgabe auf die Spur gekommen waren – Stanley kehrt in den dunklen Erdteil zurück – Berühmter Entdecker unternimmt Expedition an die Stätte seiner größten Erfolge –, und wollten weitere Einzelheiten aus ihm herauslocken. Zu Jephsons Verwunderung zielten sie mit ihren Fragen allerdings weit daneben. Aus irgendeinem Grund nahmen sie an, daß die Rückkehr Stanleys nach Afrika einzig im Auftrage Leopold II., des belgischen Königs, erfolgen konnte.

Nun war es zwar bei Stanleys jüngsten Unternehmungen in Afrika darum gegangen, am Kongo-Fluß für den Kongo-Freistaat des belgischen Königs den Weg für die Errichtung von Außenposten und Handelsstationen zu bahnen. Doch diese Arbeit war inzwischen abgeschlossen, Stanley war bereits eineinhalb Jahre zuvor nach Europa zurückgekehrt. Und damals waren auch schon die ersten Gerüchte über die abstoßenden Methoden im Umlauf, mit Hilfe derer, denen die Agenten Leopolds den Kautschuk und das Elfenbein im Freistaat ernteten. Zudem nahm man allgemein an, daß Stanley aus diesen Gründen aus den Diensten des belgischen Königs ausgetreten war. Und doch hatten die beiden Journalisten ihre Fragen so gestellt, als ob das gar nicht stimmte. Anscheinend glaubten sie, daß Stanley immer noch für Leopold arbeitete und daß der belgische König bei jedem neuen Projekt in Afrika als erster seinen Anspruch auf Stanleys Dienste erheben konnte. Jephson, der wußte, was für ein Auftrag Stanley in Wahrheit nach

Afrika zurückführte, konnte sich keinen Reim darauf machen. Aber Stanley klärte ihn auch nicht darüber auf, sondern behielt sein Geheimnis für sich.

II

»Bula Matari!«
»Du siehst ja prächtig aus, du alter Seeräuber.«
Henry Stanley und Sir William Mackinnon gaben sich die Hand. Um seiner besonderen Zuneigung Ausdruck zu verleihen, umfaßte Mackinnon mit der freien Hand auch noch Stanleys Unterarm und sagte: »Ich kann dir gar nicht sagen, wie sehr es mich freut, daß du den Auftrag übernommen hast, Henry.«
»Das mußt du auch gar nicht, Mac, ich kann mir den Grund schon denken.« Stanley grinste den Schotten an und entzog ihm dann seine Hand. »Und der Rest der Räuberbande ist ja auch schon da«, fügte er hinzu und wandte sich zu den drei Männern um, die schon im Billardzimmer des Athenäum warteten.
»Du kennst die Herren ja«, sagte Mackinnon.
»Das kann man wohl sagen.« Er begrüßte die drei Männer per Handschlag. Es handelte sich um den Manchester-Industriellen James Hutton, der auf Sansibar und an der Goldküste Handelsinteressen unterhielt; um James Grant, Oberst der britischen Indienarmee im Ruhestand, der 1861 John Speke auf der Suche nach der Quelle des Weißen Nils im Victoria-See begleitet hatte; und Francis de Winton, Oberst der britischen Armee, der sich als Wegbereiter der Kolonalisierung weiterer Gebiete Afrikas hervorgetan hatte. »Aber du willst mir doch nicht erzählen, daß die hier das ganze Emin-Pascha-Hilfskomitee darstellen?«
»Nein, jedenfalls nicht *offiziell*.« Mackinnon ging mit ihm an einen Tisch, der für ein frühes Abendessen gedeckt war. »Wir haben schon mehr als ein Dutzend Anteilszeichner zusammen, die unser Unternehmen finanzieren und die auch *offiziell* dem Komitee angehören. Aber wir hier sind... wie soll ich sagen?... der

innere Zirkel. Wir vier und du, Henry. Und natürlich unser junger Sekretär dort drüben. Setzen Sie sich doch zu uns, junger Mann.«

Seit seinem Eintreffen im Club hatte sich Jephson im Hintergrund gehalten, damit die alten Freunde ihre Bekanntschaft wieder auffrischen konnten. Jetzt kam er aber, Stanleys abgewetzte lederne Reisetasche in der Hand, eifrig herbeigeeilt.

»Setzen Sie sich mal hier hin, Arthur«, sagte Mackinnon und wies auf den Stuhl zwischen sich und Stanley. »Ich finde es zwar richtig, daß Sie an der Besprechung teilnehmen, aber ein Protokoll ist eigentlich gar nicht erforderlich... finden Sie nicht, Gentlemen? Gut, also kein Protokoll, Arthur. Vorläufig sollten wir das hier als eine Sache betrachten, die nur uns etwas angeht.«

Es war der erste Weihnachtstag. Kaum vierundzwanzig Stunden waren vergangen, seit die *SS Eider* in Southampton eingelaufen war, normalerweise hätten die Herren jetzt gemeinsam mit Freunden und Verwandten Weihnachten gefeiert. Daß sie sich immer noch in London aufhielten, ließ ohne Frage erkennen, welch große Dringlichkeit sie der vor ihnen liegenden Aufgabe beimaßen. Seit Emin Paschas elektrisierende Nachricht in England eingetroffen war, war schon über ein Monat verstrichen. Man hatte die Wochen mit der Frage vergeudet, ob die Regierung Ihrer Majestät auf die so unerwartete Nachricht antworten und ob man auf Mackinnons Offerte eingehen sollte, eine private Hilfsexpedition zu entsenden. Weitere Wochen waren dann verstrichen, weil man darauf warten mußte, bis Henry Morton Stanley aus den Vereinigten Staaten zurückgeholt worden war. Neuigkeiten waren in diesem Zeitraum nicht aus Äquatoria gekommen. Noch einmal hatte sich ein Vorhang des Schweigens über die belagerte Provinz gesenkt. Allerdings hatte man auf indirektem Wege – durch einen in der Nähe des Victoria-Sees stationierten Missionar und einen ägyptischen Spion, der sich in den Suks und Basaren am Oberlauf des Nils als Elfenbeinhändler ausgab –, Kenntnis davon erhalten, daß Emin Pascha noch am Leben war. Doch nun durfte man auf keinen Fall noch mehr Zeit verlieren. Jeder Tag war kostbar. Nicht einmal der erste Weihnachtstag war davon verschont geblieben.

Stanley sollte noch am selben Nachmittag mit Lord Salisbury zusammentreffen. In einem Gespräch unter vier Augen hatte er

Sir William gegenüber klargestellt, daß er sofort mit Stanley nach dessen Ankunft sprechen müsse, um ihm unmißverständlich zu erklären, die Regierung Ihrer Majestät werde keinerlei offizielle Rolle in der Expedition übernehmen; daß dieses eine strikt private Unternehmung darstelle; daß das Komitee, das sie finanzierte, sämtliche Kosten und das gesamte Risiko auf sich nehmen müsse; und daß man keinesfalls auf die Unterstützung seitens der Regierung zählen dürfe, wenn die Expedition in Schwierigkeiten geriete. Mackinnon hatte das alles schon in dem Brief angesprochen, den er Jephson für Stanley mitgegeben hatte. Es lag ihm aber sehr daran, alles Nähere zu besprechen und Salisburys recht besorgniserregende Bedingungen abzuschwächen, bevor man Stanley der entmutigenden Art aussetzte, mit der Salisbury zweifellos seine Bedingungen präsentieren würde. Deshalb war Sir William Makkinnon auch gleich, als sich die Herren gesetzt und sich mit Tee und Sandwiches versorgt hatten, als erstes darauf zu sprechen gekommen.

Aber Stanley fiel ihm ins Wort. »Ich rechne keineswegs mit der Hilfe der britischen Armee, Mac«, sagte er in scharfem Ton. »Da mach dir nur keine Sorgen. Mit so was kann mich Salisbury gar nicht schrecken. Ich beteilige mich an der Sache bestimmt nicht in dem Glauben, daß mich die Rotjacken da wieder rauspauken, wenn ich in die Bredouille gerate. Eine schöne Hilfe wären die mir! Gordon hat auf sie gezählt, und was hat er davon gehabt, der arme Teufel?«

Grant und de Winton – hochrangige Offiziere – nahmen an der Bemerkung Anstoß. Ihre Ehre gebot es ihnen, ein gutes Wort für die Armee einzulegen und Wolseleys fehlgeschlagenen Versuch, Gordon aus Khartum rauszuholen, zu rechtfertigen.

Aber Stanley unterbrach sie auf ebenso ungehörige Weise. »Tischt mir ja keinen Quatsch auf, meine Freunde. Wolseley hat die Operation total vermasselt, daran besteht überhaupt kein Zweifel. Mein Gott, dem Mann standen siebentausend ausgesuchte britische Soldaten zur Verfügung! Wenn ich den Befehl über ein solches Heer gehabt hätte, wäre Gordon heute noch am Leben. Das wißt ihr genau. Deshalb habt ihr ja auch mich für diese große Aufgabe geholt.« Er wandte sich wieder an Mackinnon. »Ich werde Salisbury mitteilen, daß er sich keine schlaflosen

Nächte mehr zu bereiten braucht und daß ich ihn nicht in einen neuen Krieg mit den Derwischen hineinziehen werde. Ganz bestimmt nicht. Ich mache das im Alleingang, wie ich es schon immer getan habe. Verschwenden wir also keine Zeit mehr mit derlei Dingen – kommen wir auf die Sachen zu sprechen, um die es wirklich geht.«

Grant und de Winton schüttelten verärgert den Kopf, aber Mackinnon lächelte. Stanleys draufgängerische Art gefiel ihm. Genau diese Art starrköpfiger Arroganz war auch vonnöten, sollte die Expedition ein Erfolg werden. »Du hast ja Recht, Henry, kommen wir also zur Sache, um die es geht.«

»Zunächst einmal, was wissen wir eigentlich über die Lage, in der sich Emin befindet?«

»Leider ziemlich wenig.« Mackinnon schnallte seine Aktenmappe auf und zog ein paar Papiere heraus. »Er hat sämtliche äußeren Garnisonen im Norden und Westen aufgegeben. Soviel wissen wir jedenfalls genau. Die Derwische sind aus Bahr al-Ghazal vorgedrungen und haben die Posten im ersten Anlauf überrannt. Mit den Großteil seiner Kräfte konnte er sich allerdings zurückzuziehen, in die Forts und Handelsposten entlang des Nils.« Er blätterte in den Unterlagen, die er vor sich liegen hatte. »Es sind insgsamt sieben oder acht, soweit sich das feststellen ließ. Die nördlichste Siedlung ist Lado, sie grenzt an den Sudd und ist am ehesten von einer Belagerung bedroht. Dann kommen Redjaf, Chor Ayu, Duffile und so weiter – Richtung Süden den Strom hinauf, bis nach Wadelai mögen es zweihundertfünfzig Meilen sein, die Station liegt ungefähr fünfunddreißig Meilen vom Ufer des Albert-Sees entfernt. Anscheinend hat Emin sein Hauptquartier nach Wadelai verlegt, um soweit wie möglich von den Linien der Derwische entfernt zu sein, aber die meisten Truppen hat er noch immer in Lado konzentriert.« Er blickte von seinen Papieren auf.

Stanley holte sich aus der Jacke eine Zigarre und hantierte daran herum, um sie rauchfertig zu machen, hörte ihm aber ganz genau zu.

Mackinnon fuhr fort: »Offenbar hat Emin vor, eine Reihe von Rückzugsgefechten zu liefern, wenn und falls die Derwische zum Großangriff übergehen. Und sich dann von einem zum anderen

Fort weiter stromaufwärts zurückzuziehen, bis er von Wadelai aus sein letztes Gefecht liefern kann. Vermutlich will er auf diese Weise nicht nur Zeit gewinnen und die Derwische für jeden Handbreit Boden, den sie erobern, teuer bezahlen lassen, sondern er will sie auch aus der Wüste in die Steppen und Wälder rund um den Albert-See locken, wo sie sich zwangsläufig weniger heimisch fühlen und im Kampf weniger gut sind. Wahrscheinlich ahnen die Derwische das – was auch der Grund dafür sein dürfte, daß sie bisher noch keinen Großangriff gestartet haben. Sicherlich glauben sie, es ließe sich eine Menge Blutvergießen in den eigenen Reihen vermeiden, wenn man die Garnisonen aushungert.«

Stanley nickte und steckte seine Zigarre in Brand. »Wissen wir eigentlich, über wie viele Soldaten Emin verfügt?«

»Es sind rund viertausend.« Mackinnon sah noch einmal in seinen Unterlagen nach. »Seine Offiziere stammen aus Ägypten, die Mannschaften sind Sudanesen. Die Sudanesen sind hauptsächlich Neger: Dinkas, Nuer, Baris und dergleichen Stämme, keine Mohammedaner. Deshalb sind sie ja auch nicht zu den Derwischen übergelaufen. Anscheinend hat Emin sie auch ziemlich gut ausgebildet. Bislang haben sie sich jedenfalls gut geschlagen. Außer ihnen stehen aber auch noch zwei- bis dreihundert Beamte und Steuereinzieher in seinen Diensten, die sich um die Verwaltung kümmern, dazu kommen noch deren Familien, verschiedene Händler, Marketender und weitere Zivilisten. Es mögen wohl zehntausend Leute sein, die da draußen mit ihm ausharren.«

»Lassen Sie mich mal sehen«, sagte Stanley. Er nahm Mackinnon die Unterlagen aus der Hand, lehnte sich im Sessel zurück und paffte an seiner Zigarre.

Mackinnon und die anderen warteten. Sie gaben Stanley die Zeit, die er zum Studium der Unterlagen brauchte. Ein Diener in Livree blickte ins Billardzimmer, um festzustellen, ob die Herren vielleicht etwas wünschten, erschrak, weil es auf einmal so still im Raum geworden war, und verließ wortlos das Zimmer. Hutton und Grant steckten sich jeder eine Zigarre an. Nach einer Weile tat Mackinnon das gleiche. Dann stopfte und setzte de Winton seine Meerschaumpfeife in Brand. Nur Jephson war Nichtraucher. Er saß etwas unbequem und aufrecht im Stuhl und verfolgte das Geschehen mit größtem Interesse.

»Also, Gentlemen«, sagte Stanley und blickte von den Papieren auf, »meiner Einschätzung nach habe ich es hier mit zwei Aufgaben zu tun.« Er legte die Unterlagen auf den Tisch zurück und nahm seine Tasse in die Hand. »Von der einen erwartet ganz England, daß ich sie erledige: zum Emin durchzukommen, und zwar schnell genug und mit ausreichend Nachschub und Waffen, daß ihm nicht dasselbe wie Gordon zustößt. Aber das ist bloß die eine Hälfte der Sache.« Er steckte sich ein dünnes Sandwich in den Mund. »Wenn ich euch richtig verstanden habe«, er machte eine Pause, bis er alles richtig heruntergeschluckt hatte »... wenn ich den Vorschlag, den du in dem Schreiben gemacht hast, Mac, richtig verstanden habe«, er setzte noch einmal an, »so geht es nicht so sehr darum, Äquatoria von den Derwischen zu befreien, sondern die Provinz in eigener Regie zu übernehmen. Das ist also der Handel mit Salisbury. Darin besteht das Quid pro quo, die Gegenleistung. Wir stecken da unser ganzes Geld hinein, übernehmen das ganze Risiko und lassen Salisbury dem ganzen Tohuwabohu entkommen. Und im Gegenzug gewährt die Regierung Ihrer Majestät unserem Komitee einen Freihandelsbrief, mit dem wir Äquatoria erhalten und dort ein Handelsmonopol errichten. Darum geht es doch, nicht wahr, Mac?«

»Ja, genau darum«, erwiderte Mackinnon, »und das ist doch ein phantastischer Handel, das mußt du selber sagen. Überleg' doch mal, was für uns dabei herauskommt, wenn die Sache klappt: Die sieben oder acht am Nil gelegenen Forts und Handelsstationen, die viertausend Soldaten, eine funktionierende Verwaltung mit zweihundert Beamten, Steuereinziehern und Handelsvertretern und obendrein noch dieser bemerkenswerte Türke, oder was auch immer er sein mag, dieser Emin-Effendi, der den ganzen Laden schmeißt. Besser geht's doch gar nicht, Henry. Alles, was wir brauchen, ist schon da. Wir müßten nicht ganz von vorne anfangen. Mit einem Freihandelsbrief können wir die *Imperial British East Africa* bekommen, als Konkurrenzunternehmen zu Goldies *Royal Niger Company* oder Rhodes' *British South Africa Company*.«

»Stimmt«, sagte Stanley. »Und deshalb behaupte ich ja auch, es reicht nicht, daß ich mich bloß durchschlage und den Emin aus seiner derzeitigen Patsche heraushole. O ja, die Presse, die Öffentlichkeit und Lord Salisbury, die wären alle aus dem Häuschen –

ganz bestimmt. Aber meiner Ansicht nach wäre damit nur die Hälfte erreicht. Wenn wir Äquatoria entwickeln und ausbeuten wollen, dann müssen wir in der Lage sein, *ständig* Waffen und Nachschub dort hinzubringen, damit wir die Provinz auch auf lange Sicht aufrechterhalten und schützen können. Und das wiederum heißt, daß ich eine ständige, sichere Route eröffnen muß, auf der wir den Nachschub weiter reinschicken können – einen Weg, der Äquatoria mit der Außenwelt verbindet.«

Mackinnon nickte.

»Was uns zur Frage des Verlaufs der Route bringt.«

»Henry, alter Knabe«, sagte Mackinnon, »wir sind – wie du ja bestimmt weißt – einhellig der Meinung, daß du den alleinigen Befehl hast, was die Planung und Durchführung der Expedition betrifft. Wir stehen hinter dir, egal, wofür du dich entscheidest. Wir begeben uns in deine Hände.«

»Das schmeichelt mir«, erwiderte Stanley trocken. »Aber bestimmt habt ihr in dieser Frage auch eigene Vorstellungen entwickelt. Die haben Sie doch, nicht wahr, Jem?« sagte er an Colonel Grant gewandt. »Und Sie doch bestimmt auch, Frank. Das steht Ihnen doch im Gesicht geschrieben, alter Knabe. Die Versuchung muß doch riesig gewesen sein.«

Colonel de Winton lächelte. »Dem möchte ich nicht widersprechen, Bula Matari. Um ganz ehrlich zu sein – es hat mir riesigen Spaß gemacht, gemeinsam mit Jem noch einmal die Karten von damals anzuschauen.«

»Mich interessiert aber, was dabei herausgekommen ist.« Stanley wandte sich an Jephson. »Geben Sie mir mal die Tasche, mein Junge.« Er löste schnell die Messingschnallen und holte eine große Landkarte von Afrika heraus. »Ich schlage vor, hierfür zu einem der Billardtische zu gehen.«

Mit einem Schlag hatte sich die Stimmung geändert. Die gespannte Erregung war fast mit Händen greifbar. Jephson spürte es fast körperlich. Die Männer ließen das Teegeschirr stehen und versammelten sich um den Billardtisch, auf dem Stanley seine Karte auseinanderfaltete. Es war wie die Aufregung, die sich ausbreitet, wenn ein Abenteuer in Gang kommt. Von den sechs Männern, die da am Tisch standen, würde zwar nur einer – Stanley natürlich – die Reise auch wirklich unternehmen. Aber wer jetzt zusah, wie er die Karte auf dem grünen Filz ausbreitete und sie an den Ecken mit Billardkugeln beschwerte, konnte sich einen Augenblick lang vorstellen, daß er mit ihm ins Herz des Erdteils zog, der sich ihnen da auf dem Pergamentbogen darbot.

Es war eine ziemlich alte, verschmutzte Landkarte, die Flecken darauf stammten wohl von einer Art Öl oder Schmiere. Die Karte war oft benutzt worden und an den Falten schon arg zerfleddert. Stanley hatte sie bestimmt schon bei seinen früheren Reisen dabeigehabt, da war sich Jephson ziemlich sicher. Die verschiedensten geheimnisvollen Anmerkungen waren darauf eingezeichnet: mit Buntstiften und verschiedenfarbigen Tinten, Linien und Kreise, Striche und Pfeile, kleine Pyramiden und Quadrate und Sternchen und Kreuze, einzelne Wörter und Sätze und Zahlen. Die Anmerkungen waren offenbar nachträglich hinzugefügt worden, bestimmt stammten sie von Stanley selbst. Sicher hatte er sie vor Ort eingesetzt, um seine früher entdeckten Routen festzuhalten. Es war eine ganz fabelhafte Landkarte, etwas Lebendiges, so lebendig wie Erinnerungen – wie etwa die Erinnerung an ein Abenteuer, das sich in einen Gegenstand verwandelt hatte, den man nie mehr verliert.

»Also, auf geht's, Frank«, sagte Stanley und trat einen Schritt vom Billardtisch zurück. »Nun zeigen sie mir mal, wie sich für Sie und Jem die Sache darstellt.«

»Also, mal sehen«, Colonel de Winton nahm sich einen Queue, um ihn als Zeigestock zu verwenden, »hier liegt unser Ziel.« Er tippte mit der Filzspitze auf den südlichsten Teil des Sudan, der sich etwas rechts oder östlich der Kartenmitte befand. »Lado, und die Stationen am Fluß.« Er fuhr mit dem Stock auf der blauen Linie, die den Nil darstellte, entlang, bis zu seiner Quelle. »Wadelai, der Albert-See. Wie Mac schon sagte, soviel wir wissen, hat Emin sein Hauptquartier von Lado nach Wadelai verlegt. Zweifellos fährt er oft nach Lado hinauf und unternimmt regelmäßig Inspektionsfahrten zu den Stationen am Fluß. Da er aber derzeit wohl die meiste Zeit in Wadelai verbringt, meinen wir, daß sich die Expedition auf direktem Weg dorthin begeben sollte. Dort dürfte man ihn noch am ehesten antreffen; außerdem befände man sich dort gut und gerne zwei bis dreihundert Meilen südlich der Linien der Derwische.«

De Winton hob den Stock wieder hoch, stützte sich darauf ab und wandte sich Stanley zu. »Jems und meiner Meinung nach gibt es zwei denkbare Routen nach Wadelai. Auf keinen Fall sollten wir unsere Zeit mit dem Unfug vergeuden, der hier in London seit dem Eintreffen der Nachricht in London kursiert: daß man sich von Kairo aus Richtung Süden vorkämpfen sollte oder aus dem Südwesten, aus dem abessinischen Hochland. So etwas können sich bloß Lehnstuhlgeografen ausdenken. Ich bin mit Jem der Meinung, daß nur unsere beiden Routen in Frage kommen.«

Er drehte sich nochmals zur Karte herum und wies auf eine Insel. Sie lag im Indischen Ozean, ungefähr auf dem sechsten Längengrad südlich des Äquators, unmittelbar vor der Küste Ostafrikas. »Beide beginnen hier auf Sansibar. Dort würde man die Karawane fertig ausrüsten und dann hier, bei Bagamojo, zum Festland übersetzen.« Der Queue flitzte zu einem Punkt an der Küste gegenüber von Sansibar. »Von Bagamojo aus wäre dann der erste Abschnitt beider Routen gleich: West-Nordwest über die Graslandhochebene bis nach Msalala – hier, zum Ostufer des Victoria-Sees. Das wäre keine sonderlich anstrengende Reise. Die arabischen Handelskarawanen, die von Sansibar kommen, machen sie in regelmäßigen Abständen. Sie selbst haben ihn ja auch unternommen, als Sie 1877 zum Königreich der Kabaka zogen, und Jem ist 1861 mit Speke ungefähr der gleichen Route gefolgt. Es dürften sich da eigentlich keine ernsthaften Schwierigkeiten ergeben. Es ist offenes Gelände, im großen und ganzen sind die Neger dort freundlich gesonnen. Nun gut, von Msalala aus bieten sich zwei Möglichkeiten. Einmal kann man weiter in nördlicher Richtung – ungefähr so – eine Abkürzung nehmen, quer über den Victoria-See und ins Reich der Kabaka, und dann durch Buganda weiterziehen, durch die Wälder von Buganda, und dann aus dem Süden zum Albert-See und nach Wadelai vorstoßen.«

De Winton hob erneut den Billardstock von der Karte und wandte sich an Stanley. »Das ist ohne Frage der direkteste und kürzeste Weg. Er stellt uns allerdings vor ein logistisches Problem. Woher bekommt man die Boote zur Überquerung des Victoria-Sees? Man könnte sie vielleicht direkt hier, in Msalala von den Eingeborenen erwerben. Aber das würde bedeuten, daß ein wichtiges Element unkalkulierbar wäre. Alles würde letztlich davon abhängen, ob die Msalala-Neger genug Boote haben und ob und wie schnell Sie die Boote bekommen können. Dem könnte man natürlich ausweichen, wenn man sein eigenes Boot mitnähme. Aber man bräuchte ziemlich viele Boote dafür, und der Transport von Bagajomo nach Msalala könnte das Fortkommen auf der ersten Strecke derart verlangsamen, daß der Vorteil, den zweiten Abschnitt durch die Überquerung des Sees abzukürzen, wieder zunichte gemacht wäre.«

»Ganz zu schweigen von dem höllischen Empfang, den die Buganda und Bunjoro der Expedition bereiten würden«, warf Grant ein. »Sehr friedliebend sind die Kerle nicht. Speke und ich hatten es verdammt schwer mit den Kerlen, genau wie Baker. Ich will die Tapferkeit des Emins, der sich da in Äquatoria immer noch hält, ja nicht in Abrede stellen. Aber der Hauptgrund, warum er sich nicht weiter als bis Wadelai zurückzieht, dürfte die Feindseligkeit dieser Buganda und Bunjoro sein, die er im Rücken hat. Da gehe ich jede Wette ein. Es wäre verteufelt schwierig, sich einen Weg durch ihr Gebiet zu schlagen. Die Kabaka allein können, glaube ich, zweitausend Speerkämpfer in den Kampf schicken.«

»Deshalb habe ich ja auch zusammen mit Jem diese Alternative ausgearbeitet«, fuhr de Winton fort und wandte sich wieder der Landkarte zu. »Man würde nicht von Msalala Richtung Norden, über den See ziehen, sondern Richtung Westen, am Südrand des Victoria, und weiter Richtung Westen marschieren, bis man dann – hier – das Gebiet der Karagwe erreichte. Erst dort würde man sich nach Norden wenden, wenn man ein gutes Stück westlich vom See und weit weg von den Buganda und Bunjoro wäre, dann weiter Richtung Norden ziehen, durch Nkole- und Nkori-Gebiet und sich – hier – dem Albert-See und Wadelai aus Westen nähern. Auf diese Weise würde man den Problemen mit dem Boot und den feindseligen Buganda und Bunjoro aus dem Wege gehen.«

»Das wäre die günstigste Route, Henry, keine Frage«, bekräftigte Colonel Grant noch einmal. »Darüber sind wir uns hier ziemlich einig. Die Nkole und Nkori dürften Ihnen keine Schwierigkeiten machen, da sind Sie schon mit Schlimmerem fertiggeworden. Ein paar kurze Gefechte, und die kommen Ihnen nicht mehr in die Quere. Mit den Buganda oder den Bunjoro sind die nicht zu vergleichen. Mit Feuerwaffen haben die noch keine Bekanntschaft gemacht. Ein paar Salven aus einem Repetiergewehr, und die flüchten wie die Karnickel.«

»Mehr noch: Diese Route ist ideal für die zweite Hälfte der Sache, die Sie eben angesprochen haben, Henry.« Das kam von James Hutton, dem Industriellen aus Manchester. »Wenn Sie diesen Weg einschlagen, können Sie uns eine Fernstrecke erschließen. Der erste Abschnitt bis nach Msalala hinauf ist ja ohnehin schon offen. Die Araber von Sansibar haben einen prima Pfad freigeschlagen, von Dorf zu Dorf, mit Handelsstationen und Versorgungsdepots. Wir müßten uns nur noch vom Sultan auf Sansibar die Erlaubnis holen, daß wir die benutzen dürfen, aber das wird keine Schwierigkeit sein. Was die letzte Strecke um den Victoria-See betrifft, die hat noch keiner eingeschlagen, aber die können wir uns einfach erobern. Wie Jem sagte – ein paar scharfe Gefechte und der Einsatz von Feuerwaffen, und die Häuptlinge in der Gegend da schließen sich schnellstens unserer Meinung an. Man könnte noch einige Verträge schließen, die uns das Wegerecht und die Errichtung von Versorgungsdepots zusprechen. So besäßen wir dann eine Route, die Äquatoria mit Bagamojo und damit der Außenwelt verbindet.«

Stanley nickte. »Ich merke schon, Gentlemen, sie haben keine Zeit vergeudet: Die Frage der Route ist damit sehr befriedigend gelöst, wie mir scheint.«

»Nicht so eilig, Henry«, sagte Mackinnon. »Die Frage haben letztlich nicht wir zu entscheiden. Wie gesagt, wir sind darin einig, daß du das Kommado übernimmst. Frank und Jem haben einen Vorschlag gemacht, mehr nicht. Beschlossen ist das erst, wenn du zugestimmt hast.«

»Die Route ist gut, Mac, ohne Frage der richtige Weg.«

Mackinnon musterte ihn nachdenklich. »Hast du einen anderen im Sinn gehabt?«

»Das habe ich nicht gesagt. Mir ist, ehrlich gesagt, zuerst dieselbe Route eingefallen, als ich deinen Brief bekam.«

»Aber?«

Stanley lachte. »Du lieber Himmel, Mac, was hast du denn?« Er wandte sich den übrigen zu, auch die sahen ihn ganz aufmerksam an. »Was bereitet euch denn solchen Kummer? Ich streite mich doch gar nicht mit euch. Ihr habt hervorragende Arbeit geleistet, habt die naheliegende Route ausgewählt – die, die mir auch gleich in den Sinn gekommen ist.«

Er wandte sich zum Billardtisch, als ob er die Landkarte wieder zusammenfalten wollte, zögerte jedoch. Dann beugte er sich nach vorn und sah auf das große, schmuddelige Pergamentblatt, als ob er etwas darauf sähe, was ihn davon abhielt. Leise und ruhig, mehr zu sich, als zu den anderen, sagte er: »Aber es gibt da noch eine Möglichkeit.«

»Und wie lautet die?« wollte Mackinnon wissen. Er stellte sich hinter Stanley, um einen Blick auf die Karte werfen zu können.

Stanley schüttelte den Kopf und fing tatsächlich an, die Karte wieder zusammenzugalten.

»Nein, Bula Matari, zeigen Sie uns bitte die Route.« De Winton hielt ihn zurück, und auch die anderen drängten sich wieder an den Billardtisch. »Ist es ein Weg, den Jem und ich nicht in Erwägung gezogen haben?«

»Es handelt sich nicht um einen Weg, den ihr beide nicht in Betracht gezogen habt, Frank. Ich bezweifle sogar, daß der dümmste Lehnstuhlgeograph daran gedacht hätte.« Er lächelte, schenkte sein Lächeln aber keinem der Anwesenden, denn er beugte sich immer noch über die Karte. »Bei dieser Route würde man nicht in Bagamojo aufbrechen und auch von keinem anderen Ort am Indischen Ozean. Man würde vom völlig entgegengesetzten Ende Afrikas starten.« Er tippte auf die Atlantikküste, einen Fingerbreit unterhalb des Äquators. »Hier wäre der Ausgangspunkt.«

Mackinnon erkannte als erster, worauf Stanleys Finger zeigte. »Vom Kongo aus?«

»Warum denn vom Kongo aus?« fragte de Winton völlig verblüfft. »Da komme ich nicht mehr mit.«

»Wirklich nicht, Frank?« Stanley drehte sich immer noch nicht zu ihm um. »Dann folgen Sie mir mal einen Augenblick. Stellen Sie sich die Route einen Moment lang vor.« Langsam begann er mit dem Finger die dicke blaue Linie entlangzufahren, die den Kongo-Fluß markierte – den er selber vor knapp zehn Jahren entdeckt und seitdem unaufhörlich erforscht hatte. Er folgte weiter dem Lauf von der Atlantik-Mündung flußaufwärts Richtung Nordosten, über den Äquator hinweg und dann ins Herz des Erdteils hinein, bis er zu dem Punkt gelangte, wo der Strom eine scharfe Kehre beschrieb, um dann in einem großem Bogen nach Süden zu schwenken. An dieser Stelle ließ er den Finger ruhen. »Stellen Sie sich mal vor, Frank, wir würden bis hier, direkt bis zu den Stanley-Fällen, flußaufwärts fahren, bis zu der Stelle, wo der Aruwimi in den Kongo fließt – hier, bei dem Dorf Jambuja. Also, wo kämen wir dann hin?«

»Das wüßte ich auch gern«, mischte sich Grant ein, »wo kämen wir da hin?«

»Ich will es Ihnen verraten, Jem«, antwortete Stanley. »Wir wären nur noch dreihundert Meilen westlich vom Albert-See entfernt. Sehen Sie mal – genau hierher. Wir würden dem Aruwimi-Fluß durch den Ituri-Wald hindurch folgen und dann zurück zu seiner Quelle gehen.« Das tat Stanley dann auch: Er zog von Jambuja aus eine Linie nach Osten, die praktisch schnurgerade über die Kartenmitte durch ein grün-schraffiertes Gebiet führte. Es markierte den riesigen Regenwald am Äquator. »Und dann kämen wir am Südende des Albert-Sees wieder heraus. Von dort, Gentlemen, würde es dann am Westufer des Sees hinauf bis nach Wadelai gehen.«

»Sie sind doch nicht bei Trost«, meinte de Winton.

»Wieso? Zugegeben, mein Vorgehen ist etwas unorthodox, aber es hat auch große Vorzüge, Frank. Schließlich würde man dabei zwei Drittel der Fahrt zu Wasser zurücklegen können, auf dem Kongo.« Er verfolgte mit dem Finger diesen Abschnitt der Route zurück, vom Atlantik bis nach Jambuja. »Das würde der Karawane nicht nur enorme Mühen ersparen, sondern auch etwas, was auf dieser Expedition das teuerste Gut sein wird – Zeit. Es wird ein Wettlauf, Frank. Der Zeitfaktor wird von entscheidender Bedeutung sein. Wenn die Derwische erst einmal Wind davon bekommen haben, daß eine Hilfsexpedition unterwegs ist, dann können sie eben nicht mehr, so wie bisher, in aller Ruhe abwarten, bis sie die Garnisonen des Emin ausgehungert haben. Sie müssen dann angreifen. Sie müßten mit allen verfügbaren Kräften angreifen und sich bemühen, den Ort zu nehmen, ehe die Hilfe eintrifft. Und die Chancen, mit dem Entsatz da anzukommen, bevor den Derwischen der Angriff gelingt, wären verdammt viel größer, wenn ich zwei Drittel der Strecke auf dem Fluß zurücklegte, statt den ganzen Marsch über Land zurückzulegen. Bei dieser Route würde der Marsch nur ungefähr dreihundert Meilen über Land ausmachen.« Nochmals fuhr er mit dem Finger durch die grün schraffierte Region in der Kartenmitte. »Dann müßte ich mich nur noch durch den Ituri schlagen.«

»Und dabei alles, was Sie vielleicht durch die Fahrt auf dem Fluß gewinnen würden, auf dem Marsch durch den Ituri wieder verlieren«, meinte Grant. »Alles und noch vielmehr. Weil man es nämlich nicht schaffen kann, sich da durchzukämpfen.«

Stanley drehte sich zu Grant um. Ein steinerner Ausdruck kam in die kantigen, vernarbten Gesichtszüge. Die Kinnmuskeln traten vor wie Stahlseile, die schrägliegenden Augen verengten sich, wurden zwei winzige Punkte.

Grant fuhr fort: »Henry, um Himmels willen, wie können Sie nur den Vorschlag machen, durch den Ituri zu ziehen. Kein Mensch kann das!« Allerdings wich er dabei Stanleys zornigem Blick aus und sah zu de Winton hin. Der sollte ihn unterstützen. »Das ist bislang noch keinem gelungen. In den Ituri trauen sich nicht einmal die arabischen Sklavenhändler. Nicht mal Tippu-Tib würde es im Traum einfallen, seine Banditen in diese grüne Hölle zu schicken. Es wäre Wahnsinn, ja der reinste Selbstmord, sich mit der Expedition da durchzuschlagen.«

»Da hat Jem recht, Henry«, sagte de Winton etwas gelassener, aber nicht weniger entschlossen. »Das wissen Sie doch selbst. Sie haben den Wald ja selber gesehen, haben an den Stanley-Fällen gestanden und hineingeblickt. Da drinnen erwartet Sie der sichere Tod.«

»Darum geht's doch gar nicht«, unterbrach ihn Hutton. »Hören Sie doch zu, Henry.«

Das tat er aber nicht. Er sah erst Grant an, dann de Winton und schließlich wieder Grant. Noch immer hatte er diesen stechenden Blick, aber seine Stimme klang wieder ruhig. »Da täuschen sie sich, Gentlemen. Ich wäre in der Lage, da durchzukommen, ein anderer wäre es vielleicht nicht; aber wenn ich mir so eine Sache vornehme, dann bringe ich sie auch erfolgreich zum Abschluß.«

»Darum geht's überhaupt nicht«, wiederholte Hutton. »Ob Sie da durchkommen, das ist doch gar nicht die Frage, Henry. Wenn Sie's sagen, dann glaube ich das. Aber die Route würde uns überhaupt nichts nützen. Weil wir sie nämlich auf lange Sicht nicht dazu verwenden können, um Äquatoria mit Nachschub zu versorgen. König Leopold würde uns niemals die Erlaubnis zur Aufrechterhaltung einer ständigen Versorgungsroute durch sein Gebiet erteilen. Er hat selber ehrgeizige Pläne in der Richtung. Das wissen Sie auch, Henry. Er brennt darauf, die nordöstliche Grenze des Kongo-Freistaates bis zum Nil auszudehnen. Einzig und allein die Tatsache, daß es so schwierig ist, durch den Ituri zu kommen, hat ihn bisher davon abgehalten. Aber hören Sie mir überhaupt zu, Henry?« Er faßte Stanley am Arm. »Es ist doch einfach lächerlich zu glauben, daß Leopold uns erlauben würde...«

»Nehmen Sie die Hand da weg, Hutton.«

»Was soll das heißen?«

»Daß Sie mich nicht anfassen sollen und aufhören sollen, mit mir zu sprechen, als wäre ich ein Rindvieh.«

Hutton wurde aschfahl und trat einen Schritt zurück. Dann sagte er mit eisiger Stimme: »Ich bitte um Verzeihung.«

»Ich bin mir völlig im klaren darüber, was gegen diese Route spricht. Ich benötige weder von Ihnen noch von Grant Belehrungen darüber.« Stanley drehte sich zum Billardtisch um und faltete seine Karte zusammen.» Also, beschäftigten wir uns lieber mit dem nächsten Punkt auf der Tagesordnung.« Er ging zum Teetisch hinüber und nahm seine Aktenmappe zur Hand, legte die Landkarte in die Mappe und holte schließlich mehrere Papiere heraus. »Ich möchte jetzt mit ihnen über die Finanzierung der Expedition sprechen.« Er setzte sich an den Tisch und fing an, in seinen Unterlagen zu blättern. »Ich habe hinsichtlich der Kosten der Ausrüstung und so weiter einige vorläufige Zahlen zusammengestellt. Es würde mir allerdings helfen, wenn ich wüßte, wieviel Mittel mir wirklich zu Verfügung stehen.«

»Henry...«, sagte Mackinnon.

Stanley blickte von seinen Papieren auf. Keiner der Herren war mit ihm an den Tisch gegangen.

»Henry, die Route, die du da eben vorgeschlagen hast.«

»Es gibt nichts mehr darüber zu sagen.«

»Ich finde – doch, Henry.«

»Nein. Es sei denn, du möchtest dir die Frage des Kommandos noch einmal durch den Kopf gehen lassen.«

»Natürlich wollen wir das nicht. Bring es bitte nicht auf diese Ebene. Aber du muß doch verstehen: Dein Vorschlag, diese Route durch den Kongo zu nehmen, hat uns alle ziemlich verblüfft.«

»Du hast mir nicht genau zugehört, Mac. Ich habe nicht vorgeschlagen, die Kongoroute zu nehmen.«

»Wie bitte?«

»Ich habe die Route lediglich geschildert – und einzig auf deinen Wunsch hin, wenn ich daran erinnern darf. Ich bin deshalb so fasziniert von ihr, weil sie mir die Möglichkeit bietet, Zeit zu gewinnen. Ich habe aber auch gesagt, daß die naheliegendste Route die ist, auf die ihr Jungs euch geeinigt hattet.«

»Dann habe ich dich wohl mißverstanden, Henry, dann müssen wir alle dich falsch verstanden haben.«

»Das kann schon sein.«

»Heißt das nun, daß Sie mit mir und Frank einer Meinung sind?« wollte Grant wissen. »Daß die beste Route von Bagajomo nach Wadelai führt?«

Stanley machte sich nicht einmal die Mühe, dem Colonel bei seiner Antwort ins Gesicht zu sehen. »Wie oft muß ich das eigentlich noch wiederholen, damit es endlich auch in Ihren Schädel geht?«

»Das verbitte ich mir! Wie können Sie es wagen! Diesen Ton lasse ich mir nicht länger gefallen!«

»Jem, bitte«, schaltete sich Mackinnon eilig ein, »es hat da vorübergehend ein Mißverständnis gegeben, mehr nicht. Lassen Sie es gut sein.«

»Nein. Ich lasse mir diese unerhörten Frechheiten nicht mehr länger bieten. Und ich verstehe auch nicht, wie du das kannst. Kann sich der Herr denn nicht einmal im Leben wie ein Gentleman benehmen?«

»Nein, weil er keiner ist.« Jetzt drehte Stanley sich doch zu ihm herum. »Und verdammt froh ist, keiner zu sein. Und weil kein *Gentleman* auch nur die geringste Chance hätte, die Expedition bis nach Äquatoria durchzubringen.«

Es dauerte noch eine Stunde, bis die Besprechung zu Ende war. Die Atmosphäre entspannte sich dann wieder etwas, als Stanley ihnen vortrug, wie er sich die Expedition im einzelnen vorstellte und wieviel Männer und was für eine Ausrüstung er benötigen würde. Ab und zu stellten de Winton oder Grant eine Frage oder machten auch einen Vorschlag, wobei sie sich auf ihre Afrika-Erlebnisse bezogen. Aber keiner der Anwesenden widersprach mehr bezüglich irgendeiner Frage, noch mischten sie sich in die Frage ein, was alles für die Expedition erforderlich wäre. Was Stanley haben wollte, das sollte er auch bekommen. Mackinnon versicherte ihm das mehrmals. Das Komitee hatte Spenden in Höhe von über 40000 Pfund Sterling gesammelt. Sollte sich diese Summe jedoch als zu gering erweisen, so konnte man ohne Schwierigkeit weitere Anleihen auftreiben. Stanley brauchte an nichts zu sparen. Dazu war der Einsatz zu hoch. Man durfte auch nicht zulassen, daß einige tausend Pfund zu wenig seine Erfolgsaussichten auf die eine oder andere Weise gefährdeten. Es herrschte Einmütigkeit darüber, daß es die bestausgerüsteste Expedition werden müßte, die jemals ins Innere Afrikas vorgedrungen war. Und als sie die Sitzung abbrachen, damit sich Stanley und Mackinnon nach Whitehall zur Unterredung mit Lord Salisbury begeben konnten, war die Kameradschaft zwischen den Männern teilweise wiederhergestellt und der Streit wegen der Kongoroute weitgehend vergessen.

Lediglich Jephson grübelte über den Streit nach. Er mußte an jenes merkwürdige Mißverständnis im *Delmonico* denken, als die beiden New Yorker Journalisten davon ausgingen, daß jede Rückkehr Stanleys nach Afrika einzig im Auftrag von Leopold II. von Belgien erfolgen würde.

Den ganzen Tag schon hatte es leicht geschneit, aber um neun Uhr abends setzte dann doch starker Schneefall ein. Der Schnee legte sich auf die Dächer und Schornsteinköpfe Londons, bestäubte die Büsche und Hecken in den Parks und die Stechpalmenkränze an den Haustüren, dämpfte den Schein der Gaslaternen, bis sie nur noch schwach leuchteten. Auf der New Bond Street herrschte gähnende Leere. Zwar führte die Straße mitten durch den Stadtteil Mayfair, in dem viele der besseren Spielclubs lagen und wo man deshalb normalerweise zu jeder Tageszeit erwarten konnte, Zweispänner fahren und Damen und Herren von Stand flanieren zu sehen, aber dennoch lag sie verlassen da. Offenbar hatte die Verbindung von Feiertag und schlechtem Wetter selbst die unverbesserlichsten Spieler zu Hause gehalten. Jephson spähte durch das ovale Droschkenfenster. Er versuchte die Nummer des sechsstöckigen Backsteinhauses mit herrschaftlichen Wohnungen zwischen der Apotheke und einem Gemüse-Geschäft auszumachen, vor dem der Kutscher gehalten hatte. Mr. Stanley wohnte im Haus Nr. 160; ja, hier war 160. Weil er sichergehen wollte, daß sich keine Schläger in der Gegend herumdrückten, warf Jephson noch einen Blick die menschenleere Straße rauf und runter, dann lief er über die schneebedeckte Straße und betrat das schwach erleuchtete Vestibül des Gebäudes.

Erschreckt wich er einen Schritt zurück.

»*Iko* Bula Matari!« rief ihm eine schroffe Stimme aus dem Dunkeln zu.

»Wer ist da?«

»*Huyu ni nani?*«

»Hallo, wer ist denn da? Kommen Sie heraus, damit ich Sie sehen kann!«

Aus dem Schatten kam ein Mann, bekleidet mit Seemannsjacke und Arbeitermütze. Aber noch ehe Jephson ihn richtig erkennen konnte, merkte er, daß da noch jemand im Dunkeln stand.

»Wer steht da hinter Ihnen?«

»*Njoo hapa, toto.*«

Endlich kam auch die andere Person ans Licht. Es war ein Junge, neun, zehn Jahre alt, in Kniehose und Jäckchen, er steckte in einem Wollmantel und einem langen, gestreiften Kopftuch; das runde, hübsche Gesicht war schwarz wie Ebenholz, an den Ohren hingen goldene Ohrringe. Mein Gott, das war ein kleiner Mohr!

»Gestatten, Troup, Sir, John Rose Troup, und das hier ist Baruti. Wir warten auf Mr. Stanley.« Der Mann zog die Mütze vom Kopf, ein hellroter Haarschopf kam zum Vorschein. Mit seinem riesigen Schnauzbart hätte er fast grimmig gewirkt, nur ließ ihn das flammende Rot des Barts etwas nach komischer Oper aussehen. Der Mann hatte eine Zigarette im Mundwinkel und mochte um die Vierzig sein. »Wollen Sie auch Mr. Stanley besuchen? Baruti und ich warten schon seit über zwei Stunden auf ihn. Wir hatten uns gerade dort hinten hingesetzt, als sie hereinkamen, deshalb konnten Sie uns nicht gleich sehen. Entschuldigen Sie, wenn wir Sie erschreckt haben.«

»Dann ist Mr. Stanley also nicht im Haus?«

»Nein, Sir, ist er noch nicht da.«

»Eigentlich wollte er um neun Uhr zurück zu sein. Na ja, vermutlich hat ihn der Premierminister aufgehalten. Aber deshalb muß man doch nicht hier unten warten. Warum sind Sie denn nicht in die Wohnung gegangen?«

»Weil keiner da ist.«

»Niemand? Aber Mr. Stanleys Butler muß doch in der Wohnung sein.«

»Mr. Stanley hat keinen Butler, Sir.«

»Wirklich nicht? Komisch. Sind Sie sicher?«

»Absolut sicher, Sir. Mr. Stanley hat keinen Diener.«

»Also, das finde ich ja nicht sehr rücksichtsvoll.«

Der Mann sagte zu dem kleinen Mohr etwas in einer Sprache, die er nicht verstand, und der Junge flitzte zurück in den Schatten. Dort setzte er sich mit dem Rücken an die Wand und schlang sich den Mantel fester um den Leib.

»Was war das denn für eine Sprache?« fragte Jephson.

»Suaheli.«

»Suaheli? Stammt der Kleine von Sansibar?«

»Nein, aus dem nördlichen Kongo, einem Dorf namens Jambuja. Aber seit Tippu-Tib in die Gegend gezogen ist, sprechen da jetzt alle Suaheli.«

»Ist der Kleine Ihr Diener?«

»Aber nein, Sir.« Der Mann lächelte. Er setzte die Mütze wieder auf. »Baruti gehört zu Mr. Stanley. Er hat ihn vor zwei oder drei Jahren zu sich genommen. Tippu-Tibs Händler hatten die Familie des kleinen Kerls verschleppt, aber irgendwie konnte er fliehen. Er ist ein intelligentes Kerlchen. Mr. Stanley fand ihn, als er sich in der Gegend um Jambujo im Busch versteckt hielt, und hat sich seitdem um den Jungen gekümmert. Er hat ihn sozusagen adoptiert. Bei mir ist er erst, nachdem Mr. Stanley für die Lesereise nach Amerika gefahren ist. Ich sollte bis Mr. Stanleys Rückkehr auf ihn aufpassen. Aber er ist viel früher, als wir alle erwartet haben, zurückgekommen, nicht wahr?«

»Ja, wegen der Emin-Pascha-Expedition.«

»Ganz recht.«

»Wollen Sie deswegen Mr. Stanley einen Besuch abstatten?«

»Ehrlich gesagt, Sir, das weiß ich selbst nicht. Er hat mir telegrafiert und mich gebeten, bei ihm vorbeizukommen, aber über die Gründe stand nichts in dem Telegramm. Seit seiner Abreise nach Amerika habe ihn nicht mehr zu Gesicht bekommen.«

»Sind Sie ein Freund von ihm?«

»Ach, *Freund* würde ich eigentlich nicht sagen. Aber ich kenne ihn schon sehr lange. Ich habe im Kongo-Freistaat für ihn gearbeitet, bei der Erschließung des Kongos für König Leopold. Ich war der für Transport und Nachschub verantwortliche Offizier.«

»Ach so.« Jephson schlenderte zum Hauseingang und spähte nach draußen auf die schneebedeckte Straße. Von Stanley war weit und breit nichts zu sehen. Er rieb sich fröstelnd die Hände. Allmählich wurde ihm bei dieser Warterei ziemlich kalt.

»Verzeihen Sie bitte, Sir, aber darf ich Sie fragen, wer Sie sind?«

Jephson drehte sich schnell zu ihm herum. »Oh, entschuldigen Sie bitte, Troup. Das war sehr unhöflich von mir. Arthur Mounteney Jephson ist mein Name. Man hat mich als Sekretär des Emin-Pascha-Hilfskomitee eingestellt. Ich habe die letzten zwei Wochen mit Mr. Stanley zusammen verbracht. Ich bin nach New York gefahren und habe ihn eingeladen, die Leitung der Hilfsexpedition zu übernehmen. Wir sind erst gestern abend in London eingetroffen.«

»Freut mich, Ihre Bekanntschaft zu machen.« Troup schüttelte Jephsons ausgestreckte Hand. Dann sagte er: »Dann hat er Sie also in Sachen Emin Pascha herbestellt – mich übrigens möglicherweise auch.«

»Könnte sein, ja. Würden Sie sich denn freuen, da mitzumachen?«

»Durchaus.« Er nahm die Zigarette aus dem Mund und schnippte die Kippe nach draußen auf die Straße. Dann holte er einen Tabaksbeutel und ein Blättchen Papier hervor und rollte sich noch eine Zigarette. »Und wie ich mich darüber freuen würde! Für mich gäbe es nicht Schöneres, als mit Mr. Stanley in den Busch zurückzukehren.« Jephson sah, wie Troup die Zigarette drehte, wie geschickt und schnell er mit seinen kräftigen Händen umging: »Aber sagten Sie nicht eben, daß der Junge... daß Baruti, aus Jambuja stamme?«

70

»Doch, Sir.« Er zündete sich die Zigarette an, ließ sie im Mundwinkel hängen.

»Ich glaube, ich weiß sogar, wo das liegt.«

»Oh, das möchte ich bezweifeln, Sir. Der Ort liegt nämlich ziemlich weit vom Schuß.«

»Liegt er denn nicht dort, wo ein anderer Fluß – wie hieß er noch gleich – der Aruwimi? – wo dieser Aruwimi mit dem Kongo zusammenfließt?«

»Stimmt genau, gar nicht schlecht. Aber woher wissen Sie das alles?«

»Mr. Stanley sprach davon, als wir heute nachmittag im Hilfskomitee zusammen einen Blick auf die Landkarte von Afrika geworfen haben. Das Dorf lag genau da am Rand des großen grünlichen Fleckens, der in der Kartenmitte eingezeichnet war – dem Ituri-Wald.«

»Richtig. Und genau von dort stammt auch Baruti.«

»Waren Sie schon mal im Ituri-Wald, Troup?«

»Sie meinen, dort drin? Also, ich war schon mal in Jambuja, und dort ist man ja wohl schon drin. Dort beginnen die Ausläufer.«

»Nein, ich meine, sind Sie schon einmal so richtig hineingegangen – hindurchmarschiert?«

»O nein – das hat noch niemand unternommen.«

»Warum denn nicht?«

»Das ist vielleicht 'ne Frage.« Troup grinste. »Das hätten Sie bestimmt nicht gefragt, wenn Sie diese grüne Hölle schon mal mit eigenen Augen gesehen hätten.«

»Dann glauben Sie also nicht, daß sich jemand da hindurchkämpfen kann, das heißt, ganz da durchmarschieren, um am anderen Ende, am Albert-See, wieder herauszukommen?«

»Nee, ganz bestimmt nicht.« Plötzlich fing Troup an laut zu lachen.

»Nicht einmal Mr. Stanley wäre dazu in der Lage?«

Diese Frage brachte Troup zum Schweigen. Er nahm seine Zigarette aus dem Mund. »Warum wollen Sie das wissen?«

»Mr. Stanley erwähnte heute nachmittag etwas davon, daß er vielleicht durch den Ituri marschieren will.«

Troup schüttelte nur den Kopf. »Nein, da müssen Sie sich verhört haben, so etwas hat Mr. Stanley bestimmt nicht gesagt.«

Jephson sah ihm ins Gesicht, es wirkte auf einmal sehr ernst. Es war wohl besser, in der Sache nicht weiter nachzufragen. Schließlich hatte Sir William ja auch darum gebeten, daß alles, was auf der Komiteesitzung gesagt worden war, vertraulich behandelt werden sollte. Aber er mußte auch gar keine Entscheidung darüber treffen, im selben Augenblick kam nämlich Stanley herein. Der kleine Mohr lief quer durchs Vestibül und sprang ihm in die Arme.

»Hallo, du kleiner Strolch! *Hujambo. Habari? Uhali gani?*« Er lachte, hob den Kleinen hoch und zauste ihm das Krisselhaar. Dann hob er ihn mit Schwung auf die Hüfte, damit er am Kleinen vorbei ins Vestibül sehen konnte. »Und wo ist Bwana Troup? Was hast du denn mit Bwana Troup gemacht, du kleiner Schlingel? Hast du ihn denn nicht mitgebracht?«

Troup ging sofort zu ihm hin.

»Da bist du ja, John Rose Troup, da bist du ja endlich, du rothaariger Teufel.« Er streckte ihm die freie Hand entgegen. »Wie ist es dir ergangen? Hat dir der Bengel hier Kummer gemacht?«

»Kein bißchen, Bula Matari, ganz und gar nicht«, antwortete Troup, bis über beide Ohren grinsend.

Die beiden schüttelten einander kräftig, geradezu leidenschaftlich die Hand. Ein breites Lächeln zeigte sich auf den Gesichtern, aber trotzdem blickten sie sich sehr fest in die Augen.

»Arthur...« sagte Stanley, als er sich schließlich von Troup abwandte, »verzeihen Sie, daß ich mich dermaßen verspätet habe. Aber die Leute in Whitehall haben wieder mal reichlich dummes Zeug geredet. Herrgott, fast das gesamte Kabinett fühlte sich verpflichtet, irgend etwas beizusteuern. Ich dachte schon, gleich kreuzt die Königin persönlich auf und läßt mich in den Genuß ihrer königlichen Ratschläge kommen. Ich genieße einen schlimmen Ruf bei den Leuten. Die sind überzeugt davon, daß ich einen Krieg vom Zaun brechen will. Ach, der Teufel soll sie alle holen! Gehen wir nach oben, wir brauchen etwas Warmes im Magen.« Er behielt den kleinen Mohren auf der Hüften hocken, kramte nach seinem Schlüssel und ging ihnen voran zum Aufzug.

Stanleys Wohnung lag im obersten Stockwerk, direkt unter dem Dach, und nahm fast die Fläche des Dachbodens ein. Zur Linken des Flurs befanden sich Salon und Bibliothek, von der man ins

Schlafzimmer und ins Badezimmer kam; rechts lagen die Küche und die Pantry und dahinter die Kammer für den Butler. Aber daß kein Diener in der Wohnung lebte, war unübersehbar. Es herrschte das reinste Durcheinander darin, jedenfalls in dem Teil, den Jephson sehen konnte, als Stanley die Gaslampen aufdrehte. Die Möbel im Salon und in der Bibliothek waren ganz ordentlich – an den Wänden standen ein paar Stühle, vor dem Kamin ein Sofa, dazu ein abgewetzter Ledersessel mitsamt Polsterschemel, einige stabile Tische, mit Büchern vollgestopfte Regale, ein Sideboard, eine Standuhr, ein Paar Schränke mit Glastür, ein Rolltop-Schreibtisch, schwere Samtvorhänge und Perserteppiche. Aber kein Möbelstück paßte im Stil auch nur entfernt zum anderen. Es kam einem vor, als sei das Mobiliar wahllos zusammengesucht und auf dieselbe gedankenlose Art und Weise hingestellt worden. Überall lag erstaunlich viel Krimskrams herum. In und auf Tischen lagen Papiere oder türmten sich auf Stühlen. In die Ecken waren Packkisten geschoben. Im Flur sah man einen Gewehrschrank mit geöffneten Türen, außerdem lagen dort noch mehrere Messinginstrumente herum – Jephson erkannte darunter ein Fernglas und einen Sextanten. An den Wänden standen ein Bündel Speere, etliche Kanupaddel, eine finster dreinschauende Maske, Skulpturen aus Ebenholz, einige mit Tierhäuten bespannte Schilde sowie weitere derartige afrikanische Gegenstände. Die Tür bewachte ein junger ausgestopfter Gepard. Über dem Kamin hing das Geweih eines Wasserbüffels, den Platz zwischen den Fenstern zierte ein Kudugeweih. Auf dem Sofa lagen Stoffstreifen. Auf den Teppichen lagen überall die gegerbten Häute irgendwelcher wilder Tiere herum. Und mitten aus dem ganzen Chaos ragte einer von Stanleys Überseekoffern – er hatte also immer noch nicht ausgepackt; sein Winchester-Repetiergewehr hatte er aufrecht dagegen gelehnt. Die Wohnung ähnelte einem Zigeunerlager, einem provisorischen Ort zwischen Ankunft und Abreise, keinesfalls einer Behausung, in der man sich auf Dauer eingerichtet hatte.

Stanley hielt den fröhlichen Baruti immer noch auf seiner Hüfte und schritt in dem Durcheinander herum. Sich dafür zu entschuldigen, fiel ihm gar nicht ein. Er fegte ein paar Papiere vom Sofa, damit sich seine Gäste irgendwo hinsetzen konnten, legte einige Kohlebrikett nach und stocherte in der Kaminglut. Dann machte er einen großen Schritt über eine afrikanische Trommel, um ans Sideboard zu gelangen, auf der eine stattliche Reihe Flaschen Alkohol und mehrere Gläser standen.

»Zuerst kommst du dran, mein kleiner Schlingel. Was möchtest du denn – etwas Süßes? Wie wär's mit einem Kirsch?« Er schenkte etwas Likör in ein kleines Glas und reichte es dem Jungen. »Und was möchtest du Jack, alter Junge? Für uns beide einen irischen Whiskey gegen das Fieber, was? Und Sie, Arthur, was möchten Sie trinken?«

»Dasselbe wie Sie und Mr. Troup, einen Whisky bitte.«

»Gut.« Stanley schenkte drei Gläser voll. »Herzlich willkommen, Freunde: Auf daß es uns das Herz wärme an diesem kalten Abend.«

Jephson und Troup nahmen auf dem Sofa vor dem Kamin Platz. Stanley behielt Baruti auf den Knien, setzte sich gegenüber in den Ledersessel und legte die Füße auf den Polsterschemel.

»Fröhliche Weihnachten, Jungs! Und auch dir ein frohes Fest, mein kleines Äffchen.« Er stieß erst mit dem Kleinen an, dann leerte er seinen Whisky bis zum Drittel, auf einen Schluck. »Gut, dich wiederzusehen, Jack.« Er legte Baruti die Hand auf den Kopf und fing an, ihn zu kraueln, so wie ein Schoßhündchen, und der Junge schmiegte sich schläfrig an ihn. »Fast fünf Jahre ist Jack zusammen mit mir im Kongo-Freistaat gewesen, Arthur. Er war einer meiner fähigsten Offiziere da. Nein, Hergott, er war der tüchtigste von allen.« Er hob sein Glas in Richtung Troup und nahm noch einen kräftigen Schluck. »Er ist sogar noch ein Jahr länger dort geblieben, nachdem ich mich abgesetzt hatte. Erst in diesem Sommer ist er zurückgekehrt. Sechs Jahre auf dem verfluchten Fluß. Und da ist wirklich verflucht viel Blut geflossen, nicht wahr, Jack?«

»Und es wird immer blutiger, ja«, erwiderte Troup grinsend.

»Wie geht's deiner Malaria?«

»Ist nicht mehr so schlimm.«

»Also keine Anfälle mehr?«

»Keinen einzigen mehr, seit du nach Amerika gefahren bist.«

»Dann bist du ja prächtig in Form und kannst wieder arbeiten. Hast du schon eine neue Anstellung?«

»Ich habe eine Stelle angenommen... bei einer Reederei.«
»Welcher denn?«
»Bei der du ein gutes Wort für mich eingelegt hast – der *British India Steamship Company*.«
»Was für Arbeit hat Mac dir angeboten?«
»Ich arbeite da im Versand – ich habe meistens mit den Postdampfern zu tun, die nach Sansibar auslaufen.«
»Hört sich doch ganz gut an – findest du nicht, Jack?«
»Um die Wahrheit zu sagen – nein.«
»Nein? Und wieso nicht? Was würdest du denn lieber machen?«
Troup drückte seine Zigarette im Onyxaschenbecher aus, der auf einem Beistelltisch neben dem Sofa stand. »Na ja, wenn du mich so fragst, Bula Matari, dann will ich's dir sagen. Viel lieber würde ich noch einmal zum Albert-Njansa fahren und den Türken dort unten aus den Händen der Derwische befreien.«
Stanley fing lauthals an zu lachen. »Herrgott, Mensch, was ist denn los mit dir? Kannst du denn nicht genug kriegen von Afrika?«
»Nicht mehr und nicht weniger als du.«
»Aber, aber, Jack. Endlich bietet sich dir die Chance, zur Abwechslung mal einer ehrlichen Arbeit nachzugehen. Endlich hast du die Möglichkeit, einen Hausstand zu gründen und ein vernünftiges Gehalt zu verdienen, vielleicht eine liebe Frau zu finden, Kinder zu haben und ein geachtetes Leben zu führen. Warum, zum Teufel, willst du dann noch nach Afrika und nochmals Kopf und Kragen riskieren?«
»Dieselbe Frage könnte ich dir auch stellen, Bula Matari.«
Stanley lachte noch einmal.
»Und die Antwort wäre die gleiche.«
Immer noch lachend, schüttelte Stanley den Kopf. »Das kann schon sein. Also, wenn das so ist, John Rose Troup – herzlich willkommen bei der Emin-Pascha-Hilfsexpedition.«
»Verdammt noch mal!« rief Troup und stampfte mit dem Fuß auf, »verdammt noch mal, Bula Matari!«
Lang hingestreckt im Ledersessel, das Kind auf dem Schoß, das Granitgesicht zu seinem einnehmendsten Lächeln verzogen, hielt er Troup sein Glas hin. »Trinken wir aus, Mensch! Trinken wir aus bis zum letzten Tropfen, und damit ist der Handel besiegelt.«

Troup warf den Kopf in den Nacken und kippte den Inhalt seines Glases in einem Zug herunter.

»Du bist mein erster Geschützoffizier, Jack. Der erste Mann, den ich eingestellt habe.«

»Wirklich?« Troup schnappte nach Luft. Die Augen tränten ihm noch vom scharfen Whisky. »Und Mr. Jephson hier... kommt der denn nicht mit?«

»Wollen Sie mitkommen, mein Junge?« fragte ihn Stanley.

Jephson richtete sich ruckartig auf. Mit der Frage hatte er nicht gerechnet.

»Nein, er kommt nicht mit«, sagte Stanley. »Nein, Jack, außer dir habe ich noch keinen anderen eingestellt.« Er beugte sich nach vorn, als er das sagte, und fing an, ein paar von den Papieren wieder aufzusammeln, die er vom Sofa gefegt hatte, um Platz für Troup und Jephson zu schaffen. »Nein, Jack, bis jetzt sind nur wir zwei dabei. Aber es gibt einen Haufen Burschen, die mitkommen möchten.«

Troup sah Stanley zu, der rund dreißig der Papierbögen vom Boden zusammensuchte.

»Weißt du, was das hier ist?« fragte Stanley und reichte ihm den den ganzen Stapel. »Die Bewerbungsschreiben der Männer, die mit uns mitkommen wollen. Die Briefe kommen massenweise mit der Post, tagaus, tagein. Inzwischen sind es schon über hundert. Sieh dich mal um, hier, da drüben. Es sind Hunderte, aus allen Teilen Englands, aus der ganzen Welt. Von Männern aus allen Schichten und Berufen. Soldaten, Seeleute, Ingenieure, Kellner, Mechaniker, Köche, Diener, Spiritisten, Magnetiseure, bedeutende und unbedeutende Leute. Und alle brennen darauf mitzukommen, Jack, wollen den edlen Türken vor den Derwischen schützen, Ruhm erlangen, ihrer Frau entkommen, ein Vermögen machen, berühmt werden, ihr Können unter Beweis stellen, ihre Männlichkeit entdecken, Helden werden. Na, was sagst du nun, Jack? Komm, wir sehen uns die Bewerbungen durch, suchen uns die besten Leute raus, und die nehmen wir dann mit.«

Ohne auch nur einen Blick darauf geworfen zu haben, ließ Troup den Stapel auf den Teppich fallen. »Das geht nicht.«

»Und wieso nicht? Unter so vielen muß es einige geben, die für unser Abenteuer die richtigen Voraussetzungen mitbringen.«

»Weil wir schon wissen, wer dafür in Frage kommt.«

Stanley setzte sich lässig im Sessel zurück und streichelte den schlafenden Jungen, der auf seinem Schoß saß.

»An wen denkst du dabei?«

Troup beugte sich nach vorn. »Hoffman – zuallererst einmal an Willie Hoffman.«

»Wo steckt er?«

»Hier in London, er wohnt im West End. Er ist einen Monat vor mir zurückgekommen. Erst letzte Woche habe ich mich mit ihm getroffen. Wir haben in einer Kneipe in Cheapside zusammen was getrunken – an dem Tag, als in allen Zeitungen stand, daß du jetzt hinter dem Türken her bist.«

»Was macht er denn so?«

Troup zuckte die Schultern. »Der liebe Gott mag wissen, was Willie Hoffman treibt – wahrscheinlich das, was er am besten kann – jeden Tag etwas anderes.«

Stanley nickte. »Kannst du dich mal mit ihm in Verbindung setzen?«

»Na klar.«

»Dann melde dich mal bei ihm an.«

»Kein Problem.«

»Gut. Wen haben wir sonst noch?«

»Leslie.«

»Richtig, Leslie, Dick Leslie muß einfach dabei sein.«

»Er ist auch schon wieder in London. Er hat eine Praxis aufgemacht, in der Harley Street. Die Adresse hab ich, mit Leslie könnte ich mich auch in Verbindung setzen.«

»Ja, tu das. Und was ist mit Bertie Ward? Ist der auch erreichbar?«

»Nein, Bertie ist noch im Kongo. Als ich zuletzt was von ihm hörte, war er noch in der Äquator-Station. Meines Wissens läuft sein Vertrag erst in einem Jahr aus.«

»Das spielt keine Rolle. Ich kann ihn da freikaufen – ich will ihn dabei haben. Benachrichtige ihn, und erzähl ihm genau, worum's geht. Er kann von Banana-Point aus direkt ums Kap fahren und auf Sansibar zu uns stoßen. Wann das sein wird, lassen wir ihn dann rechtzeitig wissen.«

»Ich werd's erledigen.«

»Gut. Wer kommt sonst noch in Frage?«

»Fünf Leute hätten wir jetzt, dich und mich eingeschlossen Meinst du, daß wir noch mehr Leute brauchen?«

»Ja.«

»Also, nimm's mir bitte nicht übel, Bula Matari, aber darüber kann ich nichts wissen – ich habe ja nicht einmal eine Vorstellung davon, was für eine Expedition dir vorschwebt. Alles, was ich weiß, habe ich aus den Zeitungen erfahren, und das ist herzlich wenig. Die haben kein Wort über die Route geschrieben, weder stand da was von der Größe der Karawane, noch davon, wieviel Weiße man braucht, um sie zu führen.«

»Du hast recht, Jack. Aber weißt du was? Es wird allmählich spät. Ich werd' nur schnell mal den kleinen Schlingel hier ins Bett bringen, dann erzähl ich dir in groben Zügen, wie ich mir die Expedition vorstelle, und dann kannst du eine Nacht drüber schlafen. Morgen gehen wir dann die Einzelheiten durch.« Er stand vorsichtig auf; er wollte den kleinen Mohr, den er im Arm trug, nicht aufwecken.

»Das ist ja herrlich«, rief Troup und sprang vom Sofa auf, sobald Stanley aus dem Zimmer gegangen war. »Endlich kannst du mit der verfluchten Büroarbeit aufhören, Jack Troup. Es geht wieder nach Afrika, zurück in den Busch, dorthin, wo du hingehörst.« Dann ging er in dem vollgestopften Wohnzimmer umher, während er vor sich hinlächelte und immer wieder über den großen roten Schnauzbart strich.

Jephson konnte es nicht verhindern, er mußte über Troups Begeisterung lächeln, und fragte: »Troup, ist Afrika wirklich eine so herrliche Gegend?«

»Was?« Jetzt lief Troup nicht mehr herum. »Sie sind noch nie dort gewesen, Sir?«

»Nein. Aber ich fand eigentlich immer, daß Afrika ein scheußlicher Ort sei, Sie verstehen schon, voll von Wilden und wilden Tieren, Schlangen, Insekten, Krankheiten – und dann das entsetzliche Klima dort. O Gott, eben alles – nur nicht herrlich.«

Troup lachte. »Das stimmt schon, eigentlich ist Afrika eine ziemlich scheußliche Gegend, wenn man ehrlich ist. Aber in anderer Hinsicht ist es auch wieder herrlich. Wie auch immer – dort gefällt es mir jedenfalls viel besser, als von morgens bis abends im

Büro eingepfercht zu sein. Jippieh! Da bin ich ja noch mal knapp davongekommen.« Er fing wieder an, auf und ab zu gehen. Nach einer Weile blieb er vor Stanleys Überseekoffer stehen und nahm die Winchester in die Hand. »Mag sein, daß mir das hier am besten daran gefällt.« Gedankenverloren begann er, an dem Repetiermechanismus herumzuhantieren. »Daß man einen da nicht einsperren kann. In Afrika kann man nicht eingesperrt werden, dafür ist das Land viel zu groß, schier endlos. Es gibt da Gegenden, wo man weit und breit der einzige Weiße ist.«

»Und nicht nur der einzige, sondern auch *der erste*«, sagte Stanley und blieb in der Wohnzimmertür stehen. Er war mit Baruti ins Dienerzimmer hinter der Pantry gegangen und hatte ihn zu Bett gebracht.

Einen Augenblick blieb es still im Zimmer. Man hörte nur das Zischen der Gaslampendüsen, das Knistern der Kohlen im Kamin, das Ticken der großen Standuhr. Hoffentlich erzählt Stanley noch mehr, dachte Jephson. Aber schon bei der Vorstellung, irgendwo der erste Weiße zu sein, lief es ihm kalt den Rücken herunter. Stanley ging aber zu dem großen Mahagonitisch, der fast eine ganze Seite des Zimmers beherrschte, und fing an, in den darauf liegenden Papieren herumzukramen.

»Komm mal her, Jack.« Er hatte das Gesuchte gefunden: eine Landkarte. »Sehen wir uns die Karte an.« Da er die Landkarte ausbreiten wollte, mußte er die restlichen Papiere vom Tisch räumen.

Auch Jephson kam herüber und sah zu, wie Stanley Troup die Expeditionsroute in Umrissen vorstellte.

Es handelte sich um die Route, auf die man sich am Nachmittag im Athenaeum geeinigt hatte: Von Sansibar aus nach Bagamojo, in nordwestlicher Richtung nach Msalala am Südrand des Victoria-Sees, westwärts am Südufer des Sees ins Land der Karagwe, dann im großen Bogen Richtung Norden durch das Land der Nkole und Nkori zum Albert-See. Stanley gab Troup, während er die Route nachzeichnete, verschiedene Erläuterungen hinsichtlich der Schwierigkeiten und Vorteile der Route. Troup steckte sich eine Zigarette nach der anderen an und gab nur selten einen Kommentar ab, und das auch nur dann, um etwas anzufügen oder um zuzustimmen; er begriff alles schnell und ohne Mühe.

Als Stanley ausgeredet hatte, sah er noch einen Augenblick auf die Karte. Bestimmt sagt er nun etwas zu der anderen Route, die ihm vorschwebte, der, die durch den Kongo führt, dachte Jephson. Was er aber seltsamerweise nicht tat. Statt dessen fing er an, die Lage des Emins, jedenfalls was darüber bekannt geworden war, zu schildern – das meiste davon kannte er ja bereits vom Nachmittag im Athenaeum. Auch diesmal hörte Troup zu und unterbrach ihn nur, um etwas anzufügen oder auch zu fragen; er zupfte dann an seinem Schnauzbart und erfaßte die ihm von Stanley geschilderte Lage immer auf den ersten Blick.

»Also, Jack, so sieht's aus«, sagte Stanley, »was hältst du davon?« Er ging zum Sofa hinüber, auf dem Troup und Jephson gesessen hatten, setzte sich und warf die Füße auf die Kissen. »Ist doch gar nicht schwierig, was?«

Auch Troup achtete nicht mehr weiter auf die Karte. Er setzte sich auf den Überseekoffer und griff schon wieder nach der Winchester. »Ein Prachtstück, das hier.«

»Davon werden wir reichlich haben«, sagte Stanley.

»Mit solchen Gewehren wäre das Ganze ein Kinderspiel.« Troup zielte und richtete den Lauf auf einen Punkt zwischen den Schuhen. »Jedenfalls, solange wir schnell genug vorankommen.« Er legte die Waffe quer auf die Oberschenkel und beugte sich nach vorn. »Das ist das eigentlich Schwierige, stimmt's, Bula Matari? Daß wir schnell genug vorankommen, ja? Die Derwische halten sich bestimmt nicht länger zurück, wenn sie erst einmal Wind davon bekommen haben, daß sich eine Hilfsexpedition auf den Weg gemacht hat. Das Ganze wird also ein Wettlauf, richtig?«

Stanley nickte. Er verschränkte die Hände hinter dem Kopf und sah zur Decke.

»Also brauchen wir eine Kolonne, die so groß ist, daß sie den Nachschub für den Türken schleppen kann, aber nicht so groß, daß man kein flottes Tempo vorlegen kann«, fuhr Troup fort. »An wieviel Männer hast du dabei gedacht? Tausend *pagazis*? Mehr wären gar nicht nötig. Wir teilen die Sachen in Lasten zu knapp sechzig Pfund, damit dürften tausend Träger gut zurechtkommen. Zusätzlich wären dann noch dreißig, vierzig Lasttiere erforderlich.«

»Ja, das kommt schon ganz gut hin.«

»Na bitte, dafür würden wir nur mich, Hoffman, Ward, Leslie brauchen. Mit einer Kolonne von der Größe werden wir spielend fertig. Da haben wir schon ganz andere geführt. Die Hälfte der *pagazis* heuern wir auf Sansibar an, richtig? Fünf- oder sechshundert Wanjamwesi mit einem ordentlichen Kader ihrer Häuptlinge und Hauptleute. Und wen wir sonst noch brauchen, holen wir uns dann von Zeit zu Zeit auf den einzelnen Etappen dazu: in Mpwapwa, Tabora und Msalala.«

»Und wer soll die Askaris führen?«

»Was für Askaris denn? Davon hab ich kein Wort gesagt.«

»Hättest du aber.« Stanley schwang die Beine vom Sofa und stand auf. »Herrgott, Mann, bist du in die Jahre gekommen und fängst an zu spinnen? Bei einem derartigen Unternehmen muß man am besten wenigstens zwei Kompanien Askaris dabeihaben. Im ersten Abschnitt, bis hinauf nach Msalala, werden wir nicht auf großen Widerstand stoßen, das steht fest. Aber wenn wir erst einmal auf Nkole- und Nkori-Gebiet vorgedrungen sind, benötigen wir als Sicherheitseskorte gut ausgebildete Truppen.«

»Durch Nkole- und Nkori-Gebiet? Was soll das heißen? Die machen doch überhaupt keine Schwierigkeiten.«

»Was weißt du denn über die?« erwiderte Stanley schroff. »Wer weiß schon, was diese Kaffer alles anstellen? Eine wertvolle Karawane wie unsere, beladen mit Munition und allem, Hergott, das muß die doch reizen. Und noch etwas will ich dir sagen, Jack – ich denke nicht daran, kostbare Zeit zu verlieren, nur weil ich die auf Schritt und Tritt mit nichts weiter als einer Bande verängstigter Wanjamwesi-Träger bekämpfen muß. Ich habe nämlich die Absicht, rechtzeitig zu dem Türken zu gelangen. Und mit zweihundert Askaris, die mit solchen Waffen« – er zeigte auf die Winchester auf Troups Oberschenkeln – »bewaffnet sind, würde ich das schaffen. Die würden mir die Kaffer auf respektvolle Distanz halten.« Er wandte sich ab und ging zum Sideboard. »Aber dafür benötige ich zwei bis drei Armeeoffiziere. Du, Hoffman und die andern Jungs, ihr könnt euch mühelos um die *pagazis* kümmern. Aber trotzdem benötige ich einige gestandene Armeeoffiziere mit Afrika-Erfahrung. Die müssen mit einer zähen Bande von Berufssoldaten fertigwerden, die in der Lage sind, sich für mich durch schwerstes Gelände durchzuschlagen.«

Troup war verblüfft. Offensichtlich war er mit dem, was Stanley gesagt hatte, nicht einverstanden, und Jephson war überzeugt, daß er ihm bestimmt gleich widersprach. Aber da hatte er sich getäuscht. Troup betrachtete bloß das Gewehr, das auf seinen Knien lag, und schwieg.

»Die Männer müßten von ihren Regimentern Urlaub nehmen, wenn nicht völlig ausscheiden«, fügte Stanley an. Er griff nach der Flasche mit dem irischen Whisky auf dem Sideboard. »Die können ja nicht in offizieller Funktion mit uns kommen und dadurch – Gott bewahre, nein! – die Regierung Ihrer Majestät bloßstellen. Aber das müßte eigentlich zu regeln sein. Bei dem Wirbel, den die Geschichte ausgelöst hat. Wolseley wird mit uns zusammenarbeiten. Ich geh mal ins Kriegsministerium und spreche alles mit ihm durch.« Er schenkte sich einen neuen Whisky ein. »Also gut, Jack, so machen wir das. Du treibst Hoffman und Leslie auf und benachrichtigst Ward. Und ich kümmere mich darum, daß wir einige tüchtige Soldaten zusammenbekommen, die mit den Askaris umgehen können. Gib mir mal dein Glas.«

»Nein, danke«, Troup war schon aufgestanden, »ich mache mich am besten gleich auf den Weg. Mir ist da eine Idee gekommen, wo ich Hoffman vielleicht noch heute abend antreffe.«

»Nur noch einen letzten Schluck – für den Weg.«

Troup zögerte.

»Ach, Jack«, Stanley ging zu Troup hin und schenkte ihm Fingerbreit Whisky ins Glas. »Es es gut zu wissen, daß du an Bord bist, ich freue mich jetzt schon auf unsere neue Zusammenarbeit.«

»Geht mir genauso, Bula Matari.«

Stanley stieß mit ihm an, auf einmal fing er an zu grinsen. »Herrgott, Jack, ist das nicht herrlich, wieder loszuziehen. Sich wieder auf den Weg nach Afrika zu machen. Den ganzen Rauch und Schnee und Mist hier oben hinter sich zu lassen. Mann, wir wollen doch noch ein bißchen Spaß haben, bevor wir abtreten, was? Noch ein paar Sachen machen und Orte zu Gesicht bekommen, die bisher noch keiner betreten oder gesehen hat. Dafür sorgen, daß man über uns staunt und uns anerkennt. Wir wollen den Leuten mal zeigen, daß wir noch nicht am Ende sind. Ja, bevor wir einpacken, werden wir die Leute noch mal richtig zum Staunen bringen. Trinken wir aus, John Rose Troup, mach schon, laß uns endlich loslegen mit unserm verfluchten Abenteuer.«

III

Als Baruti die Tür öffnete, erkannte Jephson Hoffman sofort. Der Kerl war auch gar nicht zu übersehen. Er war eine Hüne, gut über einen Meter achtzig groß und wog bestimmt über 240 Pfund. Er war eher fleischig als muskulös, aber dank des gewaltigen, feisten Körperumfangs ohne Frage sehr kräftig. Das Auffälligste an ihm war aber, daß er überhaupt keine Haare hatte. Zuerst dachte Jephson, daß er sich eben immer am ganzen Kopf – dieser häßlichen rosafarbenen, mit Narben übersäten Kugel – rasierte. Aber als Hoffman sich umdrehte, um zu sehen, wen Baruti da in die Wohnung mitbrachte, fiel ihm auf, daß der Mann weder Brauen noch Wimpern hatte. Es schien fast so, als ob er einen mit seinem stumpfen leeren Blick andauernd ansah – wie ein Fisch.

Auch Hoffman war im Kongo gewesen und hatte unter Stanley gedient. Außerdem hatte er Stanley auch noch auf anderen Reisen begleitet, und davor war er für sich in anderen Gegenden Afrikas gewesen, aber darüber wußte Jephson nichts Genaueres. Jetzt stellte sich der riesige, glatzköpfige Kerl an eines der Wohnzimmerfenster. Über dem schmuddeligen Hemd trug er einen kurzen Lederwams, die Hose hatte er in die schweren Stiefel gesteckt. Er hatte offenbar nichts Beßres vor und gab sich auch gar nicht den Anschein, irgend etwas vorzuhaben. Er setzte sich bloß auf die Fensterbank, ließ die großen fleischigen Hände herabbaumeln und richtete den trüben, starren Blick gedankenverloren auf Jephson, auf den Schnee, der draußen fiel und auf Dr. Leslie, der auf der Couch saß.

Dr. Leslie war ein unscheinbarer Mann. Sein Äußeres ließ weder mehr noch weniger erkennen, als das, was er gegenwärtig zu sein vorgab: ein Arzt für Allgemeinmedizin, mit einer Praxis, die gerade genug Geld zum Leben einbrachte. Daß er, wie Troup und Hoffman auch, im Kongo-Freistaat unter Stanley gedient hatte, als Truppenarzt in der innersten Station bei den Stanley-Fällen und sich dort durch seine Heilverfahren gegen das Fieber fast den Ruf eines Wunderheilers erworben hatte, zeigte sich weder in der äußeren Erscheinung noch im Auftreten. Er war eher klein und schmalbrüstig, hatte eine blasse Gesichtsfarbe, ein Zwicker saß auf der scharfen Nase, darunter trug er einen dünnen Schnurrbart, und das Kopfhaar begann sich auch zu lichten. Regungslos und fast etwas schüchtern saß er auf der Couch vor dem Kamin in Stanleys Wohnzimmer und faltete die Hände akkurat im Schoß. Stanley, der ihm gegenüber saß, redete auf ihn ein. Troup stand in der Nähe und schaltete sich gelegentlich in das Gespräch ein.

Hoffman und Leslie waren ungefähr eine Stunde vor Jephson in der Wohnung eingetroffen. Stanley hatte sie bereits über die Emin-Pascha-Expedition unterrichtet und zur Teilnahme eingeladen. Hoffman hatte auf der Stelle zugesagt. Er hatte eine Pechsträhne und gegenwärtig nichts Beßres vor. Was Leslie betraf, ergab sich allerdings ein anderes Bild. Er hatte vor zwei Jahren, nach seiner Abschied vom Kongo, geheiratet, ein Kind bekommen, ein hübsches Haus in Norbury bezogen und sich in London in eine Praxis eingekauft, in dessen Aufbau er seine ganze Energie steckte. Deshalb war es nur zu verständlich, wenn für ihn die Vorstellung, das alles hinzuschmeißen, und auf eine Expedition nach Afrika zu gehen, überhaupt nicht in Betracht kam.

Anscheinend hatte Stanley hauptsächlich argumentiert – soweit Jephson das nach seinem Eintreffen mitbekommen hatte, daß Leslie keinesfalls alles hinwerfen müsse. Er müßte sich sozusagen nur einige Monate freinehmen. Leslie seinerseits bemühte sich, ihm mit leiser Stimme und etwas glücklos auseinanderzusetzen, daß man ein Leben, wie er es jetzt führte, auch nicht für so kurze Zeit unterbrechen könne, wenn man bei Verstand sei. Möglicherweise, wenn die Praxis besser eingeführt war. Doch nicht unter den gegebenen Umständen. Er hatte schließlich eine große Verantwortung. Sicher würde er viele Patienten an die Kollegen verlieren, während er nicht da war, und müßte nach seiner Rückkehr die Praxis völlig neu aufbauen, ganz zu schweigen von den nachteiligen Folgen, die sich aus seiner Abwesenheit für Frau und Kind ergeben würden. Worauf Stanley ihm unter lautem Lachen entgegnet hatte, daß er durch die Teilnahme an einer Unternehmung wie der Emin-Pascha-Expedition große Publizität erlangen werde, daß ihn die Teilnahme zum berühmtesten Arzt seiner Zeit machen würde: Die Patienten würden ihn nach der Rückkehr förmlich die Tür einrennen, die Praxis würde einen Riesenaufschwung erleben, und der Frau und dem Kind bliebe gar nichts übrig, ihn infolgedessen noch mehr zu achten und zu verehren. Und in dem Ton ging es weiter, ein Wort gab das andere, Einwände wurden vorgetragen und zurückgewiesen, während Leslie von Zeit zu Zeit von seinen gefalteten Hände aufblickte und dann auf den entschlossenen Blick aus Stanleys sehr ungestüm-intensiven, graugrünen Augen und auf sein einnehmendes, unwiderstehliches Lächeln traf.

Nach allem, was er von der Meinungsverschiedenheit mitbekommen konnte, schien es Jephson, daß Leslie sehr wohl gute Argumente hatte. Sämtliche Logik war auf seiner Seite, und aller gesunder Menschenverstand sprach dagegen, daß er sich für die Expedition anheuern lassen sollte. Und doch war ihm von Anfang an klar gewesen, daß Leslie mitmachen würde. Gründe konnte er zwar dafür nicht nennen. Auch hatte Stanley kein schlagendes Argument vorgebracht, das schließlich doch imstande gewesen wäre, Leslies stärkste Einwände zu entkräften. Das eigentliche Hin und Her hatte recht wenig damit zu tun. Tatsächlich haftete ihm etwas ziemlich Mechanisches, ja Rituelles an, als hätten die beiden das Gespräch bloß der Form halber geführt, so wie eine Pflichtprozedur, die man hinter sich bringen mußte, um zu beweisen, daß Männer so wichtige Entscheidungen erst nach reiflicher Überlegung treffen. Nein, was Leslie bewegte, seine Position ins Wanken brachte und sich gegenüber seiner Argumentation durchsetzte, was ihn, wie widerstrebend auch immer, zum Nachgeben verleitete, fand unterhalb der Oberfläche statt, ganz unabhängig vom formalen Austausch logischer Argumente. Es handelte sich um etwas Unausgesprochenes, vielleicht Unaussprechbares, eine Spannung, die den Arzt und Stanley, Troup und wahrscheinlich auch Hoffman und sogar den kleinen Mohren verband. Es ging dabei um Erinnerungen und Sehnsüchte, die er zwar erraten, an denen er aber nicht teilnehmen konnte. Er sah sich in dem vollgestopften Zimmer um – diesem wahren Zigeunerlager – und betrachtete die glänzenden Messinginstrumente des Entdeckungsreisenden, die viel benutzten Karten, die Speere und Schilde an den Wänden und das Gewehr, während er über die ihm nicht zugänglichen Erinnerungen und diese Sehnsucht nach Afrika nachsann.

Troup setzte sich auf der anderen Seite neben Leslie aufs Sofa und drängte den Arzt so näher an Stanley heran. Auf einmal nahm Stanley mit überraschend femininer Geste Leslies Hand und hielt sie in seiner eigenen fest. »Diese Hände brauchen wir, Doktor«, sagte er mit seiner rauhen, leisen Stimme, »ohne sie wären wir nicht sicher.«

Leslie betrachtete seine Hände und ließ es geschehen, daß Stanley sie festhielt. »Bula Matari, Sie sind noch mal mein Tod«, sagte er seufzend. »Und ich dachte schon, ich wäre Ihnen entkommen.« Dann entzog er ihm seine Hände, damit er seinen Zwicker mit seiner Krawatte putzen konnte. »Und was soll ich meiner Frau erzählen?« fragte er. »Wie soll ich das alles meiner lieben Frau beibringen? Mit so einer Entwicklung hat sie nie gerechnet.« Er schloß die Augen. Offenbar erwartete er gar keine Antwort auf die Frage.

Stanley lehnte sich zurück. Troup setzte ein breites Lächeln auf, legte den Arm um Leslie und drückte ihn fest an seine Brust. »Verdammt noch mal, Doktor Dick!« rief er. »Hab ich's doch gewußt, Sie wollen ja doch nicht hierbleiben. Wissen Sie, ich wäre gar nicht ohne Sie gefahren. Das habe ich auch schon zu Mr. Stanley gesagt. Ich hab' ihm gesagt, ich komme nur mit, wenn Doktor Dick dabei ist und sich um uns kümmert. Das waren meine Worte, oder, Bula Matari?«

Aber Leslie sah weder ihn noch Stanley an. Weil es schneite, hatte er Galoschen getragen, die er gleich nach Betreten der Wohnung ausgezogen hatte. Jetzt beugte er sich nach vorne und zog sie sich wieder an. »Ich muß wieder in die Praxis«, sagte er, »bestimmt hat sich schon eine meilenlange Schlange gebildet, und meine Patienten wundern sich, was aus mir geworden ist.« Er stand auf und stampfte mit den Füßen, bis die Galoschen richtig saßen. »Ich muß Vorsorge treffen für die Leute. Ich muß einen Arzt finden, der sich um sie kümmert. Meine Güte, ich muß noch

Millionen Sachen erledigen.« Er zog seinen Inverness-Regenmantel über und setzte sich die Sherlock-Holmes-Mütze auf, dann nahm er seinen Spazierstock in den Hand. »In ein paar Tagen bin ich wieder da.«

»Wann immer es Ihnen paßt«, sagte Stanley, und er erhob sich von der Couch, »und tun Sie mir doch den Gefallen und sehen Sie auf dem Nachhauseweg bei Burroughs und Wellcome im Snowhill-Gebäude vorbei. Nur damit man da eine Vorstellung bekommt, was Sie an Medikamenten und Geräten benötigen werden. Man soll die Sachen schon mal zusammenstellen.«

»Ja, na gut.«

»Und Sie brauchen an nichts zu sparen. Bestellen Sie alles, was Sie für notwendig erachten. Geld spielt keine Rolle dabei.«

»Sehr schön.«

»Ich habe mir auch gedacht, wir sollten uns alle impfen lassen, ehe wir tatsächlich ins Landesinnere aufbrechen, denken Sie also bitte auch daran.«

»Ja doch. Ich weiß ja, was Sie wollen. Ich weiß genau, was Sie von mir wollen. Darum haben Sie mich ja auch zu dieser verrückten Unternehmung überredet, nicht wahr? Weil ich genau weiß, was man von mir wünscht.«

»Ja, genau deshalb.« Stanley legte den Arm um Leslie und brachte ihn zur Tür. Dort sagte er dann noch einmal, bevor der Arzt gehen durfte. »Unsere Gesundheit liegt in Ihren Händen, Doktor Dick. Und wenn wir heil aus dieser Sache herauskommen, dann haben wir das bestimmt nur Ihnen zu verdanken.«

Die Pläne und Vorkehrungen hinsichtlich der Askaris sowie des militärischen Nachschubs, der zum Entsatz zu Emin gebracht werden sollte, wurden vorerst nicht weiterverfolgt. Stanley wollte zuvor noch die zwei, drei Berufsoffiziere verpflichten, die er mit im Stab haben wollte, damit ihre Sachkenntnis auch für diesen Teil der Arbeit Verwendung finden konnten. Da er aber schon Troup, Hoffman und Leslie eingestellt hatte – Herbert Ward in Afrika, mit dessen Teilnahme er fest rechnete, hatte man ein Telegramm geschickt –, konnte er mit der Aufstellung und Ausstattung der restlichen Karawane fortfahren.

Die Listen mit dem erforderlichen Gerät stellten Stanley und

Troup zusammen. Der Großteil der Waren, wie etwa die Arzneimittel, die Leslie bei Messrs. Burroughs and Wellcome bestellen sollte, waren in England erhältlich. So gab Stanley beispielsweise bei Messrs. Forest und Sons ein von ihm entworfenes Boot aus Zinkstahl in Auftrag: Es war 28 Fuß lang, sechs Fuß breit, mit einem Tiefgang von einem halben Fuß; um es leichter transportieren zu können, ließ es sich in zwölf, je 70 Pfund schwere Teile zerlegen. Messrs. Fortnum und Mason in Picadilly wurden beauftragt, vierzig Lasten zu je 56 Pfund zusammenzustellen, bestehend aus Tee, Kaffee, Schnaps, Fleischextrakt, verschiedenen Marmeladen und anderen erlesenen Lebensmitteln, die der Ergänzung und Bereicherung der Kost der Weißen dienen sollten. Den Auftrag für die Zelte bekamen Messrs. John Edgington und Co. in der Duke Street, mit dem Sonderauftrag, das Segeltuch zum Schutz gegen die afrikanischen Regenfälle mit einer Schutzhaut aus Kupfersulphat zu versehen. Die Jagdgewehre samt dazugehöriger Munition schließlich sollten Messrs. Kynoch und Co. in Birmingham sowie Messrs. Watson und Co. in Pall Mall liefern.

Doch den vielleicht wichtigsten Artikel von allen konnte man leider nicht in England bekommen – das war die »Währung« beziehungsweise die Tauschwaren, mit der die Karawane im Verlauf der eigentlichen Reise ihre Verpflegung, im wesentlichen natürlich die Lebensmittel, decken wollte. Es gab natürlich keine irdische Methode, mit der sich die Expedition von Anfang an mit so viel Nahrungsmitteln versorgen konnte, daß man mehrere Wochen lang weit über tausend Münder speisen konnte. Ein Teil davon, das frische Fleisch – würde man durch die Jagd bekommen; aber die Grundnahrungsmittel, Maniokwurzeln und -mehl, Mais und Süßkartoffeln und Reis, Pisang und Bananen, das Geflügel, die Eier und die Milch – von denen sich die Karawane von Tag zu Tag ernähren wollte, würde man von den Stämmen, durch deren Gebiete man zog, eintauschen müssen. Die Mittel für diesen Tausch, *mitako* mit Namen, variierten von Region zu Region. In einigen Gegenden handelte es sich um Stoffe und Perlen von unterschiedlicher Farbe, Material und Größe; in anderen waren es Messing-, Eisen- oder Kupferdraht, den man aufrollte oder in einer Länge von gut eineinhalb Fuß zuschnitt. Die Fachleute für die Frage, was – und wo – als verkäufliche Währung gelten konnte, saßen alle in den Ausstatterfirmen der Handelskarawanen der Araber, die den Begriff der Währung erst ins innere Afrika eingeführt hatten. Man kabelte deswegen an Messrs. Smith, Mackenzie und Co. auf Sansibar, den Agenten für eine der größten dieser Firmen, und gab dort eine Bestellung über annähernd 30000 Yards Baumwoll- und Leinenstoffe, 4000 Pfund Perlen und rund 2000 Kilo Draht auf.

Zusätzlich beauftragte man die Agentur Smith, Mackenzie, die Wanjamwesi-Häuptlinge und Hauptleute auf Sansibar in Kenntnis zu setzen, daß aus ihrem Volk 600 *pagazis* benötigt würden. Die Wanjamwesi waren zwar gebürtige Sansibariten, sprachen Suaheli und hingen ebenso wie die auf der Insel herrschenden musketischen Araber dem islamischen Glauben an. Aber sie waren keine Araber, sondern ein gemischtrassiges Volk: die Nachfahren der Schwarzafrikaner aus dem Landesinneren, die von arabischen Sklaven- und Elfenbeinjägern im Laufe der Jahrzehnte an die Küste verschleppt worden waren. Die Wanjamwesi waren hervorragende Reisegefährten. Sie waren – möglicherweise, weil etwas arabisches Blut in ihren Adern floß, aber auf jeden Fall im Gegensatz zu den reinrassigen Afrikanern aus dem Landesinneren bereit, sich über riesige Entfernungen hin von der Heimat zu entfernen. Es waren kräftige, intelligente und friedfertige Leute. Sie dienten regelmäßig als Träger in den arabischen Handelskarawanen und hatten auch schon Burton, Speke, Grant, Livingstone und Stanley selbst auf ihren berühmten Entdeckungsreisen gute Dienste geleistet. Sie sollten das Rückgrat der Expedition bilden. Man ging davon aus, daß man unterwegs auf den verschiedenen Etappen, je nach der Art des Geländes und den Schwierigkeiten beim Marsch, zuätzliche *pagazis* – mitunter bis zu 500, 600 oder sogar mehr – benötigen würde. Diese wollte man je nach Bedarf bei den einheimischen Stämmen mieten und auszahlen, wenn sie den Weitermarsch verweigerten. Die Wanjamwesi dagegen wurden für die gesamte Reise eingestellt. Es war vorgesehen, daß sie die volle Distanz nach Wadelai und zurück marschieren sollten: Die Auswahl der Männer war also von ganz entscheidender Bedeutung. Willie Hoffman wurde damit beauftragt. Schon am 28. Dezember machte er sich auf den Weg nach Sansibar.

Jephson erhielt zunächst die Aufgabe, sich um den Schriftverkehr zu kümmern, er mußte bei den Sitzungen des Hilfskomitees

Protokoll führen, Anfragen ans Kriegsministerium und an die Admiralität richten, Verhandlungen mit den Banken führen, die Verträge für den Expeditionsstab aufsetzen und so weiter. Aber nach einigen Tagen beauftragte Stanley ihn auch damit, Jack Troup zu helfen, den Bestellungen bei den verschiedenen Ausrüstungslieferanten und Zulieferfirmen nachzugehen. Jephson arbeitete gern mit Troup zusammen. Der Rotschopf mit dem etwas komisch wirkenden Brigantenschnauzbart war ein herrlich gutmütiger Mann. Troups Tüchtigkeit imponierte ihm; seine kolossalen Fähigkeiten und die große Erfahrung, die er in die Aufgabe einbrachte, zeigten sich in der Leichtigkeit und der Sicherheit, mit der er alles erledigte. Aus einer wesensmäßigen Bescheidenheit oder aufgrund des absoluten Vertrauens in sein Können ließ er ihn aber an seinem Wissen teilhaben, als wäre das alles gar keine besondere Leistung. Stets nahm er sich die Zeit, die Fragen des jungen Mannes zu beantworten und ihm zu erklären, warum man einen speziellen Ausrüstungsgegenstand benötigte und welche Verwendung er im Feld finden sollte. Auf seine unkomplizierte und gutmütige Art nahm er Jephson unter seine Fittiche und wurde sein Anleiter in der Geheimwissenschaft der Ausrüstung einer Afrikaexpedition. Wenn er auch immer auf den Klassenunterschied achtete und Jephson gegenüber die Zurückhaltung zeigte, die ein Angehöriger der Adels von einem Arbeiter erwarten durfte, so entwickelte sich zwischen ihnen doch ein freundschaftliches Verhältnis.

Sämtliche Ausrüstungsgegenstände verschiffte man zwar sofort nach ihrer Bereitstellung nach Sansibar, aber nicht alle Dinge wurden zur gleichen Zeit fertig. Einige Standardartikel wie etwa Macheten und Äxte konnte man binnen Tagen in ausreichender Zahl direkt vom Lieferanten beziehen. Die Bestellung anderer Gegenstände – zum Beispiel der Zelte, die aus einem speziell behandelten Segeltuch gefertigt werden mußten – nahm erheblich mehr Zeit in Anspruch, und die Anlieferung des Zinkstahl-Bootes mit der komplizierten Zerlegekonstruktion dauerte noch länger. Zudem bestand Stanley darauf, Proben eines jeden Artikels zu untersuchen, und nicht selten hatte er etwas daran auszusetzen. Oder er machte Verbesserungsvorschläge und ließ alles noch einmal überarbeiten, was zu weiteren Verzögerungen führte. Daher mußte man eine schwindelerregend große Anzahl von Lieferungen im

Auge behalten, die verzwickten Fahrpläne für die Verschiffung ausarbeiten, Platz in den Lagerräumen in den Häfen von London, Southampton, Plymouth und anderen Städten buchen, unentwegt Lieferanten aufsuchen und zur Eile mahnen, Frachtscheine und Quittungen prüfen und abheften und Zahlungen leisten. Daher schickte man Jephson los, mit Reedereiagenturen zu sprechen, mit Schiffskapitänen zu verhandeln, Hersteller zu besuchen, im Postamt auf Telegramme aus Afrika zu warten, und in Stanleys Wohnung mußte er eine regelrechte Papierflut durchsehen. In seinem ganzen Leben hatte er noch nie so geschuftet. Außerdem war geplant, daß Troup noch in den nächsten zwei Wochen zur Überwachung des Ankaufs des *mitako* und der Lasttiere Hoffman nach Sansibar nachreisen sollte; und aller Wahrscheinlichkeit nach würde er abfahren, ehe alle Geräte fertiggestellt waren, und das bedeutete, daß es an Jephson hängenblieb, sich um den sicheren Versand der letzten Einzelteile zu kümmern. Eine verantwortungsvollere Aufgabe hatte man ihm zeitlebens noch nicht anvertraut. Menschenleben hingen davon ab, im wahrsten Sinne des Wortes. Dies flößte ihm eine ehrfürchtige Scheu ein, versetzte ihn aber auch in Hochstimmung, so daß er sich sich mit einer Begeisterung an die Arbeit machte, die schon an Panik grenzte.

Wie Stanley seine Leistungen bewertete, wußte er jedoch nicht genau. Stanley lobte ihn mit keinem Wort, die übrigen allerdings auch nicht. Er kam und ging, ein Wirbelwind an Aktivität, gab nur kurz und schroff seine Anweisungen, wobei er einen wütenden, einen besorgten oder auch einen gedankenverlorenen Eindruck machte. Ständig notierte er sich auf kleinen Zetteln irgendwelche Listen, die er auf der Rückseite von Briefumschlägen revidierte. Er prüfte und prüfte nochmals die Lieferungen und Bestellungen der Ausrüstungsgegenstände, wobei er (zu Troups Bestürzung) immer noch etwas hinzufügte und die Zettel dann auf Schritt und Tritt um sich herum verstreute. Stanley war das reinste Energiebündel, zäh und voll Entschlußkraft, wie besessen von dem Wunsch, daß die Expedition endlich in Gang käme und er die belagerten Garnisonen des Emin Pascha rechtzeitig erreichte.

Am Silvestervormittag 1886, als lediglich Stanley, Jephson und der kleine afrikanische Junge Baruti in der Wohnung in der New Bond Street waren, suchte sie Captain Robert Harry Nelson vom

Methuen's Horse-Regiment auf. Er trug die blaue Uniform seines berühmten Kavallerieregiments: ein rotblonder Mann von Anfang dreißig mit sonnengebräunter Haut. Er mochte etwas über mittelgroß sein und hatte eine tolle Figur, fast wie ein Mittelgewichtspreisboxer; sein Schnurrbart war gewachst und nach oben gezwirbelt, die Koteletten so schräg rasiert, wie es damals unter Kavallerieoffizieren Mode war; über der linken Brusttasche trug er zwei Reihen mit Tapferkeitsmedaillen und Ordensbändern. Er salutierte, als Baruti ihm öffnete, und zuckte mit keiner Wimper beim Anblick des kleinen Mohren mit den goldenen Ohrringen, als hätte er nichts anderes erwartet.

Stanley, der noch in Hemdsärmeln war, blickte von seiner Arbeit auf. Er hatte eine Kiste mit der Zeltleinwand aufgehebelt und wollte gerade mit Jephsons Hilfe das Material ausbreiten, um es zu überprüfen. Er musterte die Gestalt in der Tür so lange, bis er das Regimentsabzeichen auf der Uniform entziffern konnte. Dann erhob er sich und sagte sichtlich erstaunt: »*Methuen's Horse?* Sie sind Captain Nelson?«

»Jawohl, Sir. Guten Tag. Es ist mir eine große Ehre, Sie kennenzulernen, Mr. Stanley.«

»Wie zum Teufel hat Wolseley Sie denn so schnell aufgetrieben?« Stanley kam herüber, wobei er die Zeltplane hinter sich herzog. »Er sagte mir, Sie wären derzeit in Kapstadt stationiert.«

»Das war ich auch, Sir. Seit Monatsanfang bin ich wieder in England, abkommandiert zum Dienst in der Pentworth-Kaserne. Die Akten im Heeresministerium sind wohl nicht ganz auf dem Stand, auf dem sie sein sollten.«

»Also, ich muß schon sagen, das ist ja ein Glücksfall. Ich freue mich sehr, daß Sie gekommen sind, Captain. Lord Wolseley hat Sie in den höchsten Tönen gelobt. Kommen Sie doch herein. Darf ich vorstellen, Arthur Mounteney Jephson. Eigentlich ist er der Sekretär unseres Hilfskomitees; aber im Augenblick muß er die Drecksarbeit erledigen und zusammen mit mir prüfen, wie gut das Segeltuch hier ist, das mir Edgington zur Ansicht zugeschickt hat.«

»Normalerweise leistet man bei Edgington bei solchem Gerät ausgezeichnete Arbeit, wie ich festgestellt habe«, sagte Nelson. »Als wir ihre Zelte in der Kalahari zum Einsatz brachten, haben sie glänzend gehalten.«

»Ach ja? Wie finden Sie denn das Zeug hier?« Stanley reichte ihm die Leinwand, die er in der Hand hatte.

Nelson klemmte sich die Schirmmütze unter den Arm, nahm Stanley den Stoff aus der Hand und knüllte einen Streifen zusammen. »Er ist ein bißchen steif«, meinte er nach einer Weile. »Man hat die Leinwand mit Kupfersulphat behandelt, ja?«

»Ganz recht.«

»Hängt von den Umständen ab, unter denen sie es benutzen wollen, würde ich sagen. In der Kalahari würde es uns überhaupt nichts nützen. Dazu ist die Luft dort viel zu trocken. Aber wenn Sie mit großer Feuchtigkeit und viel Regen rechnen, dann wird der Stoff wohl genau der Richtige sein.«

Stanley nickte. »Genau das habe ich mir auch gedacht, Captain.« Er nahm Nelson das Segeltuch ab, legte es in die Kiste zurück und verstaute es ziemlich unordentlich.

»Sie sprechen sicherlich von dem Gebiet um die Seen herum«, sagte Nelson, während er hinter Stanley ins Wohnzimmer ging. »Dort ist es ganz schön feucht und regnerisch.«

»Ja, das kann man wohl sagen.« Stanley räumte ein paar Sachen vom Kamin-Sofa und forderte Nelson auf, Platz zu nehmen. »Möchten Sie einen Kaffee oder Tee trinken, Captain. Oder lieber einen Portwein?«

»Danke, nein, Sir, aber darf ich vielleicht rauchen?«

»Natürlich – hier. Probieren Sie mal eine von denen hier. Es sind amerikanische – aus Havanna.«

»Besten Dank.« Nelson nahm sich ein Zigarre aus der Schachtel, die Stanley auf dem Sofatisch aufgeklappt hatte. »Sie wollen sich also durch das Seengebiet nach Äquatoria durchschlagen. Durch das Land der Buganda und Bunjoro?«

»Ja, etwas westlich von dem Gebiet«, antwortete Stanley und setzte sich in seinen Ledersessel. »Karagwa, Nkole, Nkori, durch die Gegend da.«

»Ah ja.«

»Kennen Sie die Gegend?«

»Ich selber war noch nie soweit im Norden, Sir, aber ich habe davon schon gehört.«

»Und? Was halten Sie von der Route?«

»Es dürfte leichter sein, sich dort durchzuschlagen, als durch

Buganda und Bunjoro-Gebiet. Die dortigen Kaffer verhalten sich neuerdings ziemlich übel. Nicht mehr so wie damals, als Sie zum erstenmal da durchzogen.«

»Ja, sieht ganz danach aus.« Stanley schwang die Beine aufs Sofa. »Sagen Sie mal, Captain, wie weit nördlich von Kapstadt sind Sie eigentlich schon gewesen?«

»Nicht sehr weit, Sir. Sie wissen ja, die britischen Truppen sind nicht befugt, hinter dem Limpopo-Fluß zu operieren; ich bin aber einmal mit einer kleinen Abordnung durchs Betschuanaland zum Sambesi gezogen. Wir haben da plündernde Zulu gejagt.«

»Ach ja, Lord Wolseley sprach davon. Sie haben in den Zulu-Kriegen gekämpft, nicht wahr, Captain? 1879 und 1880? Mit den *Cape Mounted Rifles*.«

»Ja, Sir.«

»Und sich dabei ein bißchen ausgezeichnet, wie ich gehört habe.«

»Danke.«

»Das da ist sicher die Auszeichnung dafür, ja?« Er deutete auf einen der Orden auf Nelsons Brust. »Das Viktoria-Kreuz da.«

Jephson, der sich mit Barutis Hilfe damit beschäftigt hatte, die Zeltleinwand wieder einzupacken, sah sich plötzlich neugierig um. Mensch, das Viktoria-Kreuz! Er betrachtete Nelsons ledriges, sonnengebräuntes Gesicht mit neuem Interesse.

»Worum ging's eigentlich bei der Sache?« erkundigte sich Stanley.

»Ach, nur um das übliche, Sir. Unsere Einheit bekam bei der Rorkes-Furt ein bißchen Ärger mit den Kaffern, anschließend kam es zu einem etwas hitzigen Gefecht, ehe wir uns auf den Rückzug begeben konnten.«

Stanley beugte sich nach vorne, er wartete darauf, daß Nelson ihm das Gefecht schilderte. Aber der steckte sich lieber erst einmal seine Zigarre an. Und das dauerte eine Weile. Stanley ließ ihn nicht aus den Augen, Jephson auch nicht. Als Nelson dann das Streichholz auspustete, sagte er allerdings immer noch nichts, und seine Miene blieb erfreulich ausdruckslos.

»Ich nehme doch nicht an, daß Sie die Gelegenheit verstreichen lassen wollen, ein bißchen Selbstlob zu äußern, oder, Captain?« sagte Stanley lächelnd.

»Ach, Mr. Stanley, viel Anlaß zu Selbstlob habe ich nicht«, erwiderte Nelson. »Es war ein unbedeutendes Gefecht – mich hat man bloß zufällig in den Berichten erwähnt. Ich hatte ein bißchen Glück.«

»Lord Wolseley hat mir die Sache aber ganz anders dargestellt, Captain«, sagte Stanley. »Ihm zufolge – und ich muß sagen, er gab mir eine höchst lebhafte Schilderung dieses ›unbedeutenden Gefechts‹ – ging es da keineswegs um Glück. Mit Glück hat sich noch keiner das Viktoria-Kreuz verdient, Captain... diese Auszeichnung verdient man sich allein durch Heldenmut – durch ganz außergewöhnliche Heldentaten verdient man sie sich.«

Nelson paffte einmal an seiner Zigarre. Er wollte die gefaßte Miene beibehalten; aber ohne Frage war er unter seiner tiefen Sonnenbräune etwas rot geworden. Er schien sich nicht wohl in seiner Haut zu fühlen.

»Also gut, Captain, wenn Sie möchten, reden wir nicht weiter darüber. Sprechen wir über die vor uns liegenden Probleme.« Stanley lächelte immer noch. Er stand auf und ging zum Sideboard, um sich ein Glas Portwein einzuschenken. »Aber eines müssen Sie wissen, Captain, Ihr Dienstbericht imponiert mir sehr – und Ihre Bescheidenheit auch.«

»Vielen Dank, Sir.«

»Und Sie möchten ganz bestimmt kein Glas Portwein?«

»Nein, bestimmt nicht, Sir, vielen Dank.«

Stanley ging mit dem Glas in der Hand zu seinem Stuhl zurück, setzte sich hinein und legte wieder die Beine hoch. »Sicherlich wissen Sie auch, warum Lord Wolseley Sie gebeten hat, mich aufzusuchen.«

»Ja, Sir, durchaus.«?

»Und? Was ist Ihre Meinung in dieser Angelegenheit?«

»Mr. Stanley, es wäre mir eine sehr große Ehre, bei dem Feldzug unter ihnen zu dienen.«

»Und wieso?«

»Wieso, Sir?«

»Ja, Captain, wieso wäre es Ihnen eine Ehre?«

»Na ja, Sir, auch auf die Gefahr hin, daß es sich rührselig anhört – darf ich bekennen, daß ich seit meiner Kadettenzeit ein Bewunderer von Ihnen bin? In dem Jahr, als Sie Livingstone fanden, war ich in meinem ersten Jahr in Sandhurst. Aber vor allem seit Ihrem Artikel über die Expedition habe ich davon geträumt, in Afrika Dienst zu tun. Seitdem habe ich Ihre Unternehmungen voll Begeisterung verfolgt – Ihre Bücher haben mich ungemein fasziniert.« Nelson zog noch einmal an seiner Zigarre und sah sich verlegen um, er wußte nicht so recht, was er sagen sollte. »Wir haben uns sogar schon einmal getroffen, Sir«, fuhr er schließlich fort. »Sie werden sich sicher nicht mehr daran erinnern, ich war damals, 1877, in der Kaserne auf Sansibar stationiert, kurz bevor ich für mein erstes Kommando bei den *Buller's Horse* zur Kap-Kolonie mußte. Sie machten damals auf dem Rückweg von der Entdeckung des Kongo dort Halt. Wir hielten Ihnen zu Ehren vor dem Sultanspalast eine Parade ab. Es war der letzte Tag im November. Wir waren alle äußerst aufgeregt, daß wir sie zu Gesicht bekommen sollten. Sie haben an dem Tag zusammen mit Konsul Kirkan und uns gemeinsam gegessen.«

Stanley trank einen kleinen Schluck Port. Mit zusammengekniffenen Augen betrachtete er Nelson über den Rand des Glases.

»Ich war fast zehn Jahre in Afrika«, fuhr der Captain zögernd fort, »aber in der ganzen Zeit habe ich nur die südlichen Gebiete kennengelernt, alles, was südlich vom Sambesi liegt. Mein großer Wunsch ist es, einmal landeinwärts ins Innere zu gelangen. Ich möchte die Wälder und Savannen, die Seen und Menschen sehen, über die ich in den ganzen Jahren in Ihren Büchern gelesen habe. Und die Chance, das unter ihrer Leitung tun zu können – na ja, Sir, damit wäre mein Jugendtraum in Erfüllung gegangen.«

Stanley schloß kurz die Augen. Dann sagte er: »Verheiratet sind Sie nicht, Captain?«

»Nein, Sir.«

»Und Sie haben auch keine anderen Bindungen?«

»Nein, Sir.«

»Gut. Denn ich würde mich sehr freuen, einen so befähigten Soldaten, wie Sie es sind, bei mir zu haben, Captain.«

»Danke, Sir, vielen Dank. Ich werde Sie nicht enttäuschen.«

»Bestimmt werden Sie das nicht«, sagte Stanley. Er stellte sein Glas auf den Teppich und stand auf. »Wann können Sie anfangen, was meinen Sie?«

»Sobald Sie es wünschen, Sir. Morgen? Ich kann wohl meine

Angelegenheiten noch bis heute abend in Ordnung bringen und schon morgen früh wieder hier sein. Ach, da ist ja Neujahr! Das ist eine tolle Möglichkeit, das neue Jahr zu beginnen. Aber vielleicht möchten Sie in der Zeit etwas Ruhe haben, Sir.«

»Nein, im Augenblick können wir uns keine Ruhe leisten. Kommen Sie auf alle Fälle morgen vorbei, wenn's geht. Ich möchte, daß Sie gleich damit anfangen, die Waffen zu bestellen, die wir für uns selber und den Emin brauchen.

»Sehr gut, Sir«, sagte Nelson. »Ich komme dann hierher.« Er schüttelte Stanley die Hand. »Ich kann Ihnen gar nicht sagen, wie sehr ich mich darüber freue, Mr. Stanley. Nett, Sie kennenzulernen, Jephson.« Er schüttelte Jephson kräftig die Hand und ging rasch zur Tür.

»Ach, noch etwas, Captain«, sagte Stanley, der ihn begleitete, »kennen Sie zufällig einen gewissen Major Barttelot?«

»Barttelot, Sir?«

»Einen Edmund Musgrave Barttelot, von den *Seventh Royal Fusiliers.*«

»Ach, Ted Barttelot. War das nicht Lord Wolseleys Adjutant beim Nil-Feldzug?«

»Ja, genau den meine ich.«

»Hat der nicht auch im Afghanistan-Krieg gekämpft? Ja, Ted Barttelot. Persönlich kenne ich ihn zwar nicht, Sir, aber ich habe schon sehr viel über ihn gehört. Scheint ein ziemlich toller Bursche zu sein, nach allem, was man so hört. Mit einer Menge Schneid. Soll noch sehr jung für einen Major sein – sechs- oder siebenundzwanzig. Es heißt, er hätte eine glänzende Zukunft vor sich.«

»Stimmt, das sagen alle«, sagte Stanley. »Sie wissen nicht zufällig, wo er stationiert ist?«

»Doch, in der Stopham-Kaserne, Sir. Die *Seventh Fusiliers* sind im Augenblick in Stopham stationiert.«

»Das habe ich auch geglaubt. Wolseley hat mir dasselbe erzählt. Aber vielleicht sind ja die Akten, die man im Heeresministerium über Major Barttelot führt, genauso veraltet wie ihre Akte.«

»Das glaube ich eigentlich nicht, Sir. Ich weiß genau, daß die *Seventh Fusiliers* in Stopham liegen. Ein Freund von mir ist in dem Regiment. Man rechnet dort damit, erst in ein paar Monaten wieder abkommandiert zu werden. Man glaubt nach Bombay. Da muß Ted Barttelot einfach dabeisein.«

»Merkwürdig, daß er dann nicht bei mir vorbeigeschaut hat.«

»Ach, hat Lord Wolseley ihn denn auch für einen Platz in Ihrem Stab empfohlen?«

»Doch.«

»Sie würden, wenn Sie mir das zu sagen erlauben, eine vorzügliche Wahl mit ihm treffen.«

»Finden Sie? Er wäre aber ranghöher als Sie, Captain.«

»Das wäre mir egal, Sir. Ich würde gern unter ihm dienen. Nach allem, was man hört, ist er ein famoser Kerl und ein glänzender Offizier. Er hat beim Nil-Feldzug Fabelhaftes geleistet... er wurde mehrfach in den Berichten erwähnt... bei Tell el-Kebir hat er wie der Teufel gekämpft. Wäre es nach ihm gegangen, so heißt es, wäre die Kolonne noch rechtzeitig zu Gordon in Khartum durchgekommen.«

»Ja, das habe ich auch gehört... sehr beeindruckend. Dennoch: Es ist schon komisch, daß er mich immer noch nicht aufgesucht hat. Ich habe eigentlich damit gerechnet, daß er lange vor Ihnen aufkreuzen würde. Schließlich hatte ich ja den Eindruck, daß Sie in Kapstadt waren, während sich Major Barttelot nur einige Stunden entfernt in Stopham aufhielt. Gerade eben, als ich sah, wie Baruti einem Offizier der Armee öffnete, war ich sogar sicher, daß es sich um den Major handelte. Mein Irrtum wurde mir erst klar, nachdem ich mir Ihre Uniform einmal genauer angesehen hatte.«

»Möglicherweise wurde Ted von einer Regimentsangelegenheit in Stopham aufgehalten.«

»Ja, daran wird's wohl liegen – obwohl es mir schwer vorstellbar ist, daß ein Regimentskommandeur einen Offizier an anderer Stelle einsetzt, wenn er Anweisung vom Oberbefehlshaber hat, dem Mann freizugeben, damit er in dringlicheren Angelegenheiten nach London fahren kann.«

Darauf fiel Nelson nun auch nichts mehr ein.

An der Tür angekommen, blieb Stanley stehen und legte die Hand auf den Messingknauf. »Na ja, spielt ja keine Rolle«, sagte er auf einmal gedehnt. »Wir haben ja Sie, Captain, und ich freue mich außerordentlich darüber. Endlich können wir mit dem militärischen Teil unserer Unternehmung beginnen. Ich freue mich schon auf unsere Zusammenarbeit. Sie werden also versuchen, morgen vorbeizukommen?«

»Ja, Sir, ganz bestimmt.« Nelson setzte seine Schirmmütze auf.

»Und – ach ja, noch eins, Captain«, sagte Stanley, als er die Tür aufzog.

»Sir?«

»Sir William Mackinnon gibt heute abend einen Silvesterball. Sie wissen ja, er ist der Vorsitzende des Emin-Pascha-Hilfskomitees, er hat alle Mitglieder des Expeditionsstabes dazu eingeladen. Und Sie gehören jetzt ja auch dazu. Versuchen Sie doch zu kommen, es dürfte ein ziemlich ausgelassenes Fest werden.«

»Vielen Dank, Sir, sehr freundlich von Ihnen. Aber bei all den Dingen, die noch zu regeln sind, werde ich es kaum schaffen, noch heute abend nach London zurückzukommen.«

»Ja, natürlich...ich verstehe...also bis morgen dann.«

IV

Sir Williams Fest fand in Belgravia statt, in seinem Stadthaus, einer imposanten, großen alten Villa mit dazugehörigem Park. Die Villa hatte eine prächtige Haupttreppe aus Marmor, die zwei riesige Empfangsräume voneinander trennte, in denen je ein Orchester aufgebaut worden war. Einige der vornehmsten Mitglieder der Londoner Gesellschaft waren gekommen – Angehörige der königlichen Familie und des Hochadels, Minister, Parlamentsabgeordnete, der Lord Mayor von London, Admiräle und Generäle, Bankiers und Handelsfürsten und Landadlige, Botschafter und ausländische Würdenträger aller Art. Sogar Seine Königliche Hoheit Edward Prinz von Wales und sein, wie üblich, lautstarkes Gefolge wurden erwartet. Es war ein glanzvolles Ereignis. Die Damen hatten sich herausgeputzt, trugen ihre prächtigsten Abendkleider, funkelten vor Brillanten, wedelten mit ihren Fächern. Die Herren erstrahlten in ihren mit Orden behangenen Uniformen oder in eleganten, mit Seidenschärpen drapierten Cutaways. Lakaien und Kellner eilten durch die Menge, Geigenklänge untermalten das fröhliche Reden und Lachen und das Klingen des Kristalls. Kronleuchter beschienen die weiten Marmorflächen, das polierte Holz und die strahlenden, glücklichen Gesichter. Den gesellschaftlichen Höhepunkt der Saison bildete der Ball auch deshalb, weil er nicht nur im Zeichen des Jahreswechsels stand, sondern zu Ehren der mutigen Männer gegeben wurde, die zur Rettung des Emin Pascha nach Afrika aufbrechen wollten. Henry Morton Stanley war natürlich der Ehrengast.

Außer Stanley nahm allerdings keiner der anderen wackeren Männer der Expedition am Fest teil. Jack Troup hatte sich schlicht geweigert. Zwar hatte er behauptet, sich an dem Abend noch um einige Materiallieferungen kümmern zu müssen, aber Jephson, der ihn davon zu überzeugen versucht hatte, man könne die Sache doch auf den morgigen Tag verschieben, merkte natürlich, daß der wahre Grund in der überaus großen Scheu des Rotschopfs vor den Menschen lag, die er als feine Pinkel titulierte. Auch Dr. Leslie war nicht da. Es hatte Schwierigkeiten mit seiner Frau gegeben, die auf den Entschluß ihres Mannes, an der Expedition teilzunehmen, mit einem hysterischen Anfall reagiert hatte. Sie war mit dem Kind nach Sussex zu ihrer Mutter geflohen, deshalb mußte er Silvester dort verbringen. Captain Nelson war in die Kaserne in Pentworth zurückgekehrt, um seine Angelegenheiten zu regeln. Willie Hoffman befand sich auf Sansibar und heuerte die *pagazis* an. Und Herbert Ward befuhr noch den Kongo, auf dem Weg zur Küste, von wo er mit dem ersten Schiff ums Kap fahren wollte. Da sie nun alle nicht erschienen waren, stellte sich heraus, daß Jephson neben Stanley der einzige auf dem Ball war, der täglich mit den Expeditionsangelegenheiten zu tun hatte und der infolgedessen das Objekt fast ebensogroßer Aufmerksamkeit war. Ihm gefiel das ungemein; es war ja auch genau das, was er sich erhofft hatte, als er Sir Williams Angebot akzeptierte, den Posten als Sekretär des Hilfskomitees zu übernehmen. Etwas von dem Ruhm und dem Glanz des großen Abenteuers färbte allmählich auf ihn ab. Durch seinen persönlichen Umgang mit den Helden hätte man ihn beinahe selbst für eine Art Held gehalten.

Sir William und Lady Mackinnon, das Ehepaar Hutton, Colonel

Grant nebst Gattin, Colonel de Winton und drei oder vier weitere Mitglieder des Emin-Pascha-Hilfskomitees, darunter Baron Burdett-Coutts und Gräfin de Noailles, hatten sich zum Empfang der Gäste ins Defilee eingereiht; aber Stanley hatte sich davongemacht. Er stützte sich mit den Armen auf die Balustrade und unterhielt er sich mit Lord Wolseley. Der General war ein hochgewachsener, kräftig gebauter Mann, prächtig anzusehen in seiner mit vielen Orden geschmückten, roten Uniform, die vor lauter Goldtressen glänzte. Dennoch war der kleinere, unauffällig gekleidete Stanley die beherrschende Gestalt. Seinen Frack zierten keine Ehrenzeichen. Dabei hätte er sich die ganze Brust mit den Orden zieren können, die ihm europäische Monarchen und geographische Gesellschaften für seine enormen Leistungen bei der Erforschung Afrikas verliehen hatten; doch er hatte davon abgesehen. Außerdem brachte die einfach geschnittene, kurze Frackjacke seine muskulösen Arme, das breite Kreuz und den breiten Brustkorb besser zur Geltung. Das kurzgeschnittene, eisengraue Haar, das er sich für den Anlaß hatte nachschneiden lassen, unterstrich die unbeugsame Kraft dieses Mannes. Die Hände in die Hüften gestemmt, die Beine weit auseinandergestellt, die asiatisch wirkenden Augen im Schatten der hohen Wangenknochen verborgen, stand er da, während er auf die Leute hinuntersah und Wolseley zuhörte. Ein paar Schritte entfernt von ihm schlenderten mehrere Gäste vorbei, warfen Blicke in seine Richtung und sprachen über ihn im Flüsterton, trauten sich aber nicht, ihn anzureden. Die Haltung und die undurchdringliche Maske seines narbigen Gesichts flößte ihnen doch zu große Furcht ein. Auch Jephson hielt sich im Hintergrund und wartete auf seine Chance, Stanley zu begrüßen.

Bevor sich diese Möglichkeit aber ergab, rief auf einmal Lord Wolseley: »Also, das gibt's ja gar nicht, Henry. Aber wenn man vom Teufel spricht... Da ist der Bursche endlich.«

»Wo?«

»Er kommt gerade herein... mit Dolly Tennant am Arm.«

Jephson und Stanley wandten die Köpfe in die Richtung, in die Wolseley mit dem Arm deutete.

Dorothy Tennant, Jephsons Kusine, galt als eine der großen Schönheiten der Londoner Gesellschaft. Zwar war sie Ende Zwanzig und noch immer unverheiratet, doch das lag einzig an ihrer kapriziösen Art der Auslese; alle Männer, die für eine Ehe in Frage kamen, hielten geradezu unerbittlich um ihre Hand an. Und als Jephson nun sah, wie sie ins Haus der Mackinnons kam, wußte er auch warum. Sie sah hinreißend aus. Das seidige, kastanienbraune, von einer Tiara gekrönte Haar hatte sie hochgesteckt, dadurch blieben der lange schlanke Hals, die zarten, cremefarbenen Schultern und auch das herrlich gefüllte Dekolleté des seidenen burgunderfarbenen Ballkleids frei. Der Schein der Kristalleuchter fiel auf ihre wunderschönen graugrünen, wie Geschmeide funkelnden Augen; das schöne Gesicht leuchtete, prickelte noch nach dem Schnee und Wind an diesem Winterabend. Als sie jetzt lachte, näherten sich auch schon aus allen Richtungen die Bewunderer, angezogen von ihrem verführerischen Lachen.

So atemberaubend Dolly auch aussehen mochte, ruhen blieb Jephsons Blick doch auf ihrem Begleiter, Major Edmund Musgrave Barttelot von den *Seventh Royal Fusiliers*. Er war der attraktivste Mann, den Jephson je gesehen hatte. Wenn es nicht Anlaß zu Mißverständnissen gegeben hätte, so hätte man ihn sogar als schön bezeichnen können. Er war groß und schlank, mit langen Beine und schmalen Hüften, aber breiten Schultern, und hatte eine geschmeidige, sportliche Figur, die in der weiß-goldenen Uniform seines berühmten Regiments erstklassig zur Geltung kam. Er besaß einen Kopf wie ein griechischer Gott, dichtes, dunkelblondes Haar und vollendet geschnittene, weder von einem Schnurrbart noch einem Bart noch Koteletten verunzierte Gesichtszüge und strahlend blaue Augen. Auch er fing an zu lachen, während er sich den Säbel abschnallte und ihn nachlässig einem in der Nähe stehenden Bediensteten reichte.

»Ted, hier sind wir!« rief Lord Wolseley. Lächelnd wie ein stolzer Großvater ging er dem Paar entgegen. »Dolly, Liebes, wie außerwöhnlich bezaubernd du wieder aussiehst. Da möchte sich ein alter Mann wie ich ja wieder wie ein Schuljunge aufführen.« Er verbeugte sich und gab ihr einen Handkuß. »Und Sie, Ted, wo haben Sie denn die ganze Zeit versteckt?« fragte er den Major. »Man hat Sie die letzte Woche ja nicht mal von weitem gesehen, wie man mir erzählte.«

»Ich habe nur ein wenig die Feiertage genossen, Sir«, antwortete Barttelot und zeigte ungezwungen lächelnd eine Reihe kräftiger weißer Zähne. Beiläufig schüttelte er dem General die Hand.

»Das haben Sie bestimmt, mein Freund, so wie ich Sie kenne. Na ja, wie auch immer, kommen Sie mal mit. Ich möchte Sie jemandem vorstellen – du auch, Dolly.« Wolseley faßte Dolly Tennant am Arm und ging mit beiden auf Jephson zu.

Er war schon losgegangen, um seine Kusine zu begrüßen. Aber er hielt wieder inne. Plötzlich wich nämlich alle Fröhlichkeit aus Dollys Gesicht. Sie machte eine höchst seltsame Miene. Jephson drehte den Kopf in die Richtung, in die sie blickte. Dolly blickte Stanley an. Der ballte die Fäuste, stemmte sie in die Hüften und erwiderte den Blick mit solch schockierender Wildheit, daß es einen Augenblick fast so schien, als wolle er ihr damit Gewalt antun. Da fiel ihm ein, daß ihm Stanley damals in New York im *Delmonico* gesagt hatte, er kenne Dolly Tennant. An den Ausdruck, der dabei ins Stanleys Miene aufgetaucht war, erinnerte er sich noch sehr gut. Der Gesichtsausdruck jetzt war der nämliche.

Aber Dolly hatte sich schnell wieder davon erholt. Sie entzog Lord Wolseley ihren Arm und ging zu Stanley, ging dicht an Jephson vorbei, streckte die Hand aus und sagte leise: »Henry...«

Wortlos faßte er ihre Hand.

»Wir haben uns so ja so lange nicht mehr gesehen, Henry.«

»Ja«, antwortete er und ließ ihre Hand wieder los, sah ihr jedoch mit so beängstigender Eindringlichkeit in die Augen, daß sie sich abwenden mußte.

»Arthur, Liebling, wie geht's dir?«

»Ein frohes Neues Jahr, Dolly.« Er tauschte mit der Kusine zwei Küsse.

Die Mackinnons und Huttons und Grants, Colonel de Winton, die Gräfin de Noailles und noch einige andere hatten sich aus der Empfangsreihe gelöst und kamen zu ihnen herüber.

»Major Barttelot kennt ihr ja alle« sagte Dolly; eine Vorstellungsrunde schloß sich an. »Und das ist mein Cousin, Ted. Arthur Mounteney Jephson... Major Edmund Musgrave Barttelot.«

»Guten Tag.«

»Angenehm.«

»Und das hier, Ted, ist natürlich Mr. Henry Morton Stanley.«

»Mr. Stanley...«, sagte Barttelot und wandte sich geschickt von Jephson ab, »... es ist mir eine große Ehre, Sir. Für die, die wir in Afrika gedient haben, sind Sie das Musterbeispiel eines großen Soldaten.«

Aber noch immer hatte Stanley nur Augen für Dolly Tennant. Dann aber richtete er den Blick auf Barttelot und sagte: »Major.« Die ihm von Barttelot dargebotene Hand verschmähte er.

Barttelot hielt ihm die Hand noch eine Sekunde länger hin, dann ließ er sie sinken. Er betrachtete Stanleys vernarbtes, steinhartes Gesicht ein wenig verblüfft, vielleicht lag sogar Belustigung darin. Hätte sich Lord Wolseley nicht eingeschaltet, so hätten sich die beiden zwar deutlich unterschiedlichen, doch auf ihre Art in körperlicher Hinsicht auffallenden Männer wohl noch etwas länger schweigend angeblickt.

»Na bitte, Henry, da haben wir ja doch noch Ihren flüchtigen Adjutanten erwischt«, meinte er gutgelaunt. »Aber das Warten wird sich auszahlen, glauben Sie mir das. Ted ist ein glänzender Offizier. Im ganzen britischen Heer gibt's keinen besseren Mann.«

Stanley sah Wolseley an, dann blickte er wieder zu Barttelot: Seine Miene wirkte noch immer starr und verschlossen. Er stemmte die Hände in die Hüften und sagte ganz ruhig: »Ich nehme an, Major, Sie haben schon mal etwas von der Emin-Pascha-Entsatzexpedition gehört?«

»Aber ja doch, Sir, natürlich – alle haben davon gehört.«

»Und Ihnen ist sicher auch bekannt, daß Lord Wolseley Sie mir für das Amt des Adjutanten empfohlen hat?«

»Ja, Sir, das ist mir auch bekannt.«

»Aber Sie sind wohl nicht sonderlich an dieser Aufgabe interessiert, wie?«

»O nein, Sir, ganz im Gegenteil, mein Interesse ist immens. Das verspricht ja ein ganz toller Spaß zu werden.«

»Ach ja, finden Sie?«

»Ja, Sir.«

»Dann begreife ich nicht, wieso Sie sich erst heute abend bei mir vorstellen, Major.«

»Dafür muß ich mich entschuldigen, Sir. Ich verstehe ja Ihre Verärgerung, aber Sie müssen mich entschuldigen. Ich hatte die letzten Tage verteufelt viel zu tun, und ich mußte noch einige persönliche Geschichten regeln.«

»Ah ja. Und – ist es Ihnen gelungen, Major?«

»Ja, alles in Ordnung, Sir.«

»Ich darf also damit rechnen, daß Sie sich jetzt anmelden?«

»Das dürfen Sie, Sir.«

»Wollen Sie mich also aufsuchen, sagen wir – morgen, in meiner Wohnung New Bond Street Nr. 160?«

»Morgen, Sir? Morgen ist Neujahr.«

»Das ist mir bekannt, Major.«

»Aber, Sir, es tut mir leid, da habe ich schon Dollys – Miß Tennants – Einladung angenommen, an dem Tag zu ihrer Gesellschaft nach Broadmoor zu kommen. Ich möchte sie nur höchst ungern enttäuschen.«

Stanley wandte sich zu Dolly; seine Gesichtszüge versteinerten. »Das möchte ich mir auch verbitten, daß Sie sie versetzen.« Er sah wieder Barttelot an. »Meinen Sie denn, Major, daß es sich vielleicht *über*morgen einrichten ließe?«

»Gewiß, Sir, wann würde es Ihnen denn am besten passen?«

»So früh Sie können.«

»Ich werde in aller Frühe bei Ihnen sein.«

»Na fein. Aber nun – Miß Tennant, die Herrschaften, wenn sie mich bitte entschuldigen wollen.« Stanley verbeugte sich knapp und machte auf dem Absatz kehrt.

»Henry...«, rief Dolly ihm nach. Daß er so plötzlich wegging, hatte sie aufgeschreckt.

Er blieb stehen, sie ging zu ihm. Worüber sich die beiden unterhielten, konnte man nicht verstehen. Sie redete sehr schnell und leise, ihre Wangen röteten sich, sie wirkte äußerst aufgebracht. Er hörte ihr zu, ohne etwas zu erwidern, verneigte sich erneut und ging dann weiter.

»Du lieber Himmel, worum ging's denn da?« fragte Jephson.

»Er ist verliebt in Dolly«, antwortete die Gräfin de Noailes.

»Was?« Er drehte sich zu ihr um. »Er ist in Dolly verliebt?«

»Wußten Sie das nicht, Arthur? Also wirklich, Sie sind mir wirklich ein süßes Unschuldslamm. Ganz London weiß doch, daß er kurz vor seiner Abfahrt nach Amerika um ihre Hand angehalten hat. Angeblich ist er auch nur deshalb überhaupt abgereist.«

»Was soll das heißen – *deshalb*?«
»Weil sie ihn abgewiesen hat – deshalb.«
»Für diesen Gecken?«
»Geck? Von wem sprechen Sie eigentlich?«
»Von Major Barttelot.«
»Bitte, Arthur, setzen Sie keine Gerüchte in die Welt. Major Barttelot hatte mit der Sache gar nichts zu tun.«
»Was dann?«
»Ach, wissen Sie, Dolly konnte eben nie akzeptieren... na ja, aus was für *Verhältnissen* Mr. Stanley stammt.«

Am 2. Januar begab sich Major Barttelot in aller Frühe zu Stanley in die Wohnung in der New Bond, wohl um auf seine Pünktlichkeit aufmerksam zu machen, während Stanley noch schlief und bevor die übrigen eingetroffen waren. Begleitet wurde er von seinem Burschen, einem kleinem, fast glatzköpfigen, mopsgesichtigen Londoner Sergeant schwer bestimmbaren Alters, er mochte eher fünfzig als vierzig sein, namens William Bonny. Baruti öffnete den beiden. Als Jephson dann fast zwei Stunden später in der Wohnung eintraf, warteten sie immer noch auf Stanleys Erscheinen. Der Sergeant hatte sich am Fenster auf einen Stuhl gesetzt und sah – offenbar fühlte er sich hier nicht wohl – mit leerem Blick auf den leise herabsinkenden Schnee. Barttelot hingegen hatte es sich auf dem Kamin-Sofa bequem gemacht, nahm sich vom Kaffee und dem Gebäck, das Baruti hereingebracht hatte, und unterhielt sich angeregt mit dem kleinen Mohren auf suaheli. Er schien sich völlig wohl in seiner Haut zu fühlen und sah genauso unerhört gut aus wie auf dem Ball – auch wenn er an diesem Morgen Zivil trug. Da Jephson ihn als einziger der Anwesenden bereits kannte, oblag es ihm, Barttelot mit den nacheinander eintreffenden Männern – Nelson, Troup und Leslie – bekannt zu machen.

Leslie mußte gleich wieder gehen; er war nur auf einen Sprung vorbeigekommen, weil er einige Unterlagen abholen mußte. Er kam eigentlich immer nur auf einen Sprung vorbei und rannte dann ganz aufgeregt wieder los. Die Ehekrise hatte sich etwas entschärft – seine Frau hatte sich ins Unvermeidliche gefügt und zugestimmt, für die Dauer der Expedition in Sussex bei ihrer Mutter zu wohnen. Aber jetzt war er in heller Aufregung wegen der Absprache, die er mit dem Kollegen getroffen hatte, der sich um die Praxis kümmern sollte. Er hatte einen älteren Herrn im Ruhestand ausfindig gemacht, der für ihn einspringen wollte, sich allerdings leider als stocktaub erwiesen hatte, wodurch die Durchsicht der Patientenakten fürchterlich viel Zeit in Anspruch nahm. Leslie schilderte das alles ganz gehetzt und aufgeregt, wobei er sich an niemanden persönlich wandte. Kaum hatte er Barttelot die Hand geschüttelt und sich in Bonnys Richtung kurz verneigt, war er auch schon wieder aus der Wohnung verschwunden.

Troup blieb kaum länger in der Wohnung. Er erkannte Barttelot sofort – mit seinem elegant geschnittenen Anzug, dem makellosen, glattrasierten Profil, der unverschämten, nuschelnden Aussprache war er für ihn der Inbegriff des feinen Pinkel, bei dem es ihm vor lauter Schüchternheit die Sprache verschlug. Und als er dann auch noch merkte, daß Bonny, mit dem er einige Worte wechseln wollte, zu der halsstarrigen, mundfaulen Sorte von Sergeant-Major gehörte, die auf jede Anstrengung, Konversation zu machen, mit herausgebellten Einwortsätzen reagierte, ergriff er die erstbeste Gelegenheit, wieder an die Arbeit zu gehen.

Auch Captain Nelson hatte noch viel zu erledigen. Zur militärischen Ausrüstung, die bestellt und geprüft werden mußte und auf die er sich gestern, dem ersten Arbeitstag, mit Stanley geeinigt hatte, gehörten 510 Remington-Gewehre mitsamt 100 000 Schuß Remington-Munition, zwei Tonnen Schießpulver und 350 000 Zündhütchen, 50 000 Winchester-Patronen für die 100 von Stanley in Amerika bestellten Winchester-Repetiergewehre sowie ein automatisches Maxim-Geschütz. Aber der beharrliche, etwas unscheinbare Kavalleriehauptmann freute sich ganz offen, Barttelots Bekanntschaft zu machen. Im Gegensatz zu den anderen hatte er schon einmal etwas von dem sensationellen jungen Major gehört und hatte guten Grund, ihn zu bewundern, jedenfalls nach allem, was man so hörte. Nachdem er ihm dies ganz aufrichtig gesagt hatte, nahm er Barttelots Einladung an, ihm bis Mr. Stanleys Erscheinen bei einer Tasse Kaffee Gesellschaft zu leisten. Und so unterhielten sich die beiden Offiziere immer noch angeregt, tauschten Armee-Klatsch und Erinnerungen an zurückliegende Kommandos und Feldzüge aus, als endlich Mr. Stanley auf der Bildfäche erschien.

Inzwischen war es nach neun, erstaunlich spät für Stanley, der sonst früher in Schwung kam. Eigentlich war er immer noch nicht richtig aufgestanden. Er kam direkt aus dem Schlafzimmer und betrat das Wohnzimmer in einem lose gegürteten Schlafrock über der seidenen Schlafanzughose, mit unrasiertem Gesicht, zerzaustem Haar und rotgeränderten, kleinen Augen – das Bild eines Menschen, der fast die ganze Nacht aufgewesen war. Seine kurze Begegnung mit Dolly Tennant lag inzwischen zwei Tage zurück. Was er in den letzten beiden Nächten getrieben hatte, war Jephson ein Rätsel. Vielleicht hatte er sich wieder wie in New York mit irgendwelchen Huren herumgetrieben, jedenfalls hatte er aber ziemlich viel getrunken, seinem verwüsteten Gesicht nach zu urteilen. Aber was auch vorgefallen sein mochte, sie alle mußten sich auf einen anstrengenden, gereizten Tag mit dem Kerl einstellen.

»Guten Morgen, Mr. Stanley«, sagte Barttelot und erhob sich vom Sofa.

Stanley nickte ihm zu, doch zuerst richtete er das Wort an Baruti und schickte ihn in die Küche zurück, damit er ihm das Frühstück brachte. Er nahm Barttelot immer noch nicht zur Kenntnis, sondern ging mit Nelson in die Bibliothek. Seit sich das Wohnzimmer in einen unordentlichen Lagerraum voller geöffneter Kisten mit Ausrüstungsproben verwandelt hatte, beherbergte sie das Büro der Expedition.

Sobald Stanley die Tür hinter sich geschlossen hatte, setzte sich Barttelot wieder. Er nahm eine Zigarette aus seinem Silberetui, steckte sie in die Spitze aus Elfenbein, zündete sie an und lehnte sich im Sofa zurück. Er wollte alles auf sich zukommen lassen. Es verging fast eine ganze Stunde, bis Stanley wieder hereinkam, aber selbst jetzt wandte er sich noch nicht an ihn. Er brachte Nelson zur Tür und gab ihm noch ein paar dringende Instruktionen, dann wandte er sich dem Frühstückstablett zu, das ihm Baruti auf den Spieltisch neben dem Kamin bereitgestellt hatte. Er schenkte sich eine Tasse starken Tee ein und trank sie aus, bestrich eine Scheibe Toast mit etwas Orangenmarmelade und schob sie sich in den Mund. Als er schließlich mit Barttelot zu sprechen anfing, hatte er den Mund voll.

»Tut mir schrecklich leid, daß Sie solange warten mußten, Major«, sagte er.

»Das macht überhaupt nichts, Sir«, erwiderte Barttelot. Er drückte seine Zigarette aus. Aber nochmals aufzustehen – das kam gar nicht in Frage. »Ich sehe schon, Sie sind sehr beschäftigt.« Er deutete auf das generelle Unordnung im Zimmer, die Kisten und Kästen, die überall verstreuten Papiere, das Chaos der Instrumente und Waffen und der Sachen aus Afrika. »Kein Wunder, daß Sie sich gestern nicht freimachen konnten, um zu Miß Tennant herauszufahren.«

»Ach ja, Miß Tennant.« Stanley machte sich ein Sandwich aus Rührei und Toast. »Hatten Sie einen schönen Tag mit ihr, Major?«

»Doch, ja. Sie hat da draußen in Broadmoor ein reizendes Cottage, und der Garten ist wirklich fabelhaft. Aber Sie kennen das Haus doch? Sind Sie nicht schon ziemlich oft bei ihr zu Besuch gewesen?«

»Ja, bin ich.«

»Und – hat sie nicht die schönsten Poloponies auf der Koppel stehen, die man je gesehen hat?«, fuhr Barttelot im leichten Konversationston fort. »Ich bin ein begeisterter Polofreund... ich spiele bei jeder sich bietenden Gelegenheit. Als ich in Kairo stationiert war, war ich Kapitän eines glänzenden Teams, und die Jungs, die ich jetzt in Stopham, bei den *Fusiliers*, unter mir habe, sind auch ganz tolle Burschen. Aber wissen Sie was, die besten, mit denen ich je zusammengespielt habe, das waren die in Kandahar. Die Afghanen sind wahre Teufelskerle im Sattel. Reiten Sie eigentlich auch, Mr. Stanley?«

»Nein.« Stanley ging zum Ledersessel, der vor dem Sofa stand, und biß nochmals von seinem Sandwich ab. »Jedenfalls nicht in der Form, die Sie als Reiten bezeichnen würden, Major.« Er sah sich den gutaussehenden, akkurat gekleideten Offizier näher an. Dann sagte er: »Ich setze mich bloß auf Esel, auf Esel und Maultiere. Früher habe ich auch Pferde geritten, damals im Wilden Westen, während der Indianerkriege. Aber die Tiere halten sich in den Teilen Afrikas, wo ich in den letzten Jahren herumgereist bin, nicht so gut, deshalb hab ich das Reiten auf ihnen ganz aufgegeben. Meiner Meinung werden die Pferde von der Tsetsefliege umgebracht. Aber wie auch immer – südlich der Sahara hält kein Pferd länger als einige Monate durch. Aber auf Esel und Maultiere ist eigentlich auch nicht viel mehr Verlaß. Nach einer Weile brechen die unter einem zusammen. In Afrika, jedenfalls in den Gegenden, in denen ich bislang war und in die ich wieder reisen will – gibt es meines Wissens nur eine wirklich sichere Fortbewegungsart – zu Fuß gehen.« Er schob sich das restliche Sandwich in den Mund. »Wußten Sie das, Major?«

»Ich habe es mir denken können.«

»Es ist so, Major.« Stanley sah Barttelot noch einen Augenblick länger an. Dann zog er aus der Tasche seines Morgenrocks ein Taschentuch und wischte sich damit das Rühreifett von den grauen Bartstoppeln am Kinn. Während er den Blick schweifen ließ, sagte er plötzlich: »Wer ist das denn?«

»Sir? Oh, das war wirklich verdammt unhöflich von mir. Billy Bonny – er ist mein Bursche, Sergeant-Major bei den *Seventh Royal Fusiliers*. Darf ich vorstellen, Sergeant – Mr. Henry Stanley.«

Seit Stanley ins Zimmer gekommen war, hatte Sergeant Bonny gestanden, jetzt salutierte er und schlug die Hacken zusammen. Stanley betrachtete ihn kurz, dann drehte er sich wieder zu Barttelot herum: »Gehen Sie eigentlich überall mit Ihrem Burschen hin, Major?«

»Nein, eigentlich nicht, Mr. Stanley.« Ein kleines Lächeln kräuselte Barttelots schönen Mund. »Ich habe Bonny heute morgen zu einem ganz bestimmten Zweck mitgebracht.«

»Und der wäre?«

»Ich möchte Sie bitten, daß Sie ihn mit in die Expedition aufnehmen. Ich kann ihn außerordentlich empfehlen.«

»Ach ja?«

»Sergeant Bonny hat mir mir zusammen am Nil-Feldzug teilgenommen und sich dabei – insbesondere bei Tell el-Kebir – ganz außerordentliche Verdienste erworben. Ich gebe gerne zu, daß ich die Auszeichnung, die ich in dieser Schlacht erhielt, größtenteils ihm zu verdanken habe. Und in Alexandria, während des Araber-Aufstands, hat er auch an meiner Seite gekämpft, für diesen Einsatz wurde er ebenfalls in den Kriegsberichten erwähnt. Er ist ein herausragender Soldat, Sir – so tapfer und zuverlässig, wie es nur einen gibt, und ein Teufelskerl, wenn es darum geht, die Truppe in Schuß zu halten und das Beste aus den Leuten herauszuholen. Er hat mir meine Aufgaben beim gesamten Nil-Feldzug hundertfach erleichtert, auf diesem Feldzug würde er bestimmt das gleiche für mich tun.«

Stanley, der immer noch stand, lehnte sich gegen den Rücken des Ledersessels.

Barttelot wartete einen Augenblick, weil er glaubte, daß Stanley etwas sagen wollte, und nutzte die Gelegenheit, sich noch eine Zigarette anzustecken. Als ihm klar wurde, daß Stanley weiter zu schweigen gedachte, fuhr er fort: »Ich nehme an, Sir, daß ich bei diesem Feldzug die Militärkolonne zum Schutz der Hilfskarawane kommandieren soll. Wenn ich sie recht verstehe, wird mich Captain Nelson dabei unterstützen, und ich möchte sagen, daß ich mich schon jetzt darauf freue. Ich hatte zwar erst heute morgen die Freude, seine Bekanntschaft zu machen; aber natürlich habe ich schon von seinen fabelhaften Leistungen während der Zulu-Kriege gehört. Wie auch immer, Sir, Captain Nelson wird mir sicher darin zustimmen, daß es wünschenswert, wenn nicht unabdingbar ist, einen so erfahrenen Sergeant wie Billy Bonny bei sich zu haben, der sich um das tägliche Exerzieren und die Disziplin der Truppe kümmert. Und erst recht in diesem Fall, wenn sich die Mannschaften aus Eingeborenen zusammensetzen. Es werden wohl einheimische Truppen sein? Die Regierung Ihrer Majestät würde es doch bestimmt nicht zulassen, daß sich britische Soldaten in großem Umfang für unsere Expedition anwerben ließen. Das würde ihren Charakter ja ziemlich ändern, besser gesagt, ihr den Anstrich eines offiziellen Feldzugs verleihen.«

Stanley ging um den Sessel herum und nahm darin Platz. Wieder legte er die Füße aufs Sofa.

»Sergeant Bonny hat im Umgang mit einheimischen Truppen eine Fülle von Erfahrungen gesammelt... In Ägypten und im Sudan und davor in Afghanistan. Ob Askaris oder Sepoys – alle hat er zu disziplinierten Kämpfern gedrillt. Er wäre ein riesiger Aktivposten, das kann ich Ihnen versichern, Mr. Stanley. Er würde uns das Leben außerordentlich erleichtern.«

»Verzeihen Sie, Major, aber mir fällt auf, daß Sie so sprechen, als stünde *Ihre* Teilnahme an der Expedition bereits fest; aber es geht hier darum, ob Sie in den Genuß kommen sollen, Ihren Burschen mitzunehmen.«

Barttelot hatte die Spitze, die in Stanleys Antwort lag, durchaus mitbekommen. Erneut kräuselte ein ironisches Lächeln seine Lippen. Er zog die Zigarette aus der Elfenbeinspitze und drückte sie sorgfältig aus. »Vielleicht habe ich ja alles mißverstanden«, sagte er gelassen, »aber ja, Sir, mir wurde zu verstehen gegeben, daß die Frage meiner Teilnahme an der Expedition schon geklärt sei.«

»Wer hat ihnen das zu verstehen gegeben?«

»Lord Wolseley selbstverständlich.«

»Ah ja.« Mehr sagte Stanley nicht. Er schob seine Hand in den Morgenmantel und kratzte sich.

Der Kontrast in der äußeren Erscheinung und im Gebaren der beiden Männer hätte nicht größer sein können. Der jüngere Mann war groß, geschmeidig und sportlich, weich wie Seide und gutaussehend wie ein junger Künstler; der andere war grauhaarig, untersetzt, muskulös wie ein Torfstecher, den Zeit und Erfahrungen gezeichnet hatten. Aber Stanley schien das nicht zu reichen. Anscheinend legte er besonders viel Wert darauf, diesen Unterschied auch noch zu betonen, indem er sich ihm unrasiert, ungewaschen, halb angezogen und aufgrund von Schlafmangel höchst gereizt präsentierte. Als ob er den Gegensatz zwischen dem begabten Armeeoffizier aus guter Familie und sich selbst, dem unehelichen Jungen aus dem Armenhaus, dem ungehobelten Abenteurer, herausstreichen wollte. Die Feindseligkeit, die in der anhaltenden Stille von ihm ausging, war fast körperlich spürbar.

Schließlich konnte Barttelot das Schweigen nicht länger ertragen. »Dann habe ich Lord Wolseley offenbar mißverstanden«, sagte er. »Bitte verzeihen Sie, wenn ich Ihrer diesbezüglichen Entscheidung vorgegriffen habe. Das war töricht von mir. Natürlich müssen Sie, und nicht Lord Wolseley, diese Entscheidung treffen. Vielleicht haben Sie aber Verständnis dafür, daß mein Versehen dem großen Wunsch, an der Expedition teilzunehmen, und nicht der überheblichen Einschätzung meiner Eignung entsprang.«

»Dem großen Wunsch, an der Expedition teilzunehmen, Major? Was wissen Sie denn über die Expedition, Major?«

»Sir?«

»Wissen Sie eigentlich überhaupt mehr über die Expedition, als daß sie – wie drückten Sie sich neulich abend aus – eine ganz gewagte Sache werden würde?«

Wieder konnte sich Barttelot ein Lächeln nicht verkneifen. Dennoch antwortete er forsch: »Ehrlich gesagt, Mr. Stanley, weiß ich sehr viel mehr darüber. Lord Wolseley war neulich so freundlich, mir das Unternehmen etwas ausführlicher zu schildern. Und da ich mit der Situation im südlichen Sudan im allgemeinen und mit der prekären Lage von Emin Pascha durch meinen Dienst in Ägypten und während des Nil-Feldzugs im besonderen vertraut bin, ist es mir nicht sonderlich schwergefallen, den springenden Punkt an der ganzen Sache zu begreifen. Meiner Meinung nach... aber verzeihen Sie, Sir, sie haben mich ja nicht um meine Meinung gebeten.«

»Stimmt, aber fahren Sie ruhig fort, Major. Was meinen Sie also? Ich habe größtes Interesse an Ihren Ansichten.«

»Meiner Meinung nach hat die Expedition ziemlich gute Erfolgsaussichten. Ich kann mir nicht denken, daß die Derwische in absehbarer Zukunft vorhaben, in Äquatoria einzumarschieren. Ich bezweifle auch, daß sie jemals besonders scharf darauf waren, zu einem größeren militärischen Schlag gegen die Provinz auszuholen. Dafür liegt sie ihnen viel zu weit im Süden. Dadurch könnten sich für sie schlimme Nachschub- und Verbindungsprobleme aller Art ergeben. Es würde bedeuten, daß sie die Wüste verlassen und in einem ihnen unvertrauten Gelände mit Grasland und Wäldern kämpfen müßten. Sicher, die Derwische wollen natürlich diese letzten Reste der Fremdherrschaft auf ihrem Boden loswerden; aber sie rechnen wohl damit, dies zu erreichen, indem sie einfach mit ihrer Belagerung weitermachen, die Garnisonen des Emins von der Außenwelt abschließen und die Leute schließlich aushungern. Nun müssen die Derwische aber natürlich, wenn sie erst einmal Wind davon bekommen haben, daß eine Expedition unterwegs ist, etwas unternehmen. Aber wir können ihnen zuvorkommen, da bin ich mir sicher. Wenn der Emin einigermaßen wirkungsvolle Rückzugsgefechte liefert und sich von Fort zu Fort den Nil hinauf zurückzieht, dann kommen wir ganz bestimmt rechtzeitig zu ihm.«

Stanley verlagerte das Gewicht auf dem Stuhl, zog sich den

Morgenmantel fester um den Leib und straffte den Gürtel. »Haben Sie sonst noch etwas vorzubringen?« fragte er.

»In welcher Hinsicht, Sir?«

»In jeder Hinsicht... hinsichtlich der Route, der Militäreskorte... hinsichtlich aller Fragen, zu denen Sie eine eigene Meinung haben.«

»Also, Sir, so überheblich, mir hinsichtlich der von Ihnen ausgewählten Route eine Meinung anzumaßen, bin ich nun nicht. Ich habe mir die Route auf der Landkarte angesehen – ich halte sie für äußerst vernünftig. Aber wie sollte es auch anders sein? In derlei Dingen, Mr. Stanley, kennen Sie sich ja am besten aus. Aber was die Militäreskorte betrifft, ja, darüber habe ich mir in der Tat Gedanken gemacht.«

»Tatsächlich?«

»Wenn ich Recht habe mit meiner Annahme, daß der Einsatz britischer Truppen aufgrund politischer Erwägungen nicht zulässig ist und daß wir es also mit einheimischen Verbänden, mit Askaris, zu tun haben werden...«

»Das werden wir.«

»Dann würde ich Sudanesen empfehlen. Vermutlich wollen Sie den Großteil der Karawane, die Träger und Köche, generell alles Dienstpersonal, unter den Wanjamwesi von Sansibar anwerben, und höchstwahrscheinlich möchten Sie einigen von den Leuten auch eine Waffe in die Hand drücken – als eine Art Miliz. Doch für die Hauptstreitmacht empfehle ich Sudanesen: Nigger, Sie wissen schon, keine Mohammedaner, Leute, die schon immer in dieser dreckigen Geschichte gegen die Derwische gekämpft haben, mit Gordon und Hicks und Baker und Lupton und Slatin, Leute, die im Augenblick auch die Barrikaden des Emin besetzen. Ich kenne die ganz gut. Sie haben beim Nil-Feldzug mit uns gekämpft. Es sind brave Jungs, intelligent, behende, tapfer, erst recht, wenn ein so harter Sergeant wie Billy Bonny ein Auge auf sie würfe. Wahre Heerscharen von denen sind nach dem Krieg übriggeblieben. Sie treiben sich jetzt in den Suks und auf den Basaren von Aden herum, sie haben in Gordons Schwarzem Bataillon und bei den *bashibasuks* des Mudir von Dongola gedient. Ich könnte nach Aden fahren, mir die besten Leute heraussuchen, sie ein bißchen mit Captain Nelson und Sergeant Bonny auf Vordermann bringen und sie dann ums Kap nach Sansibar bringen. Ich würde sie mit Remingtons ausstatten, ja, aber den tüchtigeren Jungs könnte man auch Winchester-Repetiergewehre in die Hand drücken und unter Bonnys Aufsicht zu Unteroffizieren ausbilden. Die würden eine verdammt gute Streitmacht bilden und mit allem, was Ihnen auf dem Vorstoß nach Äquatoria über den Weg läuft, problemlos fertig werden«.

Stanley beugte sich vor und nahm sich aus dem Kistchen auf dem Kartentisch eine Zigarre. »Sie scheinen das alles ja schon recht detailliert durchdacht zu haben, Major.«

»So ist es.«

Eine Zeitlang beschäftigte sich Stanley mit dem Vorbereiten und Anzünden seiner Zigarre. Dann sagte er: »Sergeant Bonny!«

»Sir!« Der Sergeant, der die ganze Zeit über mit bemüht unbeteiligter Miene in seinem Mopsgesicht herumgestanden hatte, salutierte zum zweitenmal und marschierte auf ihn zu.

»Sergeant, wie ich eben von Major Barttelot erfuhr, sind Sie daran interessiert, an der Expedition teilzunehmen. Stimmt das?«

»Jawohl, Sir.«

»Haben Sie eine Vorstellung davon, worum es bei der Expedition geht?«

»Der Major hat mich schon darüber aufgeklärt, Sir. Wir sollen im südlichen Sudan einen Türken von den Derwischen befreien.«

»Und haben Sie auch eine Vorstellung davon, was Ihre Pflichten wären?«

»Ja, Sir. Wir werden als Eskorte der Entsatzkarawane eine Kolonne einheimischer Verbände erhalten, wobei meine Aufgabe sein wird, die Leute zum Marschieren zu bringen und gut in Schuß zu halten.«

»Und glauben Sie, daß Sie das können werden?«

»Jawohl, Sir, das glaube ich.«

»Und sind Sie ebenfalls der Meinung Major Barttelots, daß es ein ganz toller Spaß werden wird?«

»Sir?«

»Warum möchten Sie mitmachen, Sergeant?«

»Warum, Sir? Ich diene nun schon seit vier Jahren unter Major Barttelot, und ich stehe lieber in seinen Diensten, als daß ich irgend etwas anderes täte. Und wenn er sich aufmacht, um diesen

Türken zu befreien, dann gehe ich mit ihm und befreie mit ihm den Türken.«

»Da haben Sie ja einen sehr getreuen Burschen, Major«, sagte Stanley mit einem Seitenblick auf Barttelot. »Aber ist Ihnen auch klar, Sergeant, daß Sie bei Ihrem Regiment unbezahlten Urlaub nehmen müssen, wenn Sie an der Expedition teilnehmen wollen?«

»Ja, Sir. Das hat mir der Major auch schon erklärt – ich habe es bereits getan.«

»Tatsächlich? Das war ja außerordentlich weitsichtig von Ihnen.« Stanley wandte sich wieder zu Barttelot. »Und Sie haben sich wohl auch schon beurlauben lassen, was, Major?«

»Ja, Sir, um die Wahrheit zu sagen.«

Stanley nahm einen langen Zug von seiner Zigarre und blies den Rauch langsam wieder aus. Dann sagte er: »Eines müssen Sie wissen, Major – bei dieser Sache wird es verdammt wenig glanzvolle Situationen geben. Es wird keine Kavallerieattacken, keine wehenden Fahnen, keine Trompetenfanfaren geben. Es wird nicht einmal zu sehr interessanten Gefechten kommen. Größtenteils wird es sich um langes, anstrengendes, dreckiges Marschieren in der Sonne handeln.«

»Das ist mir klar.«

»Ach ja? Haben Sie tatsächlich eine Ahnung, wie lang und anstrengend und dreckig der Marsch werden wird?«

»Ja, Sir, ich glaube schon.«

»Also gut. Ich möchte, daß Sie in den nächsten Tagen zusammen mit Captain Nelson die militärische Ausrüstung zusammenstellen. Achten Sie darauf, das alles, was wir Ihrer Meinung nach benötigen, auch auf der Liste steht, die Nelson und ich angefertigt haben. Halten Sie mich auf dem laufenden, falls Sie etwas daran ändern oder hinzufügen wollen, aber fühlen Sie sich nicht an sie gebunden. Wollen wir Erfolg haben, dann müssen wir zuvor dafür sorgen, daß alles Nötige da ist. Und wir werden Erfolg haben, Major. Haben wir uns da verstanden? Ich will, daß die Sache Erfolg hat.«

»Jawohl, Sir.«

»Wenn Sie sicher sind, daß Sie nichts übersehen haben, will ich, daß Sie nach Aden aufbrechen und mit der Anwerbung der von

Ihnen erwähnten sudanesischen Truppen anfangen. Sergeant Bonny können Sie mitnehmen. Captain Nelson wird das Bestellen, Prüfen und Verschiffen des militärischen Materials zu Ende führen und Ihnen dann nachreisen. Außerdem möchte ich, daß Sie selbst so schnell wie möglich aus London abreisen – innerhalb einer Woche, um genau zu sein. Meinen Sie, daß sich das machen läßt?«

»Ja, Sir.«

»Das wär's dann«, sagte Stanley und stand auf. »Wenn Sie mich jetzt bitte entschuldigen – ich muß mich noch rasieren und ankleiden. Man erwartet mich heute vormittag noch im Außenministerium.«

»Sir, könnte ich noch kurz unter vier Augen mit Ihnen sprechen?« fragte Barttelot, der ebenfalls aufgestanden war.

»Unter vier Augen, Major? Wieso? Auf der Expedition wird auch nicht viel Raum für Zweisamkeit sein. Von jetzt ab werden wir alles, was zu besprechen ist, wohl oder übel in Hörweite von allen anderen sagen müssen.«

»Es handelt sich um eine persönliche Angelegenheit, Sir. Sie hat nichts mit der Expedition tun.«

»Womit denn?«

»Mit Miß Tennant.«

Stanley stockte. Dann sagte er: »Ich glaube kaum, daß es zwischen uns etwas über Miß Tennant zu besprechen gibt.«

»Bitte, Mr. Stanley.« Barttelot sah Jephson und Bonny scharf an und senkte die Stimme: »Leider gibt es da wohl ein Mißverständnis hinsichtlich meiner Verbindung zu Miß Tennant, das möglicherweise Ihre Einstellung zu mir beeinflußt.«

»Mein lieber Major, Ihre Beziehung zu Miß Tennant schert mich einen feuchten Kehricht. Und ich kann Ihnen versichern, daß die Sache – ganz gleich, worum es da geht – nicht den geringsten Einfluß auf meine Einstellung Ihnen gegenüber hat. Diese wird sich allein aus ihren Erfolgen als Soldat und auf Ihren Leistungen während der Expedion ergeben.«

»Das freut mich zu hören, Sir«

»Das dachte ich mir schon. Und nun entschuldigen Sie mich bitte.«

»Sir, noch etwas...«

Stanley wandte sich um.

»Miß Tennant sähe es sehr gern, wenn Sie sie einmal besuchten. Sie brennt darauf, Sie zu sehen, Sir. Sie hat mich gebeten, es Ihnen auszurichten.«

»Tatsächlich? Wie außerordentlich schmeichelhaft«, erwiderte Stanley und ging in sein Schlafzimmer.

V

Noch weit vor der ihm von Stanley gesetzten einwöchigen Frist erledigte Major Barttelot, der mit imponierend gelassener Gewandheit arbeitete, die ihm übertragenen Aufgaben. Daher konnte er schon am 6. Januar nach Aden abreisen. Er wollte noch am selben Abend den Zug vom Charing Cross-Bahnhof nach Liverpool nehmen und von da mit dem Postdampfer nach Lissabon weiterfahren. Dort wollte er dann an Bord eines portugiesischen Frachters gehen und durch den Suez-Kanal ins Rote Meer fahren. Sergeant Bonny hatte er bereits am Vormittag desselben Tages nach Liverpool vorausgeschickt, er sollte sicherstellen, daß mit der Unterbringung an Bord des Dampfers alles in Ordnung gehe. Und Dolly gab am Abend ein Abschiedsessen in ihrem Stadthaus in der Richmond Terrace. Es war ein ausgelassenes, informelles Fest, zu dem hauptsächlich Barttelots Freunde von den *Seventh Fusiliers* geladen waren, auch wenn mehrere seiner neuen Kollegen von der Emin-Pascha-Hilfsexpedition zugegen waren. Stanley hatte natürlich auch eine Einladung erhalten. Dolly hatte sogar besonderen Wert darauf gelegt und warf den ganzen Abend immer wieder erwartungsvolle Blicke zur Tür, um zu sehen, wann er dort endlich auftauchte. Aber er kam nicht.

Jack Troup machte sich ein paar Tage später, am 10. Januar, auf den Weg, um sich Willie Hoffman auf Sansibar anzuschließen. Stanley hatte sich fest vorgenommen, ihn zum Fenchurch-Bahnhof zu begleiten. Troup sollte den Nachtzug nach Plymouth nehmen, von wo aus der Postdampfer nach Sansibar fuhr. Er hatte sogar schon mehrere Tage im voraus geregelt, daß sie im Bahnhofslokal zu Abend essen konnten, es war für Stanley und seinen verläßlichsten Mann die Gelegenheit, noch einmal in aller Ruhe die letzten Einzelheiten der Expedition durchzugehen, sich an ihre früheren Abenteuer zu erinnern und sich zusammen ein bißchen zu betrinken. Beide Männer freuten sich schon darauf. Aber dann kam etwas dazwischen: Stanley wurde in der letzten Minute fortgerufen. Das geschah so plötzlich, daß ihm keine Möglichkeit mehr blieb zu erklären, worum es dabei ging. Doch es mußte etwas sehr Dringendes gewesen sein, sonst hätte er die Verabredung mit dem Freund nicht abgesagt. Jephson wollte Troup nicht allein abfahren lassen, deswegen entschloß er sich, stellvertretend für Stanley Troup zu verabschieden.

Zwar befand sich inzwischen schon der Großteil der Vorräte und der Ausrüstung auf dem Weg nach Sansibar oder stand in den verschiedenen Häfen zur Verladung bereit. Doch eine ganze Reihe entscheidender Sachen – wie etwa das zerlegbare Stahlboot, mit dem es einige Schwierigkeiten gegeben hatte – mußte erst noch angeliefert werden, und dann gab es ja auch noch die Waffen samt Munition, darunter das automatische Maxim-Geschütz, das Nelson in Auftrag gegeben und getestet hatte, für dessen Verladung Jephson aber, sobald der Captain abgereist wäre, die alleinige Verantwortung trug. Also gab Troup während des Abschiedsessens im Pub des Fenchurch-Bahnhofs dem jungen Mann fast durchgehend noch letzte Anweisungen und erinnerte ihn daran, was noch erledigt werden müßte und was man auf keinen Fall übersehen dürfe.

Jephson verbrachte dann den Großteil des Essens damit, zu nikken und andauernd zu wiederholen: »Das weiß ich, Jack. Ja, natürlich. Ich denke bestimmt daran. Nein, das werde ich auch nicht vergessen. Um Gottes willen, Jack, das haben Sie mir doch schon hundertmal gesagt. Ich kümmere mich schon alles. Ich weiß, was wir brauchen. Das haben Sie mir doch alles schon erklärt. Sie waren mir ein hervorragender Lehrer.«

»Also, was das betrifft«, sagte Troup und hörte endlich mit den Ermahnungen auf, »so waren Sie auch ein hervorragender Schüler. Für einen feinen Pinkel haben Sie in diesen Sachen eine schnelle Auffassungsgabe bewiesen. Es hat Spaß gemacht, mit Ihnen zusammenzuarbeiten.« Sie hatten das Mahl beendet, die Teller zur Seite geschoben, die Brandies mit Soda standen vor ihnen. Troup sah auf seine Taschenuhr. »Die Zeit reicht noch für einen letzten Schluck. Was sagen Sie dazu?«

»Ich sage, ja – klar.« Jephson gab der Bardame ein Zeichen, dann drehte er sich zu Troup um. Wann er den Mann wohl wiedersehen würde? In einigen Monaten, vielleicht erst in Jahren, wenn er ihn überhaupt je wiedertraf. Denn wer konnte schon sagen, was für ein Schicksal Troup auf seiner Fahrt nach Äquatoria erwartete. Da sagte er in einem plötzlichen Gefühlsüberschwang: »Sie werden mir fehlen, Jack. Es wird in der New Bond Street nicht mehr so sein wie früher, wenn Sie fort sind.«

»Sie werden mir auch fehlen, mein Junge«, erwiderte Troup. »Ehrlich gesagt, habe ich nie so recht begriffen, warum Sie nicht an der Expedition teilnehmen, wie wir anderen. Es würde Ihnen einen Mordspaß machen, das kann ich Ihnen versprechen.«

»Aber Jack. Wie können Sie denn so etwas sagen! Sie wissen doch selbst, das war gar nicht möglich. Ich sollte nur als Sekretär für das Komitee arbeiten. Mr. Stanley würde es nicht im Traum einfallen, mich mitzunehmen.«

»Haben Sie ihn denn schon mal danach gefragt?«

»Was soll das heißen – ob ich ihn schon mal gefragt habe?«

»Genau das, was ich sage. Haben Sie ihn schon mal gefragt?«

»Nein. Aber, verdammt, Jack, seine Antwort kann ich Ihnen jetzt schon verraten.«

»Da würde ich mir nicht so sicher sein.«

Jephson sah Troup ganz verdutzt an. Der Rotschopf grinste ihn an. »Hat er Ihnen gegenüber mal etwas in der Hinsicht erwähnt?«

»Nicht direkt. Aber ich kenne Mr. Stanley ja. Ich bin schon einige Jahre mit ihm zusammen, wissen Sie, und meistens kann ich ziemlich gut einschätzen, was in seinem Kopf vorgeht. Ich habe den Eindruck, er mag Sie.«

»Meinen Sie, Jack? Glauben Sie das wirklich?«

Die Barfrau kam mit den Getränken und machte sich geräuschvoll daran, das Essensgeschirr vom Tisch zu räumen.

»Lassen Sie's ruhig stehen«, sagte Troup und warf erneut einen Blick auf die Taschenuhr. Dann sagte er: »Sagen Sie mal, Arthur – würden Sie denn gern mitfahren?«

Jephson zuckte die Achseln. »Ich weiß nicht. Ich habe noch nie darüber nachgedacht. Ich hielt es für zu unwahrscheinlich.«

»Na, warum lassen Sie es sich denn nicht jetzt durch den Kopf gehen?«

Jephson antwortete nicht gleich darauf. Schließlich sagte er: »Nein. Ich möchte nicht mit.«

»Und warum nicht?«

Wieder zögerte der Junge; und als er Troup dann doch noch eine Antwort gab, wandte er den Blick ab. »Ich habe Angst.« Er nahm seinen Brandy mit Soda in die Hand. »Ja, das ist es, denke ich. Ich fürchte mich.«

»Wovor denn?«

»Keine Ahnung. Vielleicht vor den Wilden. Vor den wilden Tieren. Davor, getötet zu werden. Davor, zusammenzubrechen und nicht mehr mitkommen zu können. Davor, zurückgelassen zu werden. Davor, mich der Sache nicht gewachsen zu zeigen. Ich weiß es nicht, eben vor der ganzen Geschichte, vor Afrika.«

»Wir alle fürchten Afrika, Arthur. Wir alle haben jedesmal Angst, da hinzufahren. Und ehrlich gesagt, wenn ich's mir recht überlege, dann habe ich schon jetzt Angst davor. Aber das ist ja gerade die Kunst, mein Junge: Auch dann hinzugehen, wenn man Angst hat. Darin liegt ja gerade der Spaß. Wenn man keine Angst hätte, dann würde sich das alles doch gar nicht lohnen.«

Captain Nelson machte sich am Freitag, dem 14. Januar auf den Weg nach Aden. Diesmal schaffte es Stanley, rechtzeitig zur Abfahrt einzutreffen – wie auch Jephson und Dr. Dick Leslie. Die vier nahmen dann in gemütlicher Runde im *Griffin* in der Villiers Street noch ein Abendessen ein. Hinterher brauchten sie nur quer über die Straße zum Charing Cross-Bahnhof zu gehen, von wo aus Nelson den Nachtzug nach Liverpool nehmen wollte.

Stanley war in ungewohnt überschwenglicher Laune. Mit Nelsons Abreise war die Vorbereitungsphase der Expedition nun ziemlich abgeschlossen. Die Schwierigkeiten mit dem tragbaren Stahlboot hatte man gelöst, und die letzten Ladungen waren in den Häfen verstaut und konnten mit den nächsten auslaufenden Frachtern verschifft werden. Bis auf Stanley und Dr. Leslie war die Offiziersmannschaft entweder vor Ort stationiert oder auf dem Weg dorthin – Nelson sollte sich jetzt in Aden mit Barttelot und Bonny treffen, und Herbert hatte sich aus dem Kongo auf den Weg gemacht, um sich auf Sansibar Troup und Hoffman anzuschließen – und binnen einer Woche wollten sich auch Stanley und Leslie auf den Weg machen. Gerade an diesem Vormittag hatte Stanley ihr Abreisedatum auf den 20. Januar festgelegt; Jephson war schon bei den Reedereiagenturen gewesen und hatte für die beiden eine Passage an Bord eines Dampfers von Mackinnons Britisch-Indien- Linie, der *SS Navarino* gebucht, die noch am selben Abend Southampton in Richtung Afrika auslaufen würde.

Stanley freute sich jetzt schon auf die Reise, das war unübersehbar, er brannte darauf, sich endlich auf den Weg machen zu können. Beim Essen im *Griffin* sprach er mit solch einer gutgelaunten, beinahe jungenhaften Begeisterung über Afrika, wie Jephson das noch nie bei ihm erlebt hatte. In keinem Satz schimmerte so etwas wie Ängstlichkeit durch. Bei ihm klang das alles, als wäre es eine tolle Abenteuererzählung für Jungen, bei der man unter freiem Himmel nächtigte, sich in der Wildnis durchschlug, kletterte und schwamm und Wege markierte, kräftige Muskeln bekam und die Sonne einen bräunte, bei der man immer jagte, in der Savanne auf Pirsch nach Gazellen und Impalahirschen ging, in den Flüssen auf Nilpferde schoß und im Schein des Lagerfeuers dunkelhäutige Mädchen zum Takt der Dschungeltrommeln und dem klagenden Laut der Kuduhörner tanzen sah. Und so war Jephson doch ein bißchen neidisch auf die Glücklichen, die mit Stanley an solchen Abenteuern teilnehmen durften.

Da man von dem Wein, den man getrunken hatte, leicht beschwipst und von der überschwenglichen Unterhaltung belebt war, fiel es den vier Männern gar nicht so leicht, sich einen Weg durch die Schneeverwehungen und den Verkehr auf der Villiers Street zu bahnen und zum Charing Cross-Bahnhof auf der anderen Straßenseite zu gelangen.

»Haben Sie auch alles dabei, Captain?« fragte Stanley, als Nelson sich anschickte, in den Zug einzusteigen.

»Ja, Sir, ich glaube schon.«

Die Lokomotive pfiff.

»Auch den Säbel? Wo ist denn Ihr Säbel, Captain – Sie haben doch wohl nicht Ihren Säbel liegengelassen?«

Ein verdutzter Gesichtsausdruck huschte über Nelsons Gesicht. Reflexartig griff er mit der Hand an die Körperseite, wo der Säbel gewesen wäre, wenn er seine Ausgehuniform getragen hätte. Aber als er Stanley sah, der breit grinste, mußte er selber lachen.

»Hören Sie, Robbie«, sagte Stanley auf einmal wieder todernst und packte Nelson bei den Schultern. »Besorgen Sie mir tüchtige Leute. Besorgen Sie mir die zähesten, mutigsten Askaris, die sich in Aden auftreiben lassen. Besorgen Sie mir Draufgänger, Robbie, echte Totschläger. Ich verlaß mich darauf.«

»Jawohl, Sir.«

»Ich will eine Armee von Draufgängern haben, die nichts aufhalten kann und die mir – wenn nötig – einen Weg durch die Hölle bahnen.«

»Die besorgen wir Ihnen schon, Sir. Major Barttelot hat die Männer schon besorgt, jede Wette. Er kennt ja das Schwarze Bataillon und kennt sich aus mit den Sudanesen. Vermutlich hat er die Wildesten der ganzen Bande ausgewählt und schon längst damit angefangen, aus ihnen eine verdammt gute Streitmacht zu formen.«

»Ach ja, Major Barttelot«, sagte Stanley. Er lächelte. »Ja, das hat er bestimmt – er ist ja auch ein glänzender Offizier.«

Wieder pfiff die Sirene. Der Schaffner sprang auf den Zug, winkte mit seiner Laterne und rief zum letztenmal: »Alle einsteigen bitte!«

»Steigen Sie endlich ein, Captain«, sagte Stanley. Er schüttelte Nelson die Hand. »Alles Gute, Gott sei mit Ihnen.«

Der Zug setzte sich in Bewegung und gewann rasch an Fahrt. Er hatte den Bahnsteig schon weit hinter sich gelassen, als Nelson in sein Abteil gelangte. Er drückte das Fenster herunter, sah hinaus und winkte ihnen zu. Jephson und Leslie winkten zurück; Stanley stemmte die Hände in die Hüften und grinste nur, während der Zug mit dem offenen und ehrlichen Kavalleriehauptmann mit dem Viktoria-Kreuz hinaus in die Dunkelheit fuhr.

Sie hatten den Bahnsteig verlassen und schlängelten sich in der Wartehalle durch das Gedränge der Reisenden, um zu den Droschken zu gelangen, die draußen am Bürgersteig bereitstanden, als jemand Stanleys Namen rief. Stanleys war weithin bekannt, schließlich erschien sein Gesicht nahezu täglich in den Zeitungen; oftmals sprachen ihn wildfremde Menschen auf der Straße an.

»Mr. Stanley, Sir.« Ein Reisender in Zivil, dessen Haltung ihn jedoch unverkennbar als Soldaten auswies, streckte ihm die Hand entgegen. »Gestatten, Davis, Sir. Ich möchte Ihnen sagen, daß ganz England Sie bei der edlen Aufgabe, die Sie übernommen haben, unterstützt. Ich habe mit Wolseley am Nil-Feldzug teilgenommen, Sir, und diese Scharte muß ausgewetzt werden. Retten Sie Emin Pascha, Sir. Den Mann darf nicht das gleiche Schicksal ereilen wie Chinesen-Gordon. Stellen Sie die Ehre Englands wieder her, Sir, tilgen Sie unsere Schande, unseren Segen haben Sie.«

Stanley schüttelte ihm freundlich die Hand. Andere Leute, denen sein Beispiel Mut gemacht hatte, kamen aus der Menge herbeigeeilt, hielten kurze Glückwunschreden und gaben dem bedeutenden Mann die Hand. Leslie sah Jephson an und schnitt eine Grimasse. Stanley war ganz offensichtlich in der Stimmung, an solcherart Anteilnahme und Verehrung Gefallen zu finden. Er lächelte die Bewunderer zuvorkommend an, schüttelte rechts und links Hände und ging auf jeden mit einer liebenswürdigen Erwiderung ein. Leslie wippte eine Weile ungeduldig mit dem Fuß, dann stahl er sich davon und nahm sich allein eine Droschke. Das war klug gehandelt. Es dauerte nämlich fast eine Stunde, bis die Leute Stanley wieder freigaben und er und Jephson einen Zweispänner auftreiben konnten. Kaum hatten sie es sich drinnen bequem gemacht und die Kutschendecke über die Knie gezogen, da steckte sich Stanley eine Zigarre an und sah zum ovalen Seitenfenster hinaus. Während die Kutsche über das Kopfsteinpflaster rumpelte, sah man Stanleys steinhartes Profil. In regelmäßigen Abständen fiel das Licht der Straßenlaternen darauf.

»Nur noch eine Woche«, sagte er nach einer Weile und lächelte zufrieden,»nur noch knapp eine Woche, dann habe ich den ganzen Dreck hier hinter mich gebracht und fahre nach Afrika – der Sonne entgegen.«

»Ja, Sir.«

»Und was haben Sie so vor, mein Junge?«

»Na ja, ich weiß noch nicht so recht, Sir. Vielleicht fahre ich nach Deauville und mache mit ein paar Freunden ein bißchen Urlaub.«

»Ach ja, das ist bestimmt ganz amüsant, zu dieser Jahreszeit sind die Kasinos dort ja fabelhaft. Ich werde an euch denken. Wie ihr da alle an den Spieltischen sitzt, während ich mich durch den Busch kämpfe.« Stanley lachte, sah aber immer noch zur vorbeigleitenden Straße hinaus.

Frag ihn doch, schoß es Jephson durch den Kopf, frag ihn einfach.

Haben Sie ihn denn schon mal gefragt? hatte Jack Troup zu ihm gesagt. Ich habe den Eindruck, er mag Sie gern.

Aber wenn er mich nun auslacht? Wenn er die ganze Sache lächerlich findet? Was passiert, wenn Sie sich geirrt haben, Jack Troup?

Oder was passiert, wenn er doch Ja sagt?

Jephson rutschte unbehaglich auf seinem Sitz hin und her. Ja, das war es natürlich, wenn er ehrlich mit sich war. Das andere spielte keine Rolle dabei. Er würde eine Zurückweisung schon verwinden. Kein Mensch mußte überhaupt erfahren, daß er darum gebeten hatte, mitkommen zu dürfen. Es würde ihn schon nicht umbringen. Aber wenn Mr. Stanley Ja sagte – das brächte ihn vielleicht um.

Stanley drehte sich um, er lächelte immer noch einnehmend, betrachtete ihn mit freundlicher Neugierde.

Frag ihn! In einer umgänglicheren, zugänglicheren Laune findest du ihn bestimmt nicht. Frag ihn ganz einfach danach!

Jephson räusperte sich.

Doch im gleichen Moment sagte Stanley etwas.

Worum es sich handelte, begriff er nicht gleich – die Äußerung war zu unerwartet gekommen, wie ein Blitz aus heiterem Himmel. »Was meinten Sie?«

»Sie ist doch Ihre Kusine, ja?«

»Wer, Sir? Wer ist meine Kusine?«

»Was ist los mit Ihnen, mein Junge. Sind Sie taub? Dolly Tennant.«

»Ach ja, Sir, stimmt. Sie ist meine Kusine. Ihre und meine Mutter sind Schwestern.«

»Dann kennen Sie sie doch ziemlich gut, oder?«

»Na ja, ich glaube schon. Sie ist ein zwar bißchen älter als ich, aber da wir uns nie in denselben Kreisen bewegt haben, kann ich eigentlich nicht sagen, daß wir uns besonders nahestehen. Wir sehen uns nur auf Familienfeiern und ähnlichen Anlässen.«

»Was halten Sie von ihr?«

»Sir?«

»Mögen Sie sie gern?«

»Hm, ja, natürlich, ich kann Sie gut leiden.« Jephson wußte zwar genug, um erkennen zu können, daß es sich hier nicht bloß um ein unverbindliches Geplauder handelte, aber um zu erkennen, worauf es abzielte, wußte er nun wieder nicht genug. Und das machte ihn verlegen. Er fürchtete, vielleicht etwas Falsches zu sagen. Deshalb fügte er auch an, was ihm ein bißchen deplaziert vorkam. »Sie ist sehr hübsch. Ein bißchen flatterhaft zwar, fand ich immer, aber das ist wohl das Vorrecht jeder hübschen Frau.«

»Flatterhaft?«

»Na ja, Sie verstehen schon, daß sie so herumschwirrt und flirtet, nichts so richtig ernst nimmt und sich bloß für die oberflächlichsten Dinge interessiert, wie etwa, was sich bei Hofe abspielt und dergleichen. Eigentlich ist Sie die schlimmste Sorte von Snob, wußten Sie das denn nicht?«

»Um Himmels willen, mein Junge, das klingt aber gar nicht so, als ob Sie Dolly gut leiden könnten.«

»Ach, ich möchte da nicht zu streng urteilen. Ich mag sie *wirklich* gern. Nur habe ich nie begriffen, wie sie auf die Idee gekommen ist, ein bedeutender, angesehener Mann könnte sie auch nur halbwegs ernst nehmen.«

Darauf gab Stanley keine Antwort.

»Ich meine«, fuhr Jephson fort, »sie sollte sich damit zufrieden geben, wenn Sie sich einen Snob angeln kann, wie sie selbst einer ist, aus ihren Kreisen und mit den richtigen Titeln und – du lieber Gott, in London wimmelte es doch nur so vor solchen Männern, die stolpern doch förmlich übereinander, um Dollys Gunst zu erlangen... und den Mann heiraten, eine Familie gründen und weiter ihr völlig nutzloses Leben führen.«

»Und warum macht Sie das nicht – Ihrer Ansicht nach?«

»Weil Sie eine absurd hohe Meinung von sich hat. Kein normaler Mann aus ihren Kreisen wird jemals gut genug sein für Dolly Tennant. Sie möchte unbedingt einen ganz tollen Fang machen, einen wirklich bedeutenden Mann heiraten – einen auf den sich das Interesse der ganzen Welt richtet und um den sie die ganze Londoner Gesellschaft beneidet.«

»Da täuschen Sie sich aber gewaltig, mein Bester«, sagte Stanley. »Das habe ich früher auch immer geglaubt. Aber da habe ich mich ganz schön getäuscht.« Einen Augenblick betrachtete er die lange Asche an seiner Zigarre, dann schnipste er sie mit dem kleinen Finger ab. »Ich habe Sie gefragt, ob Sie mich heiraten will, aber sie hat mich abgewiesen. Wußten Sie das eigentlich?«

»Ja, Sir, das ist mir bekannt.«

»Wie sollte es auch anders sein – alle wissen es.« Er paffte einmal kräftig seine Zigarre und sah aus dem Fenster. »Ich gebe gerne zu, als ich ihr den Antrag machte, da sah ich mich als – wie hatten Sie es ausgedrückt, mein Junge? – da fand ich mich durchaus bedeutend genug für Dolly Tennant, sonst wäre ich das Risiko auch gar nicht eingegangen, das kann ich Ihnen flüstern. Aber das war ein großer Irrtum. Ich habe es an ihrem Gesicht gesehen, als ich um ihre Hand anhielt. Herrgott, sie hat mich angeblickt, als wäre ich von allen guten Geister verlassen. Vielleicht war ich's ja auch – das heißt, als ich glaubte, daß sie so einen wie mich als Ehemann akzeptiert.« Er drehte sich wieder um. »Aber das ist jetzt alles längst vorbei, mein Junge. Das kümmert mich jetzt nicht mehr. Jetzt interessiert mich bloß eines – warum ist Sie nun auf einmal hinter mir her?«

»Ist Sie das?«

»Das kann man wohl sagen, ganz schön sogar. Obwohl ich doch immer noch der unehelich geborene Kerl aus dem Armenhaus bin, der ich bin und bleibe.«

VI

Am folgenden Tag war Stanley spurlos verschwunden.

Das war natürlich keinem sofort aufgefallen. Als Jephson am Morgen in seiner Wohnung in der New Bond Street eintraf und feststellte, daß er nicht zu Haus war, nahm er schlicht an, Stanley sei zur *British India Steamship Company* gegangen. Am selben Tag sollte nämlich in deren Räumen eine Besprechung zwischen den Mitgliedern des Hilfskomitees und dem Prinzen von Wales stattfinden; seine Königliche Hoheit hatte inzwischen regen Anteil an der Expedition genommen und darum gebeten, über die jüngsten Entwicklungen unterrichtet zu werden – nun, da die Vorbereitungsphase praktisch zum Abschluß gekommen war und Stanley in ein paar Tagen nach Afrika abreisen würde.

Soviel Jephson bekannt war, wollte man die Besprechung mit einem Mittagessen verbinden; aber es war ja ganz vernünftig, daß Stanley ein wenig früher hinübergegangen war, da konnte er mit Mackinnon und den anderen vor dem Eintreffen des Prinzgemahls besprechen, was man ihm mitteilen wollte. Also hatte Jephson, ohne weiter darüber nachzudenken, in der Wohnung einige Dinge erledigt. Er brachte die Akten in Ordnung, entwarf Antwortschreiben auf unbeantwortete Briefe und räumte überhaupt einmal die Bibliothek und den Salon auf. Später fiel ihm ein, er hätte eigentlich aus Barutis Verhalten ersehen können, daß etwas nicht stimmte. Der kleine Mohr ging ihm nämlich – sonst hatte er immer etwas, womit er sich beschäfte, trieb irgendeinen Schabernack – ganz untypischerweise den ganzen Vormittag durch die Wohnung nach und ließ ihn keinen Augenblick aus den Augen.

Um 14 Uhr traf dann Sir William Mackinnon mit James Hutton in der Wohnung ein, mit den beiden Colonels de Winton und Grant im Gefolge. Die Herren wirkten ziemlich verärgert und bemühten sich auch gar nicht, das zu verbergen. Wie sich herausstellte, war Stanley nicht in den Geschäftsräumen der Dampfschiffahrtslinie zum Mittagessen mit Prinz Edward erschienen. Seine Königliche Hoheit war außer sich gewesen. Sie hatten ihn zwar ein bißchen besänftigen und das Treffen bis zum Abend verschieben können, indem sie sich irgendeine lahme Ausrede für

Stanleys unverzeihliche und unverständliche Abwesenheit ausdachten. Aber jetzt fingen alle gleichzeitig an, Jephson mit ihren Anfragen hinsichtlich des Verbleibens von Stanley in den Ohren zu liegen.

»Die Erde hat sich doch nicht einfach aufgetan und ihn verschluckt, Arthur«, rief Mackinnon verärgert aus. »Er muß schon etwas verflucht Dringendes vorhaben, daß er Seine Königliche Hoheit sitzenläßt. Aber was? Wir müssen es wissen. Er muß doch etwas zu Ihnen gesagt haben. Sie sind doch mit allem vertraut, was er so treibt.«

»Ich habe keine Ahnung, worum es sich handeln könnte, Sir. Wirklich nicht. Es waren da einige Schwierigkeiten mit dem Stahlboot aufgetaucht, aber die sind inzwischen ausgeräumt. Die Ausrüstung ist vollständig verladen, auch das Maxim-Geschütz. Gestern hat man es nach Liverpool geschickt. Aber warten Sie mal... für Mr. Stanley und Dr. Leslie mußte noch eine Passage an Bord der *Navarino* gebucht werden, aber darum habe ich mich bereits gekümmert.«

»Aber es muß da doch etwas geben. Um Himmels willen, strengen Sie Ihren Grips an, mein Junge!«

Jephson schüttelte ratlos den Kopf und blickte sich im Salon um in der Hoffnung, dort etwas zu entdecken, das seinem Gedächtnis auf die Sprünge helfen würde. Hutton und Grant, die fast die gleiche Idee hatten; sie stöberten schon in den Frachtbriefen und Rechnungen herum, spähten in die Aktenschränke, lasen die Briefe, untersuchten die Landkarten und Skizzen. Schließlich ging Hutton in die Bibliothek und machte sich daran, die Schubladen des Rolltop-Schreibtisches durchzusehen. Jephson wurde ganz mulmig zumute. Er empfand es als seine Pflicht, die Wohnung vor derlei anmaßendem Herumgeschnüffel zu schützen. Bestimmt rechnete Mr. Stanley fest damit, daß ihm das auch gelang.

»Aha, was haben wir denn da?« rief Hutton aus der Bibliothek herüber.

Jephson eilte schnell hinüber, die anderen hinter ihm her.

Hutton hatte aus der Schreibtischschublade einen in Leder gebundenen Folianten genommen, er war mit einem Messingschloß gesichert. »Wissen Sie, was Mr. Stanley hier drinnen aufbewahrt? Sieht so aus, als ob da Briefe oder etwas Ähnliches drin sind.«

»Nein, ich habe keine Ahnung, Sir. Wenn Sie mir aber die Bemerkung gestatten – meiner Meinung sollte man Mr. Stanleys Privatbesitz nicht auf solche Art und Weise durchsehen«, entgegnete Jephson.

Hutton nahm keine Notiz von ihm. »Wo steckt denn der Schlüssel zu dem blöden Ding?« wollte er wissen und fummelte an dem Schloß herum, damit es endlich aufschnappte. »Vielleicht findet sich da ja einen Hinweis darauf, was der Kerl im Schilde führt.«

»Wirklich, Sir, so geht das nicht. Es liegt in meiner Verantwortung, mich während Mr. Stanleys Abwesenheit um das Büro zu kümmern, und ich kann es guten Gewissens nicht gestatten, daß man ohne seine Zustimmung auf eine derartige Weise freien Gebrauch davon macht. Ich möchte sie daher dringend bitten, die Mappe in den Schreibtisch zurückzulegen.«

»Unser Freund hat schon recht«, sagte Mackinnon. »Es geht nicht an, daß wir hier herumkramen. Legen Sie es wieder zürück, wo Sie es gefunden haben.«

»Nicht so eilig, Mac«, warf Colonel Grant ein. »Vielleicht verrät uns die Mappe ja genau das, was wir herauszufinden versuchen. Da ist doch offensichtlich etwas Wichtiges drin. Wieso hält der Kerl es denn sonst unter Schloß und Riegel?«

»Das fragen Sie ihn am besten selber, Jem«, erwiderte Mackinnon etwas zögerlich. »Er wird bestimmt in den nächsten Stunden wieder aufkreuzen, dann können Sie ihn ja fragen, warum er gerade diese Briefe unter Verschluß hält. Das wäre doch bei weitem die bessere Lösung, als von ihm gefragt zu werden, warum Sie hinter seinem Rücken eine Mappe mit Privatkorrespondenz aufgebrochen haben. Finden Sie nicht?«

Grant lief rot an. Er wollte etwas zu seiner Verteidigung vorbringen.

Aber Mackinnon schnitt ihm das Wort ab. »Um Gottes willen, Jem, nehmen Sie doch Vernunft an! Können Sie sich nicht vorstellen, daß Henry wahrscheinlich gewisse Angelegenheiten hat, die er lieber vor Ihren neugierigen Blicken verborgen halten möchte? Geht uns das denn nicht nicht genauso? Geben Sie mal her«, wandte er sich an Hutton. Er nahm ihm die Ledermappe aus der Hand. »Wo haben Sie die gefunden? Da? Gut. Nun hören Sie mir mal gut zu, Arthur. Wenn Mr. Stanley zurückkommt, dann richten Sie ihm bitte aus, daß wir sprachlos sind über sein unverzeihlich unhöfliches Verhalten gegenüber Seiner Königlichen Hoheit. Zum Glück hat sich der Prinz jedoch bereitgefunden, uns heute abend nochmals zu empfangen. Um Punkt acht trifft er zum Abendessen im Athenaeum ein. Es darf unter keinen Umständen geschehen, daß wir ihn ein zweites Mal warten lassen. Wir rechnen damit, daß Henry allerspätestens um halb acht dort eintreffen wird.«

»Jawohl Sir, ich werde es ihm ausrichten.«

Sowie die Männer gegangen waren, ging Jephson in die Bibliothek zurück und setzte sich an den Rolltop-Schreibtisch. Es war schon ein seltsames Gefühl, nach den drei Wochen voller Hektik nichts Dringendes zu erledigen zu haben. Ohne das ständige Kommen und Gehen der Offiziere der Expedition, ohne die ständigen Lieferungen und das Entfernen der Kisten und Kasten, ohne die Unordnung und das Treiben sowie Stanleys verbissene, kraftvolle Art, mit der er sie alle zur Arbeit antrieb, kam ihm die Wohnung ganz fremd vor. Er konnte sich gar nicht mehr daran erinnern, wann es zum letztenmal so still in der Wohnung gewesen und außer ihm lediglich Baruti dagewesen war. Und selbst der war ganz still geworden. Er war hinter ihm in die Bibliothek gegangen und stand am Fenster, wobei er Jephson im Auge behielt, als brauche er die Sicherheit, daß noch jemand anwesend war. Der kleine Kerl war sichtlich verängstigt. Vermutlich war er am Morgen aufgewacht, war mit dem Frühstückstablett zu Mr. Stanley ins Schlafzimmer gegangen und hatte dabei gemerkt, daß Mr. Stanley nicht mehr da war. Vielleicht hatte auch er die ganze Nacht wachgelegen und darauf gewartet, daß Mr. Stanley nach Hause käme, der dann aber doch nicht eingetroffen war.

Konnte das denn sein? War Mr. Stanley am Vorabend, nachdem er Nelson Lebewohl gesagt hatte, gar nicht in seine Wohnung zurückgekommen? Aber wo konnte er hingegangen sein, wo hatte er in dem Fall übernachtet? Jephson blickte Baruti an, dessen Silhouette sich im grauen Licht des winterlichen Nachmittags gegen das Fenster abzeichnete. Wenn er doch bloß Suaheli könnte, dann hätte er den kleinen Mohr in der Sache ausfragen können. Es würde einen Unterschied machen, wenn Stanley gestern abend nicht nach Hause gekommen wäre, wenn er die Nacht woanders verbracht hätte. Dann wäre er vielleicht noch in London.

Jephson sah sich um und betrachtete im schwindenden, silbrigen Licht des späten Nachmittags die schattenhaften Formen der Möbel. Er warf einen Blick auf den Schreibtisch, der direkt vor ihm stand. Dann beugte er sich vor, zog die unterste rechte Schublade auf und nahm den Lederband heraus, den Hutton entdeckt hatte. Seltsam, daß er erst heute von dessen Existenz erfahren hatte. Schließlich hatte er ja schon so oft daran gearbeitet, Unterlagen darin abgelegt, die Schubladen nach fehlenden Dokumenten durchsucht, Utensilien neu geordnet. Hundertmal hätte er schon darauf stoßen müssen. Aber vielleicht lag die Mappe ja erst seit heute dort drin; vermutlich hatte Stanley sie erst hineingelegt, als ihm klar geworden war, daß Jephson und die übrigen keinen Anlaß mehr dazu haben würden, sich am Schreibtisch zu schaffen zu machen. Er drehte die Mappe in den Händen, hantierte ein wenig am Schloß und riskierte einen Blick. Hutton hatte recht. Anscheinend enthielt sie Briefe, so etwas wie eine Privatkorrespondenz, die man gern unter Verschluß hielt. Er legte die Mappe in die Schublade zurück und stand auf.

»*Njoo hapa*, Baruti. *Lazima niende sasa, toto*. Ich geh' jetzt«, radebrechte er auf suaheli und hockte sich neben den Jungen. »*Nitarudi upesi*. Ich bin bald wieder zurück.«

Er kniff dem kleinen Mohren in die Wange und lächelte ihn auf eine Weise an, von der er hoffte, daß sie tröstend wirkte. Der Junge sah ihn ganz ängstlich mit seinen großen traurigen Augen an, er war sichtlich ganz und gar nicht beruhigt. Jephson holte seinen Übermantel und den Bowler, eilte auf die Straße und winkte eine vorbeifahrende Droschke heran. Dem Kutscher nannte er Dolly Tennants Adresse in der Richmond Terrace.

Dolly empfing im Augenblick keine Besucher. Das Dienstmädchen musterte ihn ernst und mißtrauisch, weil er zu einer solch unpassenden Stunde seine Aufwartung machte, und murmelte eine Entschuldigung im Namen ihrer Herrin. Zunächst hatte er geglaubt, sie habe gemeint, daß Dolly nicht zu Hause sei, doch dann nährte sich der Verdacht, daß sie im Hause war und sich nur unpäßlich fühlte. Mit einem bißchen weiterem Reden erhielt er von dem Hausmädchen die Auskunft, daß Dolly ein Schläfchen hielte und strengste Anweisung gegeben hätte, nicht gestört zu werden. Aber so ließ er sich nicht abweisen. Er drängte dem Mädchen seine Visitenkarte auf und schickte es mit der Nachricht, sein Besuch sei äußerst dringlich, ins Schlafgemach ihrer Herrin.

In Mantel und Hut blieb er in der Halle stehen. Die Zofe hatte sich strikt geweigert, ihm die Sachen abzunehmen, nicht einmal in den Salon hatte sie ihn geführt. Aber nach einer Weile, er regte sich schon zunehmend über das auf, was er für Dollys Launen hielt, legte er Mantel und Bowler ab, warf beides über das Geländer der Treppe, die zu den Räumen im ersten Stock führte, und marschierte auf eigene Faust in den Salon. Dort hielt er sich freilich nicht lange auf. Es war sehr still im Haus. Da er annahm, er könnte vielleicht hören, was sich oben in Dollys Schlafzimmer zutrug, ging er zurück in die Halle und lauschte. Man hörte überhaupt nichts. Er ging ein paar Stufen die Treppe hinauf und reckte den Hals, um vielleicht einen Blick zum Treppenabsatz im ersten Stock werfen können. Immer noch kein wahrnehmbares Geräusch, keine Stimme – keine männliche, keine weibliche. Er stahl sich einige Stufen weiter hinauf. Aber plötzlich ging eine Tür auf, schnell begab er sich auf den Rückzug.

Es war die Zofe. »Miß Tennant wird Sie gleich empfangen«, sagte sie schnippisch und begab sich in einen anderen Teil des Hauses.

Kurz darauf kam dann Dolly. »Arthur, mein Lieber, wie schrecklich nett von dir, auf einen Sprung vorbeizukommen.« Dolly kam die Treppe heruntergerauscht und bot ihm die Hand zum Kuß an. Sie trug ein ziemlich auffälliges Negligé, darüber einem Morgenmantel aus Satin mit einer langen Schleppe, aber das Gesicht war ungeschminkt, das Haar hatte sie offenbar auch hastig gekämmt und schnell zusammengesteckt. Kein Zweifel, sie kam geradewegs aus dem Bett. »Obwohl – ich muß schon sagen, normalerweise bin ich zu dieser Zeit für niemanden zu Hause, wie du ja weißt.«

»Durchaus, ich bitte um Entschuldigung, wenn ich dich störe.« Jephson und nahm ihre Hand. »Aber ich versichere dir, die Sache ist sehr dringend.«

»Das sagte Mary auch schon. Ich frage mich nur, worum es

dabei geht.« Sie ging ihm voran in den Salon. »Ist etwa jemand gestorben?«

»Nein, das nicht.«

»Da fällt mir aber ein Stein vom Herzen.« Sie ging zum Kamin, als wolle sie sich daran wärmen, wandte sich dann aber wieder gedankenverloren davon ab. »Wie spät ist es eigentlich? Ich habe geschlafen. Ist es denn schon fünf? Möchtest du einen Tee, Arthur?«

»Nein, danke.«

»Bitte – aber was *kann* ich für dich tun?« Sie sah ihm in die Augen, die Hände vor der Taille verschränkt.

Er blieb auch stehen – sie hatte ihn ja nicht gebeten, Platz zu nehmen. »Ich habe eine Nachricht für Mr. Stanley.«

»Für Mr. Stanley, für Henry... du sollst ihm etwas ausrichten?«

»Ja, und es ist sehr dringend.«

»Dann richte es doch mir aus, du kannst es mir ruhig sagen.« Sie betrachtete ihre Hände, dann blickte sie wieder zu ihm auf, ihre Miene hatte sich verfinstert. »Oder halte ich dich irgendwie davon ab?«

»Dolly, paß mal bitte auf – der Prinz von Wales macht seine Aufwartung, er rechnet fest damit, heute abend um acht im Athenaeum Mr. Stanley anzutreffen.«

»Henry trifft sich mit Prinz Edward? Das ist ja aufregend!«

»Mr. Stanley weiß aber noch nichts von dem Treffen. Der Termin wurde in seiner Abwesenheit festgelegt. Aber du verstehst sicherlich, wie wichtig es ist, daß er davon erfährt. Es wäre entsetzlich peinlich, wenn er nicht käme.«

»Das glaube ich.«

»Es ist nicht erforderlich, daß ich es ihm persönlich ausrichte. Unter den gegebenen Umständen kann ich sogar gut verstehen, daß es vielleicht günstiger wäre, wenn ich ihn nicht selber informiere. Wichtig ist nur, daß er überhaupt informiert wird.«

»Was willst du damit sagen, Arthur?«

»Dolly, ich vertraue darauf, daß du die Nachricht Mr. Stanley übermittelst.«

»Ich? Wieso denn ich? Was soll das denn nun wieder heißen, Arthur?«

»Bitte, Dolly. Du kannst auf meine Diskretion zählen, ganz bestimmt. Mir liegt allein daran, daß Mr. Stanley heute abend die Verabredung mit Seiner Hoheit einhält.«

»Mein lieber Freund, ich habe nicht die geringste Ahnung, wovon du redest. Und ehrlich gesagt weiß ich auch nicht, ob ich das überhaupt möchte. Ich glaube sogar, daß wir unser Gespräch auf der Stelle abbrechen sollten – bevor du noch etwas sagst, was du später bereuen würdest.« Sie wandte sich ab. »Ich würde ja gern meine Einladung zum Tee wiederholen, Arthur, aber wenn du immer noch meinst, sie ablehnen zu müssen – na ja, dann mußt du mich jetzt bitte entschuldigen. Ich gehe heute abend zum Maskenball bei den Clarendons, und ich sollte wirklich anfangen, mich dafür herzurichten.« Sie wollte aus dem Zimmer gehen.

»Dolly, du brauchst mir doch nichts vorzuspielen. Ich weiß doch, daß er bei dir ist.«

Sie wirbelte herum.

»Du bist doch schon seit seiner Rückkehr aus Amerika hinter ihm her. Ich weiß, daß ihr euch geschrieben habt. In meiner Stellung als Sekretär kommen mir bestimmte Dinge ganz unweigerlich zu Augen. Ich kann zwar nicht behaupten, daß ich deine Pläne besonders billige, liebe Dolly – daß du ihn jetzt auf einmal wieder willst, da er wieder im Mittelpunkt des öffentlichen Interesses steht. Ich habe schon einmal miterleben müssen, wie du ihn abgewiesen hast, und zwar so, daß es ihn ziemlich gedemütigt hat, wie ich anfügen könnte. Aber die Sache geht mich nichts an, das weiß ich. Ich brauche ihn bestimmt nicht vor dir in Schutz zu nehmen. Mr. Stanley kann für sich selber sorgen, da bin ich mir ganz sicher. Meine einzige Sorge ist, er könnte nicht erfahren, daß er heute abend um halb acht zu einem Treffen mit dem Prinzen erwartet wird. Wie gesagt, du kannst dich auf meine Diskretion verlassen – hinsichtlich der Art und Weise, wie er davon erfahren hat.«

»Kein Wort mehr!« Sie ging auf ihn zu, mit hochroten Wangen, die Fäuste in die Seite gestemmt. »Ich habe keine Lust mehr, mir auch nur noch eine Bemerkung von dir anzuhören, du mieser kleiner Tor!«

Angesichts ihres Wutausbruchs trat er unwillkürlich einen Schritt zurück.

»Für was hältst du mich? Ein kleines Ladenmädchen? Ein Flittchen? Was erlaubst du dir, mir zu unterstellen, ich würde am hellichten Nachmittag in meinen Gemächern heimlich Herrenbesuch, von Mr. Stanley gar nicht zu reden, empfangen, wenn niemand im Haus ist außer den Angestellten? Eine Dreistigkeit ist das! Ich verlange, daß du dich sofort entschuldigst. Haben Sie mich verstanden, Arthur Mounteney Jephson? Ich verlange auf der Stelle eine Entschuldigung von Ihnen!«

Er schwieg.

Da schlug ihm Dolly mit der flachen Hand ins Gesicht. »Verlassen Sie auf der Stelle mein Haus.«

Er legte sich die Hand an die brennende Wange und sah, wie sie unter vernehmlichen Seidenraschen aus dem Salon stob. Gar kein unüberzeugender Auftritt, aber hatte Dolly ihm wirklich etwas vorgespielt? Oder hatte er sich doch geirrt? War Stanley vielleicht wirlich nicht bei ihr? Aber wenn er nicht bei ihr war, wo war er dann?

Scotland Yard wurde eingeschaltet.

Mackinnon hatte sich so lange wie möglich einem solch drastischen Schritt (eigentlich war es eher Huttons Idee gewesen) widersetzt – aus Angst, die Nachricht von Stanleys Verschwinden würde sich, wenn sie erst einmal offiziell bestätigt war, wie ein Lauffeuer verbreiten und dem Unternehmen in beträchtliche Schwierigkeiten bringen. Aber am Montagmorgen, dem 17. Januar, räumte er ein, daß man das Risiko wohl eingehen müsse. Stanley galt inzwischen seit zwei vollen Tagen als vermißt. De Winton und Grant, die beide einigermaßen fließend Suaheli sprachen, hatten während dieser Zeit Baruti endlosen Verhören unterzogen; sie hatten dabei lediglich in Erfahrung bringen können, daß der kleine Mohr Stanley zum letzten Mal gesehen hatte, als dieser in der Dunkelheit die Wohnung verlassen hatte. Die magere Auskunft löste einen erregten Wortwechsel aus. Grant und Hutton argumentierten, dies bedeute, daß sich Stanley mitten in der Nacht davongestohlen habe, um eine anrüchige Sache zu erledigen. Mackinnon wies demgegenüber darauf hin, daß »dunkel« genausogut das Dunkel eines winterlichen Frühmorgens bedeuten, wenn Stanley zumeist ohnehin schon auf den Beinen war. De Winton wiederum blieb dabei, der Junge habe höchstwahrscheinlich von dem Dunkel am Freitagabend gesprochen, als Stanley das Haus verlassen und sich im Charing Cross-Bahnhof von Nelson verabschiedet habe; offenbar sei er später nicht wieder in die Wohnung zurückgekehrt; und die einzige Erklärung dafür sei, daß ihm etwas zugestoßen war. Diese Möglichkeit veranlaßte Mackinnon schließlich, die Polizei einzuschalten.

Um das weitere Vorgehen zu besprechen, versammelten sich die Herren am gleichen Abend abermals in der Wohnung in der New Bond Street. Scotland Yard hatte mittlerweile ohne Ergebnis eine erste Überprüfung der Krankenhäuser, Kliniken, Arztpraxen sowie der Leichenhäuser durchgeführt. Man hatte ferner Untersuchungen hinsichtlich der Möglichkeit eingeleitet, daß Stanley entführt worden war. Man plante auch noch, die Orte abzusuchen, von denen man wußte, daß Stanley sie frequentierte, sowie alle Zug-, Boots- und Kutschenabfahrten aus London in den letzten vierundzwanzig Stunden zu kontrollieren, auf die vage Aussicht hin, daß er in der Zeit die Stadt oder vielleicht sogar das Land verlassen hatte. Doch bis zum jetzigen Zeitpunkt hatte auch keine dieser Maßnahmen etwas Neues erbracht. So freundeten sich Mackinnon und die anderen allmählich und mit äußerstem Widerwillen mit der Vorstellung an, daß man möglicherweise damit anfangen mußte, über einen Alternativplan nachzudenken. Ließe sich kurzfristig ein neuer Expeditionsleiter finden? Oder hatte man sich mit der Tatsache abzufinden, daß die Expedition vielleicht ganz abgeblasen werden müßte?

Im Augenblick war noch keiner der Männer bereit, sich den entsetzlichen Konsequenzen zu stellen, die eine Absage der Expedition mit sich brächte. Der öffentliche Aufschrei würde furchtbar, die politische Schande für die Regierung Ihrer Majestät beinahe tödlich und die Verluste an bereits ausgegebenen Geldern zur Ausstattung der Expedition seitens des Hilfskomitees ganz erheblich sein. Vom schweren Schlag, die von ihnen so begierig gewünschte Errichtung eine *Imperial British East Africa Company* in Äquatoria nicht erreicht zu haben, einmal ganz abgesehen. Doch die Alternative, für Stanley einen Ersatzmann zu finden, war kaum weniger problematisch. Die Leute, die noch am ehesten dafür in Frage kämen – aufgrund ihrer vorherigen Afrika-Erfahrung und ihrer derzeitigen Verbindung mit der Unternehmung –

waren Grant und de Winton. Aber beide fühlten sich der Sache nicht gewachsen, und genaugenommen rissen sie sich auch nicht gerade darum. In Grants Fall sprach sein Alter dagegen (er war über sechzig) sowie der Umstand, daß es nun schon dreißig Jahre zurücklag, daß er mit Speke seine lange und abenteuerliche Reise zu den Quellen des Victoria-Nils unternommen hatte. Und was de Winton betraf, der immerhin zehn jahre jünger war, so bestanden seine Afrika-Erfahrungen in der Errichtung und Verwaltung von Küstenstationen und nicht im Erkunden und Erforschen des Landesinneren, und auch nicht in der Art gefährlichen und schaurigen Marschierens durch eine völlig unbekannte Wildnis, den die Entsatzexpedition ja mit sich brächte.

Deshalb schlug Hutton Joseph Thompson vor. Knapp drei Jahre zuvor war er von Mombasa aus an der ostafrikanischen Küste ins Landesinnere vorgestoßen, um zum Gebiet der Seen zu gelangen. Aber dort sei er, wandte de Winton ein, nicht angekommen; er habe aufgegeben und sei – ein geschlagener Mann – etwas nördlich des Kilimandscharo im Massai-Land umgekehrt, außerdem benötige man für die vorliegende Sache einen Kerl, den man nicht schlagen und zur Umkehr zwingen könne.

Weitere Namen fielen. Im Verlauf der nächsten Stunde in Stanleys Salon erwähnten sie sogar, umgeben von den merkwürdigen und wunderbaren Gegenständen, die er in Afrika gesammelt hatte, die Namen der wenigen zur Elite gehörenden Leute, dieser einmalig wagemutigen Engländer, die ins Herz des dunklen Erdteils eingedrungen waren, wohin auch diese Expedition führen würde – das waren Sir Richard Burton, Captain John Speke, Sir Samuel Baker, Pfarrer Dr. David Livingstone – inzwischen allesamt entweder verstorben oder zu alt oder gesundheitlich ruiniert durch ihre ganz erstaunlichen Reisen.

»Nun, wer dann, Herrgott noch mal?« fragte Hutton aufgebracht. »Es muß doch jemanden geben. Daß es nur einen Mann gibt, der das schaffen kann – das gibt's doch gar nicht!«

Alle schwiegen. Mackinnon war aufgestanden und hatte sich an einem der Fenster aufgestellt. De Winton rauchte seine Pfeife. Jephson hatte den Herren Brandy serviert. Grant, der in Stanleys Ledersessel Platz genommen hatte, nahm einen Schluck aus seinem Glas und wandte den Blick von Hutton ab.

»Das ist doch kompletter Blödsinn – das ist doch alles Kokolores«, sagte Hutton. »Stanley ist doch kein Gott. Was ist denn eigentlich in euch gefahren, Männer? Natürlich gibt's da noch jemanden.« Er sah streitlustig in die Runde und wartete auf eine Antwort; aber wieder ging keiner auf ihn ein, alle hingen ihren eigenen Gedanken nach. Und als ob ihn ihr Schweigen verletzt hätte, meinte er plötzlich mit verblüffender Gehässigkeit: »Ich kann den Kerl nicht ausstehen. Mir ist dieser Gassenjunge zuwider. Merkt ihr denn nicht, wie wir jetzt dastehen. Aber wir haben's nicht anders verdient. Wie konnten wir nur so dämlich sein, uns mit dem Sohn einer billigen Hure einzulassen! Das haben wir nun davon!«

»Herrgott, Hutton, nun fangen Sie doch nicht schon wieder davon an«, sagte Grant mit Schärfe und spähte um die Lehne von Stanleys Ledersessel herum. »Ich kann den Kerl ja auch nicht besonders leiden, aber andauernd über ihn zu fluchen, trägt auch kaum zur Lösung des Problems bei.«

Wieder verstummten sie. Jephson, der mit dem Rücken am Sideboard lehnte, fragte sich, ob er in seiner Funktion als Ersatzgastgeber den Herren noch eine Runde Brandy anbieten sollte.

Aber im gleichen Augenblick drehte sich Mackinnon vom Fenster weg. »Sie müssen die Sache übernehmen, Frank.«

De Winton schüttelte den Kopf.

»Uns bleibt keine andere Wahl.«

»Das ist nichts für mich – das ist nicht mein Bier, Mac.«

»Entweder Sie machen das, oder wir lassen's ganz bleiben.«

De Winton schüttelte weiter den Kopf. »Das ist eine ganz mörderische Sache, Mac. Ich habe so etwas noch nie im Leben gemacht. Mag sein, daß ich die Karawane bis nach Msalala führen kann, auf den Handelswegen der Araber. Aber danach, durch Karagwe, durch Nkole- und Nkori-Land, wo es keine Wege mehr gibt, wo noch niemand war... Ich habe keine Ahnung, wie man so was macht. Ich würde alles furchtbar vermasseln.«

»Nein, würden Sie nicht. Sie schaffen das bestimmt.«

»Es geht ja nicht nur darum, ob ich durchkomme. Ich müßte rechtzeitig durchkommen. Der Zeitfaktor ist das Entscheidende in dieser Sache, Mac. Sobald die Karawane ins Landesinnere vordringt, und mit Sicherheit, wenn sie am Victoria-See eintrifft, werden die Derwische darüber Bescheid wissen. Und dann geht – wie Henry gesagt hat – der Wettlauf los. Dann gehen die Derwische zum Angriff über. Dann schlagen die mit ihrer gesamten Streitmacht gegen den Emin los. Ich würde nie vor der Eroberung seiner Garnison durchkommen. Alles würde genauso enden wie bei Gordon und Wolseley.«

»Darum geht's nicht. Sie müssen es trotzdem versuchen. Es ist besser als gar nichts.« Mackinnon ging zum Sofa hinüber und setzte sich neben de Winton auf die Lehne. »Sie wissen genau, daß ich nicht zu Salisbury gehen und ihm sagen kann, wir blasen die Sache ab. Er zählt auf uns. Ob sein Kabinett überlebt, hängt von der Expedition ab. Die Ehre verlangt es, daß wir wenigstens einen Versuch für ihn unternehmen. Ob wir Erfolg haben oder nicht, spielt gar keine Rolle – solange wir uns wenigstens bemüht haben.«

De Winton legt seine Pfeife auf den Spieltisch, rieb sich die Augen und hielt sich die Hände vors Gesicht, während Mackinnon ihn immer noch in ruhigem Ton zu überreden versuchte.

»Frank, hören Sie zu – bringen Sie wenigstens die Karawane bis hinauf nach Msalala, dort können Sie ja immer noch entscheiden, wie groß die Chance ist, rechtzeitig bis nach Wadelai durchzukommen. Wenn Sie meinen, sie schaffen's, na prima, dann machen Sie weiter, und wir bekommen alles, was wir uns erhofft haben. Wenn nicht, wenn Sie merken, es ist unmöglich, auch gut, dann kehren Sie wieder um. Drehen Sie einfach um. Belassen Sie's dabei. Niemand könnte daran etwas auszusetzen haben. Wir hätten unser Bestes gegeben. Hätten unser Versprechen eingehalten. Wir hätten eine Entsatzexpedition ins Herz von Afrika entsandt, hätten das Unmögliche versucht und wären dabei gescheitert. Eine Tragödie, aber keiner könnte sagen, daß England den edlen Türken im Stich gelassen hätte, daß wir nicht zumindest einen Rettungsversuch unternommen hätten.«

»Ach so – so tief sind wir inzwischen gesunken, ja?« bemerkte Hutton. »Eine Farce, ein Affentheater ist daraus geworden. So weit ist es also gekommen, dank diesem Mr. Henry Stanley!«

Mackinnon ignorierte ihn. »Moment mal, Frank, höchstwahrscheinlich wird Henry doch noch rechtzeitig wieder auftauchen. Er kann sich ja nicht in Luft aufgelöst haben. Wir wissen ziemlich sicher, daß er nicht ermordet oder entführt wurde. Er muß wieder auftauchen. Aber wenn er das nicht tut, falls er aus irgendeinem, uns verborgenen Grund.... Frank, es ist der einzig realistische Ausweg unter den gegebenen Umständen. Die Ehre verlangt es, daß wir etwas vorweisen können, daß wir Salisbury aus der Klemme helfen. Bevor wir ganz aufgeben, müssen wir wenigstens eine Karawane bis Msalala führen. Das können Sie schaffen. Sie haben es selber gesagt. Wenigstens das könnten Sie für uns tun.«

De Winton nahm die Hände von den Augen. »Wie groß soll die Karawane werden?«

Jephson war entgangen, daß die Frage an ihn gerichtet war. Er hatte sich den Wortwechsel zwischen Mackinnon angehört. Das hatte ihn zwar entmutigt, aber er begriff durchaus, daß die Expedition, dies ehedem so großartige Abenteuer, dies vormals so glorreiche Vehikel für Heldentaten, zu einer bloßen politischen Geste zu werden drohte, die weniger Emin Pascha schützen als vielmehr Lord Salisbury retten sollte. Deshalb nahm er auch an, daß es bei Colonel de Wintons Frage einfach darum ging, wie umfangreich die Karawane sein müßte, damit ihre Bemühungen glaubwürdig erschienen.

»Arthur?« sprach ihn Mackinnon an.

»Sir?«

»Colonel de Winton fragt, wieviele Träger Mr. Stanley für die Karawane vorgesehen hat.«

»Sechshundert, Sir.«

»Nur sechshundert?« sagte de Winton.

»Nicht im ganzen, Sir. Sechshundert Leute sollen die gesamte Strecke zurücklegen. Jack Troup und Willie Hoffman heuern die Leute gerade auf Sansibar an. Wanjamwesi. Was zusätzlich an *pagazis* erforderlich sein wird – vielleicht weitere fünf- oder sechshundert auf den unterschiedlichen Reisestrecken – je nachdem, wie das Gelände ist – wollte Mr. Stanley nach Bedarf entlang der Route rekrutieren.«

»Ach so. Und die bewaffnete Eskorte? Er hatte doch auch vor, eine bewaffnete Eskorte mitzuführen, oder?«

»Ja, Sir.« Jephson löste sich einige Schritte vom Sideboard. »Zweihundert, Sir, sudanesische Askaris. Major Barttelot und Captain Nelson rekrutieren sie derzeit in Aden. Die Masse besteht aus verbliebenen Truppenteilen von General Gordons Schwarzem Bataillon und den *bahibazuks* des Mudir von Dongola. Major Barttelot hält große Stücke auf sie. Sie haben damals beim Nil-Feldzug unter ihm gedient.«

»Und die sollen unsere Remingtons in die Hände kriegen?«

»Ja, Sir. Einige sollen allerdings ausgewählt werden und unter Sergeant Bonnys Befehl als Unteroffiziere Dienst tun; die würden dann mit den neuen Winchester-Repetiergewehren ausgestattet.«

»Versteht sich.«

»Lassen Sie den Jungen sich doch einmal setzen, Frank«, sagte Grant.

»Ja, natürlich. Holen Sie sich einen Stuhl ran, mein Junge.«

Jephson zog einen Stuhl zum Spieltisch heran. Grant saß rechts von ihm im Ledersessel, de Winton zur Linken am Ende des Sofas. Mackinnon ging um das Sofa herum und nahm an dessen anderen Ende Platz. Dabei schob er Hutton näher an de Winton heran, wodurch sich der Kreis um Jephson schloß. Ironischerweise bewirkte die Macht der besonderen Verhältnisse, daß der junge Mann, der dem Unternehmen beigetreten war, ihm bislang als am wenigsten wichtiger, jüngster Assistent gedient hatte, der einzige in London verfügbare Mensch mit genaueren Kenntnissen hinsichtlich der Einzelheiten der Expedition war, und der ihren neuen Leiter mit den nötigen Auskünften versorgen konnte. Zuerst beschränkte er sich darauf, de Wintons Anfragen zu beantworten. Doch schon bald merkte er selber, daß er die Fragen vorwegnahm und auf Probleme zu sprechen kam, die de Winton nicht bedacht hatte. Und dann fing er an, durch die anderen dazu ermutigt, selber eine Einschätzung der Lage vorzunehmen.

Das nahm fast zwei Stunden in Anspruch, es war eine imponierende Leistung. Genaugenommen war er sogar selber davon beeindruckt. Zum erstenmal bot sich ihm die Möglichkeit zu überprüfen, was er in den vorangegangenen Wochen gelernt hatte, und zu seiner großen Freude stellte er fest, daß er sich in allem gut auskannte. Er hatte seine Arbeiten sorgfältig erledigt und aufmerksam zugehört. Da er zudem mit praktisch jedem Teil der Vorbereitungen für die Expedition zu tun gehabt hatte – er hatte Barttelot und Nelson bei den militärischen Fragen assistiert, Troup bei der Bestellung und Verschiffung der Ausrüstung und des Nachschubs für die Karawane vertreten, ja sogar einiges für Dr. Leslie erledigt –, wußte er besser über alles Bescheid als die anderen, Mr. Stanley natürlich ausgenommen. Das Selbstvertrauen und die Sachkenntnis, die er sich dadurch erworben hatte, kam in seiner Stimme zum Ausdruck, während er die zahlreichen Einzelheiten durchging und de Winton und die anderen um sich herum unterrichtete, die förmlich an seinen Lippen hingen und sich auf seine Kenntnisse verließen. In diesen zwei Stunden vollzog sich eine feine, aber spürbare Veränderung in ihrer Einstellung ihm gegenüber, und als er fertig war, bekräftigen sie das durch die Weise, wie sie einen Augenblick regungslos dasaßen und aufmerksam abwarteten, bis sie sicher waren, daß er ihnen nichts weiter mehr zu berichten hatte.

Mackinnon brach das Schweigen. »Also, was halten Sie nun davon, Frank?«

De Winton nahm seine Pfeife vom Tisch. Sie war ausgegangen, er stocherte mit dem Pfeifenmesser im Kopf herum und förderte die erloschene Glut zutage. Dann sagte er mit einer Art Stoßseufzer: »Also gut, ich werd's versuchen.«

»Prima, Frank. Ich wußte ja, daß Sie uns nicht im Stich lassen werden.«

»Aber der Junge muß mitkommen.«

»Damit gibt's keine Schwierigkeiten.«

»Aber, Sir – «

»Sie müssen einfach dabeisein, Arthur«, sagte de Winton. »Daß Sie sich mit allen Einzelheiten so gut auskennen, macht Sie absolut unverzichtbar. Es wäre mir völlig unmöglich, das in der verbleibenden Zeit noch alles nachzuholen. Sie werden mein Adjutant und werden alles für mich im Auge behalten. Es ist mir schleierhaft, wie ich die Sache sonst durchführen soll.«

»Es ist sehr freundlich von Ihnen, so etwas zu sagen, Sir, aber ich sollte gar nicht mitkommen. Mr. Stanley hatte überhaupt nicht daran gedacht, daß ich mitfahren soll.«

»Inzwischen sieht die Lage ganz anders aus.«

»Das ist mir klar, Sir, aber ich habe keinerlei Vorkehrungen getroffen.«

»Nun, dann treffen Sie sie eben jetzt. So wie ich's auch mache.«

»Ja, Sir, aber, so verstehen Sie doch, ich kenne mich in derlei

Dingen nicht aus. Ich war noch nie in Afrika, ganz zu schweigen auf einer derartigen Expedition. Aber sie waren es, Sir. Die anderen auch. Ich wäre der einzige, der überhaupt keine Erfahrung hätte.«

»Was ist denn los mit Ihnen, Arthur? Haben Sie etwa keine Lust mitzufahren?« Das kam von Mackinnon. »Ich hätte mir gedacht, Sie würden die Chance beim Schopfe packen. Ein junger Bursche wie Sie! Wäre doch eine einmalige Gelegenheit, mal zu zeigen, was in Ihnen steckt. Wetten, daß Ihre Freunde sich ein Bein ausreißen würden, hätten sie die Möglichkeit, den Platz mit Ihnen zu tauschen?«

»Kann schon sein«, erwiderte Jephson. Das kam ihm alles zu schnell, zu plötzlich und zu unerwartet. Er betrachtete Mackinnons vorwurfsvolle Miene; er konnte sich schon denken, was er – was alle anwesenden Männer – von ihm denken mußten. »Ich habe nicht gesagt, daß ich keine Lust dazu habe.«

»Das will auch gehofft haben. Ich nehme doch an, daß Sie ein ganzer Kerl sind.«

»Selbstverständlich möchte ich mitfahren. Es ist nur, ich...«
»Also abgemacht.«

Verflucht! Der Magen drehte sich ihm um!

»Die Sache ist abgemacht, Frank«, wiederholte Mackinnon und rieb sich die Hände. »Führen Sie die Karawane bis nach Msalala hinauf. Geben Sie von dort aus Ihr Bestes. Aber wie immer die Sache auch ausgeht – machen Sie sich keine Sorgen. Dann haben wir wenigstens etwas vorzuweisen.«

»Doch, ja«, entgegnete de Winton mit deutlich geringerer Begeisterung. »Dann können wir etwas vorweisen, aber mehr kann ich beim besten Willen nicht versprechen.«

Nachdem die Männer gegangen waren – es war inzwischen fast zwölf –, setzte sich Jephson im Salon aufs Sofa, als ob ihn der Schlag gerührt hätte. Alle möglichen Gedanken gingen ihm im Kopf herum. An einen Gedanken versuchte er sich zu klammern: Daß nämlich die Expedition eine Farce sei, wie Hutton es ausgedrückt hatte, lediglich ein langer Marsch nach Msalala. Colonel de Winton würde sicher nicht weiter als bis dort ziehen, würde es als unmöglich ansehen, rechtzeitig bis nach Äquatoria durchzukommen, und dadurch würde die Expedition eine bei weitem nicht so gefährliche Angelegenheit werden. Seltsamerweise empfand er diesen Gedanken aber nicht ganz so tröstlich, wie er hätte sein sollen, denn Jephson konnte die Vorstellung, daß die ganze harte Arbeit und die Planungen der letzten Wochen für eine leere politische Geste benutzt werden sollten, nicht ausstehen. Er wollte nicht vor sich zugeben, daß Emin Pascha verraten werden sollte, ja nicht nur Emin Pascha, sondern auch Troup und Hoffman und Leslie und Ward und Nelson und Barttelot und Bonny, die sich bereitwillig zur Verfügung gestellt hatten, ihr Leben für dieses großartige Abenteuer aufs Spiel setzten, und freiwillig und ohne Zögern brutale Strapazen auf sich nahmen: um der Aussicht auf echtes Heldentum willen. Auch an ihnen würde Verrat geübt werden.

Er stand auf. Es gab noch eine Vielzahl praktischer Dinge, an die er eigentlich zu denken hatte: Er mußte für sich eine Passage an Bord der *Navarino* buchen, seine persönlichen Sachen zusammensuchen, nach Aden und Sansibar telegraphieren, um die anderen über die Veränderung in der Expeditionsleitung zu benachrichtigen und sich um Baruti kümmern. Doch, auch das war zu regeln. Man konnte den Kleinen ja nicht einfach allein in Stanleys Wohnung zurücklassen. Auch um ihn mußte er sich kümmern.

»Wie konnte er das bloß tun?« sagte Jephson laut vor sich hin. »Um Himmels willen, warum nur hat er das gemacht?« Natürlich meinte er Stanley damit, der hatte ihn ja schließlich im Stich gelassen.

Er ging in die Bibliothek. Später sollte er sich einreden, seine Absicht sei es gewesen, den Text für die Telegramme nach Aden und Sansibar zu entwerfen. Aber er fing nicht einmal damit an. Er machte sich nicht einmal die Mühe, sich nach Federhalter und Tinte umzusehen. Er setzte sich an den Rolltop-Schreibtisch und griff sofort nach der untersten rechten Schreibtischschublade, zog sie auf und nahm den Ledermappe mit Stanleys Privatkorrespondenz heraus. Wie schon einmal rüttelte er vergebens eine Weile an dem Schloß. Eigentlich zögerte er überhaupt nicht, und wenn ihm das Herz auch bis zum Hals schlug, er befand, rechtmäßig zu handeln. Stanley hatte ihn verraten; also durfte auch er ihn hintergehen. Er griff nach dem Brieföffner aus Metall, schob ihn unter das Messingschloß und drehte einmal um, das Schloß war aufgebrochen.

Ein Bündel Briefe – vielleicht ein Dutzend. Aber Dolly Tennant hatte sie nicht geschrieben. Sie waren auf französisch abgefaßt. Ihr Absender war Leopold II., der belgische König.

»Was machen Sie da, mein Junge?«

Er erkannte die rauhe, tiefe Stimme sofort und wirbelte herum. Er hörte, wie Stanley durch den Salon schritt, auf direktem Weg in die Bibliothek. Man hätte ihn wohl auf frischer Tat ertappt, wie er Stanleys Privatbriefe stahl, wenn nicht im letzten Augenblick – Gott sei Dank! – Baruti die Aufmerksamkeit auf sich gelenkt hätte. Der Junge wälzte sich unruhig in seinem Bett – vielleicht lag er vor lauter Kummer wach, vielleicht war er auch unglücklich und umfangen in einem Angsttraum. Baruti hatte Stanley in die Wohnung kommen hören und kam jetzt mit wehendem Wollnachthemd und einem Gesichtsausdruck, der ungläubige Freude verriet, aus dem Zimmer hinter der Speisekammer durch den Flur gelaufen und warf sich Stanley in die Arme. Der war so überrascht davon, daß er herumwirbelte. Und während er sich lachend aufs Sofa fallen ließ, den Jungen wie einen übermütigen kleinen Hund auf sich herumkrabbeln ließ und sich lange liebevoll mit ihm herumbalgte, konnte Jephson die Briefe zurück in die Mappe und diese dann in den Schreibtisch legen.

»Wo haben Sie denn gesteckt? Um Himmels willen, Mr. Stanley, wo sind Sie bloß gewesen?« rief Jephson. Er knallte die Schublade zu und rannte in den Salon hinaus. »Sie können sich gar nicht vorstellen, was für Angst wir seit letzten Freitag um Sie hatten. Sie waren doch letzten Freitag mit dem Prince von Wales verabredet. Keiner hatte eine blasse Ahnung, was Ihnen zugestoßen war. Sogar Scotland Yard ist eingeschaltet worden. Wir dachten schon, daß man Sie ermordet oder entführt hätte oder dergleichen.«

Stanley gelang es, Baruti zu beruhigen. Immer noch lang auf dem Sofa ausgestreckt, den Jungen an die Brust gedrückt, blickte er auf. Amüsiert lächelnd hörte er sich Jephsons aufgeregten und weitschweifigen Bericht an.

»Eine Zeitlang sah es wirklich so aus, als müßte die Expedition abgeblasen werden«, fuhr Jephson fort. »Aber keiner der Herren hat das befürwortet. Alle waren der Meinung, dadurch würde alles nur noch schlimmer. Die Expedition müsse durchgeführt werden, ganz gleich, was mit Ihnen passiert sei. Ein neuer Leiter müsse gefunden werden. Alle meinten, man müsse unbedingt einen neuen Leiter suchen, der Sie ersetzen würde.«

»Und – hat man einen gefunden?«

»Doch – Colonel de Winton.«

»Colonel de Winton. O Gott!«

Stanley lächelte. Offenbar scherte er es ihn überhaupt nicht, daß er einen so großen Ärger verursacht hatte, was Jephson etwas irritierte. »Colonel de Winton hat sich nicht gerade darum gerissen, eine solch große Aufgabe zu übernehmen. Aber als er merkte, daß Sie sich in Luft aufgelöst und uns alle im Stich gelassen hatten, war er so anständig, es auf einen Versuch ankommen zu lassen.«

»Das ist doch absurd. Frank wäre nie im Leben in der Lage, die Sache zum Erfolg zu führen. Was bildet sich der Kerl eigentlich ein, verdammt noch mal! So was hat er doch noch nie gemacht. Und außerdem hat er keinen blassen Schimmer von der Expedition.«

»Das ist nicht wahr«, schleuderte ihm Jephson ins Gesicht. »Er weiß sehr gut darüber Bescheid. Ich habe ihn erst vor ein paar Stunden detailliert über alles unterrichtet. Ich habe ihn fast über alles informiert, was er wissen muß. Und was noch wichtiger ist: Ich habe mich bereitgefunden, ihn zu begleiten und für ihn ein Auge auf alles zu haben. Er hat mich gebeten, ihm als Adjutant zu dienen.«

»Hat er das?«

»Ja, das hat er«, erwiderte er trotzig.

»Na ja, ich muß schon sagen, wenigstens in der Hinsicht hat er ein bißchen Verstand bewiesen.« Stanley nahm Baruti von seiner Brust und setzte sich etwas gerader hin. »Aus Ihnen würde ein guter Adjutant werden, Arthur. Daran besteht gar kein Zweifel. Meinen Glückwunsch an ihn, daß er dabei an Sie gedacht hat.«

Damit hatte Jephson nun nicht gerechnet. Ganz im Gegenteil, er hatte sich schon auf eine schneidende, ironische Bemerkung gefaßt gemacht. Als jetzt das Gegenteil geschah und er Stanleys freundlichen Schmeicheleien hörte, löste sich sein ganze Wut in Luft auf.

»Ich habe selber auch schon daran gedacht, müssen Sie wissen«, fuhr Stanley fort. »Schon letzte Woche ist mir der Gedanke gekommen, ich sollte Sie eigentlich mitnehmen. Es würde mir das Leben da unten sehr erleichtern, wenn Sie dabei wären und sich für mich um bestimmte Dinge kümmern könnten.«

Jephson strahlte.

»Sie haben gute Arbeit geleistet, mein Bester. Sie haben sich nicht unterkriegen lassen. Sie würden einen verdammt guten Adjutanten abgeben.«

»Vielen Dank, Sir.«

»Trotzdem: Auch wenn Sie bei ihm wären, mein Junge, Frank hätte nicht den Hauch einer Chance, rechtzeitig nach Äquatoria durchzukommen.«

»Also, um ehrlich zu sein, Sir, ich denke mir, das glaubt er selber auch nicht. Im Grunde genommen hat das keiner geglaubt. Wir waren uns einig, daß Sie der einzige sind, der es schaffen kann. Aber die vorherrschende Meinung war, daß man es trotzdem versuchen müsse. Man dürfe den Emin nicht im Stich lassen, ohne wenigstens einen Versuch gemacht zu haben. Deshalb hat Colonel de Winton zugestimmt, die Karawane bis nach Msalala hinaufzuführen; aber ich bezweifle, daß er annimmt, weiter als bis dort zu kommen. Aber das müßte eigentlich reichen.«

»Damit Salisbury aus der Klemme kommt.«

»Ja, Sir.«

»Aber nicht, um Äqatoria für die *Imperial East Africa Company* erobern zu können.«

»Nein, Sir.«

»Die haben also die Idee von der Gesellschaft mit dem Freihandelsbrief der Krone fallengelassen?«

»Doch, ja, so ziemlich.«

»Ich nehme an, die Herrschaften waren gar nicht glücklich darüber.«

»Nein, Sir, das nicht, aber man meinte, daß man keine andere Wahl hätte, nachdem Sie ja wohl untergetaucht waren.«

»Aber Sie sehen selber – ich bin nicht untergetaucht.«

»Ja, Sir, und die Herren werden verdammt erleichtert sein, das zu erfahren, das kann ich Ihnen flüstern.«

Stanley machte es sich auf dem Sofa bequem und wandte sich wieder Baruti zu. Der Junge hatte sich an seine Schulter gekuschelt und war eingeschlafen.

»Aber sind die Herren sich auch im klaren darüber? Wissen Sir William und die anderen, daß Sie wieder zurück sind?«

»Nein«

»Finden Sie nicht, daß man die Herren informieren sollte? Ich könnte doch rasch zu Sir William rübergehen?«

»Dafür ist es schon zu spät, das hat Zeit bis morgen.«

»Aber, es würde ihm bestimmt nichts ausmachen, wenn ich ihn störte. Und es würde ihn bestimmt besser einschlafen lassen, wenn er wüßte, daß Sie zurückgekommen sind und alles wie geplant weiterläuft.«

»So geht's aber nicht weiter.«

»Sir?«

»Wir machen nicht weiter wie geplant.« Stanley hatte sich abgewandt und sah den schlafenden Baruti an. »Ich habe mich umentschieden.«

»In welcher Hinsicht, Sir?«

»Hinsichtlich der Reiseroute.« Jetzt sah er ihn an. »Wir werden einen anderen Weg einschlagen.«

Da fehlten Jephson die Worte.

»Wir werden den Kongo hinauffahren, mein Junge«, sagte Stanley.

»Das ist aber die Route, die ursprünglich im Gespräch war.«

»Stimmt. Gut, daß Sie sich daran erinnern, eigentlich war es immer meine Lieblingsstrecke.«

»Aber Sir William und die übrigen Herren... Also, soweit ich mich erinnere, haben sie heftig Einspruch dagegen erhoben.«

»Stimmt. Da erinnern Sie sich ganz richtig.«

»Aber ich verstehe nicht ganz, Sir. Werden die Herren denn nicht nach wie vor Einwände dagegen erheben.«

»Doch, höchstwahrscheinlich, das macht aber nichts: Weil ich nämlich entweder den Kongo hinauffahre, oder gar nicht.«

VII

»Zum Donnerwetter! Sir, das ist Erpressung«, sagte James Hutton, »... nichts weiter als die mieseste Art der Erpressung.«

Stanley hob die Schultern. Er hatte sich im Salon an den Kaminsims gelehnt, die Hände in die Taschen seines Morgenmantels gesteckt und sah die vier total verblüfften Herren des Hilfskomitees an, die in aller Frühe zu ihm in die Wohnung hinübergeeilt waren. Die Herren hatten nicht einmal abgelegt, keiner hatte Platz genommen.

»Soll das ein Ultimatum sein, Henry?« fragte Mackinnon.

»Du kannst ja immer noch Frank zum Expeditionsleiter ernennen.«

»Und genau das nenne ich Erpressung«, sagte Hutton erneut, »es gibt keinen anderen Ausdruck dafür.«

»Seien Sie still, Hutton – Herrgott noch mal, halten Sie endlich den Mund«, schnitt ihm Mackinnon das Wort ab; dann wandte er sich wieder an Stanley. »Aber warum willst du das, Henry. Wieso?«

»Weil es die beste – und schnellste – Route ist. Auf dem Weg habe ich gute Chancen zum Erfolg. Das ist immer meine Meinung gewesen.«

»Aber wenn du das immer schon gemeint hast, warum hast du dann nicht auf dieser Route bestanden, als du sie erstmals vorgeschlagen hast?«

»Weil sie einem schweren Nachteil hatte, den ich erst in den letzten Tagen beseitigen konnte.«

»Erzählen Sie mir doch keine Märchen«, entfuhr es Hutton noch einmal. »Erzählen Sie mir ja nicht, daß wir tatsächlich erfahren dürfen, wo sich unser Mr. Stanley in den vergangenen Tagen aufgehalten hat.«

Stanley nahm keine Notiz von ihm. »Der große Vorzug dieser Route ist natürlich der Kongo-Fluß – oder, genauer gesagt, die mehr als tausend Meilen schiffbaren Flußlaufs vom Stanley-Pool bis nach Jambuja. Aber ebenso klar ist, daß sie nur dann Vorteile bringt, wenn ich den Fluß auch wirklich befahren darf, was heißen soll, nur dann, wenn ich genug Flußschiffe auftreiben könnte, um die Mannschaft und die Ausrüstung der Expedition den Fluß hinauftransportieren zu können.«

»Was Sie nicht sagen«, brummelte Hutton leise.

»Also, um ganz ehrlich zu sein – am Anfang war ich nicht sicher, ob ich das könnte. Deshalb habe ich nicht auf meiner Auffassung bestanden. Wäre ich nicht dazu in der Lage, wäre der Fluß nutzlos für mich gewesen. Aber ich habe meine Idee nie aus den Augen verloren. Sie hat mich verfolgt und mich nicht wieder losgelassen. Der Vorteil, auf dem Fluß fahren zu können, könnte über Erfolg oder Niederlage entscheiden. Die Karawane wäre in der Lage, auf dem Fluß fünf-, sechsmal schneller voranzukommen als auf dem Landweg, und im Wettlauf mit den Derwischen könnte das den entscheidenen Vorteil bringen. Wie hätte ich also die Vorstellung aus meinem Gedanken verbannen sollen? Ich mußte herausfinden, ob ich ausreichend Boote auftreiben könnte, um den Vorteil auszunutzen, den der Fluß bietet. Deshalb bin ich nach Brüssel gefahren.«

»Nach Brüssel?«, krächzte irgendwer, vermutlich Hutton.

»Ja, ich bin in den letzten Tagen in Brüssel gewesen und habe mein Problem mit König Leopold erörtert. Und ich freue mich, berichten zu können, daß sich Seine Majestät bereitgefunden hat, mir die gesamte Dampferflotte des Freistaates, die den Kongo zwischen dem Pool und den Fällen befährt, zur Verfügung zu stellen.«

»Was hat er?« rief Hutton. »Verzeihen Sie, Sir, aber ich habe mich da wohl verhört. Sagten Sie eben, daß König Leopold seine Einwilligung gegeben habe, seine Kongo-Flotte der Expedition zur Verfügung zu stellen?«

»Genau das sagte ich.«

»Und warum will er das? Erzählen Sie mir ja nicht, er hätte ein humanitäres Interesse an Emin Paschas verzweifelter Lage entwickelt. Bitte sagen Sie nur das nicht.«

»Also gut, dann sag ich's eben nicht«

»Aber Sie *hatten vor*, es zu sagen. Es ist nicht zu fassen. Zum Donnerwetter, Sie wollen sich also tatsächlich dazu hinreißen lassen und behaupten, daß sich dieses finstere Ungeheuer aus purer Menschenliebe entschlossen habe, bei der Rettung des Emin Paschas mitzuhelfen.«

»Wenn es Ihnen nichts ausmacht, Hutton«, sagte Stanley sehr leise, »es wäre mir lieb, wenn Sie von König Leopold nicht in solchen Worten sprächen. Sie scheinen zu vergessen, daß ich seiner Majestät mehrere Jahre bei der Gründung des Kongo-Freistaates gedient habe und daß ich ihn als meinen Freund betrachte.«

»Es schert mich einen Dreck, ob Sie Anstoß an meinen Worten nehmen«, erwiderte ihm Hutton erbost. »Aber ich habe bereits Anstoß angenommen – an Ihrem Verschwinden, an Ihrem Erpressungsversuch und jetzt an dieser niederträchtigen Beleidigung unserer Intelligenz. Für wie blöde halten Sie uns eigentlich? Diesen Spitzbuben wird man überhaupt nie dazu bringen können, *irgend etwas* aus humanitären Gründen zu tun.«

»Ich bitte Sie zum allerletzten Mal, Hutton«, sagte Stanley in leisem, rauhen Flüsterton. »Halten Sie ja Ihr Maul, oder ich werde es Ihnen gleich stopfen.«

»Natürlich, selbstverständlich. Dem anderen eins über den Schädel hauen. So haben Sie ja immer alles regeln wollen. Das hat man Ihnen ja auch in der Gosse beigebracht, aus der sie kommen.«

Stanley trat einen Schritt vom Kaminsims vor. Im selben Augenblick schoß sein Arm nach vorn, er packte Hutton bei der Gurgel. Und mit verblüffender Leichtigkeit, so kräftig konnte er zupacken, schleuderte er Hutton, der wüst ins Stolpern geriet, rücklings durchs ganze Zimmer.

»Du meine Güte!« rief Mackinnon und stellte sich zwischen die beiden. »Was soll das denn werden – eine Kneipenschlägerei?«

Hutton prallte gegen die Wand, glitt daran herunter, sackte wie eine Lumpenpuppe in sich zusammen. Er wurde aschfahl, seine Augen weiteten sich vor Angst, ein kleines Blutrinnsal erschien in dem Mundwinkel, wo er sich auf die Lippe gebissen hatte. Grant ging eilig zu ihm, kauerte sich neben ihn und hielt ihm sein Taschentuch hin. De Winton nutzte die Gelegenheit, auf dem Sofa Platz zu nehmen. Immer noch im Mantel, schlug er die Beine übereinander und sah Stanley fragend an. Mackinnon hatte den Arm um Stanley gelegt und redete ihm ins Gewissen, während er ihn von Hutton wegführte. Stanley hörte sich alles ganz ruhig an. Und genau das machte de Winton stutzig – Stanleys Ruhe und Gelassenheit. Er schien nicht im geringsten verärgert zu sein. Die große Wut, die er doch verspürt haben mußte, als er Hutton auf so unsanfte Weise behandelte, kam in seiner Miene kaum zum Ausdruck.

»Aber du verstehst doch sicherlich, worum es Hutton geht«, sagte Mackinnon. »Auch du mußt doch zugeben, daß Leopold, nachdem wir inzwischen wissen, wie er den Kongo-Freistaat geplündert hat.... Ganz im Ernst, Henry – Leopold ist doch der letzte, von dem wir eine solcherart selbstlose Geste erwarten durften. Er hat doch bestimmt etwas dafür verlangt, daß wir seine Schiffe benutzen dürfen.«

»Darauf können Sie Gift nehmen«, krächzte Hutton, der immer noch mit dem Rücken an der Wand saß und sich die blutende Lippe betupfte. »Er wird reichlich viel verlangt haben. Und Stanley seine Bedingungen erfüllt haben – alle!«

»Würden Sie bitte endlich aufhören, Hutton«, fuhr ihn Makkinnon an.

»Nein, werde ich nicht. Er hat uns an diesen Spitzbuben verkauft. Lassen Sie sich das von mir gesagt sein! Er hat mit dem Ungeheuer eine Abmachung getroffen, und ich weiß auch, worum es dabei geht.«

»Worum denn?« Plötzlich drehte sich Stanley mit einem Ruck um, sah den geschlagenen Mann auf dem Teppich an.

»Fangt ihr beiden bloß nicht schon wieder an.« Mackinnon packte Stanley am Arm. »Ich verbiete das! Eher blase ich die ganze verfluchte Expedition ab, als daß ich zusehe, wie sich zwei Erwachsene derart anpöbeln.«

»Da machen Sie sich nur keine Sorgen, Mac«, sagte Stanley. »Ich möchte nur mal hören, was für eine Abmachung ich Huttons Meinung nach mit Leopold getroffen habe. Nur zu, Hutton, sagen Sie's mir doch mal.«

»Ich werd's ihnen ganz genau sagen«, antwortete Hutton. Er hielt sich das Taschentuch an die Lippen, als er aufstand. »Leopold, Ihr geliebter Leopold will die nordöstliche Grenze des Kongo-Freistaates ausdehnen, durch den Ituri-Wald bis zum südlichen Sudan. Seit der Berlin-Konferenz brennt er schon darauf. Oder etwa nicht? Wie oft hat er nicht schon versucht, eine Expedition durch den Ituri zu schicken, damit er endlich Anspruch auf das Gebiet zwischen dem Oberen Kongo und dem Unteren Nil erheben kann? Und wie oft ist er damit gescheitert?«

»Was wollen Sie damit sagen?« wollte Mackinnon wissen, aus Angst, Hutton könnte etwas sagen, das Stanley wieder in Harnisch brächte. »Sagen Sie endlich, was Sie meinen.«

»Ich meine damit, daß Mr. Stanley sich bereit erklärt hat, sich noch einmal für Leopold ins Zeug zu legen und sich zu diesem Zweck der Hilfsexpedition bedienen will«, erwiderte Hutton. »Darum geht's bei dem Handel mit diesem Ganoven. Stanley hat sich bereit erklärt, im Gegenzug für den Gebrauch der Flotte von Kongo-Flußschiffen im Namen Leopolds des Zweiten, dem belgischen König, dem Herrscher des Kongo-Freistaates, Anspruch auf das ganze Gebiet zu erheben, durch das die Expedition kommt, von Jambuja am Oberen Kongo bis nach Wadelai am Oberen Nil.«

Stanley schlenderte zum Kaminsims zurück, lehnte sich mit dem Rücken dagegen, verschränkte die Arme vor der Brust.

Mackinnon sah ihn an, er erwartete, daß er gleich etwas sagen würde. Dann, nach einem Augenblick, räusperte er sich und fragte: »Henry, ist das wahr?«

»Was würde das ändern?« entgegnete Stanley.

»Was das ändern würde?« entfuhr es Hutton. »Ich sage Ihnen, was das ändern würde. Erstens: Was geschieht dann mit dem Weg, den Sie uns bahnen wollten, damit Äquatoria Kontakt mit der Außenwelt bekommt – der Route, durch die wir in der Lage wären, unsere königliche Handelsgesellschaft langfristig mit Nachschub zu versorgen? Es ist mir völlig egal, wie vertraut Sie mit Leopold sind, Sie wissen verdammt genau, daß sich der Kongo für die Route nicht eignet. Wir können unsere Handelswege nicht durch das Herrschaftsgebiet eines ausländischen Monarchen führen, abhängig von den Launen eines Monarchen, und erst recht *dieses* Monarchen, das wissen Sie auch. Wir wären arme Irre, wenn wir uns in solch eine Lage manövrieren ließen. Wir müssen unsere eigene Route haben – einen Handelsweg, den wir fest im Griff haben.«

»Den ihr ja auch haben sollt«, erwiderte Stanley wie aus der Pistole geschossen. »Ich werde ihn für euch auf dem Rückweg erschließen.«

»Auf dem Rückweg?«

»Ja, auf dem Rückmarsch. Ich schlage vor, die Expedition genau auf dem Weg aus Äquatoria *hinauszuführen*, auf der ich sie nach unserer ursprünglichen Planung *hinein*führen sollte.« Er löste sich vom Kaminsims. »Sobald ich beim Emin eingetroffen bin, ich seine Garnisonsstädte entsetzt und seine Stellung gesichert habe und selber nicht mehr im Wettlauf mit den Derwischen bin, werde ich jede Menge Zeit haben, diese Route zu erschließen, die Kaffer zu befrieden, Verträge mit ihren Häuptlingen abzuschließen, Schutzzäune zu errichten, die Lagerhäuser aufzufüllen und schließlich den Weg für die Handelskarawanen der *Imperial British East Africa Company* zu bahnen.«

»Scheint kein schlechter Plan zu sein, Henry«, sagte Mackinnon nach einer Weile. »Doch, wirklich. Dagegen ist gar nichts zu sagen. Dennoch bleibt immer noch die Frage bestehen: Was für eine Art Abmachung hast du mit Leopold getroffen, um sie durchführen zu können? Ich bin mir nämlich überhaupt nicht sicher, ob wir die Hilfsexpedition zu einer derartigen Regelung hergeben könnten, wie sie Hutton eben beschrieben hat: im Namen eines ausländischen Monarchen Anspruch auf ein Gebiet erheben, die Flagge eines ausländischen Monarchen führen und dergleichen. Dadurch ergäben sich ja diplomatische Verwicklungen und außenpolitische Überlegungen aller Art. Derlei muß ich wohl leider auch erst mit Lord Salisbury durchsprechen – sollte Ihre Absprache mit Leopold tatsächlich so lauten, wie Hutton annimmt.«

»Aber natürlich handelt es sich darum«, mischte sich Hutton wutentbrannt ein. »Genau die Abmachung hat Stanley getroffen.«

Plötzlich wirbelte Stanley zu Hutton herum. »Keinen Ton mehr von Ihnen, Hutton. Kapiert? Es schert mich einen Dreck, was Sie annehmen. *Ich* werde durch die die Hölle gehen müssen, nicht Sie. *Ich* werde mich durchs finsterste Afrika durchschlagen müssen, während Sie hier gesund und munter am Kamin sitzen und Ihren Profit errechnen. Und deshalb bestimme ich hier, wie an die Sache herangegangen wird. Das geht Sie überhaupt nichts an. Sie braucht nur zu interessieren, ob ich den Preis mit nach Hause bringe, ob ich die königliche Handelsgesellschaft durchsetzen kann oder nicht.« Er wandte sich an Mackinnon. »Und du solltest ebenfalls aufhören, mir gegenüber deine hübsch formulierten Einwände zu erheben, Mac. Ich habe es satt, mir weiter deine feinsinnigen diplomatischen Überlegungen und Lord Salisburys außenpolitische Schwierigkeiten anzuhören. Sage mir nur eines:

Soll ich nun da hinfahren und Äquatoria für euch erobern oder nicht? Wenn ja, dann laßt mir freie Hand, verdammt noch mal. Andernfalls sollten wir die Sache fallenlassen. Frank kann dann das Kommando über die Expedition übernehmen. Ich habe sie zusammengestellt. Er kann den jungen Mann hier mitnehmen und machen, was immer er will, ich fahre dann eben wieder nach Amerika und setzte die Lesereise fort. Ich brauche diese dämliche Expedition nicht. Ich habe es nicht nötig, mein Leben und meinen Ruf erneut aufs Spiel zu setzen. Aber wenn ich's trotzdem mache, dann werde ich alles tun, was meiner Ansicht nötig ist, damit sie Erfolg hat. Denn eines lassen Sie sich gesagt sein, mein Bester, ich habe nämlich vor, Erfolg zu haben.« Er drehte sich nochmals um und ging auf Hutton zu. Hutton lief ängstlich um das Sofa, um es zwischen sich und Stanley zu bringen. Aber Stanley hatte es bloß aufs Zigarrenkistchen auf dem Spieltisch abgesehen. Er holte sich eine Zigarre heraus, biß die Spitze ab, spuckte die auf den Boden und steckte sich die Zigarre in den Mund.

»Also, wie wollt ihr euch entscheiden?« fragte er. »Wollt ihr mir nun aus dem Weg gehen und mich ziehen lassen, oder wollt ihr's nicht? Bis zur Abfahrt der *Navarino* sind es nur noch zwei Tage.«

»Lassen wir ihn gehen«, sagte de Winton. »Lassen wir Bula Matari ziehen.«

»Ja, ja, natürlich sollen Sie fahren, Henry. Ich habe gar nichts anderes vorschlagen wollen«, sagte Mackinnon hastig. »Ich weiß bloß nicht, mit welchen Worten ich Lord Salisbury erklären soll, warum wir die Route geändert haben.«

»Sagen Sie ihm nur, ich würde durch den Kongo ziehen, weil das der sicherste und schnellste Weg ist, um Emin Pascha zu befreien und die Regierung Ihrer Majestät herauszupauken.«

»Und was ist mit der Abmachung mit König Leopold? Wie soll ich Lord Salibury das erklären?«

»Was für eine Abmachung mit König Leopold? Haben Sie mich etwas über eine Abmachung mit König Leopold sagen hören?«

»Aber Hutton hat...«

»Hutton ist ein Esel, der dummes Zeug redet.«

»Nehmen Sie doch Vernunft an, Henry. Salisbury wird mich bestimmt fragen, warum Leopold seine Flotte mit den Flußschiffen der Expedition zur Verfügung gestellt hat. Was soll ich ihm denn darauf antworten?«

»Indem Sie auf König Leopolds humanitäre Gesinnung verweisen, Mac. Die mißliche Lage des edlen Türken habe Leopold gerührt, und er möchte unbedingt etwas zu dessen Errettung beitragen.«

Mackinnon schüttelte hilflos den Kopf.

»Also gut«, sagte Stanleys. »Und nun hinaus mit euch! Der Junge und ich haben noch viel zu erledigen.«

Keiner rührte sich. Mackinnon betrachtete Stanleys Gesicht, als ob er etwas darin lesen wollte, als ob er noch eine Frage stellen wollte. Aber aus Stanleys steinharter Miene ließ sich nichts entnehmen, daher wandte er sich widerstrebend ab und ging zur Tür. Hutton und Grant gingen ihm nach. De Winton erhob sich vom Sofa.

»Wenn Sie mir die Bemerkung gestatten, Henry«, sagte er. »Ich finde, Sie machen da Fehler, ich meine in taktischer Hinsicht.«

»Ach wirklich?«

»Ja, ich meine nach wie vor, daß Sie die Zeit, die Sie auf der Fahrt auf dem Kongo gewinnen, beim Versuch, den Ituri-Wald zu durchqueren, hundertfach wieder verlieren werden. Das ist eine ganz üble Gegend, Henry. Das wissen Sie so gut wie ich.«

Stanley faßte de Winton am Arm und begleitete ihn zur Tür.

»Aber Sie lassen sich nicht mehr von Ihrem Vorhaben abbringen, was?« fuhr de Winton fort. »Sie sind wild entschlossen, den Ituri zu durchqueren. Das haben Sie sich von Anfang an in den Kopf gesetzt. Das war mir vom ersten Tag an klar. Ich habe bloß nie herausgefunden, warum.«

Sie waren an der Tür angelangt. Mackinnon, Grant und Hutton gingen bereits den Flur hinunter, um den Fahrstuhl heraufzuholen.

De Winton drehte sich zu Stanley. »Ist das Hybris, Bula Matari? Wollen Sie der erste Mensch sein, der mit heiler Haut durch diesen teuflischen Wald gekommen ist? Der zum krönenden Abschluß seiner Laufbahn noch einmal eine spektakuläre Entdeckkungsfahrt unternommen hat?« De Winton blickte eindringlich in Stanleys graugrüne Augen. »Oder hat Leopold Ihnen keine Wahl gelassen?«

Erstaunlicherweise war sehr viel weniger zu erledigen, um die Expedition umzuleiten, als Jephson erwartet hatte. Zugegeben, man hätte sich sehr viel Arbeit sparen können, wenn das Wehrmaterial und die Ausrüstung auf direktem Weg von England aus in den Kongo verschifft worden wäre. Jetzt mußte man auch noch ein Schiff heuern, um den Nachschub und die Mannschaft nicht nur über die Meerenge zum afrikanischen Festland bei Bagajomo zu bringen, sondern auch noch um das Kap der guten Hoffnung zu befördern, an der Küste Westafrikas entlang bis hinauf zur Kongo-Mündung. Ferner mußten eine Reihe von Telegrammen entsandt werden: Eines wurde zu Herbert Ward geschickt, der sich derzeit in Banana-Point, an der Kongomündung, aufhielt und auf das Postschiff wartete, mit dem er nach Sansibar fahren wollte. Ward sollte bleiben, wo er war; ein zweites an Jack Troup, mit der Anweisung, nicht abzuwarten, sondern sich auf dem Kongo auf direktem Weg Ward anzuschließen, der sich um die Flotte der Kongo-Flußschiffe zu kümmern und schon im voraus Vorkehrungen für die Ankunft der Expedition zu treffen hatte. Im Rahmen der Gesamtplanungen waren dies jedoch eher geringfügige Änderungen. Es schien fast so, als ob Stanley all diese Eventualitäten schon die ganze Zeit eingeplant und damit gerechnet hätte, den ganzen Kongo hinaufzufahren.

Am Mittwoch traf Dick Leslie, der engbrüstige Arzt, aus Sussex kommend wieder in London ein – das war ein Tag vor der Abfahrt der *Navarino*. Stanley war nicht mehr da; er war mit Mackinnon nach Sandringham gefahren, um schließlich doch noch eine Verabredung mit dem Prinzen von Wales wahrzunehmen. Die ganze Zeit über mußten Jephson und Leslie an diesem klaren kalten Tag den Tansport der verschiedenen Überseekoffer und Arzneikisten und Reisetaschen und Handkoffer und Kleidersäcke und Kisten und Kästen zum Charing Cross-Bahnhof überwachen. Mit Leslie konnte man gut auskommen. Jephson sah in ihm so etwas wie eine komische Figur, weil er immer so tat, als würden ihm Frau und Kind, die Schwiegermutter und die Patienten unaufhörlich zusetzen und er beständig vorgab, als müsse er irgendeine Unruhe in seinem ungeordneten Privatleben im Keim ersticken. Im Verlauf des Tages merkte Jephson jedoch, daß die Komödie nur vorgeschoben war. Leslie war bei weitem nicht so geplagt oder konfus, wie er sich gerne zur Belustigung anderer Leute gab. Der kleine Arzt wußte genau, was getan werden mußte und auch wie man es machte – trotz seines hektischen Herumgerennes und seiner scharfzüngigen Klagen. Daß er ihn bei sich hatte, ersparte Jephson einen Haufen Zeitverlust und Ärger.

Leslie seinerseits wunderte sich ganz schön, als er erfuhr, daß sich Jephson der Expedition angeschlossen hatte. Aber er machte nicht viel Aufhebens davon. Als er unter dem Gepäck, das sie beide nach Southampton schicken mußten, Jephsons Koffer entdeckte, meinte er nur, früher oder später gerate eben jeder unter Stanleys Bann. Zu dem Zeitpunkt mißverstand Jephson diese Äußerung noch; er sah darin eine Anspielung auf einen Arbeiter der Transportgesellschaft, der vor Ehrfurcht nahezu verging, daß er da tatsächlich den Überseekoffer des berühmten Forschungsreisenden anpackte. Am Ende desselben Tages ließ Leslie dann allerdings noch eine dunkle Anspielung in dieser Richtung fallen. Sie hatten gerade die Räume der Gepäckaufgabe des Charing Cross-Bahnhofs verlassen und beschlossen, im Bahnhofsrestaurant einzukehren und ihren Tee zu nehmen.

»Also, auf geht's, auf daß wir alle Helden werden, verdammt noch mal«, bemerkte Leslie und setzte sich an einen Tisch am Fenster, durch das man auf die Gleise hinaussehen konnte. »Noch heute abend ist unser Gepäck an Bord der *Navarino*, und morgen abend gehen wir selber an Bord. Und dann geht's los. Umkehren geht dann nicht mehr, dann werden wir alle wohl oder übel Helden.«

Jephson lächelte gequält. Im Augenblick mochte er noch gar nicht so gern daran denken.

»Ich selber war schon oft ein Held«, redete Leslie weiter. »Sie müssen nämlich wissen, wenn man mit Mr. Stanley reist, wird aus einem ganz automatisch ein Held. Aber für Sie, mein Junge, ist es wohl das erste Mal, ja? Sie werden Ihren Spaß daran haben, das verspreche ich Ihnen. Meinen herzlichen Glückwunsch, daß Sie Mr. Stanley so lange in den Ohren gelegen haben, daß er Ihnen die Möglichkeit gibt, auch einer zu werden.«

»Daß ich ihm hinsichtlich dieser Frage *in den Ohren gelegen habe*, kann ich nicht gerade behaupten!«

Die Kellnerin kam mit dem Tee und den Sandwiches. Leslie

nahm ihr den kleinen Zettel ab, und wies Jephsons Versuch zu zahlen, mit knapper Geste ab. Dabei fing er gleich an, »Mutter« zu spielen. Jephson betrachtete Leslies schmale, dünne, aber offensichtlich kräftigen Hände. Stanley hatte einmal gesagt hatte, daß sie in Leslies Händen sicher seien, daß sie alle lebend zurückkommen würden, weil es diese Hände gab. Er sagte:

»Ehrlich gesagt, besonders gerissen habe ich mich um die Teilnahme an der Expedition eigentlich nie.«

»Wollen Sie damit sagen, mein Junge – Milch und Zucker? – Sie wollen doch nicht behaupten, daß Mr. Stanley Ihnen die Teilnahme angeboten hat, ohne daß Sie ihn ausdrücklich darum gebeten hätten?«

»Doch. Na ja, zuerst hat mir Colonel de Winton den Platz angeboten, als Mr. Stanley noch als vermißt galt und er sich bereit fand, den Befehl zu übernehmen. Und als dann Mr. Stanley wieder auftauchte, hat er gesagt, es sei eigentlich gar keine schlechte Idee, etwas, an das er selber auch schon gedacht hätte, zumal jetzt, da sich die Route geändert hätte...«

»Hoppla – nicht so schnell, mein Freund«, unterbrach ihn Leslie. »Wovon reden Sie eigentlich? Was soll das heißen – Mr. Stanley galt als vermißt... Colonel de Winton hatte den Befehl übernommen... die Route hat sich geändert?«

»Oh.« Natürlich, Leslie hatte ja keine Ahnung von den verworrenen Geschehnissen, die sich in den letzten Tagen zugetragen hatten. Er war ja nicht dabei gewesen, sondern in Sussex.

»Würden Sie mich freundlicherweise unterrichten, worum es bei all dem geht, insbesondere, was die geänderte Route betrifft. In welcher Hinsicht hat die sich denn geändert?«

»Also«, begann Jephson. Er war sich nicht sicher, was genau er Leslie sagen sollte. Es gab da noch einiges, was ihm selber ziemlich unklar war. »Mr. Stanley war fast drei Tage lang nicht da, einfach von der Bildfläche verschwunden, ohne irgend jemand informiert zu haben, kurz nachdem er am Freitagabend Captain Nelson verabschiedet hatte. Erst am Montagabend ist er wieder zurückgekommen.«

»Und wo ist er gewesen?«

»Das war sein großes Geheimnis. Niemand hatte die geringste Ahnung davon.«

»In Brüssel«, sagte Leslie.

»Wie sagten Sie eben?«

»Stanley war in Brüssel – um sich mit König Leopold zu treffen.«

»Mein Güte, Dr. Leslie. Woher wissen Sie das denn? Kein Mensch hat davon Bescheid gewußt.«

»Und die neue Route soll am Kongo entlang verlaufen.«

Jephson wollte schon irgend etwas ausrufen, so in der Richtung, er, Leslie sei wohl mit hellseherischen Fähigkeiten ausgestattet. Aber dann sah er den Ausdruck im Gesicht des Arztes. Im Nu hatte der sich von einem freundlichen, komischem Charakter in einem äußerst zornigen Menschen verwandelt.

»Wir sollen den Kongo-Fluß bis nach Jambuja hinauffreisen, dann dem Lauf des Aruwimi folgen und von dort durch den Ituri-Wald bis zum Albert-See. Darum geht's, stimmt's?«

Jephson schwieg. Leslies Miene erschreckte ihn ein bißchen. Kein Zweifel, der Arzt ahnte etwas, was die anderen nicht ahnten. Vielleicht wußten Jack Troup, Willie Hoffman und Herbert Ward ja auch schon Bescheid. Vielleicht wußten alle Bescheid, die schon einmal unter Stanley im Kongo gedient hatten.

»Darum geht's doch, mein Junge, habe ich recht? So sagen Sie doch was! Geben Sie mir eine Antwort.«

»Ja.«

Leslie wandte den Blick ab, sah auf die Bahngleise und schloß die Augen. Dann sagte er: »Wo ist er jetzt?«

»Mr. Stanley? Er ist mit Sir William nach Sandringham gefahren, um sich mit dem Prinzen von Wales zu treffen.«

»Und wann kommt er wieder?«

Jephson warf einen kurzen Blick auf die Restaurantuhr. »Eigentlich müßte er inzwischen schon wieder zurück sein.«

Stanley war in seiner Wohnung in der New Bond Street, im Schlafzimmer, und warf sich für das Bankett in Schale, das am Abend in der Guild Hall zu Ehren der Hilfsexpedition gegeben werden sollte; er war halb angezogen und wollte eben in die Hose steigen, als Leslie und Jephson über ihn herfielen.

»Sie können mich streichen, Bula Matari«, sagte der Arzt. »Streichen Sie mich von der Liste. Ich habe keinesfalls die Absicht, Selbstmord zu begehen.«

Stanley ließ die Hose herunter. Er warf sie aufs Bett. Nur mit der langen Baumwollunterhose bekleidet, die muskulösen Schultern und der breite Brustkorb nackt und die Hände in die Hüften gestemmt, sah er Leslie amüsiert an. »Was haben Sie denn, Dr. Leslie?«, fragte er. »Hat es wieder Schwierigkeiten mit der lieben Frau Gemahlin gegeben?«

»Mit meiner Frau hat das gar nichts zu tun. Sie wissen verdammt gut, worum's geht – um den Ituri. Ich geh' da nicht durch.«

»Nicht so eilig, Dick. Sie sind ja ganz aus dem Häuschen«, sagte Stanley und griff nach seinem Morgenmantel. »Setzen wir uns erst einmal. Besprechen wir die Sache in aller Ruhe.«

»Da gibt es nichts mehr zu besprechen. Sie sollen mir nur eines sagen – ist das, was ich gehört habe, wahr oder nicht!«

»Ich weiß ja nicht, was Sie gehört haben.«

»Der junge Mann hier erzählte mir, man habe Sie nach Brüssel bestellt, und Sie hätten sich Leopolds Forderung gebeugt, seine Flagge durch den Ituri bis zum Nil zu tragen.«

»Ich muß doch bitten, Dr. Leslie«, warf Jephson ein.

»Na gut, das haben Sie nicht gesagt. Jedenfalls nicht in diesen Worten. Sie haben nur gesagt, Mr. Stanley sei in Brüssel gewesen, und als er zurückkam, habe er die Reiseroute geändert, jetzt soll sie auf einmal durch den Kongo führen. Den Rest konnte ich mir selber zusammenreimen.« Wieder sah er Stanley an. »Das war nun wirklich kein Kunststück.«

Stanley schwieg, er zog sich den Morgenrock über.

»Das wundert Sie gar nicht was, Bula Matari? Aber der junge Mann hier hat sich sehr gewundert. Er war platt. Aber Sie wundern sich natürlich nicht, was?«

»Nein«, sagte Stanley. »Aber hören Sie mal, Dick...«

»Da gibt's nichts zuzuhören. Ich bin doch kein Selbstmörder! Wenn Sie den Kongo hochfahren wollen und sich durch den Ituri schlagen wollen, bitte, aber mich können Sie dann abschreiben. Die Vorstellung, im Ituri ums Leben zu kommen, macht mir unter keinen Umständen sonderlich viel Freude. Aber ich soll verflucht sein, wenn ich's für Leopold mache. Und Ihnen müßte diese Vorstellung auch zuwider sein. Sie müssen das doch nicht machen. Sie haben das doch genausowenig nötig wie ich.«

Stanley lächelte.

»Es ist mir ernst, Bula Matari«, drängte Leslie. Das klang nun gar nicht mehr empört. Plötzlich lag ein ernster, bittender Ton in Leslies Tonfall. »Behalten Sie die ursprüngliche Route bei. Starten Sie an der Küste des Indischen Ozeans. Marschieren Sie wie der Teufel. Sie werden den Emin schon rechtzeitig erreichen. Es wird ein strahlender Triumph werden. So was wird die Welt noch nicht erlebt haben. Aber dafür müssen Sie nicht durch den Kongo, und erst recht nicht durch die grüne Hölle des Ituri. Das sind Sie Leopold nicht schuldig.«

»Es sei denn...«, begann Stanley, warf aber einen Blick auf Jephson und schien sich dann eines Besseren zu besinnen. Ein seltsames Lächeln zuckte um seinen Mund. Er begann, sich die Hose wieder anzuziehen. »Aber darum geht's sowieso nicht, Dick. Mir ist die Kongo-Route sowieso lieber. Ich habe sie schon immer favorisiert. Weil man auf ihr am sichersten und schnellsten zum Emin kommt.«

Leslies Miene bekam wieder einen harten Ausdruck. »Das ist doch kompletter Unfug«, entfuhr es ihm verärgert. »Und das wissen Sie auch – und auch, daß ich es weiß... kommen Sie mir also nicht damit. Aber meinetwegen, nehmen Sie die Route durch den Kongo. Bringen Sie sich ruhig dabei um. Bitte, versuchen Sie's doch, sich durch den Ituri zu schlagen, bringen Sie sich ruhig bei dem Versuch um. Aber bringen Sie nicht auch noch andere um, Bula Matari. Sie haben kein Recht, Jack, Willie, Bertie Ward, den Jungen hier und die übrigen in diese grüne Hölle zu führen, nur weil sie meinen, Sie müßten es.«

»Schweigen Sie, Dick. Halten Sie endlich den Mund.«

»Na gut, dann sag ich eben nichts mehr.«

Einen Augenblick starrten sich beide feindselig an.

Dann aber sagte Leslie ganz ruhig und gelassen: »Die Leute vertrauen Ihnen, Bula Matari. Sie dürfen sie nicht auf solche Weise verraten.« Und damit machte er auf dem Absatz kehrt und ging aus dem Schlafzimmer.

Stanley sah ihm hinterher und blickte auch noch in die Richtung, als er Leslie längst nicht mehr sehen konnte. Er ging durch die Bibliothek, den Salon und betrat den Flur. Dann wurde die Wohnungstür aufgezogen und wieder zugeschlagen; erst dieses Geräusch schien Stanley aus seinen Gedanken aufzuschrecken.

»Leslie hat die Nerven verloren«, sagte er. »Die Frau, das Kind, die Hypothekenzahlungen – all das war eben zuviel für ihn. Zuviel des Wohllebens. Na ja, ein Glück, daß wir ihn los sind.« Er zog sich weiter an.

»Sie haben aber doch so sehr auf ihn gezählt, Mr. Stanley«, sagte Jephson. »Ich weiß noch genau, daß Sie gesagt haben, wir wären ohne ihn nicht sicher. Daß wir, wenn wir lebend wieder nach Hause kommen, es ihm zu verdanken hätten.«

»Stimmt, das habe ich gesagt, mein Junge. Aber das war, bevor ich wußte, daß er die Nerven verloren hat. Wenn er keinen Mumm mehr hat, kann ich ihn nicht mehr gebrauchen. In so einem Zustand will ich ihn nicht mehr haben. Da hätte ich ihn sowieso nicht mitgenommen.« Er zog sich das Hemd über den Kopf und drehte sich zu Jephson. »Nun machen Sie doch kein so verflucht besorgtes Gesicht, mein Junge. Wir werden auch ohne ihn prächtig auskommen. Warten Sie's ab. Es wird sich ein anderer finden.« Er wollte sich schon wieder abwenden, aber dann erwiderte er doch Jephsons Blick, kniff die Augen zusammen und sah ihn an. »Oder haben Sie noch etwas auf dem Herzen?«

»Sir?«

»Oder haben Sie etwa auch schon die Nerven verloren, mein Junge?«

»O nein, Sir, nein, natürlich nicht.«

»Gut.« Stanley setzte sein einnehmendstes Lächeln auf. »Und jetzt aber raus mit Ihnen, ich möchte mich weiter anziehen. Der Oberbürgermeister verleiht mir nämlich heute abend den Schlüssel der Stadt – wird mir im Kongo sicherlich eine Menge nützen.«

»Ja, Sir«, sagte Jephson, ebenfalls lächelnd.

Aber in der Nacht, seinem letzten Abend, den er in London verbringen sollte, hatte er doch Alpträume.

Zweiter Teil

Auf dem Fluß

I

Das Meer färbte sich mit rotem Schlamm. Die starke Strömung jagte am Schiff vorbei und schwemmte Vegetationsbüschel ins Meer – Mitbringsel aus dem Land, das der Kongo auf seiner grandiosen Reise aus dem Inneren Afrikas bis zum Atlantik durchflossen hatte. Der drückend feuchte Morgennebel riß auf. Vor ihnen kamen zwei flache, feinsandige, rund zehn Meilen auseinanderliegende Halbinseln in Sicht. Wie die gegenüberliegenden Scheren eines riesigen Krebses ragten sie aus dem Küstenstreifen hervor, der die Flußmündung bildete. Das gesichtete Land dahinter war flach. Weiter an der Küste hinauf, in nördlicher Richtung, zogen sich rötliche Lehmfelsen am Strand entlang. Doch an dieser Stelle fiel die Küste steil ab. Im Osten verliefen an beiden Flußufern Mangrovenwälder, die sich landeinwärts über eine Küstenebene bis zum Horizont erstreckten. Dort schimmerten die Kristall-Berge, ein gezackter Scherenschnitt, im rosa getönten Dunst des afrikanischen Sonnenaufgangs.

Die *SS Madura* ließ ihr Nebelhorn ertönen. Es war der 18. März 1887.

Gleich im Morgengrauen war Jephson auf Deck gegangen. Bis auf einige Wanjamwesi-*pagazis*, die in den Rettungsbooten der *Madura* schliefen, war er alleine. Er trug kniehohe Reitstiefel, in die er seine Baumwolldrillichhose gesteckt hatte; über dem Hemd ohne Kragen trug er eine khakifarbene Uniformjacke, die an den Hüften offenstand, so daß man den Smith & Wesson-Revolver am Halfter sehen konnte. Den Tropenhelm hatte er abgesetzt und auf die Reling gelegt. Er stützte das Kinn auf die Reling und betrachtete gespannt, wie die Küste des Kongo immer näherkam. Von hier also sollte das Abenteuer seinen Anfang nehmen. Hier würde nun, zwei Monate nach der Abreise aus England, nachdem man fast den gesamten afrikanischen Kontinent umschifft hatte, der Wettlauf zur Rettung des Emin Pascha endlich beginnen.

Die Seereise nach Aden an Bord der *Navarino* hatte etwas über drei Wochen gedauert. Das Schiff hatte fahrplangemäß in Alexandria und Suez anlegt, diesmal allerdings noch einen Zwischenstopp in Kairo eingelegt, damit Stanley dem ägyptischen Khedive seine Aufwartung machen konnte. Jephsons Sorgen hinsichtlich Dick Leslies Austritt hatten sich ein wenig gelegt, als sich in Aden ein gewisser Captain Thomas Heazle Parke von der Sanitätstruppe der Expedition anschloß. Stanley stand dem Ausscheiden Dick Leslies aber wohl weniger gleichgültig gegenüber, als er das zugeben mochte. In jedem Hafen, in dem die *Navarino* angelegte, hatte er sich nach einem Ersatzmann erkundigt. Über einen Mangel an Kandidaten konnte man sich nicht beklagen. In Ägypten und in Aden hatten sich Ärzte aus dem militärischen wie dem zivilen Bereich freiwillig zur Teilnahme an der sicher ruhmreichen Expedition gemeldet. Und Stanley hatte sich für Parke entschieden. Er war in der britischen Garnison in Aden stationiert und in dem recht bunten Haufen immer noch der vielversprechendste Mann.

Parke, ein Ire, hatte im gleichen Monat seinen dreißigsten Geburtstag gefeiert. Auf die dunkle irische Art sah er gut aus, mit seinen eng zusammenstehenden, braunen Augen. Er hatte einen kräftigen schwarzen Haarschopf und einem buschigen schwarzen Schnauzbart. Seit den Aufstand der Araber lag er in Ägypten, wo er in dem Expeditionsheer gedient hatte, das 1884 zum Entsatz Gordons in Khartum entsandt worden war. Auf diesem Feldzug hatte er auch in Assuan Major Barttelot kennengelernt. Dies sprach stark zu seinen Gunsten. Nach Stanleys Ansicht müßte ihm das bei der Bewältigung der verschiedenen praktischen und psychologischen Nachteile helfen, die darin bestanden, daß er sich erst so spät der Expedition anschloß. Ansonsten hatte sich Parke bislang in keiner Hinsicht besonders ausgezeichnet. Aber er war noch der Tüchtigste von allen kurzfristigen Bewerbern. Es war ihm in seiner bisherigen ärztlichen Laufbahn kein grober Kunstfehler unterlaufen, und das ließ zumindest auf Kompetenz und Fleiß, wenn auch nicht auf Schneid und Wagemut schließen. Kaum war er in Aden an Bord der *Navarino* gegangen, übernahm er die Aufsicht über die Medizinkisten in Leslies Kabine und überwachte die Verladung auf die *SS Oriental*, die die Expeditionsmitglieder von Aden nach Sansibar bringen sollte. Bei der ersten Gelegenheit führte er eine Massenimpfung an allen Leuten durch, die in Aden an Bord gingen.

In Aden kamen auch Major Barttelot, Captain Nelson und Sergeant Bonny an Bord der *Oriental*, in Begleitung der sudanesischen Askaris, die sie dort rekrutiert und ausgebildet hatten. Es waren ingesamt 200 Männer, Veteranen aus Gordons Schwarzem Bataillon und *bashibazuks* des Mudir von Gondola. Es war ein wirklich wild aussehendes Völkchen. Als Jephson die Männer sah, hatten sie eben in zwei Kompanien auf der Mole in Aden Aufstellung bezogen und warteten auf das Herablassen des Fallreeps der *Oriental*. Es waren kräftige Leute, schwarz wie die Nacht, Schweiß auf ihren verschlossenen Gesichtern unter der sengenden arabischen Sonne. Die Korporale, Truppführer und Scharfschützen unter ihnen, hatte man mit den Winchester-Repetiergewehren bewaffnet, die Mannschaften schulterten Remington-Gewehre. Uniformiert waren die Männer nur insoweit, als man an sie die Waffen mitsamt Munition ausgegeben hatte und dazu Royal Army-Uniformjacken und Feldflaschen, Decken und Proviant. Aber davon abgesehen, trugen die Männer, was ihnen paßte. Die meisten hatten Burnusse mit Kapuzen oder ärmellose *abbas* über ihre Jacken geworfen; auf den kurzgeschorenen Schädeln hatten sie einen roten Fes, ein khakifarbenes Scheitelkäppchen, einen weißen Turban oder einfach einen Lappen; viele hüllten sich in hellfarbene, gemusterte *kikois* und *kangas* an Stelle einer Hose. Alle Arten Dolche und Säbel, *Schirazi*-Dolche und Äxte, Schulterpatronengurte und Stammesfetische hingen an ihren Körpern, Überbleibsel und Beutestücke und seltsame Ausrüstungsgegenstände früherer Feldzüge. Die Wirkung von all dem war, daß die Leute eher Banditen glichen, die sich auf einen mörderischen Raubzug begeben wollten. Insgesamt boten sie einen ebenso erregenden wie entmutigenden Anblick. Sie kamen in Zweierreihe auf das Schiff, hinter dem Signalbläser, dem Trommler und dem Standartenträger, der die rote Flagge Ägyptens vorantrug. Nelson marschierte vorneweg, er hatte eine kurze, gebügelte Tropenhose an, Gamaschenschuhe und einen gekalkten Tropenhelm. Das Helmtuch zum Schutz des Nackens hatte er heruntergelassen, den Revolver im Halfter um die Hüften geschnürt und durch eine Kordel am

Uniformrock befestigt. Der mopsgesichtige Bonny, der seine Kommandos in der wie üblich völlig unverständlichen Art eines Sergeants in Diensten des britischen Empires bellte, folgte einen Schritt hinterdrein. Barttelot trug ebenfalls Uniform. Er wirkte elegant in seinem Khakidress und dem schnittigen Tropenhelm. Statt der Gamaschenschuhe trug er allerdings Reitstiefel. Die oberen Knöpfe am steifen Kragen waren lässig geöffnet, was den Blick auf ein blaues Halstuch freiließ, unter dem Arm hatte er sich ein Offiziersstöckchen geklemmt. Er sah von der Mole aus zu. Erst als Bonny die Truppe auf dem Hinterdeck der *Oriental* Aufstellung hatte beziehen lassen, kam er selber an Bord. Er war von der Sonne gebräunt, was glänzend zu seinem auffallend guten Aussehen paßte und auch seine strahlend blauen Augen, das reine Lächeln und das mittlerweile sonnengebleichte blonde Haar besser zur Wirkung brachte. Ohne Umschweife ging er zu Stanley, salutierte und schüttelte ihm die Hand.

»Sie sehen ja mächtig gesund aus, Major«, sagte Stanley. »Unsere Reisegesellschaft scheint Ihnen ja hervorragend zu bekommen.«

»Bis jetzt hat sie mir viel Spaß gemacht, Sir, ich kann nicht klagen, ich konnte sogar mit den Jungs von der hiesigen Garnison ab und zu ein Spielchen Polo einschieben.«

»Ach wirklich? Wie schön für Sie.«

Nelson war herangekommen. Auch er salutierte und gab Stanley die Hand, drehte sich dann aber um und begrüßte herzlich Jephson.

»Gut, sehen wir uns einmal die Soldaten an, die sie für mich gefunden haben. Wollen wir, Gentlemen?«

»Stillgestanden!« bellte Bonny, als die Offiziere näherkamen. Unter lautem Rasseln ihrer Waffen und Ausrüstung stand die ganze Abteilung still.

»Das sind die Männer, Sir«, sagte Barttelot. »Was halten Sie von ihnen? Eine ziemlich wild aussehende Bande, was?«

Stanley ging zu Bonny hinüber. »Guten Tag, Sergeant.«

»Sir! Jawohl, Sir!« Bonny salutierte.

»Sorgen Sie dafür, daß die Männer sich rühren, Sergeant.«

»Ja, Sir.« Bonny bellte den Befehl.

Stanley, der einen weißen Leinenanzug und einen Panamahut trug, stemmte die Hände in die Hüften und sah sich die Askaris genauer an. Es war fast 16 Uhr, aber die Wüstensonne stand immer noch hoch und brannte unbarmherzig vom Himmel. Die Askaris schwitzten erheblich, ihre Uniformröcke hatten schon dunkle Schweißflecke. Die Männer verströmten einen strengen Geruch. Einige erwiderten Stanleys Blick mit einer gewissen Neugierde, doch die meisten hielten den Blick weiter abgwandt. Alle hatten die Lippen zurückgezogen und bleckten die Zähne, aber ein Lächeln war das nicht.

»Sergeant, wie lange haben die Männer hier draußen gestanden, bis sie an Bord gehen durften?«

Bonny gab keine Antwort.

»Was sagten Sie, Sir?« fragte Barttelot, während er eilig herbeilief.

»Wann haben Sie die Männer Aufstellung beziehen und an Bord gehen lassen, Major?«

»Heute morgen, Sir – im Morgengrauen.«

»Die Männer haben seit Tagesanbruch auf der Mole gestanden?«

»Ja, Sir.«

»Gut, das dürfte dann für heute reichen. Ich werd' mir die Männer ein andermal ansehen. Sergeant – sorgen Sie dafür, daß die Männer abtreten und in ihre Quartiere im Laderaum kommen. Und zwar schnellstens!«

»Kleinen Moment bitte, Sergeant.«

Stanley drehte sich um, sah Barttelot an.

»Verzeihen Sie, Sir«, sagte der Major, »aber die Parade ist noch nicht zu Ende. Ich hatte mir gedacht, die Truppe noch durch eine scharfe Exerzierübung zu schicken. Ich würde Ihnen gern einmal vorführen, in was für eine tolle Form wir die Leute gebracht haben.«

»Das hat Zeit, Major. Die Männer müssen endlich aus der Sonne raus. Sergeant, geben Sie Befehl – die Leute sollen abtreten und ihre Quartiere aufsuchen.«

»Mr. Stanley, diese Truppen unterstehen meinem Befehl.«

»Und Sie, Sir, meinem. Seien Sie also so freundlich und tun Sie, was ich Ihnen sage – bevor wir noch eine verfluchte Meuterei am Hals haben.«

Die Seereise von Aden um das Horn von Afrika herum und Richtung Süden entlang der Küste des Indischen Ozeans dauerte weitere zehn Tage. In Lamu und Mombasa machte man Zwischenstation, um Post und Trinkwasser an Bord zu holen, und vor der Küste vor Somali veranstaltete man zur Feier der Überquerung des Äquators ein ausgelassenes Mitternachtsfest. Am 22. Februar ging die SS *Oriental* dann in der Bucht von Sansibar vor Anker.

Es war 10 Uhr, ein Dienstag. Schon jetzt herrschte eine drückende Hitze. Der betörend nach Nelken duftende Wind, der von den Gewürzplantagen der Insel über das Wasser herüberblies, machte die Hitze etwas erträglicher. Aber man würde kaum die Gelegenheit haben, die Reize von Sansibar zu erkunden. Denn an diesem Vormittag lag in dem überfüllten Hafen die *SS Madura* vor Anker. Man hatte sie für die Fahrt ums Kap der guten Hoffnung bis hinauf zur Kongo-Mündung gechartert; sie hatte schon Wasser und Proviant gebunkert und war soweit, die Expedition an Bord zu nehmen. Willie Hoffman wartete auch schon abmarschbereit auf dem Kai, zusammen mit dem von ihm rekrutierten Heer der Wanjamwesi-Träger und den Tonnen der auf Sansibar eingekauften oder aus England eingeschifften Ausrüstung und den Vorräten.

An Hoffman hatte Jephson gar nicht mehr gedacht. Als er Hoffman nun wieder sah, der sich am Ende des Kais aufgestellt hatte, um auf den Leichter von der *Oriental* zu warten, der Stanley und seine Offiziere an Land bringen sollte, da fand der junge Jephson Hoffmans groteske Haarlosigkeit, die monströse Größe, den fischartig starren Ausdruck in den wimperlosen Augen erneut ziemlich abstoßend. Hoffman trug eine speckige Hose, die er in der Taille mit einem roten Seil festgemacht hatte, von dem ein langes Jagdmesser baumelte, sowie ein durchgeschwitztes rotes Halstuch um dem dicken Hals, mehr nicht. Er trug kein Hemd, keinerlei Kopfbedeckung bot dem kahlen, kugelförmigen Schädel Schutz. In der Sonne hatte sich die muskulöse, haarlose Haut ziegelrot gefärbt; die Haut pellte sich und hatte auf Schultern und Kopfhaut gräßliche Brandblasen geworfen. Er packte die Vorleine des Leichters und streckte Stanley die Hand entgegen, um ihm auf den Kai herunterzuhelfen. Diese Geste – das nachlässige Schütteln von Stanleys Hand – reichte ihm als Empfang. Den übrigen

Männern ließ er nicht einmal eine solche Begrüßung angedeihen. Man hätte annehmen können, daß er wenigstens ein flüchtiges Interesse an den Männern zeigen würde, die er auf dieser gefahrvollen Reise ins Innere Afrikas unter sich haben sollte und die er, bis auf Jephson und Baruti – noch gar nicht kannte. Aber das war nicht der Fall. Er drehte sich um und ging neben Stanley den Kai hinauf – bis zu der Stelle, an der die Wanjawesi auf sie warteten.

Es war ein riesiger Haufen, es mochten tausend Menschen sein, vermutlich waren es noch mehr. In Wirklichkeit hatte man aber nur rund 600 Leute für die Expedition gemietet (620, um genau zu sein, die Frauen und Kinder der Häuptlinge und Anführer mitgezählt; sie kamen als Hausangestellte und Diener für die Offiziere mit.) Die übrigen waren Verwandte und Freunde, die zum Hafen gekommen waren, um ihnen Lebewohl zu sagen. Wenn man bedachte, wie groß die Menge war, ging es unter den Leuten bemerkenswert gesittet zu. Sie hatten eine viel hellere Hautfarbe als die Sudanesen und etwas schärfere Gesichtszüge – was bezeugte, daß arabisches Blut in ihren Adern floß. Die Männer und Knaben waren nach arabischer Sitte gekleidet. Sie trugen ein langes weißes Hemd, eine weite Hose, dazu ein weißes Scheitelkäppchen oder einen Turban. Geduldig lagerten sie unter den riesigen Kisten und Packkoffern mit den Vorräten der Expedition, gutgelaunt, anscheinend unbekümmert, und unterhielten sich fröhlich untereinander. Als Stanley näherkam, unterbrachen sie ihre Gespräche und gingen ihm neugierig entgegen. Unter den Mannschaften erhob sich kurz aufgeregtes Gemurmel.

»*Huyu ni yeye*«, erzählten sie einander, »*ndiyo, huyu ni yeye*. Das ist er, doch, er ist es – ganz bestimmt.«

Die Hände auf dem Rücken, unter dem Rockschoß des weißen Leinenjacketts verschränkt, schlenderte Stanley die Pier hinauf. Er nickte und lächelte; er freute sich, war aber nicht überrascht, als er merkte, daß man sich noch an ihn erinnerte, daß er denen in guter Erinnerung geblieben war, die ihm einmal gedient hatten – auch ihren Söhnen, die nur vom Hörensagen die langen und anstrengenden Reisen kannten, die er gemeinsam mit ihren Vätern unternommen hatte. Als er Livingstone fand, die wahre Quelle des weißen Nils entdeckte, die großen zentralafrikanischen Seen vermaß und den Lauf des Kongo erforschte. Als er nun nach so vielen Jahren wieder in ihrer Mitte war, blickte er hierhin und dorthin und hielt nach Gesichtern Ausschau, die ihm noch aus jenen großartigen Abenteuern im Gedächtnis haften geblieben waren. Auf einmal blieb er abrupt stehen.

Ein hochgewachsener, schlanker alter Mann mit kurzgeschnittenem schlohweißen und drahtigem Vollbart löste sich aus der Menge und kam auf ihn zu. Zwei Patronengurte kreuzten sich auf der Vorderseite des weißen Kaftans, darüber trug er eine kurze, bestickte Weste. Der kastanienbraune Fes mit einer Quaste bedeckte einen Haarschopf aus den gleichen festen weißen Locken wie die seines Barts, und am Körper trug er ein altertümliches Snider-Gewehr, das er auf höchst nachlässige Weise am Bügel hielt. Die zwei neben ihm gehenden, jüngeren Männer schulterten eine lange, gefährlich aussehende *panga*. Die übrigen traten zur Seite, um ihm Platz zu machen. Kein Zweifel, er war ihr Ältester.

»*Jambo*, Bula Matari.«

Ungläubig sah Stanley ihm ins Gesicht. Ohne sich nach Hoffman umzudrehen, fragte er mit leiser Stimme, aber fast grob: »Ist das Uledi, Will?« Aber er wartete dessen Antwort gar nicht ab. »Ist das Uledi?« fragte er wieder, doch diesmal schrie er die Frage, daß es wie ein Freudenruf klang. »Bist du es, Uledi? Bist du es, verdammt noch mal? Ja doch – er ist es wirklich!« Bei diesen Worten setzte er ein breites Lächeln auf, rannte los und packte den alten Mann bei den Schultern. Ein Schwall von Suaheli-Sätzen brach aus ihm her, er umarmte den Mann, drückte ihn ungestüm an seine Brust. »Uledi, du alter Teufelskerl! Ach, wie ich mich freue, dich wiederzusehen. *Uhali gani, kukuu rafiki?*«

Die umstehenden Wanjamwesi drängten sich nach vorn; sie wollten Zeuge des Wiedersehens werden – sie lächelten, lachten, schlugen sich gegenseitig auf Schenkel und Rücken. Um zu sehen, was da vor sich ging, drängelten sich nun auch Jephson und die andern die Pier hinauf.

Stanley gab den alten Wanjamwesi aus seiner Umarmung frei, hielt ihn auf Armlänge an den Schultern fest und musterte ihn freundlich von oben bis unten. »Wo haben Sie ihn aufgetrieben Will?« fragte er, aber wiederum ließ er dem massigen, gelassen dastehenden Hoffman keine Gelegenheit zur Antwort. »Wo hat er dich entdeckt, Uledi, in Gottes Namen? Du – du alter Mann. Du solltest auf deiner Schamba sein, bei deinen Frauen, Kindern und Enkelkindern. Was machst du hier? Und dann noch mit dem Gewehr? Willst du etwa wieder mitkommen, *mzee*? Hast du immer noch nicht genug von der Safari?«

Uledi, der jetzt so breit grinste wie alle anderen auch, legte die freie Hand auf die Stanleys – es war eine schöne Geste der Freundschaft. »Auch du bist jetzt ein alter Mann, Bula Matari«, sagte er mit leiser, melodiöser Stimme. »Auch du müßtest eigentlich auf deiner Schamba mit deinen Frauen und Kindern und Enkelkindern sein. Als ich hörte, daß Bula Matari zurückkommen würde, um wieder auf Safari zu gehen, da wollte ich's nicht glauben. Allen habe ich gesagt, das sei Unsinn. Bula Matari sei schon zu alt für solche Reisen. Er lebt im Land der *wasungu*, des weißen Mannes, ist sehr reich und sehr angesehen und erzählt seiner Königin Geschichten über die Bundu – er kommt nicht wieder. Aber da habe ich mir gedacht: Heute vormittag willst du doch mal zum Hafen gehen und dir den Hochstapler ansehen, der unter dem falschen Namen Bula Matari nach Unguja gekommen ist.«

»Nun, Uledi, wie du siehst – ich bin kein Hochstapler.«

»*Ndiyo*. Ja, das sehe ich nun.«

»Und, was sagst du? Kommst du mit? Willst du wieder mit mir auf Safari gehen?«

»Ach, Bula Matari, ich habe keine Wahl. Ich muß es tun, ohne mich würdest du den richtigen Weg niemals finden.«

Nach dieser Antwort brach Stanley in schallendes Gelächter aus. Schließlich ließ er den greisen Häuptling los und wandte sich der Schar der Wanjamwesi zu, die sie umringten. »Und wer kommt sonst noch mit?« rief er. »Wer will noch mit Bula Matari auf Safari gehen?«

Ein donnernder Freudenschrei scholl ihm entgegen.

Am Nachmittag setzte man die Beladung der *Madura* fort, nachdem Stanley mit seinen Offizieren dem Sultan von Sansibar, Seyyid Barghasch Ibn Said, eine Höflichkeitsbesuch abgestattet hatte. Die Verladung nahm den ganzen restlichen, den nächsten Tag und auch noch den Großteil des übernächsten Tages in Anspruch. In der schwülen Hitze war das eine anstrengende Arbeit. Denn schließlich mußten fast 200 Tonnen Material und Verpflegung bewegt werden – von den fünfzig Pack- und Reitmaultieren und Eseln samt Sattel- und Zaumzeug sowie den über 800 Menschen und ihrem persönlichem Gepäck gar nicht zu reden. Deshalb waren die Arbeiten auch erst spät am Abend des 24. Februars abgeschlossen. Danach sprang Jephson, auch wenn sich die meisten anderen todmüde nach der Messe direkt in die Kabinen zurückzogen, in einen Leichter und ging an Land. Etwas Besonderes mußte er gar nicht erledigen, außerdem war er genauso geschafft wie die anderen, aber er wollte noch etwas mehr von Sansibar sehen und vielleicht das eine oder andere Souvenir von dieser sagenumwobenen Insel mitnehmen, bevor die *Madura* am folgenden Morgen in See stach. Kaum an Land, machte er sich ohne ein festes Ziel auf den Weg; er schlenderte am Wasser entlang, ging durch die Basare, sah auf einem Straßenmarkt einem Schlangenbeschwörer, einem Jongleur und einem Feuerschlucker zu und blickte in die Läden und Kaffeehäuser, danach schlenderte er aufs Geratewohl durch die ummauerten Straßen in die Stadt zurück. Trotz seiner Erschöpfung amüsierte er sich prächtig, erfreute sich am pulsierenden Treiben der exotischen Hafenstadt, war einfach froh, hier zu sein. Als er dann am Hafen entlang wieder zurückging, stieß er völlig unerwartet auf Stanley und Hoffman.

Sie waren mit drei arabischen Händlern zusammen und saßen auf niedrigen Schemeln im offenen Eingang einer Handelsniederlassung auf der Rückseite des Zollhauses. Noch dort roch man den salzigen, nach Gewürzen riechenden Wind, der von der Bucht herüberwehte. Die Araber – alle mit Vollbart, Turbane auf den Köpfen, in fließenden weißen Gewändern, jeder mit einem verzierten Krummdolch im Gürtel – rauchten Wasserpfeifen. Eine junge Negerin kam und ging, brachte ihnen auf einem Messingtablett Kaffee und Teller mit Obst und kleinen Leckerbissen. Stanley betastete geistesabwesend die Früchte, die meiste Zeit sprach er. Jephson zögerte. Vielleicht sollte er sich nicht aufdrängen, aber da hatte ihn Hoffman schon gesehen. Der kahlköpfige Hüne trug ein weites Hemd (vielleicht ein Zugeständnis an die abendliche Stunde oder an die gut gekleidete Gesellschaft, in der er sich befand, aber er ging immer noch barfuß und war mit der gleichen dreckigen Hose bekleidet) starrte ihn mit leerem Blick an. Jephson kam herüber.

»Arthur, mein Junge!« unterbrach Stanley das Gespräch und sah hoch zu ihm. »Sind unsere Jungs schon mit der Verladung fertig?«

»Ja, Sir, alles ist verladen, bis auf den letzten Haken und Bolzen.«

»Und – ist alles da?«

»Ja, Sir. Ich bin unsere Aufstellungen und Frachtscheine drei-, viermal durchgegangen. Ich muß schon sagen – unsere Lieferfirmen haben tolle Arbeit geleistet! Alles, was wir bestellt haben, ist wohlbehalten eingetroffen.«

»Sehr gut.« Stanley wandte sich den Arabern zu. Während er ihn vorstellte, übersetzte er Jephsons letzte Bemerkung gleich mit, was ein zustimmendes Gemurmel unter den Männern hervorrief. Höchstwahrscheinlich gehörten sie auch zu den Lieferanten der Expedition – vermutlich der Tausch-*mikato*. Sie hatten seine Bemerkung als faustdickes Kompliment aufgefaßt. Die Bedienstete trat mit einem weiteren Schemel und einer Tasse Kaffee aus dem Laden.

»Setzen Sie sich doch, Junge«, sagte Stanley, »probieren Sie mal den Kaffee – das ist ein verdammt gutes Gebräu – so dickflüssig wie Melasse, aber dafür doppelt so süß.«

»Gern, wenn ich nicht störe, Sir.«

»Überhaupt nicht, die Herrschaften hier arbeiten für die Firma meines alten Freundes Hamed Ben Mohammed – für Tippu-Tib, wie ihn hier alle nennen. Er gehört zu den bedeutendsten sansibarischen Händlern im Hinterland, und zwischen dem Tanganjika-See und dem Oberen Nil ist er der bei weitem bedeutendste Mann. Im ganzen Gebiet dazwischen hat er Handelsstationen und Depots errichtet – in Udjidji, Njangwe und Kasongo, an den Stanley-Fällen, fast die ganze Strecke hinauf bis nach Jambuja. Ich habe ihn 1871 in Njangwe kennengelernt, als ich versucht habe, den Kongo hinunterzufahren. Wie meine Freunde hier mir erzählten, hält er sich heute meistens bei den Stanley-Fällen auf. Im Augenblick ist er dort, erst vorige Woche ist eine seiner Karawanen bei ihnen eingetroffen. Deshalb besitzen sie auch einige ziemlich aktuelle Informationen darüber, wie es in der Gegend da aussieht. Und genau durch die Gegend müssen wir, das wissen Sie doch, oder?«

»Ja, Sir, das weiß ich.«

»Trinken Sie einen Schluck, mein Junge, und sagen Sie dann, wie Sie den Kaffee finden.«

Jephson trank einen kleinen Schluck, der Kaffee war dick wie Sirup. »Oh, na ja, ich finde ihn ziemlich... ungewöhnlich.«

Stanley grinste. Er übermittelte Jephsons Kommentar auf suaheli, dem er aber dabei eine etwas höflichere Deutung verlieh. Die drei Araber reagierten nämlich erneut mit beifälligem Gemurmel. Der eine hatte sich eine Kette aus Bernstein um die Hand gewickelt und spielte dauernd damit herum. Die beiden anderen saugten an den blubbernden Wasserpfeifen und lächelten dem jungen Mann freundlich zu. Es entstand eine peinliche Stille. Anscheinend warteten sie darauf, das er etwas sagte. Das war, als ob man ihm aus Gründen der Etikette das Vorrecht einräumen wollte, ein für ihn interessantes Gesprächsthema auszuwählen. Die Pause hielt etwas zu lange an. Hoffman leerte die Mokkatasse und fing an, mit dem Silberlöffel den Satz und dem übriggebliebenen Zucker zu zerstampfen.

Jephson drehte sich zu Stanley. »Ich halte Sie wohl nur vom Fortgang der Geschäfte ab, Sir. Will Hoffman hier ist auch schon ziemlich gespannt, wie alles weitergeht«

»Ganz recht, Mister«, sagte Hoffman. »Wir haben nicht den ganzen Abend Zeit, Bula Matari. Machen wir endlich weiter. Wir müssen herausfinden, mit welchen Stämmen Tib im Augenblick zu tun hat. Mit den Manjema vielleicht? Oder hat er einheimische Kaffer für sich laufen? Verdammt, hoffentlich einheimische Kaffer! Die Manjema, das ist eine verfluchte Bande. Es dürfte höllisch schwierig werden, mit denen durch den Ituri zu kommen. Obwohl... wahrscheinlich würden die sich sowieso schlicht weigern.« Ohne Stanleys Antwort abzuwarten, wandte er sich plötzlich – auf suaheli, direkt an die Araber.

Das schien sie zu verwundern. Das freundliche Lächeln verschwand aus ihren Gesichtern.

»He, Will, regen Sie sich wieder ab!« Stanley langte über den Tisch und legte Hoffman die Hand auf den Arm.

»Ich werde mich erst dann wieder abregen, wenn wir den Ituri hinter uns haben«, antwortete Hoffman, der schon wieder anfing, auf die Araber einzureden.

»Herrgott, Mann, tun Sie endlich, was ich Ihnen sage!«

»Nein. Jetzt hören Sie mal mir zu Abwechslung zu, Bula Matari.« Hoffman schwang den kugelrunden Kopf herum. »Sie wollen durch den Ituri marschieren. Gut, dann laufen wir da durch. Mir macht das nichts aus. Als ich anheuerte, dachte ich, wir würden von Bagamojo aus reingehen, in nördlicher Richtung durch Karagwe-Gebiet. Jetzt stellt sich auf einmal heraus, daß wir den Kongo hinauffahren, mitten durch den Ituri. Auch gut. Scheiß drauf. Ob Karagwe oder Ituri – mir ist das schnurz... scheißegal ist mir das, ich bin da nicht wie Leslie, und ich bleibe auch so. Aber wenn Sie von mir erwarten, für Sie *pagazis* durch diesen Scheißwald zu führen, dann will ich wissen, was das für *pagazis* sein werden. Wenn Sie glauben, daß Tippu-Tib Sie mit *pagazis* versorgt, dann will ich wissen, was für *pagazis* er für sich laufen hat. Und genau das können mir die Kerle hier verraten. Ich habe doch keine Lust, hier den ganzen Abend rumzusitzen und über ihren *ungewöhnlichen* Scheißkaffee zu faseln. Ist das klar?«

Die Spur eines Lächeln huschte um Stanleys Mund. »Ja, Will, alles klar. Aber ich finde trotzdem, daß Sie lieber mir die Gesprächsführung überlassen sollten.« Er nahm die Hand nicht von Hoffmans Arm und wandte sich wieder an die Araber. Jetzt sprach er leise, fast entschuldigend mit ihnen. Nach einigen besänftigenden Bemerkungen antwortete schließlich der Mann mit dem bernsteinfarbenen Rosenkranz. Die Unterhaltung, die Jephson unterbrochen hatte, kam wieder in Gang.

Sie sprachen alle sehr langsam. Aber das meiste von dem, was sie sagten, überstieg trotzdem das, was Jephson mit seinen rudimentären Suahelikenntnissen verstehen konnte. Außerdem machte er sich kaum die Mühe, dem Gepräch zu folgen. In Gedanken war er ganz woanders. Hoffmans Wutausbruch hatte ihn abgelenkt. Noch nie hatte er diesen Fleischberg von einem Mann so lange und zusammenhängend sprechen hören, und auch nicht mit soviel Erregung.

Scheiß drauf, hatte er gesagt; es sei ihm völlig schnurz, ob es durch das Karagwe-Gebiet oder den Ituri-Wald ging. Aber es war ihm doch nicht gleich. Hoffmans Wutausbruch, die für ihn völlig untypische Zurschaustellung von Gefühl und die erregte Hinwendung zu Stanley sprachen Bände. Er würde eben nicht – so wie Dick Leslie, aus der Expedition ausscheiden. Weil er mehr Mut hatte? Weil ihm sein Leben weniger lieb war? Weil ihm sowieso keine andere Wahl blieb? Aber was er über den Ituri und die Änderung der Kongoroute dachte, das entsprach genau Leslies Meinung. Das stand absolut fest. Er nahm sich die Tasse. Während er den süßen, dickflüssigen Kaffee in kleinen Schlucken trank, sah er Hoffman über den Rand der Tasse hinweg an. Das Reden hatte er wieder Stanley überlassen, spitzte aber die Ohren. Er wandte das Gesicht von Stanley, drehte sich erst zu den Arabern, dann von den Arabern wieder zu Stanley. Als Stanley auf der Fahrt von Aden nach Sansibar die Änderung der Fahrtroute erst mit Barttelot und Nelson, später auch mit Parke und Bonny besprochen hatte, reagierten die nur mit gelinder Neugier darauf. Für sie hatte darin weder etwas Problematisches noch Wichtiges gelegen. Wie denn auch? Sie waren ja nie auch nur entfernt in dieser Gegend Afrikas gewesen. Aber Hoffman schon. Der war einmal auf dem Kongo gefahren. Den Ituri hatte er auch schon gesehen. Er hatte an den geheimnisvollen Feldzügen Stanleys im Dienst von König Leopold teilgenommen. Wie auch Dick Leslie. Wie auch Jack Troup. Jephson trank den süßen Kaffee aus. Ja, Jack Troup. Und was war mit Jack Troup, der inzwischen an der Kongo-Mündung auf sie alle wartete? Was der wohl von der Änderung der Route hielt?

Am 25. Februar, einem Freitag, verließ die *Madura* im Morgengrauen den Hafen von Sansibar. Zwölf Tage befuhr sie den Indischen Ozean bis zur Simons-Bay, einer britischen Marinestation in Südafrika, wo die Expeditions-Offiziere mit dem Admiral, Sir Hunt Grubbe, im Royal Naval Club zu Abend aßen. In Kapstadt legte man eine weitere Pause ein. Dort nahm man Post und Kohlen an Bord. Daran schloß sich die Seereiese ums Kap der guten Hoffnung herum und die Fahrt Richtung Norden an, immer die afrikanische Atlantikküste hinauf. Die Fahrt verlief ohne besondere Vorkommnisse. Die See war ruhig, das Wetter ganz ordentlich, tagsüber war es heiß und wolkenlos, nachts mild, der Himmel war sternenklar. Nur einmal zog kurz eine Gewitterfront durch. Tage und Nächte gingen ineinander über, man wurde schläfrig, träge, langweilte sich.

Jephson nutzte die Zeit, um Suaheli zu lernen. Zunächst wollte er sich die Sprache von Baruti beibringen lassen. Aber der kleine Moor konnte kaum Englisch und wollte ohnehin nicht richtig stillsitzen, und da mischte er sich lieber unter die Wanjamwesi. Er stellte ihnen Fragen und ließ sich von ihnen alle möglichen Gegenstände benennen, wobei er sie zur Übung in etwas kindliche Gepräche verwickelte. Sie lachten ihn oft aus bei seinen ungelenken Versuchen, aber sie waren doch ein fröhliches und hilfsbereites Völkchen. Untergebracht waren sie im Achterladeraum. Dort unten lagerten sie in ihren Dorf- und Familiengruppen, im Kreise ihrer Häuptlinge und Stammesanführer. An Bord führten sie ihr geschäftiges, zufriedenes Leben weiter – ganz so, wie sie es wohl auch zu Hause führten.

Hoffman hielt ein wachsames Auge auf sie. Er war bei der Verteilung ihrer Lebensmittelrationen dabei, und oft verzichtete er auf das Fleisch, das in der Offiziersmesse auf den Tisch kam. Er nahm seine Mahlzeiten lieber mit den Wanjamwesi ein, manchmal schlug er sogar sein Lager unter ihnen auf. Dann legte er seine Decken in eine freie Ecke des Frachtraums und machte es sich dort zum Schlafen gemütlich. Was die Wanjamwesi von ihm hielten, war gar nicht leicht zu sagen. Bei der Regelung ihrer täglichen Angelegenheiten wandten sie sich an Uledi und die *nakhudas* und *mariaparas*, doch erkannten sie Hoffman als den bedeutenderen Machtfaktor in ihrem Leben an, weshalb sie sich ihm gegenüber auch wachsam und respektvoll verhielten.

Robbie Nelson und Tom Parke freundeten sich an. Parke hielt sich lieber – ebenso Arzt wie Militärangehöriger – unter den anderen Berufssoldaten auf. Man hätte auch erwarten können, daß er sich mit Ted Barttelot anfreundete, schließlich hatten beide beim Nil-Feldzug in Assuan gemeinsam Dienst getan. Es stellte sich aber heraus, daß sie ein grundverschiedenes Naturell hatten. Parke war ein Kartenspieler, ein unbezähmbarer Schwätzer, eine richtige Klatschtante und ein ziemlicher Schluckspecht dazu. Als er mit seiner Reihenimpfung bei denen, die in Sansibar seiner Fürsorge anvertraut worden waren, fertig war, war er's zufrieden. Er entschloß sich, jeder weiteren Arbeit aus dem Wege zu gehen und das erzwungene Nichtstun auf der Fahrt in vollen Zügen zu genießen. Das entsprach nun gar nicht Barttelots Wesen. Barttelot, adliger Offizier und Liebling der Gesellschaft, der allein aufgrund seines Schneids und seiner Tollkühnheit die Mitschüler in Sandhurst weit in den Schatten gestellt hatte, barst förmlich vor Tatendrang. Untätig zu sein, das war ihm fremd, ein Greuel, es machte ihn ganz nervös. Er wußte dann nicht, wie er seine Zeit verbringen sollte. Zudem vertrat er die Überzeugung, daß dieses ewige Nichtstun die Kampfkraft der sudanesischen Askaris untergrabe. Als die *Madura* dann das Kap umrundet hatte, war aber auch ihm aufgegangen, wie unpraktisch es war, bei den beeengten Platzverhältnissen auf dem Schiff regelrechte Paraden abzuhalten. Im übrigen führte er die Truppe jedoch nach streng militärischen Vorschriften. Rund um die Uhr ließ er Wachen vor den Vorräten Aufstellung beziehen, stellte täglich einen neuen Dienstplan auf und führte Exerzierübungen und Inspektionen durch. Zu jeder Stunde sah man ihn an Bord, wie er sich mit der Reitgerte auf den Oberschenkel hieb und sich in den Unterkünften der Askaris herumtrieb. Dabei hatte er ständig etwas zu beanstanden und verteilte Strafen.

Mit Vorliebe ließ er seine Rastlosigkeit an Bonny aus. Er schickte den getreuen Cockney-Sergeant los, Dutzende kleine Arbeiten zu erledigen, war aber nur höchst selten mit dessen Leistungen zufrieden. Er war sich auch nicht zu schade, Nelson gegenüber den Vorgesetzten herauszukehren. Und des öfteren zog er, obgleich in der korrektesten Art und Weise, den ruhigen und direkten Captain zur Rechenschaft, wenn jemand seine Pflichten vernachlässigt oder irgendeinen Auftrag nicht durchgeführt hatte. Nelson war viel zu sehr der gute Soldat, als daß er je Einspruch eingelegt hätte, aber dem Ausdruck in dem kräftigen, reizlosen Gesicht ließ sich doch entnehmen, daß er in Barttelots rastlosen Tätigkeiten törichte Vorhaben sah, die um ihrer selbst willen durchgeführt wurden und keinen wirklichen militärischen Wert besaßen. Bei einer Gelegenheit – Barttelot war in die kartenspielende Runde in Parkes Kabine hereingeplatzt und hatte sich darüber beschwert, daß das automatische Maxim-Geschütz am Morgen nicht ordnungsgemäß gereinigt worden war – wagte der unbekümmerte, geschwätzige Parke die Bemerkung, das ewige Herumgerenne sei bei einem solchem Klima kaum der Gesundheit förderlich und es täten sich alle einen viel größeren Gefallen – aus ärztlicher Sicht – es ruhiger angehen zu lassen und sich für die Zeit zu schonen, wenn sie ihre Kräfte benötigen würden. Worauf Barttelot der Geduldsfaden riß, und er eine Reihe unhöflicher und dummer Bemerkungen über die Faulheit bestimmter Offiziere vom Stapel ließ, die den Mannschaften ein schlechtes Beispiel gäben. Eine unverhältmäßige Antwort, die zu ziemlichem Ärger hätte führen können, wenn Nelson Barttelot nicht beruhigt und sogar zu einem Kartenspiel überredet hätte, das der allerdings dann mit einem solchem Schwung und Geschick in Angriff nahm, daß er am Ende den ganzen Gewinn einstrich. Am Abend loderte dann jedoch seine Ruhelosigkeit erneut auf; er suchte beim Essen in der Messe eine Diskussion über die besonderen Verantwortungsbereiche der verschiedenen Offiziere nach Erreichen des Kongos anzuzetteln. Aber Stanley fertigte ihn kurz ab.

Vielleicht war es auch in Wahrheit der Grund, warum Barttelot so nervös und gereizt war. Er war sich seiner Stellung als Stanleys Untergebener ziemlich bewußt und rechnete mittlerweile nicht mehr damit, die Einzelheiten des Feldzugs in enger Zusammenarbeit mit Stanley ausarbeiten zu dürfen. Tatsächlich hatte er geglaubt, daß man die Untätigkeit während der Seereise an der atlantischen Küste hinauf genau dazu verwenden würde und sich vorgestellt, er würde sich mit Stanley in dessen Kabine die Karten ansehen, die Marschordnung der Karawane, die Verteilung der Truppen, die Standlager und Lagerplätze, die Gebietsabschnitte festlegen, entscheiden, wo man die zusätzlichen *pagazis* anzuheuern müßte, und über Anzahl und Art der Boote sprechen, die für die Fahrt den Kongo hinauf erforderlich sein würden und so weiter. Aber Stanley schnitt wiederholt jede Erörterung von derlei Angelegenheiten ab, und zwar nicht nur gegenüber Barttelot, sondern gegenüber allen. Es schien, als wolle er nicht, daß man sich über solchen Sachen den Kopf zerbräche, und als wolle er, daß man diese Zeit der Untätigkeit dazu nutzte, sich noch einmal alles durch den Kopf gehen zu lassen und Kraft für die vor ihnen liegenden Aufgaben sammelte.

II

Die Siedlung Banana-Point lag an der Mündung des Kongo, auf einer Landzunge, die sich im weiten Bogen vor der Küste erstreckte. Auf der Meerseite, über einem schmalen Strand, an den an diesem frühen Morgen die Brandung donnerte, befanden sich die Häuser der europäischen Händler. Es waren baufällige Flachbauten mit Dächern aus Reet und Bambus, mit breiten Veranden und Durchgängen hinter Fliegengittern. Geschützt lagen sie zwischen Palmen und Mangroven. Auf der Seite zum Fluß standen in einer Reihe mehrere Ziegelhäuser mit Wellblechdächern – Lagerhäuser und Schiffsausstatterläden sowie das Zollhaus. Die Gebäude befanden sich unten am Hafen. Auf seinen verwitterten, grauen Kais versammelte sich jetzt, während am Himmel Möwen und Seeadler kreisten, eine Menschenmenge, um die Ankunft der *SS Madura* mitzuerleben. John Rose Troup befand sich unter dieser Menge, die Zigarette im Mundwinkel.

Als Jephson vom Vorderdeck der *Madura* herunterspähte, erkannte er ihn zuerst gar nicht wieder. Troup hatte sich einen dichten flammendroten Vollbart wachsen lassen. Er hatte ein weites, blaues Hemd ohne Kragen an und ein dunkle Sergehose, letztere in Holzfällerstiefel gesteckt und von roten Hosenträgern gehalten, und sich einen Revolver hinter den Hosenbund gesteckt. Dazu trug er einen Basthut mit breiter, ausgefranster Krempe, unverkennbar das Produkt einheimischer Manufaktur, den er allerdings abgenommen hatte. Zum Schutz gegen die Sonne legte er die Hand über die Augen und beobachtete, wie die *Madura* an ihren Anlegeplatz manövrierte. Jephson winkte zu ihm hinüber, aber Troup sah ihn nicht, denn er blickte zur Schiffsbrücke hinauf, auf der Stanley stand.

Es waren alle Mann an Bord. Es herrschte ein Riesenlärm auf dem Deck, es wimmelte nur so von Askaris und *pagazis*, Matrosen und Schauerleuten. Alle liefen ganz aufgeregt in der Gegend herum. Sergeant Bonnys gellende Befehle, mit denen er die Sudanesen zur Paradeformation zusammenholte, übertönten den Krach. Den Wanjamwesi blieben – jedenfalls im Augenblick – derlei Mühseligkeiten noch erspart. Sie drängelten sich zur Reling vor, um einen Blick auf den Hafen werfen zu können. Einige waren schon einmal vor zehn Jahren hier gewesen. Hier hatte Stanley 1877 seine heldenhafte Reise beendet, während der er den Lauf des Kongo entdeckte.

Auf einmal fragte sich Jephson, was die Leute, die damals mitgefahren waren, jetzt bei ihrer Rückkehr an diesen Ort wohl empfanden. Er sah sich nach Uledi um. Der hochgewachsene, weißbärtige Stammeshäuptling stand auf dem Unterdeck. Er und ein paar seiner *nakhudas* unterhielten sich mit Hoffman. Auf einmal sprang Hoffman über die Reling auf die Mole. Er hatte wieder keine Schuhe an und war halb nackt. Er hatte gar nicht abgewartet, bis man das Fallreep heruntergelassen hatte. Troup setzte sich wieder den Strohhut auf und ging zu Hoffman hinüber. Die Hand gaben sich die beiden Männer nicht. Troup zeigte auf den Fluß. Und da sah Jephson, der der Richtung seines Arms folgte, den kleinen Raddampfer. Er lag auf Reede. Dann deutete Troup in die entgegengesetzte Richtung. Diesmal folgte Jephson aber nicht mit seinem Blick, Stanley kam nämlich von der Brücke herunter. Auch er wartete nicht, bis die Gangway heruntergelassen war, sondern sprang gleichfalls verblüffend behende auf den Kai. Stanley trug jetzt eine Uniform – seine blaue Militärjacke mit Goldtressen, die weiße Reithose, die Reitstiefel, einem weißen Tropenhelm und einem Webley-Revolver im Halfter unter der Jacke. Er ging schnurstracks Troup entgegen, schüttelte ihm die Hand; dann ging er, Troup und Hoffman zur Rechten und Linken, die Pier hinauf. Er war sichtlich in Eile.

Stromaufwärts, hundert Meilen Richtung Osten in das Landesinnere, bis zur Siedlung Matadi am linken Ufer, ist der Kongo durchgehend schiffbar. Bei Matadi türmen sich dann jedoch die Kristall-Berge auf: ein spärlich bewachsener, granitener Gebirgszug, der die Meeresebene beschließt. Die nächsten 200 Meilen ist der Fluß größtenteils unbefahrbar. Eine Reihe von dreißig Wasserfällen zerstückelt den Fluß, die in ihrer Gesamtheit als die Livingstone-Fälle bekannt sind und die vom Stanley-Pool her durchs Gebirge herabdonnern. Diesen Reiseabschnitt mußte man also in zwei Etappen zurückgelegen. Die eine würde bis zur Siedlung Banana-Point durch das Mündungsgebiet des Kongo bis hinauf nach Matadi führen, die zweite bestand im Marsch um die

Livingstone-Fälle herum, durch die Kristall-Berge bis zum Stanley-Pool. Für die erste Teilstrecke hatte Jack Troup fünf Flußschiffe gechartert, von den Handelsniederlassungen der Briten, Portugiesen und Holländer in Banana-Point sowie der Station des Kongo-Freistaates in Boma. Die nächsten vier Tage würde man also rund um die Uhr damit beschäftigt sein, die Ausrüstung und die Vorräte von der *Madura* auf die Flußschiffe zu verladen.

Am Abend des dritten Tages, dem 20. März, aßen Stanley und die Mitglieder des Stabs, die sich endlich einmal eine Pause gönnen konnten, im Haus des leitenden Agenten der britischen Handelsgesellschaft, einem Mr. Cobden-Philips, zu Abend. Dabei waren noch die anderen führenden Bürger von Banana-Point sowie die portugiesischen und niederländischen Händler und der aus Flamen stammende Hafenmeister.

Die Ankunft der Expedition – insbesondere die Ankunft Mr. Henry Stanleys, den die Herren persönlich kannten – bildete eine willkommene Abwechslung in der ansonsten trostlosen Routine, die in der von Moskitos geplagtem Flußsiedlung herrschte. Deswegen nutzte Cobden-Philips auch die Gelegenheit und machte ein regelrechtes Galaereignis daraus. Das Essen und die Getränke waren ausgesucht und im Überfluß vorhanden, die Stimmung übermütig, das Tischgepräch ausgelassen und auf eine Art unanständig, die Jephson amüsant fand. Aber er konnte nichts davon genießen. Er fühlte sich im Augenblick gar nicht gut. Er hatte keinen Appetit und stocherte in seinem Essen herum. Und wenn auch das Eßzimmer abgeschirmt lag, die Jalousien nach allen Seiten geöffnet waren, so war ihm doch heiß, klebrig und übel. Schon seit dem Eintreffen am Kongo kränkelte er, allmählich machte ihm das Sorgen. Hoffentlich hatte er sich nicht schon so eine unangenehme afrikanische Fieberkrankheit aufgelesen. Es wäre eine verdammt große Schande, wenn er zusammenbräche und man ihn zur Rekonvaleszenz nach Hause schicken müßte, noch bevor die Fahrt ins Landesinnere begonnen hatte. Er blickte in die Runde. Bis auf ihn schien keiner an irgend etwas zu leiden. Die Leute aßen und tranken mit sichtlichem Genuß und tauschten herzlich und angeregt Nachrichten und Klatsch aus Europa und Afrika aus. Er sah aus dem Fenster. Cobden-Philips Wohnhaus lag inmitten eines üppig-verwilderten Gartens mit Frangipani und Bougainvillea und war nur einige dutzend Yards vom Meer entfernt. Von seinem Platz aus sah er, wie sich die Wellen am Strand brachen, der im blassen Schein des eben aufgegangengen Mondes glitzerte. Die Blätter der Palmen bewegten sich in der einladenden Brise, die vom Meer kam. Als dann Kaffee und Kognak gereicht wurde und sich alle eine Zigarre oder ihre Pfeife ansteckten und es im Raum so unerträglich stickig wurde, daß Jephson die Gefahr spürte, sich im nächsten Augenblick übergeben zu müssen, da entschuldigte er sich und ging nach draußen. Er mußte an die frische Luft.

Troup kam mit. »Ist Ihnen schlecht, Arthur?«

»Ja, ich glaube schon. Herrgott noch mal, ich weiß gar nicht, wieso, Jack, aber mir ist auf einmal entsetzlich schlecht. Ich bete zu Gott, daß ich mir nicht jetzt schon was aufgesackt habe.«

»Da machen Sie sich nur keine Sorgen, Sie sind nicht krank, das macht der Kongo. Beim ersten Mal ist es uns allen so ergangen.« Troup ging ans Wasser und tauchte sein Taschentuch in die schäumende Brandung. »Es dauert eine Weile, bis man sich daran gewöhnt hat.« Er wischte Jephson mit dem nassen Tuch über die Stirn. »In ein paar Tagen geht's Ihnen bestimmt wieder besser. Sie werden schon sehen – Sie härten ab, genau wie wir anderen auch.«

»Hoffentlich.«

»Na klar werden Sie das. Da machen Sie sich nur keine Gedanken. Sie werden's schon nicht bereuen, daß Sie auf meinen Rat gehört und Mr. Stanley um einen Platz im Stab gebeten haben.«

Jephson zuckte zusammen bei diesen Worten; aber es hatte ja doch keinen Zweck, sich in Erklärungen zu ergehen – erst recht nicht hinsichtlich des Umstands, daß er Mr. Stanley gar nicht um einen Platz im Stab gebeten hatte. »Jack, ich möchte Sie mal was fragen.«

»Worum geht's?«

»Darum, daß wir die Kongo-Route nehmen.«

»Und – was ist damit?«

»Was halten Sie davon?«

Troup hob die Schultern.

»Ich meine, Dick Leslie... Verdammt, Jack, ihm gefiel die Route doch überhaupt nicht. Als er davon erfuhr, ist er auf der Stelle ausgestiegen.«

»Ich weiß.«

»Er hat die Route für einen entsetzlichen Fehler gehalten – für den reinsten Selbstmord. Ich war dabei. Er hat zu Mr. Stanley gesagt, man begehe praktisch Selbstmord, wenn man sich durch den Ituri schlagen wolle.«

Darauf verweigerte Troup ihm die Antwort.

»Glauben Sie auch, daß das Selbstmord ist, Jack?«

»Was soll die Frage, seien Sie doch kein Esel. Natürlich meine ich das nicht. Oder glauben Sie, ich wäre mitgefahren, wenn das stimmte?«

»Aber Sie selber haben gesagt, daß kein Mensch den Ituri durchqueren kann, das weiß ich genau. Als wir uns kennenlernten, in London. Wir haben damals gerade auf Mr. Stanleys Rückkehr aus Whitehall gewartet. Da habe ich Sie gefragt, ob Sie glauben, daß jemand den Ituri durchqueren kann, und da haben Sie das rundheraus bestritten. Sie haben mich ausgelacht und ganz offen gesagt, das gehe nicht. Und Sie haben auch gesagt, eine solche Frage hätte ich bestimmt nicht gestellt, wenn ich die Gegend dort einmal gesehen hätte. Wissen Sie noch?«

»Ja.«

Troup betrachtete seine Stiefelspitzen. Nach einer Weile sagte er, während er den Blick noch immer gesenkt hielt: »Hören Sie, Arthur, die Fahrt wird ganz schön schwer werden, das steht absolut fest. Aber wir werden das schon schaffen. Mr. Stanley weiß, was er tut. Wenn er meint, wir können das schaffen, dann schaffen wir es auch.«

»Wie schwer?«

»Was?« Troup sah hoch.

»Sie haben gesagt, es wird eine ganz schön schwere Fahrt werden – wie schwer? Schwieriger als alles andere, was Sie je unternommen haben?«

»Ja, schwerer als alles, was ich je durchgemacht habe. Und auch schwerer als das, was irgendwer sonst je gemacht hat.«

»Aber warum, zum Teufel, machen wir dann die Fahrt? Wieso hat sich Mr. Stanley dann nicht an die ursprüngliche Route gehalten? Warum hat er sich im letzten Augenblick umentschieden – für die neue Route?«

Troup rotbärtiges Gesicht kam näher, aber in dem dunklen Garten ließ sich kaum erkennen, was für ein Ausdruck darin lag. Aber dann schwieg er wieder und machte sich einfach auf den Rückweg zum Wohnhaus.

Am nächsten Morgen, dem 21. März, setzte sich die Flotte der Flußschiffe nacheinander in Bewegung und machte sich flußaufwärts auf den Weg ins Landesinnere. Zuerst legte die *Albuquerque* ab, es war ein Dampfer mit Holzfeuerung, den man von der britischen Handelsfirma gechartert hatte. Um halb sieben stach das Schiff Richtung Matadi in See. An Bord waren Hoffman, Uledi, 400 der Wanjamwesi-*pagazis*, dreißig Tonnen Ladung sowie die Pack- und Reittiere. Eine halbe Stunde darauf folgte der holländische Dampfer *K. A. Nieman*, auf ihm befanden sich Nelson und Parke, 100 der sudanesischen Askaris sowie sechzig Tonnen Ladung. Dann fuhren Stanley und Troup mit den restlichen *pagazis*, sechzig Tonnen Ladung sowie Baruti auf der *Serpa Pinto* los, einem von den Portugiesen gecharterten Raddampfer. Sie hingegen fuhren nach Boma, der Hauptstadt des Kongo-Freistaates, die auf halbem Weg des Mündungsgebietes am rechtsseitigen Ufer lag und wo man vor der Weiterfahrt nach Matadi dem Generalgouverneur einen Besuch abstatten wollte. Danach sollten dann Barttelot und Bonny auf dem portugiesischen Kanonenboot, der *Kacongo*, ablegen, mit den übrigen Askaris und dreißig Tonnen Ladung, hauptsächlich den Waffen und der Munition für Emin Pascha. Schließlich kam Jephson an Bord der Jacht des Kongo-Freistaates, der *Heron*, die den Rest transportierte.

Der Fluß wurde schmaler. Aufgrund der über zehn Meilen breiten, zwischen den beiden Landzungen gelegenen Mündung konnte man fälschlicherweise annehmen, daß es sich hier nur um eine der zahlreichen kleinen Buchten längs der Küste handelte. Erst als die *Heron* einige Meilen stromaufwärts gefahren war und das Meer hinter sich gelassen hatte, hatte Jephson das Gefühl, auf einem Fluß zu fahren. Aber der Kongo war trotzdem ein mächtiger Strom, an keiner Stelle war er weniger als ein, zwei Meilen breit, oft verbreiterte er sich sogar auf bis vier bis fünf Meilen. Gelegentlich tauchten in der Mitte bewaldete Inseln auf, dann mußte die *Heron* vorsichtig durch die kniffligen Durchfahrten gesteuert werden. In diesen Abschnitten, die von den überhängenden Zweigen der Inselbäume umschlossen wurden, in ihrer feuchten, schattenhaften Nähe, da fuhr ihm kurz der beängstigende Gedanke durch den Kopf, daß sie sich nun wirklich auf der Fahrt ins Herz des dunklen Erdteils befanden. Meistens boten sich ihnen aber blendend helle Ausblicke, die so schön waren, daß sie in Hochstimmung gerieten. Immer fuhr die *Heron* auf Sicht zu einem der Ufer, der Kapitän tat dies aus Gründen der sicheren Navigation, das andere Ufer geriet dabei in so große Entfernung, daß man es nur noch als dunstigen, blauen Flecken am Horizont sah; und der dazwischen fließende Strom kam ihnen vor wie eine einzige blanke Fläche, die wie geschmolzenes Silber unter der sengenden afrikanischen Sonne schimmerte. In voller Blüte stehende Palmen, riesengroße Farne und Mangroven mit ihren merkwürdig verschlungenen Luftwurzeln säumten die Ufer. Im glänzenden Laubwerk verborgene Affen und Papageien schwatzten und kreischten mit heiserer Stimme, wenn das Boot an ihnen vorbeifuhr. Krokodile sonnten sich im schwarzen Schlick am Flußufer. Langbeinige Wasservögel mit weißem Gefieder schraken plötzlich hoch und ergriffen flügelschlagend die Flucht. Gelegentlich kam ein Dorf in Sicht – reetgedeckte Lehmhütten, ein Fleckchen Land mit Maniok und Bananenstauden, ein paar Ziegen und Hühnern sowie etwas Vieh, das den Fluß als Tränke benutzte. Fischer, die in ihrem langen, schlanken Einbaumkanus standen und mit dem Auswerfen der Netze aufhörten, um die Vorbeifahrt des Schiffes mit anzusehen. Und hinter ihnen lagen, von der hohen Brücke der *Heron* aus gesehen – dort, wo Jephson mit dem Rücken an die Reling gelehnt stand und zuhörte, wie der Kapitän die Sehenswürdigkeiten erläuterte, die sonnenbeschienenen Wiesen und sich sanft wellenden Hügel der Meeresebene. Sie war bedeckt mit gelbem Elefantengras, durchsetzt mit Akazienstauden und Affenbrotbäumen, bevölkert von großen Zebra- und Antilopenherden und anderem Großwild und erstreckte sich nach Osten bis zu den verschwommenen Bergformen am Horizont.

Dieser Flußabschnitt, die hundert Meilen von der Mündung am Meer bis zum Gebirge, sei den Europäern schon über 300 Jahren bekannt, erzählte der Kapitän. Aber die Katarakte, die Livingstone-Fälle und die unzugänglichen Kristall-Berge hätten die Erforschung des restlichen Flusses verhindert, bis Stanley schließlich vor zehn Jahren die Durchfahrt entdeckt hatte. An der Mündung selber jedoch hätten die Weißen Handel und Wandel getrieben, seit ein portugiesischer Kapitän mit seiner Karavelle am Ende des 15. Jahrhunderts die Durchfahrt auf der Suche nach dem Seeweg nach Indien zufällig entdeckt hatte. Schon damals habe am Kongo ein großes afrikanisches Reich existiert, das Kongo-Königreich, das sich so weit ausdehnte, das man es zunächst für das sagenumwobene Reich des Priesters Johannes gehalten hatte. Die königliche Hauptstadt, Mbanza Kongo, habe auf einer der Anhöhen dort drüben gelegen, irgendwo am Südufer, und noch heute erzähle man sich Geschichten über die große Pracht – über die vielen Paläste und Kirchen, die kunstvollen Rituale und Feste bei Hofe, über den Mut und den Adel der Könige – der Manikongos –, die sich in die schönsten Gewänder, beinahe wie in Samt und Seide hüllten, wenngleich die Gewänder aus den Fasern der Raffiapalme gewoben waren, verziert mit Geschmeide aus Kupfer. Die Könige hatten Hunderttausende Krieger angeführt, die sich mit Adlerfedern schmückten und über aus Eisen geschmiedete Waffen verfügten... Aber das waren alte Geschichten. Der Kapitän machte eine wegwerfende Handbewegung. Davon sei heute keine Spur mehr übriggeblieben. Der Menschenhandel habe alles zerstört. Alles sei schon vor langer Zeit zerstört worden. Von Anfang an, und auch während der folgenden 300 Jahre sei es beim Handel und Wandel der Weißen ja nur um die Jagd nach Menschen gegangen.

Auf dem Fluß werde auch heute noch Jagd auf Menschen gemacht, sagte der Kapitän als Antwort auf eine Frage Jephsons. Die sansibarischen Araber trieben ihren Sklavenhandel da; aber das spiele sich in den entlegensten Gebieten am Oberen Kongo ab, jenseits jeder wirksamen Rechtsprechung des Kongo-Freistaates, nicht hier auf dem Hauptfluß, nicht mehr seit der Abschaffung des Sklavenhandels. Hier werde hauptsächlich mit Gummi Handel getrieben, auch wohl mit Elfenbein und Palmöl, im wesentlichen aber mit Kautschuk – auch wenn sich schwerlich behaupten ließe, daß dies aus der Sicht der Eingeborenen eine große Verbesserung sei.

Bei diesen Worten lachte der Kapitän und trat einen Schritt von der Reling weg. Man trank das Bier aus Flaschen, er holte sich eine neue aus dem mit Wasser gefüllten Eimer und entfernte den Verschluß mit den Zähnen. Was er mit seiner Bemerkung sagen wolle, fragte ihn Jephson. Der Kapitän zuckte mit den Schultern und wischte sich mit dem Handrücken den Mund ab. Der Kautschuk wachse wild, erklärte er, in den großen Wäldern, und die örtlichen Stämme würden losgeschickt, um ihn zu ernten. Die brächten ihn dann zu den Agenten König Leopolds, zu den Stationen am Fluß, von dort würde er dann zu den Häfen und Lagerhäusern von Matadi, Boma und Banana-Point auf seetüchtige Schiffe verladen und nach Europa gebracht. Natürlich würden die Leute für den Rohkautschuk bezahlt, aber... Nein, das sei ein ganz faules Pack, denen wäre geregelte Arbeit zuwider. Also müßte man sie dazu zwingen. Wenn man sie nicht dazu zwänge, dann bekäme man von ihnen längst nicht genug Kautschuk abgeliefert, und sie würden in den Wald laufen und den lieben langen Tag auf der faulen Haut liegen. Also müsse man sie zwingen. Der Kapitän drehte sich um, lehnte sich an die Reling und trank aus. Leopolds Agenten, die zwangen sie dazu, fügte er noch hinzu, und schmiß die leere Flasche über Bord.

III

Hellweiß türmten sich im grellen Tageslicht an beiden Flußseiten die glatten Kalksteinfelsen. Mächtige Granitbrocken ragten ins Wasser. Scharfzackige, von glitzernden Quarz- und Turmalinkristallen durchzogene Vorsprünge mit steilen Überhängen, an denen sich die knorrigen Stämme winziger Dornensträucher klammerten, ragten ins Wasser. Die Mündung verengte sich hier bis auf wenige hundert Yards. Vor ihnen lag das Tor der Schlucht. Durch sie trat der Kongo unter dem donnernden Getöse des letzten der dreißig Katarakte der Livingstone-Fälle – den man den Höllenkessel nannte – nach seiner 200 Meilen langen Reise am Kristallgebirge entlang wieder aus, um in die Meeresebene zu fließen. Am linken Ufer lag Matadi, rund eine halbe Meile weiter flußabwärts vom 'Kessel', dort, wo der Strom immer noch schlammige Strudel aufwirbelte und man noch leise die brausenden, in den Wänden der Schlucht verborgenen Katarakte hörte.

Matadi war kaum zwei Jahre zuvor erbaut worden, aber es war noch immer nur das Skelett von einem Dorf. Am anderen Ufer lag Vivi, die erste europäische Siedlung an diesem entlegensten schiffbaren Abschnitt der Mündung. Im vergangenen Jahr hatte sich der Kongo-Freistaat allerdings daran gemacht, um die Livingstone-Fälle herum eine Straße zu bauen, der schließlich noch eine Eisenbahnstrecke folgen sollte. Man war dann aber zu dem Schluß gekommen, daß das entlang des südlichen Flußufers gelegene Berggelände weniger geologische Hindernisse bot. Kaum waren die Arbeiten in Angriff genommen, begannen die europäischen Händler von Vivi, ihre Geschäfte ans diesseitige Flußufer zu verlegen. Bislang hatten sich aber dort nur die Portugiesen auf Dauer eingerichtet. Sie hatten eine Ziegelfaktorei direkt am Wasser und ein einstöckiges Wohnhaus in den graswachsenen Ausläufern oberhalb des Flusses errichtet. Außerdem stand oben in den Bergen die Missionsschule der amerikanischen Baptisten. Die britischen, holländischen und französischen Händler besaßen bloß ein paar Wellblechhütten unten am erst kürzlich erbauten Kai, und die Niederlassung des Kongo-Freistaats bestand lediglich aus einem Zeltlager für die Vorarbeiter und Ingenieure der Straßenbaukolonne. Doch an diesem sonnigen, heißen und hellen Dienstag, als die *Heron* in die von Felsen umgebene kleine Bucht fuhr, die Matadi als Hafen diente, sah die Siedlung aufgrund der Anwesenheit der Emin-Pascha-Expedition wie ein florierender Umschlaghafen aus.

Als letztes der Expeditions-Schiffe lief die *Heron* in den Hafen von Matadi ein. Die anderen Schiffe waren entweder am Vorabend oder am frühen Morgen eingetroffen. Die *Albuquerque*, die *K. A. Nieman* sowie die *Kacongo* waren schon ausgeladen und hatten sich bereits wieder auf den Weg gemacht. Nur die *Serpa Pinto* lag immer noch am Kai vertäut. Sie wurde eben ausgeladen. Am Flußufer standen überall die Kisten und Kästen, die Fässer und eisengegürteten Barren herum. Zwischen ihnen liefen Hunderte von halbnackten Männern, der Schweiß floß in Strömen an den glänzenden schwarzen Körpern, während man alles aufbrach und daran ging, die Werkzeuge, die Vorräte, die Tausch-*mitako* und die Munition wieder in Hunderte von Speziallasten zu je rund sechzig Pfund Gewicht zu verpacken. Diese sollten dann die *pagazis* schleppen. Etwas weiter vom Fluß entfernt, hatte man unter den Akazien und den Fieberbäumen die Zelte aufgeschlagen und aus Zweigen, Blättern und Schlamm roh gezimmerte Unterkünfte errichtet. Um die Packmaultiere und Reitesel einzupferchen, hatte man aus Bambus und Stöckern einen Kraal gebaut; das unaufhörliche Schreien der Tiere scholl über den Fluß wie das Geschrei einer Horde ungezogener Kinder. Kochfeuer brannten an den Stellen, wo die Wanjamwesi-Frauen das Mittagessen vorbereiteten. Und die in Scharen hin- und herlaufenden Männer wirbelten Staub auf, der sich mit dem Rauch der Kochfeuer vermischte.

Willie Hoffman empfing die *Heron* mit einer Gruppe Bakongo-Träger. Die Bakongo waren der bedeutendste Stamm in der Gegend und die Abkömmlinge des großen Königreichs, das einmal an der Flußmündung existiert haben sollte. Inzwischen hatten sie jedoch kaum noch etwas Glanzvolles an sich. Da sie über Jahrhunderte mit dem weißen Mann, mit den Sklavenhändlern, Elfenbeinjägern, Missionaren und Kautschukhändlern Kontakt hatten, waren sie jeglicher Würde beraubt, die sie einmal besessen haben mochten. Bekleidet waren sie mit einem komischen, mitleiderregenden Sammelsurium europäischer und einheimischer Kleidung. Der *mariapara* trug einen Bowler, eine abgelegte Marinejacke, in dessen Tasche eine Ginflasche steckte, sowie einem Bastrock. Hinzu kam, daß viele unverkennbar gemischtrassig waren: Bei einem zeigte sich das Blut eines hellhäutigen Händlers in den hellen Augen, bei einem anderen im flachsblonden Haar und bei einem dritten in der häßlichen, scheckigen Haut. Es waren kleinwüchsige, stämmige Menschen. Sie waren gelehrig bis zur Unterwürfigkeit und gehörten zu der Gruppe von fast 600 Bakongo, die Troup und Herbert Ward in den Dörfern der Umgegend zur Verstärkung der Karawane für den Marsch um die Livingstone-Fälle herum zum Stanley-Pool angeworben hatten. Ihr Lohn betrug einen Sovereign pro Last.

Man hatte die Karawane in acht Kompanien eingeteilt. Zwei Abteilungen bildeten die sudanesischen Askaris. Da man im vergleichsweise oft bereisten und friedvollen Gebiet der Kristall-Berge mit keinen Kampfhandlungen rechnete, setzte man die Sudanesen lediglich als Vor- und Nachhut ein, unter der Leitung

Barttelots, Nelsons und Bonnys. Dazwischen sollten zwei Kompanien Wanjamwesi-Träger und zwei Abteilungen Bakongo marschieren. Hoffman übernahm den Befehl über die Wanjamwesi, mit Uledi als zweitem Mann. Troup und Ward sollten die Bakongo führen. Ward allerdings hielt sich nicht mehr in Matadi auf – er war ein paar Wochen vor der Ankunft der Expedition zum Stanley-Pool zurückgefahren, wo er sich um die Freistaat-Dampfer kümmern wollte, die die Karawane von dort aus nach Jambuja bringen sollten. So mußte Troup auf dieser Etappe alles alleine regeln. Vorneweg sollte die siebte Abteilung marschieren, sie umfaßte Stanleys Hauptquartier. Es bestand aus der Offiziersküche, dem Hospital, der Intendantur, den Befehlszelten sowie den Dienern, Burschen und Sanitätern, die von den Wanjamwesi gestellt wurden, den *pagazis* zum Tragen der medizinischen Vorräte und des persönlichen Gepäcks der Offiziere; einer Leibwache aus Askari, der Militärkapelle der Sudanesen, sowie den vor Ort eingestellten Scouts, Fährtenlesern und Dolmetschern der Houssa und Bakongo. Mit ihnen sollten Parke und Baruti marschieren. Jephson erhielt das Kommando über die achte Abteilung: die Bootskompanie.

Dies hatte ihm Troup mitgeteilt. Sie standen in der drückend heißen Hitze unten am Hafen. Troup hatte sich den zerfransten Strohhut tief ins Gesicht gezogen und wedelte die lästigen Moskitos und Schwarzfliegen weg, die von dem sumpfigen Flußufer aufschwärmten. Er mußte förmlich brüllen, um sich in dem Lärm ringsum Gehör zu verschaffen. Aber Jephson meinte trotzdem, sich verhört zu haben. Er hatte immer geglaubt, er würde auf der ganzen Reise bei Stanley bleiben und ihm als Adjutant und Mädchen für alles zugeordnet sein, so wie es in London und auf der Hinreise gewesen war. Als ihn Troup nun kurz nach der Ankunft in Matadi zur Seite nahm, hatte er daher nicht im geringsten damit gerechnet, daß man ihm zutraute, irgend etwas zu befehlen.

»Wie gesagt, mein Junge, Sie werden die Bootskompanie unter sich haben«, wiederholte Troup und strahlte ihn aus seinem Gesicht mit dem hellroten Vollbart an.

»Machen Sie keine Witze, Jack!«

»Teufel nochmal, warum soll ich Witze machen?« entgegnete er, lächelte ihn dabei aber weiter gutgelaunt an. »Es ist mein voller Ernst. Kommen Sie, ich zeige Ihnen ihnen mal alles.«

Die Bootskompanie sollte unweit der Karawanenspitze, hinter der Hauptquartierskompanie und der Vorhut marschieren. Sie bestand aus sechzig Wanjamwesi, drei Packmaultieren sowie einem Reitesel, außerdem gehörten dazu Rationen für vier Wochen, verschiedene Vorräte und militärische Ausrüstungsgegenstände sowie natürlich das tragbare Stahlboot. Es ließ sich, wie Jephson wußte, in zwölf Teile zerlegen. Jedes Teil wog annähernd siebzig Pfund und sollte von vier Trägern getragen werden. Zusammengesetzt war es sechsundzwanzig Fuß lang und sechs Fuß breit, bei einem Tiefgang von zweieinhalb Fuß. Angetrieben wurde es von zehn Ruderern, die auch als Träger eingesetzt wurden. Das Boot konnte 100 Passagiere, zehn Tonnen Ladung oder ganz unterschiedliche Kombinationen von beidem aufnehmen. Auf der vor ihnen liegenden Etappe, von Matadi bis zum Pool, sollte das Boot im wesentlichem als Fähre Verwendung finden. Am Südufer mündeten verschieden große Flüsse in den Kongo und kreuzten die Marschroute. In den Fällen, wenn ein Fluß zum Durchwaten zu tief sein oder die Brücke darüber unterspült oder weggeschwemmt war, wollte man das Boot zusammensetzen. Jedesmal, wenn man an freie, schiffbare Abschnitte zwischen den Katarakten und Stromschnellen auf dem eigentlichen Kongo gelangte, würde man das Boot zu Wasser lassen. So konnte man den Marschierern eine Verschnaufpause gönnen, auf Erkundungsfahrt gehen und im Notfall Leute an Bord nehmen. Jephson hatte man das Kommando über das Boot deshalb übertragen, weil er mit den Entwürfen vertraut und in London mit den Konstruktionsarbeiten befaßt gewesen war.

Während er Troup verstohlen ansah, der ihm das alles auseinandersetzte, begriff er auf einmal, warum ihn der Rotschopf so gutgelaunt anlächelte. Troup selber war es gewesen, der Mr. Stanley darauf gebracht und ihn dazu überredet hatte, die Aufgabe dem jungen Freund zu übertragen. Und nun freute er sich unbändig darüber, daß er mit seinem Vorschlag durchgekommen war.

»Das hier also sind Ihre Jungs, Arthur.«

Die beiden Männer waren am Lagerhaus der Portugiesen angekommen. Troup zeigte auf eine Gruppe Wanjamwesi, die auf der Verladerampe arbeitete und die Kisten mit den Bootsteilen aufbrach. Die meisten Männer trugen nur einen Lendenschurz oder eine weite, weiße Hose. Jephson kannte sie von seinem Suaheliunterricht auf der *Madura*. Als er zu ihnen ging, legten sie die Arbeit nieder. Freundlich lächelnd drehten sie sich zu ihm um. Einer aus ihrer Mitte, offenbar der *nakhudha* – er hatte ein Snider-Gewehr in der Hand – ordnete in scharfem Ton an, sie sollten sich wieder an die Arbeit machen.

»Es sind tüchtige Leute«, sagte Troup, »ich habe Uledi angewiesen, sie nach Verläßlichkeit, Erfahrung sogar nach ihrem Naturell auszusuchen, Sie dürften also keine Schwierigkeiten mit den Männern haben.«

Jephson nickte.

»Außerdem habe ich Uledi beauftragt, den Bootsführer besonders sorgsam auszuwählen. Das ist der da drüben, er ist Uledis Sohn. Sudi, *njoo hapa!*«

Der Bursche mit dem Gewehr sprang von der Verladeplattform und kam auf sie zugeschlendert. Er war hochgewachsen und schlank, aber dennoch imponierend muskulös, etwa in Jephsons Alter: Er hatte eine glatte, kaffeefarbene Haut, einen hübschen, eher kleinen Kopf und scharfe Gesichtszüge.

»*Huyu ni*, Bwana Jephson, Sudi«, sprach ihn Troup an. »*Yeye meli*, Bwana. *Unanifahamu?*«

»Ja, Sah. Guten Tag, Sah«, erwiderte der Wanjamwesi in glockenhellem Missionsschulenglisch.

»*Shikamo*, Sudi«, sagte Jephson. »*Nimefurahi kuonana nawe.*«

»Oh, *vizuri*, Bwana! *Unaseme kisuahili vizuri.*«

»*Asante sana.*«

»Er ist ein guter Junge«, sagte Troup. »Du bist doch ein guter Junge, was, Sudi?«

»Ja, Sah.«

»Und du willst doch dem Bwana Jephson helfen?«

»O ja, Sah, ich helfen Bwana. Ich Bwana viel helfen.«

»Und das wird er auch tun, mein Junge. Der wird Ihnen garantiert keine Scherereien machen.«

»Ich ihm auch nicht.«

»Als erstes muß das ganze Zeug hier aus den Kisten geholt und so schnell es geht in Einzellasten für die Träger verpackt werden. Danach sollen die Leute das Boot zusammensetzen, es zu Wasser lassen und eine Probefahrt machen. Und prüfen Sie auch, ob seit

London nichts kaputtgegangen ist. Schließlich wollen wir später keine böse Überraschung erleben.«

»Nein, natürlich nicht.«

»Wahrscheinlich werden Sie das heute nicht mehr alles schaffen. Aber es bleibt ihnen noch genug Zeit, erledigen Sie das dann morgen, wir fahren ja sowieso erst übermorgen von hier los.«

»Das freut mich.«

»Also gut, dann fangen Sie mal an, wenn Sie irgendwelche Fragen haben – ich bin da drüben bei der Hauptquartierskompanie.« Troup machte sich auf den Weg.

»Jack.«

Der Rotschopf wandte sich um.

»Vielen Dank für alles, Jack.«

»*Si kitu.*«

»Es ist eine große Chance für mich, Jack. Und ich will alles daran setzten, meine Sache richtig gut zu machen.«

»Das werden Sie bestimmt, mein Junge, ganz bestimmt.« Sekundenlang sah ihn Troup prüfend an. »Was machen Sie denn für ein grimmiges Gesicht? Sie machen sich doch deswegen keine Sorgen, oder? Müssen Sie auch nicht – die nächste Etappe, bis zum Pool hinauf wird ein Kinderspiel.«

»Wie lange werden wir unterwegs sein?«»

»Vier, fünf Wochen, eher vier. Wir müssen ein flottes Tempo vorlegen, das ist das einzige Problem, und zwar ein verdammt flottes Tempo. Mr. Stanley will Zeit aufholen. Sie wissen ja, das Ganze hat nur dann Sinn, wenn wir uns ziemlich beeilen.«

*

Am darauffolgenden Tag kursierten dann die ersten Gerüchte im Zusammenhang mit den Dampfschiffen am Stanley-Pool. Das fing damit an, daß bei Tagesanbruch ein einheimischer Bote im Standlager unten am Fluß auftauchte. Er hatte eine Nachricht für Stanley von Bertie Ward. Jephson erhielt erst später am Morgen davon Kenntnis. Ganz in Anspruch genommen von den neuen Pflichten, hatte er die Bootskompanie in aller Frühe aus ihren Unterkünften gescheucht und sich seither nur um sie kümmern können. Die Arbeit machte gute Fortschritte. Sudi und die Wanjamwesi stellten sich als so tüchtig heraus, wie Troup es versprochen hatte, aber es blieb trotzdem noch verflucht viel zu tun, bis die Kompanie am folgenden Tag abmarschbereit war. Fast die Hälfte der Vorräte mußte noch neu gepackt, zu Einzellasten für die Träger aufgeteilt werden, außerdem mußte das Boot noch zusammengesetzt, zu Wasser gelassen und auf undichte Stellen geprüft werden. Deshalb hatte er seine ganze Aufmerksamkeit auf die Erledigung dieser Arbeiten gerichtet und erst gemerkt, daß etwas nicht in Ordnung war, als er gegen elf Uhr die *Serpa Pinto* auslaufen sah. Er hatte sich gerade hingekniet und untersuchte mit Sudi das Material des Heckteils des zerlegbaren Stahlboots. Als er aufstand, sah er, wie der Raddampfer flußabwärts schwenkte. Auf dem Schiff befanden sich Stanley, Barttelot und Troup.

»Bula Matari fährt nach Mboma«, sagte Sudi.

»Boma?«

»Ndiyo.«

»Warum? Wozu?«

Sudi zuckte mit den Schultern. »*Sijui.*«

»Das kann nicht stimmen, Sudi, die Karawane soll doch erst morgen früh aufbrechen, bis dann kann Mr. Stanley unmöglich wieder aus Boma wieder zurück sein.«

Wieder zuckte Sudi nur die Schultern.

Ziemlich verdutzt blickte Jephson den Fluß hinauf und herunter. Das Auspacken der Kisten und das Zusammenstellen der Traglasten vollzog sich immer noch recht laut und eilig. Hoffman überwachte, wieder ohne Hemd und Schuhe, eine Gruppe Bakongo auf dem angrenzenden Pier, wo die *Heron* noch am Kai lag. Ob er zu ihm gehen und mal fragen sollte, ob er vielleicht wisse, was Mr. Stanley vorhatte? Aber er sprach nur höchst ungern mit dem Mann. Bestenfalls bekam man eine gebrummelte und kaum informative Antwort. Da entdeckte er Captain Nelson – also mußte er sich nicht mit Hoffman herumschlagen.

»Tag, Robbie!«

Nelson hatte eine Abordnung Sudanesen bei sich. Sie hatten das automatische Maxim-Geschütz an ein Maultier angeschirrt und gingen auf dem Weg, der oberhalb des Flusses in die Berge führte. Dort in den Bergen wollten sie das Geschütz ausprobieren und ein Zielschießen veranstalten.

»Tag, Arthur«, rief er zurück und erlaubte seiner Geschützmannschaft, unter dem Kommando seines großen sudanesischen Korporals weiterzugehen, »was ist denn?«

»Ich habe eben gesehen, daß Mr. Stanley mit Jack und Ted auf der *Serpa Pinto* den Fluß hinunterfahren.«

»Ja, genau, die wollen nach Boma fahren.«

»Aber das ist doch eine ziemlich lange Fahrt, Robbie. Da wären sie doch erst morgen mittag wieder zurück.«

»Wenn überhaupt.«

»Aber wir sollen doch gleich morgen früh bei Tagesanbruch aufbrechen.«

»Ach so, haben Sie noch nichts davon gehört? Das ist abgeblasen geworden. Wir marschieren erst am Freitag los. Mr. Stanley hat alles auf Freitag verschoben.«

»Warum? Was ist denn passiert?«

»Weiß ich nicht genau, anscheinend gibt's da ein Problem mit den Dampfern. Der Bote, der heute vormittag ins Lager kam, hat ihm eine diesbezügliche Nachricht von Bertie Ward überbracht.«

»Mit welchen Dampfern? Doch wohl nicht mit denen, die uns vom Pool nach Jambuja bringen sollen.«

»Doch, genau mit denen.« Nelson hielt Ausschau nach seiner Geschützmannschaft. Die Leute hatten es sich im Schatten einiger Akazien bequem gemacht und eine Pause eingelegt.

»Um was für Probleme geht's denn da?«

»Es gibt wohl nicht genug Schiffe, jedenfalls nicht ausreichend fahrbereite.«

»Das glaube ich nicht, Robbie, Mr. Stanley hat wegen der Dampfer doch direkt mit König Leopold verhandelt. Er hätte diese Route doch nie gewählt, wenn ihm König Leopold nicht zugesichert hätte, daß genug Dampfer vorhanden sind, damit wir bis nach Jambuja fahren können.«

»Vielleicht hab' ich mich ja verhört, ich hab's bloß aus zweiter Hand – von Ted. Aber offen gesagt – ich bezweifle, daß er Ted Wards Nachricht überhaupt zu Gesicht bekommen hat. Allerdings hat er mir gesagt, daß sie nach Boma wollen, um dem Gouverneur einmal kräftig wegen der fehlenden Dampfer einzuheizen.«

Daß sich die Abfahrt nach Matadi unerwartet verzögerte und man dadurch einen zusätzlichen Tag für die Vorbereitungen hatte, kam Jephson sehr gelegen, egal, was dahintersteckte. Er wollte schließlich eine gute Figur bei seinem ersten Kommando abgeben. Die Verzögerung bot ihm nicht nur ausreichend Zeit, die Vorräte seiner Kompanie neu zu verpacken, sondern auch Gelegenheit, das Boot zu überprüfen und seine Jungs in der Kunst des Zusammen- und Auseinanderbauens und des Steuerns zu drillen. Dabei verging der ganze Donnerstagmorgen. Am Uferstreifen bei Matadi mußten sie das Schiff zusammensetzen, es nach Vivi hinüberrudern, es dort auseinandernehmen und wieder zusammenbauen und nach Matadi zurückkommen, bis sie alles fast wie im Schlaf beherrschten. Am Nachmittag entschloß er sich dann, da noch Zeit war und kein Mensch wußte, wann Stanley aus Boma zurückkommen würde, das Können der Bootsleute unter erschwerten Bedingungen auf die Probe zu stellen. Er wies sie an, in die Bergschlucht hinaufzurudern, bis zu der Stelle, wo die Livingstone-Fälle aufhörten.

Jetzt befanden sie sich in der Flußmitte, auf der Rückfahrt von Vivi. Sudi stand im Heck am Ruder, Jephson im Bug. Die gesamte Kompanie war im Boot, damit man ungefähr eine echte Fährsituation nachstellen konnte, die Lasten hatte man allerdings für den Fall eines Mißgeschicks an Land gelassen. Die Ruderer und Passagiere sahen sich ziemlich verdutzt an und dann, als ihnen klar wurde, was Jephson vorhatte, blickten sie fragend von ihm zu ihrem Bootsführer. Auch Sudi zeigte sich ziemlich überrascht.

»*Kuna nini*, Sudi?«

»*Kumrahdi*, Bwana. *Wapi? Tunakwenda wapi?*«

»*Kule?*«

»*Ndiyo, Sudi. Kule.* Dorthin. Was ist denn?«

»Aber, Sah, aber da ist der Höllenkessel.«

»Das weiß ich auch, ich möchte ihn mir mal genauer ansehen.«

Sudi sah ihn zweifelnd an.

»Nun mach schon, wir wollen mal einen Blick in diesen Höllenkessel werfen, und sorge dafür, daß sich die Jungs richtig ins Zeug legen. *Upesi-upesi.*«

Sudi standen die Zweifel ins Gesicht geschrieben, als er den Sprechgesang anstimmte, der die Schlagzahl festlegte. Dann schwang das Stahlboot langsam herum und steuerte mit dem Bug in Richtung Berge.

Fast augenblicklich wurde es kühler. Zu dieser Nachmittagsstunde fiel kein Sonnenstrahl mehr in die schmale Schlucht. Außerdem lag der Zickzackkorridor zwischen den zerborstenen Felswänden in einem kühlen, durchschimmernden bläulichen Schatten. Der Fluß war hier drinnen keine vierzig Yards breit, das Wasser war wegen der Felsen, Sandbänke und der überall herumschwimmenden toten Baumstämme auch ziemlich kabbelig. In schlammigen, saugenden kleinen Strudeln wirbelten die Fluten um diese Hindernisse und brachen sich in den kristallklaren, schäumenden Katarakten. Doch eigentlich war der Fluß ganz gut befahrbar. Die Ruderer mußten sich zwar deutlich stärker in die Riemen legen, aber man kam doch ganz gut voran. Geschickt schlängelte sich das Boot durch die ruhigeren Fahrrinnen. Am Kessel waren sie allerdings noch längst nicht. Der lag weiter flußaufwärts, ihn verbargen noch die Steilfelsen und scharfzackigen Vorsprünge, die den Fluß in zwei getrennte Abschnitte teilten. Aber das Brausen wurde immer lauter, je weiter sie kamen, und hallte laut von den Wänden der Felsschlucht wider.

Sudi stand auf und zeigte auf ein Krokodil auf einer Schlammbank. Jephson hatte das Tier für einen Baumstamm gehalten, aber als das Boot näherkam, glitt es ins Wasser. Sudi legte das eine Bein über die Ruderpinne, um den Kurs zu halten, nahm das Snider-Gewehr und legte auf das Krokodil an. Wenn ein solches Tier es sich in den dicken Schädel setzte, das Boot anzugreifen, zumal in diesem zunehmend schwierigen Gewässer, das ihnen ohnehin schon große Probleme breitete... Aber das Tier tauchte weg und schwamm zum anderen Ufer, dort legte es sich im Seichten mit dem Bauch auf den Sand und die Kieselsteine, nur noch Augen und Schnauze ragten aus dem Wasser. Sudi legte das Gewehr wieder hin und packte das Ruder mit beiden Händen. So blieb er stehen. In einer Gruppe von Riesenfarnen stand ein Reiher und rührte sich nicht. Aber irgendein Kleingetier, ein Affe vielleicht oder eine Art von Wassernagetier, machte sich schleunigst davon und verschwand in einer Felsspalte. Sudi sagte etwas zu Jephson, aber der konnte ihn nicht verstehen. Das Brüllen des verborgenen Wasserfalls wurde immer lauter. Er drehte sich um und sah zum Heck, wandte sich dann aber wegen Sudis Gesichtausdruck schnell wieder um und blickte den Fluß hinauf. Direkt vor ihnen lag ein mächtiger, schwarzer Felsbrocken, er bereitete dem Flußabschnitt ein jähes Ende, und dort, wo der Fluß hinter dem Felsen wieder hervorkam, war das Wasser ganz weiß und schäumte.

Da rief ein Ruderer irgend etwas. Mit einem Mal ging, als habe der Fluß unter ihnen nachgegeben, ein Ruck durchs Boot, und es legte sich zur Seite und prallte gegen irgendwelche Stämme unterhalb der Wasserlinie. Nur weil sich die Ruderer mit aller Macht ins Zeug legten und Sudi dazu aus voller Kehle den Takt schrie, konnte man verhindern, daß sich das Boot einmal um die eigene Achse drehte. Es jagte in eine geschützte Durchfahrt hinein, doch kurz darauf versandete die Durchfahrt, an beiden Bootswänden kratzten die Ruder über Untergrund.

»Das wird sehr schwierig, Sah!« Sudi mußte schreien bei dem Krach, den der Katarakt machte.

»Weitermachen, Mann! Ich möchte wissen, wie der Fluß weiterverläuft.«

»*Tafadhali*, Bwana«, protestierte Sudi.

»Weiterfahren, Mann. *Nenda kule*.«

Jephson war auch aufgestanden. Er stemmte die Beine gegen die Bugwände, so hatte er Halt bei dem Rucken und Bocken in der schweren See. Er fand die kühle, belebende Luft, das donnernde Gebrüll des Wasserfalls und den Anblick des wirbeligen Flusses ziemlich aufregend. Dort vorne, hinter dem Felsen, in der nächsten Flußbiegung lag der Kessel, er mußte ihn einfach sehen. Wieder geriet das Boot ins Schlingern, ein vermoderter Baumstamm wirbelte aus einem Strudel heraus, knallte gegen den Bug und stürzte dann rasend schnell davon. Jephson kniete sich hin, packte die Bordwand und beugte sich wie eine Galionsfigur über den Bug. Er lachte, jubilierte, war in Hochstimmung, ein wenig Angst hatte er wohl auch, aber mehr so, daß er als aufregend empfand. Das war das echte Abenteuer, darum drehte sich doch alles – mitten in der Wildnis zu sein: tief unten in einer Bergschlucht einen tükkenreichen Strom hinaufzufahren, auf der Suche nach einem Weg um die nächste Biegung herum, begleitet von getreuen Wilden, unwiderstehlich angezogen von dem, was man noch nie gesehen hatte, und was man aus irgendeinem unvernünftigen Grund unbedingt sehen wollte.

Und dann sah er es.

Eigentlich sollte er nie so recht begreifen, wie es Sudi gelungen war, die Ruderer dazu zu bringen, das Boot durch die tückisch enge Durchfahrt hindurchzusteuern – aber auf einmal hatten sie es geschafft. Die Bewunderung und Zuneigung, die er für sie empfand, steigerte sich noch, als das Boot den Felsen rammte und sich, nach einem letzten Ruck, der ihm den Magen umdrehte, seitwärts drehte und unter der Wucht des schäumenden, hinter dem Felsen hervorschießenden Weißwassers herausjagte. Während die Bootsleute wie die Wahnsinnigen die Ruder einholten und an Felsen, Überhängen und Ästen nach Halt suchten, damit das Boot nicht wieder stromabwärts geworfen würde – da blickten sie dem Höllenkessel ins Auge. Jephson blieb fast das Herz stehen. Der Anblick verschlug ihm den Atem, dieser Abschnitt des Flusses war von einer ungeheuren Kraft, einer wilden Schönheit, er war wohl eine Viertelmeile lang und verengte sich wegen der Schluchtfelsen zu einer Breite von unter zehn Yards, tückische blausilberne, dreißig, vierzig Fuß hohe Wellen türmten sich und wirbelten in die furchterregende, schwarze, unendliche Tiefe herunter, donnerten über die Kalksteinriffs hinab, schäumten gegen das Granitgestein und rissen das Erdreich an den Ufern mit sich. Das waren ungeheure Fluten, im Zustand ewigen Aufruhrs. Während ihn die peitschende Gischt wie ein Regenguß bis auf die Haut durchnäßte, blickte er über die tobenden Wassermassen, bis zum oberen Rand der Strecke, an der sich der Fluß in stahldicken Wassermassen in den Kessel hinabstürzte, und dann hinüber zum Gewirr der Vegetation, die im fortwährenden Gischtregen an den beiden Ufern gedieh, dann wieder darüber hinweg zu den glatten Felswänden der Schlucht bis zum kleinen, kristallklar blauen, alles überwölbenden Himmelsauschnitt hin. Dort oben schwebte ein Adler, und als er ihn sah, fing der junge Jephson an zu lachen, es war ein Lachen reiner, ganz unbändiger Freude. Und auch Sudi, der ihn zunächst ganz verdutzt angesehen und zuerst nicht verstanden hatte, warum Jephson zu lachen anfing, stimmte in sein befreites Lachen ein. Und dann lachten auch die anderen Männer, sie warfen die Köpfe in den Nacken, als sie den Grund für seine Freude mitbekommen hatten, und lachten lauthals. Aber in dem Krach des herabdonnernden Wassersturzes drang ihr Lachen nicht weit.

Sie fuhren wieder flußabwärts und gelangten aus der kühlen und blauschattigen Schlucht in die gleißende Sonne der Meeresebene, und da sah Jephson die *Serpa Pinto*. Das Schiff war auf dem Weg nach Matadi und fuhr stromaufwärts. Da ihn die aufregende Entdeckungsreise zum Kessel immer noch in den Knochen steckte, da er das Lachen immer noch nicht unterdrücken konnte, befahl er den Ruderern, dem Raddampfer bis zum Anlegeplatz ein Rennen zu liefern. Die Männer, die den spielerischen Charakter in diesem Vorschlag erkannten und selber auch immer noch fröhlich grinsten, legten sich mächtig ins Zeug und nahmen Sudis energischen Sprechgesang auf, der den Takt zu den schnell gezogenen Ruderschlägen vorgab; wie Krieger auf dem Weg ins Gefecht. Nach der Schlucht und dem Kessel war die relativ ruhige Strömung in der Mündung ein Kinderspiel; man flog nur so dahin. Hoffentlich ist Stanley an Deck und sieht uns zu, dachte Jephson.

Ja, er sah herüber. Troup und Barttelot standen neben ihm und beugten sich breit lächelnd über die Reling.

»Bleiben Sie weg da!« rief Troup plötzlich und fing an, mit seinem Strohhut zu wedeln.

Aber Sudi hatte schon gesehen, daß das Schaufelrad der *Serpa Pinto* seine Richtung geändert und begonnen hatte, einen Wasserschwall aufzuwirbeln. Der hätte das kleinere Boot leicht überfluten können. Deshalb hatte er bereits die Pinne hart nach steuerbord gerissen. Das Stahlboot schwenkte elegant ab und glitt an den Kai, geschickt holten die Bootsleute ihre Ruder ein. Sie hatten gewonnen. Jephson sprang an Land.

»Nimm das Boot auseinander, Sudi«, ordnete Jephson an. Und während er so auf dem Kai stand, die Beine weit gespreizt, die eine Hand auf dem Griff der Pistole an der Hüfte, die andere in die Hüfte gestemmt, den Tropenhelm in den Nacken geschoben, bekleidet mit der von der Gischt des Wasserfalls ganz durchweichten Uniformjacke, ein reines Freudenlächeln im sonnengebräunten Gesicht, sah er zu, wie die Ruderer und Passagiere aus dem Boot kletterten, es an den schlammigen Uferstreifen zogen und damit anfingen, die einzelnen Teile auseinanderzuschrauben.

»Ziemlich hübsche Vorstellung, mein Junge«, sagte Stanley, als er das Fallreep der *Serpa Pinto* herunterkam.

»Danke, Sir.«

Stanley legte ihm die Hand auf die Schulter und sah sich zusammen mit ihm an, wie sich die Wanjamwesi daran machten, das Boot in seine Einzelteile zu zerlegen. Troup, der fast genauso strahlte wie Jephson und sichtlich Freude an der guten Vorstellung des jungen Freundes hatte, sagte: »Nichts dran auszusetzen, soweit ich das beurteilen kann.«

»Ja, ganz nett«, fügte Barttelot hinzu.

Stanley nickte. Er drehte sich um und blickte auf das Boot. Die Wanjamwesi hatten es schon zur Hälfte auseinandergenommen. »Sieht so aus, als hätte sich meine Konstruktion ganz gut bewährt, oder, mein Junge? Die Teile passen prächtig ineinander. Das Boot scheint völlig wasserdicht zu sein.«

»Das ist es, Sir, es ist ein dichtes, schmuckes kleines Schiff.« Stanley hob den Blick. Mit zusammengekniffenen Augen blickte er zur Flußmündung hinauf, bis zu den Kalksteinfelsen, hinter denen der Höllenkessel lag. Er schwieg eine Weile, sah nachdenklich zum Fluß, dann zur Steilküste und zu den Bergen, durch die sie marschieren würden. Plötzlich wirkte das Schwappen des Wassers gegen die Pfähle, das Qietschen und Knarren der Holzplanken ziemlich laut. Aus der Ferne, aus den Bergen kam Geschützfeuer – Nelson testete gerade die Maxim. Stanley nahm seinen Tropenhelm ab und wischte sich mit dem Jackenärmel über die Stirn. »Haben Sie dem Schiff auch schon einen Namen gegeben, mein Junge?«

»Sir?«

»Wir sollten unserem lieben kleinen Schiff einen Namen geben. Ich habe das Gefühl, daß es noch eine Menge für uns leisten wird. Es hat verdient, einen Namen zu bekommen.«

»Ja, Sir, den hat es sich wirklich verdient.«

»Und zwar den Namen einer schönen Frau«, warf Major Barttelot ein, »finden Sie nicht auch, Sir? Also ich fände das höchst passend.«

Stanley sah ihn an.

»Wie wär's denn mit Miß Tennant?«

Stanleys Kinnbacken wurden straff.

»Miß Tennant würde sich bestimmt außerordentlich geschmeichelt fühlen. Was halten Sie denn von *Dorothy?* Oder vielleicht lieber *Lady Dorothy?*«

Stanley wandte sich ab. »Kommt alle zu mir ins Befehlszelt. Major, hätten Sie bitte die Freundlichkeit, Captain Nelson und Sergeant Bonny aufzutreiben. Jack, holen Sie Will. Ich gehe Stabsarzt Parke holen, vermutlich steckt er wieder mal im Sanitätszelt. Arthur, Sie kommen mit mir. Ich möchte, daß Sie die Landkarten zusammensuchen. Abmarsch ist morgen früh, im Morgengrauen.«

Sie hatten ihre Arbeit liegenlassen und kamen eilig ins Befehlszelt. Wie Jephson, der noch seine völlig durchnäßte Jacke anhatte, hatten auch sie sich weder umziehen noch ein wenig frischmachen können. Sie versammelten sich um den Feldtisch in der Zeltmitte, Stanley wartete schon ungeduldig auf sie. Seit dem vergangenen Tag hatte er sich nicht mehr rasiert, seine Bartstoppeln wirkten ziemlich grau. Dann beugte er sich über den Feldtisch, auf der er eine detaillierte Generalkarte mit der Route ausgebreitet hatte. Sie führte durch die Kristall-Berge bis zu der am Stanley-Pool gelegenen Station Leopoldville.

»Per Luftlinie, Gentlemen, beträgt die Entfernung zum Pool rund zweihundert Meilen. Auf dem Landweg dürfte sie aber eher zweihundertfünfzig betragen. Aber ich möchte die Strecke, ganz gleich, wie lang sie ist, in etwas über drei Wochen bewältigen.«

In drei Wochen! Jephson sah über den Feldtisch hinweg Troup an. Der hatte mit vier, ja sogar fünf Wochen gerechnet.

Stanley fuhr fort: »Das ist ein ehrgeiziges Ziel, es bedeutet, daß wir zehn, fünfzehn Meilen pro Tag zurücklegen müssen. Bei der Tonnage, die wir transportieren, ist es sogar ein höchst ehrgeiziges Tempo. Es müßte gehen.« Er legte eine Pause ein und sagte dann: »Nein, so kann man das nicht sagen. Es muß gehen, Gentlemen, das steht absolut fest. Gentlemen, es muß geschafft werden.«

Er trat vom Tisch zurück und blickte in die Runde. Es dämmerte schon, im Zelt breitete sich ein bläuliches Zwielicht aus. Er streckte den Arm nach der Sturmlampe aus, die von der Mittelstange herabbaumelte, zog sie zur Landkarte herunter. Dann zündete er sie an, aber es dauerte eine Weile, bis er den Docht richtig eingestellt hatte. Schließlich stemmte er die Hände in die Hüften und sah die Offiziere seiner Expedition fest an.

»Ja, Gentlemen, wir müssen es schaffen, das ist jetzt unsere große Aufgabe – unsere große Prüfung. Später werden noch größere Aufgaben vor uns liegen. Weitere entsetzliche Prüfungen werden sich unserem Können und unserem Mut stellen. Aber das muß uns jetzt noch nicht kümmern. Im Augenblick ist nur eines wichtig – wir müssen die Karawane so schnell es geht vorantreiben. Wir müssen die Route ausnutzen. Einen so guten Weg finden wir nie wieder vor, und wir müssen Zeit gewinnen. Der Zeitfaktor ist von alles entscheidender Bedeutung. Wir sind fähig, wahre Herkulestaten zu vollbringen. Wir können auf ganze Armeen stoßen und sie schlagen. Wir können Berge versetzen. Wir sind fähig, uns den Weg durch den dichtesten Urwald zu schlagen, die reißendsten Flüsse zu überqueren. Aber das wird alles ohne Bedeutung sein, sollten wir nicht in der Zeit liegen, sollten wir zu spät kommen. Dieses Wort klingt mir noch immer in den Ohren. Dieser Satz, der Lord Wolseley bis auf den heutigen Tag verfolgt. *Zu spät.* Gentlemen, ich habe nicht vor, zu spät zur Rettung des Emin Pascha in Äquatoria eintreffen, so wie Lord Wolseley zu spät zur Rettung von Chinesen-Gordon in Khartum ankam.«

Er stockte. Im gleichen Moment scholl aus der Ferne Gewitterdonner herüber. Überrascht wandten die Männer die Köpfe. Jephson blickte aus dem Zelt: Im Nordosten, über den Bergen, braute sich ein Gewitter zusammen. Draußen wirbelte eine Bö eine Staubwolke auf dem verdorrten Uferstreifen auf.

»Gut, Gentlemen, das wär's dann. Morgen früh im Morgengrauen brechen wir auf. In den nächsten Wochen werden wir uns nicht oft sehen. Und da dies wohl das letzte Mal ist, daß wir uns zur selben Zeit am selben Ort versammeln, ehe wir am Pool ankommen, möchte ich Ihnen allen viel Glück und Gottes Segen wünschen.« Er ging zu einer der Kisten mit den Sondervorräten, die man bei Fortnum und Mason für die Expedition gepackt hatte, und zog eine Magnumflasche Champagner heraus. Er hörte das beifällige Gemurmel der Umstehenden und lächelte gutgelaunt. »Die Gläser stehen da drüben«, er stellte die Flasche auf den Tisch, »Baruti, *tupatie bilauri.*«

»Mr. Stanley...«, begann Barttelot.

»Ja, was ist denn, Major?« Stanley lockerte den Korken der Champagnerflasche.

»Finden Sie nicht, Sir, daß jetzt der rechte Zeitpunkt dafür wäre, die Mannschaften über die Probleme zu informieren, die uns alle anscheinend am Pool mit den Dampfschiffen erwarten?«

Aber noch im gleichen Augenblick hörte man einen zweiten Donnerschlag, diesmal klang er schon etwas lauter, wieder wandten alle die Köpfe. Troup ging los und schloß die vorderen Zeltplanen.

»Was sagten Sie eben, Major?«

»In Anbetracht der Tatsache, Sir, daß wir jetzt – wie Sie eben selbst sagten – für eine Weile zum letztenmal beisammen sind, hatte ich eigentlich gehofft, Sie würden die Gelegenheit nutzen und mit uns darüber sprechen, was Sie in Boma über die Anzahl der Dampfer am Pool erfahren haben, und was für Pläne Sie für den Fall haben, daß deren Anzahl nicht ausreichen sollte.«

Ohne große Kraftanstrengung zog Stanley den Korken aus der Flasche, es gab einen festlichen Knall, und da der Champagner aber ziemlich warm war, sprudelte er schäumend aus der Flasche. Mit gekünsteltem Entsetzen hielt er die Flasche weit von sich. Rasch fing er an, die ersten Gläser vollzuschenken, die ihm Baruti geholt hatte.

»Für die meisten hier ergibt sich nämlich kein sonderlich klares Bild, was sich in dieser Hinsicht dort abspielt« fuhr Barttelot fort. »Ich bin zwar mit Ihnen in Boma gewesen, aber ich muß schon sagen – ich habe keine blasse Ahnung, wie die Lage am Pool wirklich aussieht. Eine Erklärung Ihrerseits wäre mir insofern höchst willkommen. Die anderen werden mir da zweifellos zustimmen. Außerdem könnte ein klärendes Wort dazu beitragen, den umlaufenden Gerüchten endlich ein Ende zu setzen.«

»Um was für Gerüchte handelt es sich, Major?« fragte Stanley und reichte das erste Glas Barttelot.

»Na ja, zum einen hat mir Captain Nelson gesagt, er hätte gehört...«

»Was haben Sie gehört, Captain?«

»Sir?« Nelson sah umher – er fühlte sich sichtlich unwohl, auf einmal im Mittelpunkt des Interesses zu stehen. »Also, ich habe nur gehört, Sir, daß es am Pool keine Dampfschiffe gebe und wir deswegen über Land nach Jambuja müßten.«

»Und von wem haben Sie das gehört, Captain?«

»Von mir, Mr. Stanley«, warf plötzlich Parke ein. »Das hat mir einer der sudanesischen Askaris, ein Korporal, der wegen seiner Verbrennungen bei mir in Behandlung ist, erzählt. Anscheinend hat er mit dem Boten geprochen, der gestern mit der Nachricht von Mr. Ward vom Pool zu uns kam. Der Mann hat mich danach gefragt – er schien sich große Sorgen deswegen zu machen.«

»Und was haben Sie ihm geantwortet?«

»Daß das völliger Quatsch sei.«

»Prima für Sie, Doktor, das ist es nämlich auch.«

Eine erwartungsvolle Pause entstand, alle warteten darauf, daß Stanley weitersprechen würde. Aber da hatten sie sich geirrt.

IV

Die Karawane hatte sich in Marschordnung am Uferstreifen aufgestellt. Sie war über drei Meilen lang. Die Schlange aus 1500 Männern, Frauen, Kindern und Tieren zog sich bis soweit in den aufsteigenden Morgendunst, daß sie alle von Jephsons Aussichtspunkt aus nicht mehr zu sehen waren.

An diesem Freitag, dem 25. März, hatte der Signalbläser das Lager schon bei Tagesanbruch aus dem Schlaf geholt. Danach war alles ziemlich überstürzt abgelaufen. Auch jetzt noch, während der Himmel allmählich heller wurde und sich über den Bergen im Osten von Blau zu Rosa und Orange färbte, hatte die Warterei immer noch kein Ende. An der Spitze der Kolonne hielt man eine Art Konferenz ab. Stanley, Troup und Barttelot unterhielten sich mit einem portugiesischen Händler aus Vivi, der zwischendurch immer mal wieder zum Fluß zeigte. Die *Heron* und die *Serpa Pinto* hatten sich zwar schon vor rund einer Stunde auf den Weg gemacht. Aber im Hafen schwammen noch überall die Fischerboote der Eingeborenen. Auch am Ufer entlang hatten sich Einheimische versammelt. Sie wollten sich das farbenfrohe Bild anschauen, das ihnen die angetretene Expedition bot, sich von den Freunden und Verwandten unter den Bakongo-Trägern verabschieden oder noch in letzter Minute mit den Wanjamwesi und

Sudanesen Handel treiben. Je länger sich das Warten hinzog, desto verheerender wirkte sich die Anwesenheit der Eingeborenen auf die Disziplin im Zug aus. Hoffman, Bonny und Uledi mußten – gelegentlich auch Parke, Nelson und Jephson – hinter ihren Leuten herlaufen und ihnen befehlen, sie sollten sich wieder in die Schlange einreihen. In der kühlen, nebligen Luft klangen die verärgerten Rufe ziemlich laut. Schließlich war auch der letzte Händler gegangen.

Kurz darauf blies der Signalbläser zum Abmarsch, es war ein scharfer, schmetternder Trompetenstoß mit zwei Klängen, den er ein-, zwei-, dreimal wiederholte. Troup kam den Zug entlanggeschlendert und gesellte sich wieder zu seiner Kompanie. Inzwischen war es schon 6 Uhr 15.

An der Spitze war Stanley. Er saß auf einem großen schwarzen Maultier. Er hatte einen Patronengurt über die blaue Militärjacke geschlungen, den Revolver im Halfter an den Gürtel geschnallt und den weißen Tropenhelm zum Schutz vor der bereits hinter den Bergen hervorkommenden Sonne tief ins Gesicht gezogen. Baruti, angetan mit einem langen, weißen Hemd, blickte freudig gespannt zurück. Er ging neben Stanley und hielt die Zügel des Maultiers. Hinter ihm dann der Standartenträger, der Signalbläser, der Trommler, die Gruppe der Houssa- und Bakongo-Scouts, sie waren nackt bis auf einen Lendenschurz, die Speere hielten sie in der Hand. Dahinter folgte Stabsarzt Parke, auch er im Sattel seines Maultiers. Er führte die Leibwache handverlesener, sudanesischer Scharfschützen an, sie trugen hellfarbige *kangas* und Burnusse mit Kapuze. Danach kam die restliche Hauptquartierskompanie. Männer in arabischen Hosen mit Ballen und Kisten auf den Köpfen, Frauen in fließenden, dunklen Gewändern mit Töpfen und Kürbisflaschen und Körben und zusammengeschnürten Hühnern und kleinen Jungen, die die Packesel führten und die Ziegen hüteten. Endlich begab man sich auf die ausgebaute Straße nach Matadi und kletterte mit schweren Schritten bergan.

Die nächste Abteilung bildete die Vorhut mit den sudanesischen Askaris. An ihrer Spitze Major Barttelot, auch er schon im Sattel eines mächtigen, falben Maultieres. Doch er wartete, bis der letzte Mann der Hauptquartierskompanie hinter der ersten Anhöhe verschwunden war, wodurch er einen ganz ordentlichen Abstand zwischen seine Kompanie und die Stanleys brachte. Erst dann stellte er sich in die Steigbügel und blickte nach hinten, er gab das Kavalleriesignal und riß den rechten Arm wie einen Pumpenschwengel zweimal hoch und runter. Dann ließ er sich wieder im Sattel nieder und gab seinem Tier die Sporen. Sergeant Bonny lief hinterdrein, er war ganz rot im Mopsgesicht, seine Schläfenadern traten hervor, als er die Befehle brüllte. In Zweierreihe setzten sich die Askaris unter dem Geklingel der Waffen und Ausrüstung in Bewegung. Das hatte schon entfernte Ähnlichkeit mit der zakkigen Art, die man von den Truppen des britischen Empires kannte.

Jephson warf einen letzten Blick auf seine Abteilung. Sie waren als nächste an der Reihe. Die zwölf zerlegbaren Teile des Stahlbootes (im stillen nannte er es bereits *Lady Dorothy*) sahen wie Badewannen mit offenen Enden aus, sie lagen in einer Reihe mit der Unterseite auf dem Boden. Je vier Wanjamwesi standen neben jedem Teil. Die Männer waren soweit, ihren Teil an den Holzstangen, die man durch die am Schanzkleid befestigten Eisenringe geschoben hatte, auf die Schultern zu hieven. Außerdem schleppte jeder dieser Träger, von denen viele später als Ruderer dienen sollten, noch vier Tagesrationen Reis, die eigenen Sachen mitsamt Bettzeug sowie irgendeine Waffe auf dem Rücken, sei es eine *panga*, einen altertümlichen Vorderlader oder einen Speer. Hinter den Trägern warteten in Doppelreihe zwölf weitere *pagazis*. Neben der Montur, der Essensration und der Waffe trug jeder eine sechzig Pfund schwere Last, bestehend aus Tausch-*mitako*, Munition, Feldausrüstung oder diversen Vorräten. Auch diese Lasten lagen noch am Boden. Dahinter standen drei Frauen und ein Junge. Sie waren die Köchinnen und der Diener und hatten an ihren Arbeitsutensilien ziemlich schwer zu schleppen. Dann kamen die zwei Eselstreiber, sie waren für die drei zusammengebundenen Packesel verantwortlich, denen man Mehl- und Salzsäcke, Wasserflaschen sowie anderen Proviant aufgebürdet hatte. Außerdem hatten sie in ihrer Abteilung noch einen Reitesel, ein krausköpfiges Vieh mit großen, wässerigen Augen, den sollte Jephson bekommen. Da ihm das Tier aber ganz und gar nicht gefiel – es war eine störrische, übellaunige Kreatur –, hatte er es einem der Eselstreiber in die Obhut gegeben, dem kleinen Juma.

Vielleicht konnte er später mal sein Glück mit dem Tier versuchen. Aber die Vorstellung, gleich zu Beginn unangenehm aufzufallen, weil der Esel ihn abwarf oder er ihn nicht dazu bringen konnte, sich in Bewegung zu setzen, behagte Jephson gar nicht. Also hatte er sich entschlossen, zu Fuß loszumarschieren. Sudi hatte ihm zu diesem Zweck schon einen kräftigen Spazierstock aus Eisenholz geschnitzt.

»*Twende zetu sasa*, Bwana?« fragte der junge Wanjamwesi, als Jephson wieder oben an seiner Abteilung eintraf.

Jephson sah die Straße hinauf. Das von einem Maultier gezogene automatische Maxim-Geschütz, das den Schluß von Barttelots Kompanie bildete, war eben oben an der nächsten Anhöhe angekommen. Er drehte sich um und blickte zum Uferstreifen hinunter. Als nächste Kompanie folgte Uledis Kolonne. Troup war die Reihe hinaufmarschiert und unterhielt sich noch mit dem weißbärtigen Stammesäuptling. Doch jetzt gab er ihm mit breitem, beruhigendem Lächeln zu verstehen, daß er ihm »viel Glück« wünschte. Jephson warf wieder einen Blick zur Gebirgsstraße. Die Maxim hatte die höchste Stelle erreicht, man sah nur noch eine Staubwolke.

»*Haya*, Sudi. *Twende zetu sasa.*«

»*Vyema*«, rief Sudi, ohne sich noch einmal umzublicken. »*Anza.*«

Lasten wurden auf Köpfe geschwungen, Bootsteile wie Sänften an ihren Stangen hochgehoben, den Maultieren verabreichte man Hackenschläge in die Flanken, die Kompanie marschierte aus Matadi ab. Jephson überließ Sudi die Führung und sah zu, wie die Leute an ihm vorbeimarschierten. Er stützte sich auf den Stock und hakte den Daumen in den Patronengürtel. Dann nahm er seinen Tropenhelm ab, strich die Haare glatt, setzte sich den Helm wieder auf, rückte ihn so zurecht, daß er ihm weit ins Gesicht ragte, und sprach noch ein kurzes Gebet. Dann schloß er sich dem Schluß des Zuges an. Von dort konnte man alle gut im Auge behalten und die Nachzügler oder Simulanten wieder auf Trab bringen.

Die Straße schwenkte vom Fluß ab, es ging eher in östliche als nordöstliche Richtung. Erst als man die erste Steigung erreicht hatte, öffnete sich die Landschaft zu steil ansteigenden und dann wieder jäh abfallenden Hügeln. Sie türmten sich förmlich übereinander, der folgende Berg war jedesmal höher als der vorherige. Gelbes, schulterhohes Elefantengras bewuchs die Hügel, hier und da sah man kleine Akazienhaine, gelegentlich auch einen alleinstehenden Affenbrotbaum, überall traten scharfzackige Granit-, Quarz- und Kalksteinfelsen aus dem Boden. Je weiter man bergauf stieg, desto mehr entfernte sich der Kongo nach links, immer tiefer lag er in der Ebene, bis man den Strom schließlich nur noch an seinem dichteren, intensiv grünen Uferbewuchs erkennen konnte.

Es wurde schnell warm. Am Vormittag hatte die Sonne die Kühle weggebrannt, der Dunst verdichtete sich zu einem dicken undurchdringlichen Nebel, der Himmel begann sich im Glast weiß zu färben. Scharenweise stiegen Webervögel aus dem Geäst der Akazien, aus dem Elefantengras stiegen Schwärme von Schmetterlingen auf, hier und da sah man die burgähnlichen Bauten der Wanderameisen, aber kein Wild ließ sich blicken. Zumindest dieser Abschnitt der Straße erwies sich als herbe Enttäuschung – wenn man bedachte, daß sie das Werk der Straßenabteilung des Freistaats war. Sie war recht breit und durch die Berge geschlagen worden, um den Auf- und Abstieg zu erleichtern, sicher, aber sie war ungepflastert und nicht begradigt. Überall lagen Steine und scharfkantige Felsbrocken herum. Für die Barfüßigen bedeutete das die reinste Tortur, selbst für den, der Stiefel trug, war es unangenehm. Oft brachten die Brocken die Maultiere und Esel ins Straucheln, dann wurde ein kleiner Erdrutsch ausgelöst und viel rötlicher Staub aufgewirbelt.

Andererseits fand Jephson das Marschtempo, wenigstens bislang, nicht so anstregend, wie er erwartet hatte. Für den jungen Mann, der bloß seine Pistole, Munition, Wasserflasche und Gehstock schleppte, war das Ganze, wie Troup prophezeit hatte, kaum mehr als ein flotter Fußmarsch in der heißen Sonne. Doch auch die Wanjamwesi konnten da trotz ihrer Lasten ohne große Schwierigkeiten mithalten. Der Schweiß lief in Strömen, hin und wieder geriet einer ins Stolpern und beim Abstieg stürzte auch manchmal einer. Ab und zu hörte man auch Schmerzensschreie oder einen Fluch, weil etwas im Weg lag und die Last heruntergefallen war, und beim Aufstieg wurde auch viel gekeucht und gestöhnt. Aber sie zogen weiter. Sie hielten das Tempo mit, plauderten ohne Unterbrechung, scherzten und gaben ihren Kommentar zur Landschaft ab, und immer wirkte ihr Gang geschmeidig und würdevoll. Da stimmte Sudi ein Lied an – »Seid ihr alle da, Wanjamwesi?« sang er, und sie antworteteten: »Hier sind wir.« »Wie groß ist die Safari, meine Brüder?« »Groß ist die Safari!« Allmählich wich die Anspannung von Jephson, so daß er großes Vergnügen an alldem fand. Deshalb setzte er sich bald an die Spitze der Kolone und lief neben Sudui weiter.

Um drei Uhr nachmittags kam das Ziel des Tagesmarsches in Sicht, der Mpozo-Fluß. Auf seinem Weg zum Zusammenfluß mit dem Kongo floß er von Süden nach Norden durch ein schmales Tal. Die Vegetation an seinen Ufern markierte die Windungen des Flußlaufs, der sich durch die wellige Hügellandschaft zog. Eine Brücke aus Bambusstöckern und Kletterplanzen überspannte den Fluß. Jephson hatte gerade einen steilen Grat erklommen, da sah er weit unten im Tal den Fluß. Die Kompanie Stanleys hatte die Brücke schon überquert; Barttelots Kompanie machte sich daran, das gleiche zu tun. Es dauerte indes noch eine Stunde, bis auch er mit seinen Leuten unten am Fluß eintraf, da man sehr langsam bergab gehen mußte. Inzwischen hatten Stanleys und Barttelots Leute schon die Lasten abgeworfen und ruhten sich auf den Feldern in der Umgebung und unter den Bäumen am Ufer aus.

Die restliche Karawane traf im Laufe der folgenden beiden Stunden am Mzopo ein. Die meisten gingen auch erst über die Brücke, bevor sie wegtraten und das Lager aufschlugen. Die Nachzügler – einige von Hoffmans Leuten und alle von Nelsons Nachhut – blieben jedoch auf der anderen Flußseite. Kochfeuer wurden in Gang gebracht, Offizierszelte aufgebaut und Unterkünfte für die Sudanesen und die Wanjamwesi errichtet. Von den Lasten jeder Kompanie wurde der Bestand aufgenommen, um festzustellen, ob irgend etwas verloren, beschädigt oder gestohlen worden war, dann wurden Wachen aufgestellt. Kundschaftergruppen schwärmten aus, um die Gegend zu erkunden oder um auf die Jagd zu gehen. Die Frauen begaben sich in die Dörfer in der Umgebung, um Draht oder Stoffe oder Perlen gegen Geflügel, Ziegen, frisches Obst und Gemüse einzutauschen. Während die Sonne hinter den Bergen versank und in dem engen Tal ihre Schatten warf, kamen die Offiziere in Zweier- oder Dreiergruppen zusammen und tauschten den Klatsch und die Erlebnisse des ersten Tagesmarsches aus. Parke kam auf seinem Esel die Reihe entlanggeritten und wollte wissen, ob man in irgendeiner Kompanie seiner ärztlichen Dienste bedürfe. Jephson ging mit ihm bis zu Troups Lager zurück. Nachdem er ihn dort verlassen hatte, damit Parke den *pagazi* mit dem gebrochenen Knöchel behandeln konnte, ging er zusammen mit Troup zu Stanley, um Bericht zu erstatten.

Am rechten Ufer des Mpozo, ungefähr eine halbe Meile flußaufwärts von der Straße gelegen, hatte man das Stabszelt in einem Hain von Ekalyptusbäumen und Palmen aufgeschlagen. Stanley war mit Baruti Schwimmen gegangen. Jetzt saß er, gewaschen, rasiert und umgezogen, in Hemd und Hosenträgern, in einem segeltuchbespannten Klappstuhl vor seinem Zelt und rauchte eine Zigarre, der kleine Mohr saß vor ihm. Barttelot hatte sich zu ihnen gesetzt. Auch er hatte die Gelegenheit genutzt, sich zu waschen und umzuziehen. Er hatte eine auseinandergefaltete Karte auf den Knien und besprach mit Stanley den morgigen Tagesmarsch, als Troup und Jephson dazukamen. Beide waren noch ganz verschwitzt und verdreckt vom Marsch auf der Straße.

»Mein lieber Mann, wie seht ihr denn aus«, meinte Stanley grinsend und sichtlich guter Laune. »Ich nehme an, ihr hättet gegen einen Tropfen von dem hier nichts einzuwenden.« Er holte seine Reiseflasche mit Brandy hervor und gab sie Troup. »*Viti!*« rief er nach hinten. Eine der Wanjamwesi-Frauen holte noch zwei Klappstühle aus dem Zelt. »Setzt euch, Freunde. Macht's euch bequem. Ihr habt es euch verdient, ihr habt gute Arbeit geleistet, wir alle haben es. Und morgen legen wir noch einen drauf. Wie ich Major Barttelot gerade sagte, eigentlich müßten wir morgen schon die Mission bei 'Palla erreichen. Was meinst du, Jack?«

»Doch, sicher«, er nahm einen großen Schluck aus der Brandy-Flasche, »da hört die Straße dann auf, oder?«

»Ja.«

»Am besten, wir nutzten sie, solange wir können.« Er trank noch einen Schluck und reichte den Flachmann an Jephson weiter. »Die Mission liegt ja sowieso bloß vier, fünf Meilen hinter Kulu«, fügte der rothaarige Troup an, während er anfing, sich eine Zigarette zu drehen.

Jephson nahm erst Platz und genehmigte sich dann auch einen

ordentlichen Schluck. Herrlich, es war der reinste Luxus, auf einem Stuhl zu sitzen und zu spüren, wie sich der Brandy schlagartig in der Brust ausbreitete und einem die Sonne nicht mehr in die Augen schien. Er streckte die Beine aus und machte ein Hohlkreuz. Der Alkohol strömte in seine verspannten Muskeln, die müden Knochen und den Kopf, der den ganzen Tag der Sonne ausgesetzt gewesen war. Eine Wohltat war das.

»He, Junge, horten Sie das Zeug nicht!«

»Oh, Verzeihung, Sir.« Jephson reichte die Flasche zurück.

Sie wurde noch einmal herumgereicht. Stanley, Troup und Barttelot begannen über den Weg zu sprechen, auf dem man am folgenden Tag weiterlaufen wollte. Jephson hörte zu und sah zum Himmel hinauf. Die rotglühenden Farben des Sonnenuntergangs verblaßten, über den Bergen sammelten sich schon Gewitterwolken. Eigentlich hätte er wieder zu seiner Kompanie zurückmüssen, bevor der Regen einsetzte, und nachsehen müssen, ob das Lager aufgeschlagen, die Rationen ausgeteilt, das Essen gekocht und sein Zelt aufgestellt worden war. Aber als man ihm dann wieder die Reiseflasche hinhielt, nahm er noch einen kräftigen Schluck, rührte sich nicht vom Fleck und streckte sich bequem im Stuhl aus. Jephson fühlte sich prima, weil ihm Muskeln wehtaten, von deren Existenz er nicht einmal etwas geahnt hatte, weil er hier in einem Lager in den afrikanischen Bergen saß, zusammen mit Soldaten und Entdeckungsreisenden, weil er sich das Recht erworben hatte, mit ihnen zusammenzusitzen, weil er einfach das Ganze durchgestanden hatte.

Der nächste Tagesmarsch wurde dann allerdings eine ziemlich anstrengende Angelegenheit, man ging schneller, die Ruhepausen wurden kürzer, die Anzahl der Stunden auf dem Weg mithin länger, die Straße selbst unebener, da sie steiler in die Berge führte. Doch am Ende hatten sich die Strapazen gelohnt. Sie erreichten noch vor Einbruch der Dunkelheit die Livingstone Inland-Mission in Mpallaballa. Ein schöner Ort, mit vielen Backsteingebäuden, in einem hübschen Wäldchen auf einem Hügel gelegen, die Luft dort war spürbar weniger feucht, und man hatte einen grandiosen Ausblick auf die tosenden Katarakte des Kongo. Der Missionar, Mr. Clarke aus der Grafschaft Devon, war hellauf begeistert, daß Mr. Stanleys berühmte Expedition ihr Lager auf seinem Grund und

Boden aufschlug, brachte ihn und seine Offiziere im Pfarrhaus unter, tischte ihnen ein üppiges Mahl auf, und hinterher lud er sie noch zu einem Choralsingen der Kinder in seiner Missionsschule ein.

Am folgenden Morgen regnete es. Deswegen verzögerte sich der Abmarsch um mehrere Stunden. Und am Nachmittag fing es regelrecht an zu gießen. Plötzlich zog eine Wolkenfront von Norden nach Süden, die *pagazis* schlugen sich schutzsuchend in die Büsche. Danach goß es beinah jeden Morgen, wenigstens einmal am Tag und meistens noch einmal in der Nacht. Inzwischen war es Anfang April geworden, die Zeit, in der in dieser Gegend Afrikas der große Regen einsetzt.

Zuerst hatte man nichts dagegen, wenn die Regenfälle die Karawane aufhielten. Als es aber mit der Zeit immer häufiger und anhaltender regnete – bis zum Mai wurde der Regen immer ärger –, und die dadurch verursachten Verzögerungen Stanleys Zeitplan, den Pool in drei Wochen zu erreichen, zu ruinieren drohten, wurde die Parole ausgegeben, die Karawane selbst bei ekelhaftestem Wetter in Gang zu halten. Das war leichter gesagt als getan. Und alles wurde noch dadurch erschwert, daß die Straße des Freistaates in Mpallaballa endete und der Weg, auf dem man jetzt ging, aus schmalen Ziehwegen und Wildwechseln bestand. Sie führten offenbar ganz willkürlich die felsigen, grasüberwachsenen Hügel hinauf und wieder bergab, durch kleine Dörfer mit ihren Marktplätzen und durch Jagdgebiete. Bei klarem Wetter konnte man diesen Wegen und Pfaden ohne Mühe folgen. Doch wenn es derart goß, daß man nicht mehr die Hand vor Augen sah, daß aus Tag Nacht wurde, Blitz und Donner um sie herum krachten, als wären es Artilleriefeuer, die Packtiere ausschlugen, die Männer immer wieder ausglitten und in den Schlamm fielen, konnte man sich leicht verlaufen. Außerdem verwandelte sich dann der Boden in den reinsten Sumpf, Blutegel tauchten aus dem Morast auf, und wahre Sturzbäche schossen die Hügel hinab und zerstörten die Pfade vollends.

Ein Unwetter hatte die Brücke über den Lunionzo-Fluß niedergerissen, man schickte einen Boten zurück, um die *Lady Dorothy* zu holen, damit man übersetzen konnte. Zum Glück regnete es im Augenblick gerade einmal nicht, deshalb konnte Jephson mit seiner Kompanie recht flott entlang der Kolonne hochlaufen. Als er aber am Flußufer eintraf, wo die Hauptquartierskompanie und Barttelots Askaris schon warteten, stellte er fest, daß das Stahlboot doch nicht erforderlich war: Man konnte den Fluß auch durchwaten. An dieser Stelle war er rund dreißig Yards breit und beschrieb eine scharfe Kehre durch ein tropfnasses Mangrovengehölz. Kurz nachdem Stanley nach dem Boot geschickt hatte, war am anderen Ufer eine Handelskarawane eingetroffen. Der Leiter, ein französischer Handelsagent, der im Dienst des Freistaates stand, hatte Stanley mit gewölbten Händen schon zugerufen, daß es hier eine Furt gab, und gleich die eigene Karawane herübergeschickt, um die genaue Lage zu zeigen. Als Jephson dann ankam, waren die *pagazis* des Franzosen gerade beim Übersetzen. Hundert Kabinda- und Houssaneger balancierten Elfenbeinstoßzähne und Körbe mit Rohgummi auf den Köpfen und wateten vorsichtig durch den angeschwollenen, schnell fließenden, stellenweise brusthohen Fluß. Der Franzose selber hatte sich bereits in einer Sänfte herübertragen lassen und plauderte am diesseitigen Ufer mit Stanley, Barttelot und Parke.

Er kam aus Port Francqui am Kasai, einen Nebenfluß des Kongo. Das Elfenbein und der Kautschuk waren aus der Gegend. Er hatte beides an Bord eines der Dampfschiffe des Freistaats, der *Royal*, bis zur Station von Leopoldville am Pool heruntergebracht, wo er seine derzeitige Karawane für den Marsch um die Livingstone-Fälle herum zusammengestellt hatte. Er war schon drei Monate unterwegs. Vor sieben Wochen war er aus Leopoldville aufgebrochen. Er sah auch danach aus. Die schwarze Baskenmütze, in die er sich eine Fischadlerfeder gesteckt hatte, der dunkle Vollbart, die zerschlissene Lederjacke, die Hände, in denen er sein langes Gewehr hielt, ja sogar der Messingring an seinem linken Ohr starrten vor Dreck. Und er stank. Ab und zu blickte er über die Schulter und kontrollierte, wie seine *pagazis* durch den Fluß kamen und rief ihnen auf französisch irgendeinen obszönen Fluch zu.

»Und wo ist die *Royal* im Augenblick?« erkundigte sich Stanley, »liegt das Schiff immer noch am Pool?«

»Nicht mehr. Das Schiff hat umgedreht und ist nach mir flußaufwärts gefahren.«

»Und wann soll es wieder zurück sein?«

Der Franzose zuckte die Achseln. »Ich glaube, es dauert noch eine Weile, Bula Matari. Sie fahren nach Bolobo und dann zur Äquator-Station. Wie ich höre, wartet viel Gummi in der Äquator-Station.«

»Welche Dampfer liegen derzeit am Pool?«

»Pardon?« Der Franzose blickte erneut auf den Fluß. Die letzten seiner *pagazis* waren wohlbehalten angekommen.

»Ich habe Sie gefragt, wieviele Dampfer am Pool waren, als Sie dort losgefahren sind, Monsieur?«

»Wieviele? Außer dem Dampfer der Mission, der *Peace*?«

»Richtig, außer dem Missions-Schiff.«

»Nicht viele. Lassen Sie mich überlegen. Die *Florida*, die war da. Aber sie ist in keinem guten Zustand. Ich habe keine Ahnung, was mit ihr nicht in Ordnung ist, irgend etwas mit der Schraube. Jedenfalls lag sie am Strand, als ich da war. Und... ja, auch noch die *En Avant*. Die war auch da, aber die ist kein richtiger Dampfer mehr, verstehen Sie. Sie hat keinen Motor mehr, man setzt sie nur noch als Schleppkahn ein.«

»Was ist denn mit der Maschine?«

»Die hat man letztes Jahr in die *AIA* eingebaut.«

»Und wo liegt die *AIA* jetzt – am Pool?«

»Nein, die fuhr auf dem Kasai, sie ist das Schiff auf dem Kasai.«

»Und was ist mit der *Stanley*?«

»Ach ja, die *Stanley*? Bula Matari, die war noch nicht da, wurde aber erwartet. Sie fährt den Ubangi runter, die könnte inzwischen schon dort eingetroffen sein.«

»Und?«

»Und was?«

»Welche Schiffe liegen sonst am Pool?«

»Welche anderen? Keine anderen, Bula Matari, nein, keine anderen mehr. Die *Florida*, die *En Avant*, und vielleicht jetzt die *Stanley* – mehr nicht.«

»Aha.« Stanley blickte um sich. Die *pagazis* des Franzosen hatten die Elfenbeinzähne und die Körbe voller Rohgummi abgelegt und sich unter die Sudanesen und Wanjamwesi gemischt. »Gut, na ja, dann haben Sie besten Dank, Monsieur. Ich möchte Sie nicht länger aufhalten – Sie wollen bestimmt gleich weiterziehen. Und wie es aussieht, sollte ich meine Jungs auch mal durch die Furt schicken.«

»*Bien sur*. Sie haben noch einen langen Weg vor sich – Sie wissen ja, wo die Furt ist, *n'cest ce pas?* Sie werden keine Schwierigkeiten haben damit?«

»Nein, ich kann alles gut erkennen, ich werde keine Probleme damit haben, was ich Ihnen zu verdanken habe.«

»*Bon*. Dann gehen Sie mit Gott, Bula Matari.«

»Danke, Sie auch, Monsieur.« Er schüttelte dem Franzosen die Hand.

»*Bon chance, messieurs*.« Der Franzose schüttelte erst Barttelot, dann Parke und schließlich Jephson die Hand. Dann ging er mit langen Schritten davon und schrie schon wieder seine *pagazis* an.

»Stabsarzt Parke – kommen Sie, die Hauptquartierskompanie soll sich formieren, sie geht als erste rüber.«

Parke gab ihm keine Antwort, sondern sah erst Barttelot an.

»Mr. Stanley...«, begann der.

»Und Sie, Major können schon mal dafür sorgen, daß sich Ihre Askaris bereitmachen, die sind nämlich in einer halben Stunde an der Reihe.«

»Mr. Stanley – was der Franzose da gesagt hat –, also, wenn ich nicht irre, dann haben Sie doch wohl mit anderen Neuigkeiten gerechnet.«

»Von welchen Neuigkeiten sprechen Sie, Major?«

»Ich spreche von denen, die im Zusammenhang mit den Dampfern stehen, Sir. Über die uns eben der Franzose informiert hat, daß nur drei Dampfer am Pool liegen, und zwei davon außer Betrieb sind. Sie hatten doch mit fünf Dampfern gerechnet, Sir, von denen alle fahrbereit sein sollten.«

»Die Informationen sind sieben Wochen alt, Major. Seit der Franzose vom Pool abgefahren ist, ist eine ganze Menge passiert. Das werden Sie schon merken, wenn wir am Pool eingetroffen sind. Also, auf geht's – zum Pool, bringen Sie Ihre Leute auf Trab. Stabsarzt Parke, bringen Sie die Hauptquartierskompanie in Schwung.«

Ab jetzt marschierten sie noch schneller. Mit jedem neuen Tag setzte Stanley ein entfernteres Ziel fest. Mit jedem neuen Tag trieb er sie härter, weiter und länger an. Mit jedem neuen Tag wurde der Druck, durchzuhalten und weiterzumarschieren, zu einer größeren Qual. Es häuften sich die Unfälle, immer öfter verletzte sich einer der Leute. Lasten wurden fallengelassen und gingen zu Bruch, wurden einfach abgeworfen und gingen unwiederbringlich verloren. Ein Esel brach sich beim Abstieg in eine Steilschlucht die Vorderbeine und mußte erschossen werden. Bei der Durchquerung des Inkissi riß die Strömung einen Küchenjungen fort. Der Vater, ein Stammesführer, kam beim Rettungsversuch ebenfalls um Leben. Auf dem Nklama kenterte das Stahlboot. Alle Mann überlebten den Unfall, aber eine Munitionskiste ging verloren. Eine Wanjamwesi-Frau erlitt einen Malariaanfall, die ganze Nacht hindurch hörte man ihre Schreie, und am Morgen war sie gestorben. Einen Askari ließ man in einem Dorf zurück, weil er so stark eiternde Fußgeschwüre hatte, daß er einfach nicht mehr weiter konnte. Eine Gruppe Bakongo-Träger desertierte und kehrte nach Matadi zurück. Es wurde immer mehr gebummelt und krank gespielt. Die Karawane zog sich in die Länge und geriet in Unordnung. Sie schlängelte sich auf einer Länge von fünf, acht, zehn Meilen über die Berge. Dabei verlor man untereinander oft jede Verbindung. Und am Ende eines Tages kam die Karawane nie wieder ganz zusammen, bei Tagesanbruch bezog man nie wieder richtig Aufstellung. Und es goß.

Es regnete immer noch. Um drei Uhr nachmittags war ein heftiges Gewitter heruntergekommen, mit böigen Winden und mit Blitzen, die in die Bäume einschlugen. Aber wenn dann das Schlimmste vorüber war, klarte es dennoch nicht auf. Immer noch hing die undurchdringliche Wolken- und Nebelschicht tief über den Hügeln. Ein steter Nieselregen hatte eingesetzt und wollte nicht wieder aufhören. Jephson ritt auf dem Esel an der Spitze seiner Kompanie und steigerte das Tempo. Der Segeltuchponcho, den er sich übergezogen hatte, reichte bis zu den Knien. Den Nackenschutz am Tropenhelm hatte er heruntergelassen und sich in den Kragen gesteckt, aber trotzdem war er naß bis auf die Haut. Den Kopf hielt er gesenkt, achtete genau auf den völlig durchweichten Pfad unter den Hufen des Esels und hielt Ausschau nach einem Hindernis auf dem Weg, einen Blutegel oder einem Stein, einer Schlange oder einen Baumstumpf, vor dem das Tier scheuen und straucheln konnte. Diese blöden Tiere standen zwar im Ruf, höchst trittsicher zu sein, aber sie gerieten doch immer wieder ins Stolpern. Heute war er schon zweimal im Dreck gelandet, was ihm in dieser dicken Suppe durchaus ein drittes Mal passieren konnte. Verdammt! Und überhaupt – wieso sollte er den Blick nach vorne richten? Man konnte ja sowieso keine fünfzig Yards weit sehen. Von der übrigen Karawane sah man auch nichts mehr. Nicht einmal seine eigene Truppe hatte er noch im Blick. Die Leute trotteten irgendwo hinter ihm, verschwanden förmlich in Nebel und Regen und der hereinbrechenden Dunkelheit, kämpften sich murrend den endlos ansteigenden Pfad hinauf.

Sudi lief vom Schluß der Abteilung zu ihm herauf, wie eine Geistererscheinung tauchte er aus dem Nebel auf; seine Dschellaba mit der Kapuze war klatschnaß, voller Dreckspritzer, und klebte ihm am Körper wie ein Leichentuch. Den Esel hielt er am Zügel, so als wollte er das Tier führen, aber in Wirklichkeit machte er das nur, um sich anzulehnen und sich von dem Tier weiterziehen zu lassen, um sich auf diese Weise eine kleine Verschnaufpause zu gönnen. Aber irgendwie mochte das Tier das nicht, es drehte den Kopf und schnappte nach Sudis Arm. Deshalb ließ der junge Wanjamwesi den Zügel lieber wieder los. Er fiel ein, zwei Schritte zurück, legte dem Esel die Hand auf den Widerrist und ging neben Jephson weiter; so konnte er doch etwas verschnaufen. Er sagte kein Wort, aber Jephson ahnte schon, was ihn beschäftigte. Ihm ging dasselbe durch den Kopf: Wann würde der Marsch endlich aufhören? Es war schon fast sechs Uhr. In knapp zwei Stunden würde es Nacht werden und der Bote von Stanley, der immer allen sagte, wann Schluß war für den Tag, hatte sich immer noch nicht blicken lassen. Möglicherweise hatte Stanley aber doch schon seinen Melder zurückgeschickt, nur eben Jephsons Abteilung in diesem dicken Nebel nicht entdecken können.

Eigentlich wußte er nicht mal genau, ob er überhaupt noch auf demselben Pfad war wie die Hauptquartierskompanie. Es war durchaus möglich, daß er am Nachmittag, bei dem Unwetter, einen südlicheren Weg eingeschlagen hatte, so daß der Melder inzwischen den anderen Pfad heruntergelaufen war und sie verfehlt hatte. Eine Stunde wollte er noch abwarten, dann aber selbst einen Melder hinaufschicken, um herauszukriegen, was da vorne eigentlich los war. Daß Stanley unbedingt auch noch nach Einbruch der Nacht weiterziehen wollte, konnte er sich nicht vorstellen. Er warf Sudi einen Blick zu, aber es war klüger, den jungen Wanjamwesi mit seinen Problemen zu verschonen. Der sah entsetzlich aus, wahrscheinlich aber auch nicht viel schlimmer als er selber. Schon seit fast einer Woche hatte er sich weder rasiert noch gebadet noch sich umgezogen. Er hatte weder eine warme Mahlzeit gehabt noch im Trocknen geschlafen.

»Bald werden *kijiji* kommen, Sah«, sagte Sudi und zeigte mit dem Gewehr nach vorn.

Jephson konnte nichts sehen. Ab und zu riß die Wand aus Regen und Nebelschwaden zwar auf und gab den Blick frei auf einen gespenstischen Umriß, der sich dann als Baum herausstellte oder als ein schwarzer Felsaustritt. Aber keine Spur von einem Dorf.

»Das ist Nselo.« Sudi hatte keine Karte dabei, aber es hatte noch nie Anlaß bestanden, seine Auskünfte in Zweifel zu ziehen. Sudi wußte immer genau, wo sie waren. Er bekam seine Informationen in den Dörfern und auf Marktplätzen, wo die Karawane Handel trieb, und bei klarem Wetter schickte er seine Scouts meilenweit die Wege hinauf. Wenn er also behauptete, dort vor ihnen liege Nselo, dann war es auch so. »Werden wir dort heute abend das Lager aufschlagen, Sah?«

Das konnte er ihm allerdings nicht beantworten.

»Bei mir sind zwei verletzte kleine Jungen, Sah, und eine Frau hat Schmerzen im Magen. Es fällt ihnen schwer, weiterzulaufen. Die müssen Rast machen, ich muß Rast machen, Sie müssen Rast machen. Wir alle müssen rasten, Sah. In *kijiji* können wir gut rasten.«

Ihm fiel immer noch keine Antwort ein. Er hatte keine Ahnung, was er ihm antworten sollte. Die Aussicht, in einem Dorf zu übernachten, war ziemlich unwiderstehlich. Dort konnte man trockenes Brennholz bekommen, sich etwas Warmes zum Abend kochen und ein heißes Bad nehmen. Außerdem bot es einen ordentlichen Schutz vor dem Gewitter, das in der Nacht garantiert wieder herunterkam. Aber was geschah, wenn Stanley noch eine Stunde weitergehen wollte? Er würde sich wahnsinnig aufregen, wenn er sich eigenmächtig entschloß, den Marsch dort zu beenden. Andererseits – wie sollte er das herausfinden? Die Chance, daß ihre Kompanie noch heute zur Spitze der Kolonne aufschließen würde, waren gleich null.

Jephson stellte sich in die Steigbügel und blickte zurück. Was man überhaupt von der langgestreckten Kompanie sah, bot ein Bild des Jammers, die Männer gingen gebeugt unter den Lasten, schleppten sich durch die Düsternis und den Nieselregen, schlurften durch den elenden Morast. Vermutlich hatte Sudi recht, man sollte in dem Dorf aufhören für heute. Sie alle mußten sich ausruhen. Er setzte sich wieder in den Sattel, warf einen Blick nach vorn und ritt weiter, ohne etwas zu sagen. Hoffentlich tauchte Stanleys Melder bald auf und nahm ihm die Entscheidung ab. Sudi trottete noch eine Weile neben ihm, aber dann trat er einen Schritt vom Esel zurück und ließ sich langsam wieder ans Ende zurückfallen. Er hatte sein Schweigen wohl als Entschluß interpretiert.

Im gleichen Augenblick sah Jephson kegelförmige Reetdächer, das Dorf, die Dächer ragten aus einem Nebelschleier heraus, der nicht ganz so undurchdringlich war.

»*Hapa*«, Sudi», rief er, ohne sich umzudrehen. »Komm, wir wollen uns mit den Leuten in Nselo unterhalten. Vielleicht können sie uns ja irgendwo im Dorf unterbringen.«

»Da ist niemand, Sah.« Sudi kam herangetrottet, ging wieder neben dem Esel und grinste verlegen.

»*Kijiji tupu*, Bwana.«

»*Tupu?* Leer?«

»*Ndio*. Alle Leute weggegangen. Marktfrau sagte mir das heute vormittag. Wir dürfen *kijiji* als Lager heute nacht benutzen. Da ist niemand, der uns abhält.«

»Warum ist es leer? Was ist denn geschehen?«

»Es gab Schwierigkeiten in *kijiji*, sagte mir die Marktfrau – Soldaten der Force Publique haben gemacht, daß alle Leute fortgehen.«

»Was für Schwierigkeiten?«

Sudi zuckte mit den Schultern. »*Sijui*, Bwana. Ich weiß es nicht, Schwierigkeiten eben, vielleicht wegen Kautschuk. Marktfrau hat es mir nicht verraten. Vielleicht haben Menschen in *kijiji* nicht genug Kautschuk gebracht, solche Schwierigkeiten. Solche Schwierigkeiten kommen immer mal wieder vor. Force Publique jedenfalls kommen und alle Leute für Bestrafung mitgenommen.«

»Und wann war das?«

»Ach, vor vielen Wochen, Sah«, antwortete ihm Sudi. Er packte den Esel wieder am Zügel, diesmal aber nicht, weil er sich ausruhen wollte, sondern um ihn im Zaum zu halten. »Leute kommen vielleicht nicht mehr wieder, sagt Marktfrau deshalb ist *kijiji* seitdem leer. Es ist guter Lagerplatz für uns, Sah.«

Jephson lockerte die Zügel, es war besser, wenn Sudi den Esel am Zügel ins Dorf führte. Der Ort war ziemlich groß, wie die meisten Dörfer in der Gegend lag es auf einem mit Bäumen bestandenen, kleinen Hügel und war umgeben von einem kräftigen Bambus-Schutzzaun. Der Regen ließ das Tor hin und her schwingen. Dahinter sah man einen breiten, zwischen zwei Reihen runder Lehmhütten hinabführenden Weg. Jede Hütte hatte ein hübsches, hoch aufragendes, kegelförmiges Reetdach. Und der Weg führte bis zum Gehöft des Stammeshäuptlings, da am anderen Ende lag. Es mochten so an die dreißig Hütten sein, sie standen schön aufgereiht links und rechts von Weg. Vier weitere bildeten das Gehöft des Anführers, sie hatten einen eigenen Palisadenzaum. Sie sahen schmuck aus, die Lehmwände hatte man mit Kalk verputzt, vor den Eingängen hingen geflochtene Bastmatten, eine kleine Veranda lief um jede Hütte, und hinter jeder lag ein Gemüsegarten mit Bananen, Ananas, Mais und Maniok sowie eine Plantage mit Guajaven- und Zitronenbäumen. Kurz hinter dem Tor angekommen, forderte er Sudi auf, den Esel zum Stehen zu bringen. Um sich einen Überblick zu verschaffen, stieg Jephson aus dem Sattel. Einen Moment stand er da in dem Morast. Früher hatten hier wohl zwei, dreihundert Leute gelebt, jetzt sah man keine Menschenseele, keine Ziege, nicht mal ein freilaufendes Huhn. Es war umheimlich. Die Mauern von manchen Hütten waren schon etwas brüchig, die Reetdächer offenbar länger nicht mehr ausgebessert worden. Auf dem Weg, in den Gemüsegärten und in den kleinen Plantagen breiteten sich bereits kleine Büsche und Unkraut aus. Der Regen trommelte vom Himmel herab, daß es nur so hallte, sonst mußte hier eine Friedhofsstille herrschen. Jephson ging zur ersten Hütte zu seiner Rechten, trat unter den tief hängenden Reetdachgiebel und streckte die Hand nach der

Bastmatte aus. Er zögerte. Plötzlich bekam er Angst vor dem, was sich vielleicht hinter dem Vorhang verbarg. Als er aber die Matte zur Seite schob, sah er auch nicht viel mehr. Einen runden, dunklen Raum, leer und bar aller Sachen, die die Bewohner vielleicht einmal besessen hatten. Er trat ein, ein feuchter, modriger Geruch schlug ihm entgegen, aber wenigstens war es trocken hierdrin. Eine Weile stand er nur da und genoß das herrliche Gefühl, endlich dem Regen entkommen zu sein. Doch, hier konnte man das Lager aufschlagen. Hier würde man sich bestens ausruhen. Morgen früh könnte man sich mit frischer Kraft wieder auf den Weg machen. Und doch...
»Sudi...« er bückte sich und stand schon wieder im Regen, »...hol die ganze Kompanie her, hier wird das Lager aufgeschlagen.«
»Ja, Sah.« Sudi ging los, schlüpfte durch das Palisadentor, dann tauchte er im Nebel unter. Jetzt war er ganz allein.
Und doch... Er drehte sich nochmals um. Sein Blick schweifte den Weg hinab, über das menschenleere Dorf und den Kraal des Anführers. Er konnte sich nicht helfen, aber das hatte schon etwas ziemlich Gespenstisches, da beschlagnahmte man Häuser, aus denen die rechtmäßigen Bewohner vertrieben worden waren, erntete die Früchte ihrer Gärten, nutzte ihr Unglück aus und profitierte von ihrem Elend. Aber wo steckten die armen Schweine denn bloß? Wo verbrachten sie die Nacht bei diesem Regen?
Er betrat den Weg und ging bis zum Häuptlingsgehöft. Dabei sah er rechts und links auf die verlassenen Hütten. Was hatten die Leute denn nur verbrochen, was für schreckliche Schwierigkeiten hatten sie dem Agenten König Leopolds bereitet, daß er sie auf derart grausame Weise bestrafen mußte?
Plötzlich blieb er stehen. Weiter vorne hatte sich etwas bewegt. Er schob die Hand unter seinen Poncho, packte die Pistole am Griff und versuchte, im Dunkeln irgendwas zu erkennen. Das war irgendein Tier – nein – mehr als eins. Die Biester schlichen um etwas herum, das am Eingang des Häuptlingsgehöfts lag, verharrten aber plötzlich, als sie ihn hörten, vielleicht auch witterten. Sie kauerten dort in der Gegend, im finstern Nebel und starrten ihn bloß an. Er sah schon ihre Augen, orangefarbene Augen... Aastiere, vermutlich Hyänen. Er holte die Pistole unter dem Poncho heraus und lud durch. Vor Hyänen brauchte man ja keine Angst

zu haben, die hauten bei dem geringsten Laut ab – auf jeden Fall bei einem Pistolenknall. Ganz langsam machte er einen Schritt nach vorn. Die Tiere wichen zurück, ließen ihn aber nicht aus den Augen. Soweit man das erkennen konnte, handelte es sich um drei Tiere – drei orangefarbene Augenpaare. Er trat noch einen Schritt nach vorn. Häßliche Biester, so groß wie Hunde, nur hatten sie ein gelblich geflecktes Fell.

»Haut da ab, ihr Tölen.«

Die Tiere wichen noch weiter zurück, aber nur höchst widerstrebend. Egal, was für ein Aas sie angezogen haben mochte, sie wollten es nicht freigeben.

Und dann sah er es. Auf den ersten Blick konnte er nicht erkennen, was es war. Er stand noch mehrere Yards davon entfernt, und der Regen und der Nebel versperrten ihm die Sicht. Außerdem mußte er die Hyänen, die sich darum scharten, genau im Auge behalten. Er machte noch einen Schritt, kniff die Augen zusammen und sah hin. Da erkannte er, was es war, angewidert drehte er sich weg.

»Mein Gott!«

Er blieb stehen, mit dem Rücken zu dem Gegenstand. Es war grauenhaft, er brachte es einfach nicht über sich, nochmals hinzusehen. Aber dann riß er sich zusammen und tat es doch.

Es war ein Korb voller Hände.

V

Der Stanley-Pool ist ein prachtvolles, von der Natur geschaffenes Wasserbecken, das durch die Stauung des Kongo bei den Kristall-Bergen gebildet wird. Es ist an der weitesten Stelle fünfzehn Meilen breit und über zwanzig Meilen lang und bildet den Schluß (oder den Anfang, je nachdem, aus welcher Richtung man blickt) der längsten, durchgängig schiffbaren Strecke dieser über tausend Meilen langen, unbehinderten Wasserstraße, die sich durch das Innere Afrikas schlängelt und auf der die Expedition an Bord der von König Leopold bereitgestellten Dampfer bis nach Jambuja hinauffahren wollte. Aber als die Expedition am 22. April, es war ein Freitagnachmittag, endlich am Stanley-Pool eintraf, war von der Dampferflotte weit und breit nichts zu sehen. Elegante, bleistiftdünne Umrisse Hunderter von Eingeborenen-Fischerbooten sprenkelten zwar die schimmernde Wasseroberfläche, doch das einzige nennenswerte große europäische Schiff auf dieser riesigen, spiegelglatten Fläche war ein behäbiger Raddampfer mit zwei Eisenschornsteinen und zwei überdachten Decks. Er lag am Landungssteg der Station von Leopoldville vertäut.

Rund sieben Jahre zuvor hatte Stanley diese Station errichten lassen. Aber noch immer sah sie aus wie eine unwirtliche Grenzsiedlung. Sie lag am flußabwärts gelegenen Ende des Südufers, kaum eine Meile oberhalb des ersten Katarakts der Livingstone-Fälle.

Auf der Landseite umgab den Ort eine weitgehend unerforschte Wildnis aus bewaldeten Bergen und mit Büschen bewachsenem Grasland. Das Hauptgebäude war ein zweistöckiges Blockhaus mit einem Wellblechdach und einer großen, um das Haus führenden Veranda. Zwei Krupp-Kanonen, Siebenpfünder, standen rechts und links des Holzstegs, der zu dem Anleger führte, wo der einzige Dampfer festgemacht hatte. Eine blaue Flagge mit einem goldenen Stern flatterte über dem Haus und wies es als Hauptquartier des Distrikts 'Kongo-Freistaat' aus. Hinter dem Haus standen an der einen Seite eines grasbewachsenen Feldes, das als Paradeplatz diente, rund zwanzig einstöckige Gebäude. Wenige waren aus Holz, die meisten hatten gekalkte Wände aus gebranntem Lehm und Reetdächer – es waren die Wache und die Kaserne der Force Publique (die einheimische Gendarmerie des Freistaates), die Flachhäuser der Beamten und Handelsagenten, ein Hotel für durchziehende Händler und Jäger, Lagerhäuser für den Kautschuk und das Elfenbein, die aus den noch abgelegeneren Vorposten hereingebracht wurden, Ställe für die Packtiere, ein Hospital, eine Schmiede und eine Zimmermannswerkstatt sowie verschiedene Geschäfte für Trockengüter und Lebensmittel. Und das alles umschloß ein Palisadenzaun, an dessen beiden äußeren Ecken zwei zwanzig Fuß hohe Wachtürme standen. Sie bewachten die Landseite.

Außerhalb dieses Kantonnements befanden sich ein Eingeborenenviertel, die verwahrlosten Slums der Krooboy-, der Houssa- und Kabindaneger sowie der Mischlinge, die Arbeit in den Kautschuk- und Elfenbeinkarawanen von Matadi annahmen und mit den Nachschubkarawanen nach Leopoldville zurückkehrten. Ein lautes, stinkendes Durcheinander von Schuppen und Hütten. Es erstreckte sich bis zu dem mit Schilfrohr bewachsenen und von Moskitos verpesteten Pool-Ufer, wo inmitten von ausgebrauchten Öltonnen und Paraffindosen, zerbrochenen Fässern und rostigen Maschinenteilen ein Schiffswrack auf den Strand gezogen war, ein verfallenes Dampfschiff, das auf der Seite lag.

Rund eine Viertelmeile den Uferstreifen weiter hinauf befanden sich mehrere engstehende europäische Häuser – es war eine englische Baptisten-Mission, und sie beherbergte eine kleine Holzkirche mit einem reetgedeckten Glockenturm, ein aus Holz gebautes Pfarrhaus mit gepflegtem Gemüsegarten und eine langgestreckte, niedrige Schule aus Holz. Außerdem gab es auch hier einen in den Stausee hineinragenden Anlegesteg für die Dampfer. Bei der Ankunft der Expedition war dort nur ein Walfänger festgemacht. Der missionseigene Dampfer, die *Peace*, sowie die Missionare selbst, Reverend Bentley und Dr. Sims, waren zur Zeit nicht da. Sie verkündeten gerade das Evangelium in Kinshasa und anderen Dörfern des Bateke-Stammes, deren Mitglieder am Staubecken lebten und die für die Agenten der Station in den umliegenden Wäldern den Rohkautschuk sammelten.

Der Stationsleiter, ein blasser Belgier mit wässerigen Augen, einem gabelförmigen Vollbart und einer Hakennase, hieß Liebricht. Liebricht war zwar ein alter Bekannter Stanleys und hatte zu Beginn der Erschließung des Kongo unter König Leopold gedient, aber als er nun mit langen Schritten die Stufen zur Veranda des Blockhauses hinaufkam, zeigte sich wenig Wiedersehensfreude in seinem Gesicht. Außer ihm standen standen noch drei weiße Männer auf der Veranda. Sein Adjutant, Fähnrich Dessauer, der Kommandeur der Garnison der Force Publique, Major Parmiter sowie Bertie Ward. Anders als von Liebricht und den beiden anderen, wurde Stanley von Ward begrüßt, einem energisch aussehenden Endzwanziger mit gelocktem, kastanienbraunem Vollbart und einer Portion Schalk in den klaren Augen.

Er trug eine Kniebundhose aus Kord, einem Jagdrock mit jeder Menge Patronenschleifen und einen australischen Jagdhut, dessen Krempe an der einen Seite hochgeklappt war. Die Begrüßung war überschwenglich, er umarmte Stanley. Als Stanley dann mit Liebricht im Blockhaus verschwand, sprang Ward von der Veranda, um Troup in den Genuß einer ähnlich überschwenglichen Umarmung kommen zu lassen.

»Teufel noch mal, wo hast du denn gesteckt, Bert?« sagte Troup und entzog sich lächelnd seiner Umarmung. »Wo sind denn bloß die Dampfer, die du auftreiben solltest? Ich sehe hier nur die *Stanley*.«

Ward schüttelte den Kopf. Barttelot, Nelson, Parke und Jephson kamen zusammen, um mit anzuhören, was er zu erzählen hatte. Die Männer kannten ihn nicht, aber Troup hielt es auch nicht für nötig, sie einander vorzustellen. Dafür wäre später noch genügend Zeit. Jetzt wollten alle nur endlich wissen, wo denn die Dampfer steckten, die sie nach Jambuja bringen sollten.

Der Freistaat verfügte über sieben Dampfschiffe, die den Kongo oberhalb des Flußbeckens befuhren – die *La Belgique*, *Esperance*, *Royal*, *AIA*, *En Avant*, *Florida* und *Stanley*. Angesichts der großen Zahl der Menschen, Packtiere und Lasten, die sie auf der vor ihnen liegenden Strecke befördern mußten, hatte Stanley zumindest mit fünf Schiffen gerechnet. Aber laut Ward befanden sich nur drei davon am Pool.

»Drei? Was soll das heißen – drei?« fragte Troup. »Ich kann bloß die *Stanley* sehen.« Er zeigte zum Dampfer mit dem seitlichen Schaufelrad, der am Landungsteg der Station vertäut war. »Und die beiden anderen Schiffe, welche sind es?«

»Die *En Avant* und die *Florida*.«

»Und wo zum Teufel stecken die?«

Ward verzog das Gesicht und deutete zum Wrack hinüber, das man ins Schilf am sumpfigen Uferstreifen geschleppt hatte. Das sei die *En Avant*. Das Schiff habe keinen Motor mehr, den habe man für Reparaturarbeiten an der *AIA* ausgeschlachtet. Jetzt könne man das Schiff bloß noch als Schleppkahn erwenden. Und die *Florida*, das sei das Schiffswrack, das dort neben der *En Avant* im Schlick auf der Seite lag. Der Boden sei an zwei Stellen unterhalb der Wasserlinie durchlöchert, und die Schraube könne man nicht mehr reparieren, die sei total verbogen; das Schiff ließe sich nicht mal mehr als Schleppkahn benutzen.

»Mannomann, und welche Erklärung hat Liebricht für das Ganze?«

Ward zuckte mit den Schultern. »Gar keine. Er behauptet, er hätte zu keinem Zeitpunkt Anweisung aus Brüssel erhalten, uns die Dampfer zur Verfügung zu stellen. Ich habe ihm gesagt, daß das Mist sei, und ihm auch gesagt, daß Bula Matari wegen der Schiffe persönlich mit Seiner Königlichen Hoheit gesprochen habe. Aber dieser Liebricht hat sich bloß auf die Hinterbeine gestellt und weiter behauptet, man hätte ihm kein Wort davon gesagt.«

»Und das Telegramm, das Bula Matari von Boma nach Brüssel geschickt hat? Er muß doch mittlerweile eine Antwort darauf bekommen haben.«

»Hat er nicht. Liebricht behauptet, er habe nichts davon gehört – kein Wort.«

»Der kann uns mal. Jetzt wird er was zu hören bekommen. Bula Matari wird ihm kräftig Bescheid geben. Er braucht nur die Dampfer aufzutreiben, und sie auf dem schnellsten Weg nach Leopoldville zurückzubeordern.«

»Was soll das denn, Jack? Du weißt doch, daß das nicht so einfach geht. Die Schiffe sind doch übers ganze Flußbecken verteilt. Die *Royal* befindet sich in Port Franqui, die *AIA* ist Hunderte von Meilen entfernt, oben auf den Kasai, die *Esperance* fährt auf dem Ubangi. Und der Himmel mag wissen, wo die *La Belgique* im Augenblick steckt. Das geht gar nicht, die Schiffe zu benachrichtigen. Und selbst wenn – es würden Monate vergehen, bevor auch nur eins von den Schiffen zu uns rauffahren könnte.«

Danach wußten alle einige Zeit nichts zu sagen.

Schließlich durchbrach Jephson das Schweigen. »Und was machen wir jetzt?«

»Aufhören – würde ich sagen, einpacken und zur Küste zurückfahren.« Das kam von Barttelot. Er steckte sich eine Zigarette in seine Elfenbeinspitze. »Viel anderes bleibt uns doch gar nicht mehr übrig. Daß wir ohne die Dampfer in einer einigermaßen vernünftigen Zeit in Jambuja – von Emin Pascha gar nicht zu reden – eintreffen, das ist doch völlig ausgeschlossen. Nein, da müssen wir wohl leider schlicht und ergreifend aufhören und wie ein

Haufen Blödmänner an der Küste entlangmarschieren. Eine ziemlich erniedrigende Sache, das muß ich schon sagen. Ich meine, aufhören zu müssen, bevor man richtig losgelegt hat.«

»Und was ist mit der *Peace*, Bert?« erkundigte sich Troup; er achtete gar nicht auf Barttelot.

»Angeblich kommt die heute abend wieder. Aber die kann man auch abschreiben Ich habe Bentley wochenlang bekniet und ihn dazu bringen wollen, daß er uns sein Schiff ausleiht. Aber er will sie uns nicht geben. Dieser elende Frömmler – der will das einfach nicht. Wißt ihr eigentlich, was er von Mr. Stanley hält?«

Troup nickte und sah zum Blockhaus hinauf. Fähnrich Dessauer und Major Parmiter standen noch immer auf der Veranda, sie beugten sich auf das Geländer, vertieft in ein leises Gespräch. Stanley und Liebricht waren noch im Blockhaus, sie unterhielten sich vermutlich nicht so ruhig. Aus der Ferne drangen die Geräusche der Karawane herüber, die Leute rodeten den Boden und holzten Buschwerk ab, stellten Zelte auf und bauten Unterkünfte.

»Ist mir ziemlich unbegreiflich, wie sich Stanley in eine derart idiotische Klemme manövrieren konnte.«

Das kam wieder von Barttelot. Wie die anderen auch, war er dreckig und unrasiert, seine Uniform war ganz durchgeschwitzt und verkrustet vom Straßendreck. Zwar hatte sich beim harten Marschieren in den vergangenen zwei Wochen keiner anständig waschen können, doch bei Barttelot hatte das bloß bewirkt, daß er umso mehr wie ein ganz schneidiger Soldat aussah. Er hatte sich die Zigarettenspitze aus Elfenbein zwischen die kräftigen Zähne geklemmt und trug einen leicht amüsierten Ausdruck in seinem Gesicht.

»Bevor er sich auf diese Route hier festlegte, da hätte er sich doch davon überzeugen müssen, verflucht noch mal, daß ihm die Dampfer hier auch wirklich zur Verfügung stehen. Aber warum zum Teufel noch mal ist er bloß weitergezogen und hat uns den ganzen Weg hier rauflatschen lassen, wo er doch schon in Matadi gewußt hat, wie die Lage hier oben in Wahrheit aussieht. Was hat er sich dabei gedacht? He, Troup? Was meinen Sie? Was hat sich der Kerl dabei eigentlich gedacht?«

»Etwas.«

»Etwas?« Barttelot lächelte.

»Ja, etwas, Major. Er hat sich etwas dabei gedacht, da können Sie verflucht sicher sein. Aber eines kann ich Ihnen sagen, der Mann läßt sich nicht aufhalten. Er hat sich bislang noch nie aufhalten lassen, und er wird sich auch jetzt nicht aufhalten lassen. Da können Sie Gift drauf nehmen.«

*

Am nächsten Tag traf Ngaljema ein. Die Feier, die seine Ankunft begleitete, war so toll und auf eine so irrsinnige Weise wild, wie es sich Jephson nicht in den kühnsten Träumen über Afrika hätte ausmalen können.

Ngaljema war der oberste Anführer des Bateke-Stammes, er bewohnte den Wald rings um den Pool. Wie fast jeder Mensch in diesem Teil der Welt kannte auch er Stanley. Zum erstenmal waren sie sich 1877 begegnet, als Stanley den Flußlauf des Kongo entdeckte. Stanley war sogar der erste Weiße, den Ngaljema jemals zu Gesicht bekommen hatte. Stanley befand sich zu der Zeit in furchtbarer Bedrängnis. Er hatte sich schon drei Jahre durch ganz Afrika gekämpft, als ihm Ngaljema das Leben rettete. Vier Jahre später trafen sie sich wieder, als Stanley zum Aufbau der Station Leopoldville zum Pool zurückkehrte. Zu dem Zeitpunkt herrschte zwischen den beiden allerdings schon ein sehr viel angespannteres Verhältnis. Ngaljema war nämlich nicht sonderlich davon angetan, daß man mitten in seinen Ländereien ein Fort und ein Handelsdepot errichtete. Nach einigen kleinen Gefechten überredete Stanley ihn aber dazu, sein Vorhaben zu akzeptieren und einen Vertrag zu unterzeichnen, der sein Gebiet unter die Oberhoheit von König Leopolds Kongo-Freistaat stellte. Und nun, als Ngaljema erfahren hatte, daß Stanley zum dritten Mal zum Pool zurückgekehrt war (in Wirklichkeit hatte ihn Ward auf Stanleys Geheiß davon in Kenntnis gesetzt) eilte Ngaljema herbei, um sich noch einmal mit ihm zu treffen. Er kam direkt aus seiner *banza*, aus Kinshasa.

Ihm voran schritten Tausende seiner Krieger – es waren große, ungeschlachte, blauschwarze Kerle, die von kräftigen, aufgeworfenen Tätowierungen gezeichnet waren, die Oberkörper halb weiß und halb orange angemalt. Sie trugen Grasröcke, die Haare waren zu medusenartigen Zöpfen geflochten, als Bewaffnung hielten sie Pfeil und Bogen in Händen. So erschienen sie auf den Wegen, die aus dem Wald führten: in einem unheimlich rhythmischen, tanzenden Gang, zum Schlag ihrer Trommeln und den gespenstisch klagenden Rufen der Kuduhörner. Einer nach dem anderen schritten die Krieger durch das Seitentor im Palisadenzaun der Station, wo sie sich auf dem Exerzierplatz im großen Halbkreis aufstellten, direkt vor der Veranda des Blockhauses. Die Gendarme der Force Publique bezogen um sie herum Aufstellung. Die Houssa, Kabinda und Krooboy aus den Elendsvierteln drängten ins befestigte Lager, um sich das Schauspiel anzusehen. Auch die Europäer der Station versammelten sich auf der Veranda, wie zu einer Truppenschau.

Stanley stand mitten unter ihnen, in der vordersten Reihe; er steckte in seiner blauen Militärjacke mit den Goldtressen, einer blütenweiße Jodhpurhose sowie einem frisch gekalkten Tropenhelm. Seine Miene war ernst. Zur Linken stand Liebricht, herausgeputzt in der goldverzierten, weißen Uniform und dem Käppi eines Distriktskommandanten und redete ihn mit seinem ängstlichen und nervösen Redestrom die Ohren voll, worauf Stanley aber mit gelegentlichem, kurzem Nicken reagierte. Rechts neben Stanley standen die beiden Baptistenmissionare: Reverend Bentley, ein kräftig gebauter Engländer mit schwarzem, bis zur Brust reichendem spatenförmigen Bart, und Dr. Sims, ein rundlicher, kleiner Kerl mit dünnen, hellblonden Koteletten. Die beiden betrachteten die merkwürdigen Vorgänge mit kaum verhohlender Ablehnung. Erst am Vorabend waren sie an Bord der *Peace* nach Leopoldville zurückgekehrt. Zu beiden Seiten der Missionare hatten sich am Geländer die Expeditionsoffiziere aufgestellt, um alles aus nächster Nähe mitzubekommen, mit Ausnahme von Bonny und Hoffman, die sich um die Karawane kümmerten. Dazu kam noch Baruti, der Troups Hand hielt. Hinter diesen wiederum standen dichtgedrängt die höchsten Beamten und Einwohner der Station – Fähnrich Dessauer, Major Parmiter, ein Schwede, Schagerström, der Kapitän der *Stanley*, sowie Mr. Walker, der Maschinist auf dem Flußdampfer, ein amerikanischer Elfenbeinjäger mit Namen Swinburne, sein irischer Begleiter, Roger Casement, mehrere holländische, deutsche und russische Händler sowie Handelsagenten und Ladenbesitzer.

Nachdem die Bateke-Krieger im Halbkreis Aufstellung bezogen hatten, gingen sie in die Hocke, wodurch auf dem Paradeplatz eine Art Amphitheater entstand. Dann hörte das Getrommel auf, die Kuduhörner verstummten. Eine erwartungsvolle Stille senkte sich über das befestigte Lager. Etwa fünf Minuten dauerte sie an. Daraufhin ertönte ein ohrenbetäubender Trompetenstoß aus einem Kuduhorn, die Trommler stimmten einen ungestümen, den Puls beschleunigenden Takt an. Dann tauchte eine Doppelreihe von zehn Batekenegern am Palisadentor auf. Sie waren selber Stammesführer, Vasallen Ngaljemas, und deshalb auch aufwendiger gekleidet als die Krieger. Sie trugen einen Kopfschmuck aus grauen und grünen Papageienfedern, über den Schultern trugen sie Affenhäute, und in den Händen hielten sie Speere und bemalte Schilde aus Tierhäuten. Während sie noch zum Schlag der Trommeln über den ganzen Exerzierplatz stolzierten, schlugen sie mit den Speeren gegen die Schilde, was sich fast wie Maschinengewehrfeuer anhörte. Dann traten sie auf den freien Platz, vor die Veranda. Dort bildeten sie einen kleineren Halbkreis und reckten die Speere, um Stanley und die anderen Weißen zu begrüßen. Erneut setzte das Getrommel aus. Nun entstand eine weitere lange Pause, die Spannung stieg.

Da stimmten die Trommler und die Kuduhornbläser wieder ihre wilde Musik an, und eine Gruppe Negerfrauen kam durch das Palisadentor. Die Frauen trugen nur einen Lederschurz. Die Europäer auf der Veranda drängelten sich vor, um sie besser sehen zu können. Jephson blickte zu Stanley hin. Stanley zeigte die gleiche verbissene und verschlossene Miene wie zuvor, aber dafür verzog, rechts von ihm, Bentley, der Missionar mit dem Spatenbart, das Gesicht beim Anblick dieses Wogens nackter Brüste und üppiger Hüften. Die Frauen tanzten durch die Reihen der Krieger, auf den Köpfen balancierten sie Körbe mit Obst und Kalebassen mit Palmwein, ließen lebende Hühner an kreisenden Armen schwingen und führten angeleinte Ziegen mit sich. Die Frauen begaben sich in die Mitte des Kreises, danach zogen sie sich hinter die Ehrengarde der Chefs zurück, nur ein Mädchen blieb zum Hüten der Tiere zurück. Wieder wurde es still.

Dann erscholl ein ungeheurer Schrei aus den Reihen der Krieger. Die Frauen stimmten einen Gesang an, daß es einem kalt den

Rücken herunterlief. Die Trommler und Trompeter fingen wieder zu spielen an, die Führer ließen sich auf die Knie fallen. Durch das Tor wurde der Häuptling aller Bateken in einer Sänfte aus Ebenholz, bestehend aus einer schön gefertigten kleinen Hütte aus geflochtenem Bast, getragen. Und so wurde der Häuptling, vor allen Blicken verhüllt, durch das Begrüßungsgeschrei, -geheul und -getanze getragen und mitten in dem Halbrund abgesetzt. Sofort herrschte wieder Totenstille. Die Sänftenträger traten einen Schritt zurück, warfen sich auf den Boden. Die Führer verbeugten sich so tief, daß sie mit der Stirn auf den Boden kamen. Das Mädchen bei den Ziegen warf einem der Tiere die Arme um den Hals, damit es nicht davonlief. Aber nichts passierte. Es war eine herrliche, spannende Sache.

Auf einmal ging Stanley ohne Vorwarnung von der Veranda. Jephson drehte sich um, weil er Stiefelschritte gehört hatte, und sah Barttelot, der Stanley nachlaufen wollte; aber Liebricht packte ihn am Arm und hielt ihn zurück. Stanley stellte sich dicht vor der Sänfte auf, spreizte die Beine und stemmte die Hände in die Hüften. Er sagte etwas, aber es war zu leise, und Jephson konnte es nicht verstehen. Doch was es auch gewesen sein mochte, es tat seine Wirkung. Die eine Seite der Sänfte ging auf, und ohne die Begleitung eines Fanfarenstoßes trat Ngaljema heraus. Auf der Veranda hielt man hörbar die Luft an, auch Jephson stockte der Atem, und ein ungeheures Raunen lief wie eine Woge über den Platz. Ansonsten aber blieb alles mucksmäuschenstill. Alle Blicke waren auf die die ungeheure Gestalt des höchsten Häuptlings geheftet. Er war mindestens einen Meter fünfundneunzig groß, hatte riesenbreite Schultern und einen gewaltigen Brustkorb, einen riesigen Bauch und säulendicke Beine, und sein gigantischer, blauschwarzer Leib war mit einem Lendentuch bekleidet. Er trug weder Federn noch Tierhäute, weder Schmuck noch Fetische, auch war er nicht bemalt und hielt auch nichts in der Hand, kein Szepter, keinen Speer. Aber auf dem Kopf trug er, statt einer Krone, fast ein ganzes, totes Krokodil – mit weit aufgerissenem Maul, die schaurigen Zähne zeigend. Aus Spott, aber vielleicht war es auch nur eine primitive Höflichkeitsgeste, stellte sich Ngaljema ebenso wie Stanley hin, ebenso breitbeinig, und die Hände stemmte er in die Hüften. Einige Zeit blieben die Männer so stehen und fixierten einander.

Dann wandte sich Ngaljema ab und musterte seine Vasallenchefs, die mit dem Kopf auf dem Boden lagen. Er hob die Arme hoch über den Kopf und spreizte dabei die Finger seiner riesigen Hände. Und dann brüllte er, es war eine gewaltige Baßstimme, die da erscholl: »Bula Matari!«

Die Chefs sprangen auf und wiederholten den Schrei, wobei sie mit den Speeren gegen die Schilde rasselten: »Bula Matari.«

Und wieder rief Ngaljema: »Bula Matari!« – diesmal jedoch zu den Hunderten von Kriegern gewandt, die auf dem Feld in der Hocke saßen.

Auch sie sprangen auf und antworteten ihm; es war ein gewaltiger, brüllender Schrei aus tiefster Kehle: »Bula Matari! Der Felsenbrecher!«

»Bula Matari! Bula Matari! Bula Matari!«, rief Ngljema, in die Richtung jedes Viertelkreises auf dem Exerzierplatz und jeder Viertelkreis antwortete ihm: die Krieger, die Führer und die Frauen, alle erhoben die durchdringenden Stimmen und stimmten das nervenzerreißende Geheul an, und dann stimmten auch noch die Krooboy, Kabinda und Houssa mit ein, die aus der Slumvorstadt herbeigekommen waren, um der Begegnung der beiden legendären Männer zuzuschauen. »Bula Matari! Bula Matari!« Und so ging es weiter mit dem Gebrüll und Geschrei, dem Gekreisch und dem Gerassel der Speere, das klang wie Geschützfeuer. Aber während es damit weiterging, drehte sich Ngaljema wieder zu Stanley, schritt ihm entgegen und umarmte ihn. Dann begannen die Trommeln, und die Kuduhörner wurden geblasen und auch das wilde Getanze setzte wieder ein.

»Dergleichen gehört verboten, Liebricht«, bemerkte Bentley. Er hatte Stanleys Platz am Geländer, neben dem Distriktkommandanten, eingenommen. »Wir haben nicht mehr die alten Zeiten. Stanley hat hier in der Gegend nicht mehr das Sagen.«

Liebricht sah ihn mit seinen wäßrigen, rotgeränderten Augen an, enthielt sich aber einer Antwort.

»Er wird uns allen hier großen Ärger bereiten. Ich warne Sie, Liebricht – wenn Sie zulassen, daß der Kerl so weitermacht, dann kriegen wir hier ernste Schwierigkeiten.«

Liebricht zuckte nur die Achseln und richtete den Blick wieder auf den Paradeplatz.

Jetzt begann die Übergabe der Geschenke. Ngaljema führte Stanley zu den vielen verschiedenen Körben mit Früchten und Gemüsen, den Kürbisflaschen mit Palmwein und den zusammengeschnürten Hühnern, die die Frauen mitgebracht hatten, wählte von allem ein besonders schönes Exemplar aus und reichte es Stanley, damit er selber sah, daß es von bester Qualität war. Als er zu den Ziegen kam, berührte er leicht den Kopf des Mädchens, das zurückgelassen worden war, um die Tiere zu hüten. Ganz verlegen stand es auf, hielt aber noch immer den Kopf gesenkt. Ngaljema faßte es am Kinn, damit es einmal aufblickte und ihr hübsches Gesicht zeige und sagte etwas zu Stanley; beide fingen zu lachen an. Dann griff der Häuptling, immer noch lächelnd, dem Mädchen an die bloßen Brüste und ließ sie spielerisch auf seiner enormen Hand auf und ab wippen. Da ging Jephson langsam auf, daß Ngaljema Stanley auch hier stolz eine Ware allerbeste Güte feilbot. Klar, auch das Mädchen stellte ein Geschenk an Bula Matari dar, ebenso wie die Ziegen, die Guajavefrüchte und der Palmwein. Auch diese Gabe taxierte er voll Zustimmung, und er ließ es sogar zu, daß Ngaljema seine Hand gegen die Brust des Mädchens drückte.

»Das ist doch unglaublich, sehen Sie sich doch mal diesen Rohling an! Der Mann kennt keinerlei Schamgefühl«, brummelte Bentley. »Der Kerl ist doch keinen Deut weniger ein Wilder, als diese bedauernswerten, unwissenden Heiden. Sehen Sie ihn sich doch nur einmal an! Bitte, sehen Sie ihn sich doch bloß mal an! Wie kann er sich unterstehen, an derart gottlosen Handlungen teilzunehmen. Liebricht, Sie müssen dem Ganzen ein Ende setzen, auf der Stelle. Ich bestehe ich darauf.«

»Mein lieber Monsieur Bentley, wie stellen Sie sich das vor?« entgegnete Liebricht mißmutig. »Wie soll ich denn Ihrer Meinung nach dagegen einschreiten?«

»Mein Gott, Mensch, Sie sind doch der Stationskommandeur hier. Da müssen Sie doch wissen, was zu tun ist. Sie können doch nicht einfach untätig dabeistehen, wie uns der Kerl tyrannisiert.«

Die anderen Männer auf der Veranda zeigten allmählich Interesse an dem Wortwechsel und warteten, was er nun erwidern würde. Aber wieder sagte Liebricht kein Wort, sondern zuckte nur schicksalsergeben mit den Schultern.

»Mann, Sie müssen dem Kerl die Stirn bieten«, erklärte ihm der Missionar. »Wir müssen uns alle endlich gegen ihn zur Wehr setzen.«

»Ja doch, Sie haben das auch sicherlich getan, Reverend.« Das kam von Jack Troup, er hatte sich mit einer Schärfe ins Gespräch eingeschaltet, die selbst Jephson wunderte. »Aber keiner wird behaupten können, daß Mr. Stanley *Sie* tyrannisiert hat.«

»Mit Ihnen habe ich nicht gesprochen, Mr. Troup«, erwiderte Bentley und wandte sich erneut dem zu, was sich auf dem Platz abspielte.

Jetzt war es an der Zeit, daß sich Stanley für die Geschenke Ngaljemas erkenntlich zeigte. Auf ein Handzeichen kamen fünf Wanjamwesi nacheinander hinter dem Blockhaus hervor. Auf dem Kopf trugen sie Ballen buntbedruckter Stoffe, Flechtkörbe mit aufgerolltem Draht zum Tauschen und Fäßchen mit glänzenden Glasperlen. Angeführt wurden sie von Uledi. Er trug den Fes mit der Quaste und die kurze bestickte Weste über seinem langen weißen Gewand und eine weite Hose, hatte aber weder Patronengurt noch Gewehr dabei. Sowie die *pagazis* ihre Lasten auf den Boden gelegt hatten, kam er herüber und stellte sich – ein Holzkistchen in der Hand – neben Stanley. Der legte den Arm um Uledi und sagte irgend etwas zu Ngaljema. Der Batekehäuptling beäugte seinen Wanjamwesi-Gegenspieler und beugte sich so weit vor, daß sich seine und Uledis Nase fast berührten. Dann brüllte er los – er hatte Uledi wiedererkannt. Natürlich kannten sich die beiden. Uledi war Stanleys Bootsführer auf seiner ersten tückenreichen Fahrt den Kongo hinab gewesen, und nachdem sie sich umarmt und mehrfach tüchtig auf die Schulter geklopft hatten, reichte Uledi Ngaljema sein Holzkistchen. Der hünenhafte Häuptling öffnete es mit seinen kräftigen Händen und holte ein blankpoliertes Fernrohr aus Messing hervor. Gleich wird's komisch, dachte Jephson, als der Wilde herauszufinden versuchte, was für einen Apparat er da vor sich hatte. Aber er irrte. Ngaljema wußte nicht nur genau, worum es sich handelte, sondern konnte auch damit umgehen. Er hielt sich das Fernglas ganz nah ans Gesicht, stellte geschickt die Brennweite ein und beobachtete durchs Fernglas die Weißen auf der Blockhausveranda.

Sobald Stanley sämtliche Geschenke überreicht hatte, entrollten zwei Bateke-Frauen eine große Bastmatte auf der Grasfläche neben der Sänfte. Stanley und Ngaljema nahmen einander gegenüber Platz und kreuzten nach orientalischer Sitte die Beine. Die Batekechefs versammelten sich hinter Ngaljema, Uledi hockte sich neben Stanley. Der *shauri* begann.

Was geredet wurde, konnte man leider nicht verstehen. Zunächst sprach fast nur Ngaljema. Dabei zeigte er mit ausladenden Gesten nach Osten, zu der *banza* von Kinshasa, dann hinter sich zu den Wäldern, die jenseits des Schutzzauns lagen und dann zu den Weißen auf der Veranda, und er tat das mit derartigem Schwung, daß ihm der Krokodilskopfschmuck verrutschte. Stanley hörte ihm aufmerksam zu, stützte das Kinn in die Hände und die Ellbogen auf die Knie. Doch nach einiger Zeit begann auch er zu sprechen. Er unterbrach Ngaljema, indem er sich nach vorne beugte und ihn ganz leicht am Bein oder am Arm berührte. Auf diese Weise wurde aus dem *shauri* bald ein Gepräch. Da sich nun auch Ngaljemas Stammesführer einschalteten, ergab sich eine erregt geführte Diskussion, die manchmal von Lachsalven oder wütenden Rufen unterbrochen, aber ständig unter Mitwirkung jeder Menge lebhaften Gefuchtels mit den Händen geführt wurde. An einer Stelle erhob sich Ngaljema und ging davon, aber Stanley folgte ihm und holte ihn wieder zurück. Man setzte die Unterredung fort, und die beiden Männer steckten wie zwei Verschwörer die Köpfe enger zusammen. An einer anderen Stelle des Gesprächs wiederum erhoben sie sich und gingen mehrere Minuten auf und ab. Sie befanden sie somit außer Hörweite der Häuptlinge und Uledis.

Zwar sah sich Jephson das ziemlich fasziniert an, aber gelegentlich schweifte sein Blick dann eben doch zu dem nackten Mädchen, das da drüben zwischen den Ziegen saß und dem jüngsten Tier immer wieder geistesabwesend über die Schnauze strich. Dem Geschehen ringsum schien sie völlig gleichgültig gegenüberzustehen, ein Geschenk, das ruhig darauf wartet, abgeholt zu werden.

»Wie lange soll der Hokuspokus hier eigentlich noch dauern?« fragte Barttelot plötzlich. Er hatte sich mit den Ellbogen auf das Verandageländer gelehnt und die Zigarettenspitze zwischen die Zähne geklemmt. Jetzt richtete er sich auf und blickte ziemlich verärgert in die Runde. »Schon seit gestern lungern wir hier rum und drehen Däumchen – und warum? Weil uns der Kerl ins Schlammassel geritten hat. Und jetzt will er auch noch diesen kostbaren Tag mit seinem Palaver mit dem verfluchten Nigger da verplempern. Was zum Teufel soll uns das denn in der jetzigen Klemme helfen?« Er hatte die Frage in den Raum gestellt, mehr um seiner Verärgerung Luft zu machen, als in Erwartung einer Antwort.

Aber die sollte bekommen. »Ich weiß natürlich nicht, was das Ihnen hilft, Major«, sagte Bentley. »Aber was das für uns hier in der Station für eine Auswirkung hat, das kann ich Ihnen verraten. Wir werden Schwierigkeiten bekommen. Scherereien und noch mal Scherereien. Auf diese Chance hat Ngaljema doch nur gelauert. Und jetzt, da sie sich ihm bietet, wird er sämtliche Beschwerden vorbringen, die er gegen uns hat. Da können Sie ganz sicher sein.«

»Beschwerden über was?«

»Über alles und jedes, Major. Darüber, daß das Kontingent an Kautschuk, das er liefern muß, zu hoch sei. Daß die Force Publique zu gewalttätig sei. Daß meine Mission seine heidnischen Rituale störe. Über alles wird er sich beschweren. Die Liste ließe sich endlos fortsetzen, und dank Ihres Mr. Stanley hat er jetzt die Möglichkeit, sie vorzutragen, Gegenforderungen zu stellen und sich in Wut zu reden. Aber wir kriegen dadurch Scherereien, und zwar endlose, lassen Sie sich das von mir gesagt sein.«

»Aber was hat es denn für einen Sinn, sich bei Mr. Stanley zu beschweren – er hat hier doch keinerlei amtliche Befugnisse.«

»Ganz genau! Das ist ja mein Reden, das ist doch seit Ewigkeiten meine Rede, Liebricht! Der Mann hat in der Gegend hier keinerlei Befugnisse, aber Sie lassen ihn gewähren, als ob er sie doch hätte. Sehen Sie sich ihn doch bloß mal an! Mein Gott, nun sehen Sie sich doch an, wie er dem Wilden dort etwas einflüstert. Typisch Bula Matari! Da muß Ngaljema doch glauben, er wäre hier wieder der große Chef. Der glaubt das, aber ganz gewiß tut er das, warum auch nicht? Das müssen doch alle glauben, so wie der Kerl uns hier tyrannsieren darf. Oh, ich warne Sie, Liebricht, da werden wir noch unser blaues Wunder erleben. Der macht uns die Wilden noch rebellischer, als sie sowieso schon sind. Man muß ihm in den Arm fallen, bevor es zu spät dafür ist, haben Sie verstanden? Man muß den Kerl in die Schranken weisen.«

»Ist das auch der Grund, weshalb Sie ihm nicht die *Peace* überlassen haben?«

»Wie bitte?« Der Missionar drehte sich um.

»Ich fragte: Ist das auch Ihr Motiv dafür, daß Sie sich geweigert haben, uns Ihren Missionsdampfer zu leihen, Reverend? Weil Sie Mr. Stanley in seine Schranken weisen wollen?«

»Nein, Mr. Troup, das ist nicht der Grund, ganz gewiß nicht. Und wie Sie sehr wohl wissen, mein Herr, habe ich Mr. Ward bei mehreren Gelegenheiten meine Gründe genannt, und später auch Mr. Stanley – gleich als ich gestern abend hier wieder eintraf.«

»Da haben Sie behauptet, Sie könnten das Schiff unmöglich entbehren.«

»Ganz recht, Mr. Troup. Die *Peace* ist unverzichtbar. Ich habe selbst dringende Geschäfte zu erledigen, bei denen ich auf das Schiff nicht verzichten kann. Sobald es Wasser, Proviant und neuen Brennstoff an Bord hat, muß ich mit Dr. Sims zum Nordufer fahren. Wir müssen Medikamente zu unseren dortigen Gemeindemitgliedern bringen, und außerdem wollen wir ihnen am Sonntag das Wort unseres Herrn Jesus Christus verkünden. Dagegen mögen Sie ja was einzuwenden haben, Mr. Troup. Und Mr. Stanley hat es bestimmt auch, aber ich halte die Verbreitung des Werkes Gottes für sehr viel bedeutender, als Mr. Stanley bei seinen räuberischen Ausflügen ins Landesinnere behilflich zu sein.«

Sekundenlag sah Troup den Missionar an, sein Gesicht war eine Maske aus Zorn und Enttäuschung. Schließlich sagte er: »Sie frömmelnder Heuchler!«

»Was war das eben? Das ist ja eine Frechheit!«

»Ich muß schon bitten, Troup, das war nicht sehr höflich.«

Er warf Barttelot einen bösen Blick zu.

»Es steht Ihnen nicht an, auf derart ungehörige Weise mit Mr. Bentley zu sprechen,« fügte Barttelot dann hinzu. »Wir hatten nie mit dem Einsatz des Schiffes gerechnet. Daher kann er nichts dafür, daß wir jetzt in der Patsche sitzen. Wenn Sie sich beschweren wollen, dann wenden Sie sich doch an den Verantwortlichen – an Mr. Stanley. *Er* hat uns doch für nichts und wieder nichts in diese Sache reingeritten. *Er* hat doch Leopold vertraut und sich partout geweigert, den Berichten Glauben zu schenken, die uns schon seit Matadi erreichen.« Er hatte es ganz leise gesagt, aber seine ganze

Verachtung in diese Sätze gelegt. »Also wenn Sie sich schon beschweren möchten, alter Knabe, dann nehmen Sie mal Ihren ganzen Mut zusammen und sprechen Sie doch mit Stanley.«

»Ted...«, Nelson legte ihm beschwichtigend die Hand auf die Schulter, »... muß das sein? Das hilft uns doch auch nicht weiter.«

Barttelot sah ihn erstaunt an. »Da haben Sie recht, Robbie – wir sind wirklich nicht mehr zu retten.«

Nach Abschluß des *shauri*, nachdem Ngaljema im Fackelschein festlich Abschied genommen hatte, das Trommeln im Wald verklungen war, die Kuduhörner den letzten Trauerklang erschollen gelassen hatten, der Mond aufgegangen war und den spiegelglatten Pool beschien und in den Hügeln Schakale zu heulen angefangen hatten, dinierten die Expeditionsoffiziere dann mit Liebricht in der Messe des Distriktkommissars – im ersten Stock des Blockhauses. Es war kein fröhlicher Anlaß. Stanley hatte äußerst schlechte Laune, keiner konnte sich ihr entziehen. Er saß zur Rechten Liebrichts, am Kopfende des roh gezimmerten Eichentisches, in dem stickigen, vollgestellten Zimmer. Im flackernden Licht der von den schrägen Dachbalken herabhängenden Lampen sah man seine mahlenden Kinnbacken. Während des ganzen Mahls richtete er den Blick starr auf den Teller und sprach kein Wort. Ab und zu entspann sich zwar unter den anderen ein kurzes Gespräch, aber es war angespannt und ohne Humor und verstummte rasch wieder. Wenn die Bestecke gegen das Geschirr schlugen, die schwarzen Stewards in ihren weißen Jacken kamen und gingen, um die einzelnen Gerichte hereinzubringen oder um abzuräumen, wirkten die langen, peinlichen Pausen besonders laut. Als dann aber Brandy und Kaffee kamen, wurde Stanley etwas umgänglicher. Er holte sich ein Zigarillo aus dem Kirschholzkistchen, das ein Steward auf den Tisch gestellt hatte, steckte es an und wandte sich an Liebricht.

»Also gut, lassen Sie mich einmal ein paar Sachen klarstellen, Stationsleiter – ich werde die *Stanley* übernehmen.«

»Ja, selbstverständlich, Bula Matari, bitte, bedienen Sie sich, es wäre nur schön, wenn...«

»Das Schiff ist in gutem Zustand, ich habe es mir bereits mit Schagerström und Walker angesehen. Es ist fähig, zwei bis dreihundert meiner Leute und wahrscheinlich noch sechzig Tonnen Ladung befördern.«

»Das stimmt, Monsieur, aber das reicht immer noch nicht...«

»Seien Sie bitte still, Liebricht, und hören Sie mir zu. Ich habe ferner vor, die *En Avant* zu Wasser zu lassen und als Schleppkahn einzusetzen. Die *Stanley* soll sie ins Schlepp nehmen. Wäre das Schiff dazu imstande?«

»Ich weiß es nicht, Monsieur. Das hängt davon ab...«

»Wovon?«

»Wie schwer man sie belädt.«

»Ich will sie mit zehn bis zwanzig Tonnen und vielleicht zweihundert Leuten beladen. Die *Stanley* kann das schon schleppen.«

Liebricht zuckte mit den Schultern. »Möglicherweise, Monsieur. Aber das wäre wirklich das äußerste.«

»Na gut. Aber reden wir mal über was anders – die *Florida*. Die Lecks, die sie da im Rumpf hat, sehen mir gar nicht so schlimm aus, die lassen sich flicken. Sie haben doch Planken und Bolzen und einen Schmied hier in Ihrer Garnison, Liebricht. Also kann man das Schiff reparieren, zu Wasser lassen und ebenfalls als Schleppkahn einsetzen.« Liebricht nickte, befingerte seinen gabelförmigen Bart.

»Na bitte, jetzt muß ich nur noch eins wissen: Ist die *Stanley* in der Lage, auch noch die *Florida* ins Schlepp zu nehmen?«

»Zusätzlich zur *En Avant*?«

»Ganz recht.«

»O nein, Monsieur, *mon dieu*, nein. Auch wenn die *Florida* kein Hölzchen geladen hätte, die *Stanley* würde das Schiff schon beim bloßen Versuch in Stücke reißen. Nein, dazu wäre das Schiff nie in der Lage.« »Aber die *Peace* wäre dazu imstande, ja?«

»Die *Peace*?«

»Nun passen Sie mal auf, Liebricht, und zwar genau. Ich will nur eins von Ihnen wissen: Wäre die *Peace* in der Lage, zusammen mit den Rest meiner Karawane die *Florida* in Schlepptau zu nehmen – sagen wir, mit weiteren hundert Tonnen Ladung und dreihundert Leuten – und zwar gerecht verteilt auf beide Schiffe?«

»Ist das eine hypothetische Frage, Mr. Stanley?« warf Barttelot ein.

Stanley drehte sich um.

»Ich meine, Sir, in Anbetracht der Tatsache, mit welchem Nachdruck Mr. Bentley sich weigerte, uns die *Peace* zu überlassen, kommt mir Ihre Frage recht hypothetisch vor.«

»Das ist sie aber nicht, es ist in keinster Weise eine hypothetische Frage.«

»Aber, aber, *mon Dieu*, Monsieur Stanley! Bitte, sagen Sie doch nicht so etwas, nicht einmal denken dürfen Sie so etwas. Diese Idee müssen Sie sich unbedingt sofort aus dem Kopf schlagen. Was Sie da wollen, läßt sich auf keinen Fall bewerkstelligen.«

»Das zu beurteilen, überlassen Sie lieber mir, Liebricht.«

»O nein, Monsieur, das geht nun wirklich nicht, das muß schon ich beurteilen dürfen. Schließlich untersteht die Mission meinem Schutz. Ich bin für die Leute hier verantwortlich.«

»Ich werde Sie von dieser Verantwortung befreien – ich werde das so regeln, daß Sie sich nicht mehr darum zu kümmern brauchen.«

»Nein, nein, nein, Monsieur, nun gehen Sie aber wirklich zu weit. Ich habe mir in den letzten Tagen ja eine ganze Menge von ihnen bieten lassen. Und da ich erkenne, daß Sie mir die Schuld an Ihrer Notlage geben, und da Sie meinen, es wäre die Pflicht des Freistaates, Ihnen die Dampfer zur Verfügung zu stellen, war ich ja auch bereit, mir einiges bieten zu lassen. Aber das kann ich nun nicht mehr tolerieren, ganz und gar nicht. Jetzt gehen Sie zu weit. *Mon Dieu*, es würde einen Skandal geben – ich würde das nie überleben. O nein, Monsieur, jetzt ist Schluß, das werde ich nicht zulassen.«

»Hören Sie, Liebricht«, Stanley langte über den Tisch und packte den Belgier am Handgelenk »nun passen Sie mal gut auf. Es ist mir völlig gleich, was Sie erlauben oder nicht erlauben. Mich interessiert bloß eins – ich will meine Karawane flußaufwärts nach Jambuja transportieren. Und ich *werde* sie den Fluß hinauf bringen. So oder so – ich *werde* genügend Boote zusammenbekommen und nach Jambuja bringen. Darauf können Sie sich verlassen, nichts wird mich davon abhalten – Sie nicht, Bentley nicht und auch nicht der König der Belgier.«

»Ich muß schon sagen, Sir – an was Sie da denken, klingt mir ganz nach einem Akt der Piraterie«, meinte Barttelot.

»Nennen Sie es, wie Sie wollen, Major.«

»Dann nenne ich es eben Piraterie.«

»Na und? Beleidigt das etwa Ihr Zartgefühl?«

Er zuckte nur mit den Schultern.

»Wenn dem nämlich so wäre, Major, dann können Sie nämlich auf der Stelle aus der Expedition ausscheiden – dasselbe gilt auch für alle anderen.« Er blickte in die Runde. »Die Expedition wird den Emin Pascha retten, und wenn wir dafür durch die Hölle gehen müssen – also mustert am besten jeder, der es sich noch einmal anders überlegen will, auf der Stelle ab. Er kann dann mit der nächsten Handelskarawane zur Küste zurückfahren.« Er wandte sich noch einmal Barttelot zu. »Also, Major?«

»Daß Ihre Methoden unorthodox sind, habe ich ja schon immer geahnt, Sir. Nur – daß sie so unorthodox sind, nun doch nicht.«

»Sehr schön, dann gehen Sie eben. Will sonst noch jemand ausscheiden?«

»Nein, Mr. Stanley, Sie haben mich da mißverstanden. Als ich mich zu der Expedition meldete, war mir durchaus klar, daß man von mir erwartet, Ihren Befehlen Folge zu leisten Sollten Sie eben nun einen Befehl ausgeprochen haben, Sir, so bin ich bereit, ihn zu befolgen. Und außerdem, so wie's aussieht, haben uns Ihre Befehle ja immer noch Spaß gemacht.«

»Spaß?« rief Liebricht. »Glauben Sie wirklich, die Expedition wird *ein Spaß*, Major? O nein, da irren Sie sich aber ganz gewaltig, Major, das kann ich Ihnen flüstern.« Er stand vom Tisch auf. »Monsieur Stanley, ich verstehe ja, in was für einer Lage Sie sich befinden, und ich will auch nicht verhehlen, daß ich bis zu einem gewissen Grade Verständnis für Ihr Verhalten aufbringe. Aber, Monsieur, ich muß Sie warnen. Als Kommandeur der Station habe ich einen Eid darauf abgelegt, all jene zu verteidigen, die meinem Schutz unterstehen. Das wir uns da nicht mißverstehen, Monsieur. Ich werde mit meinen Soldaten bestimmt nicht tatenlos zusehen, sollte es zu Gewaltakten gegen Mr. Bentleys Mission kommen, ganz gleich ob gegen Sachen oder Personen.«

»Ach, daß Sie untätig dabeistehen, damit rechne ich gar nicht, Liebricht«, erwiderte Stanley,. »Nein, keinen Moment glaube ich das.«

VI

Jephson erwachte vom Klang von Trommeln. Er war in einem der Zimmer des Station-Hotels untergebracht. Während er in dem Rollbett lag, noch umfangen von der leichten Verwirrung zwischen Wachen und Träumen, und benommen durch das Moskitonetz auf die blassen Strahlen der Morgendämmerung blickte, die durch die Fensterläden fielen, hatte er das pulsierende Geräusch in der Ferne zunächst gar nicht unterbringen können. Er hielt das für Donnergrollen. Dann aber fielen ihm wieder Ngaljemas Trommler ein. Er setzte sich auf. Es war aber ein ganz anderer Rhythmus, nicht das wilde und vertrackte Getrommel wie beim *shauri* – er war viel einfacher, drei identische, pausenlos wiederholte Schläge, zunächst von einer Gruppe von Trommeln, dann, etwas leiser, von einer zweiten Gruppe, die eine Gruppe das Echo der anderen, die erste in großer Entfernung von der zweiten, irgendwo weit hinten in den bewaldeten Bergen.

»Robbie...«

Nelson teilte mit ihm das Zimmer. Er schlief auf dem Gegenstück zu Jephsons Rollbett, rund einen Yard entfernt. Er schlief zusammengerollt auf der Seite wie ein kleines Kind und hatte den Kopf tief ins Kissen vergraben. Das Laken an den Fußgelenken war zerrangelt, der Mund stand leicht offen; er schnarchte leise. Als er hörte, daß jemand ihn beim Namen rief, drehte er sich auf den Rücken, wachte aber noch nicht auf. Jephson band die Schleifen am Moskitonetz auf, streckte den Arm aus und rüttelte ihn an der Schulter.

»Hm?« Er öffnete die Augen und schloß den Mund.

»Hören Sie mal, Robbie... Was kann das sein?«

Er blieb auf dem Rücken liegen und blickte zur Zimmerdecke aus Reet: »Das sind Kaffertrommeln«, er lauschte etwas länger, »Sprechtrommeln, würd' ich sagen.«

»Sprechtrommeln?«

»Ja ja, hört sich ganz danach an, die Zulus hatten die auch.« Er machte das Moskitonetz an seinem Bett auf, stand auf und trat, in Unterhemd und Unterhose, auf die Hotelveranda.

Troup und Ward waren auch schon auf.

Es war aber noch nicht richtig Morgen. Auch wenn der Mond längst untergegangen war, und man im Osten über dem Pool ein schwaches Leuchten sah. Der Himmel war immer noch sternenklar, die Luft kühl. Aber im Kantonnement waren die ersten Leute wach. Aus den kleinen Fenstern im Blockhaus drang das Licht der Sturmlampen, Männer in Nachthemden traten auf die Veranden der Gebäude entlang des Paradeplatzes.

»Meinen Sie auch, daß das Sprechtrommeln sind, Mr. Ward?« fragte Nelson.

»Ja«, antwortete Ward.

»Dachte ich mir auch... Ich hab' die schon mal in den Drakensbergen gehört, so was vergißt man zeitlebens nicht mehr.«

»Und was reden die?« wollte Jephson wissen.

Ward schüttelte den Kopf. »Keine Ahnung, so hab' ich die noch nie schlagen gehört.«

»Dann sollten wir uns jetzt mal anziehen«, sagte Troup.

Schläfrig trotteten die Soldaten der Force Publique, die Mausergewehre hinter sich herschleifend, aus ihren Unterkünften, während ihnen die beiden flämischen Feldwebel ihre Befehle zubrüllten. Ihr Kommandeur, Major Parmiter, stand in Hemdsärmeln auf der Wachhausveranda. Er zog sich mit der einen Hand die Hosenträger über, mit der anderen befestigte er den Enfieldrevolver, den er in einem Halfter am Gürtel trug. Die Händler, Agenten und verschiedenen Handwerker und Beamte der Station scharten sich um ihn, die meisten hatten sich noch nicht fertig anziehen können. Stabsarzt Parke tauchte im Eingang des Hospitals auf, wo er sein Quartier aufgeschlagen hatte. Er knöpfte sich zum Schutz gegen die Morgenkühle die Jacke zu und sah verblüfft in der Gegend herum. Als er entdeckte, daß Troup, Ward, Nelson und Jephson eilig aus dem Hotel kamen, trottete er hinter ihnen her.

»Was ist denn, Jungs?« fragte er, als er Nelson eingeholt hatte und im Gleichschritt neben ihm weitermarschierte. »Was hat der Radau zu bedeuten? Sind die Nigger auf dem Kriegspfad?«

»Das sind Sprechtrommeln, Tommy«, entgegnete Nelson.

»Sprechtrommeln? Worüber spricht man denn so?«

Nelson zuckte mit den Schultern. Die fünf Männer gesellten sich zu den Leuten, die Parmiter umringten.

»Das kommt von Ngaljema, von wem denn sonst?« meinte Parmiter gerade, »er ist drauf und dran, mal wieder eine seiner üblichen Schurkereien anzuzetteln.«

»Ja schon, das kann auch nur er sein – nur, um seine üblichen Schurkereien geht's hier bestimmt nicht, Parmiter«, widersprach ihm einer der Trapper, Swinburne, der Amerikaner. »Herrgott! Ich geh' jetzt schon seit fast vier Jahren in der Gegend hier auf Jagd, aber so ein irres Getrommel hab ich überhaupt noch nie gehört.«

»Das sind Kriegstrommeln«, meinte ein Holländer.

»Ach, reden Sie kein dummes Zeug, Vanderwycken, Sie Trottel«, schnitt ihm Parmiter das Wort ab, »natürlich sind das keine Kriegstrommeln. Ich verbitte mir, daß Sie hier in der Station rumrennen und das rausposaunen. Himmel noch mal, das hat uns gerade noch gefehlt – ein Schwarzseher in unserer Mitte.«

»Na gut, aber wenn das keine Kriegstrommeln sind, was zum Teufel sind's dann?« Der Holländer blieb eisern.

»Sprechtrommeln! Herrgott noch mal, das muß doch jedem, der auch nur einen Tag bei den Bateke verbracht hat, wie Schuppen von den Augen fallen.«

»Das bestreitete ich ja gar nicht, Parmiter, das sind wirklich Sprechtrommeln«, sagte Swinburne, »aber über was reden die Nigger? Das würd' ich gern wissen.«

»Das finde ich noch früh genug raus«, lautete Parmiters Antwort. »Und wenn ihr euch jetzt endlich mal verzieht, verdammt noch mal, dann kann ich meinen Pflichten nachkommen und bestimmt auch rausfinden, was das Getrommel zu bedeuten hat. Macht euch nur keine Sorgen.« Er marschierte mit langen Schritten von der Wachhausveranda und ging zur Kaserne hinüber, vor der seine Soldaten zugweise zum Appell angetreten waren. Die beiden europäischen Feldwebel salutierten.

Endlich erschien auch Kommandeur Liebricht auf der Bildfläche. Er kam vom Blockhaus herübergeeilt. Sein Adjutant, Fähnrich Dessauer folgte ihm auf dem Fuß. Sofort wurde er von den Händlern und Agenten umringt.

»Messieurs, so beruhigen sie sich doch bitte, sie brauchen sich doch nicht gleich so aufzuregen.« Liebricht hob die Hände, als ob er fürchtete, sich die aufgebrachten Männer mit körperlicher Gewalt vom Leibe halten zu müssen. »Einer zur Zeit bitte, es kommt jeder dran, aber einer zur Zeit. Major Parmiter?«

Der kam zurück und salutierte.

»Worum geht's denn, Major? Haben Sie's schon rausgefunden?«

»Noch nicht, aber ich habe es vor. Ich werde gleich mal mit einer Patrouille losgehen.«

»Und wohin?«

»Nach Kinshasa.«

»Nach Kinshasa? Was wollen Sie da denn, Parmiter«, mischte sich Swinburne ein, »das Getrommel kommt doch nicht aus Kinshasa. Das kommt doch von weiter hinten – irgendwo aus den Bergen.«

»Ich muß doch bitten, Monsieur Swinburne«, sagte Liebricht, »Major Parmiter weiß schon selber, wo die Trommeln sind, die kann er ebensogut hören wie Sie. Er ist ja nicht taub.«

»Aber was hecken die in Bergen aus?« Die Frage hatte wieder der Holländer gestellt. »Da oben gibt's doch gar keine *banzas*. Da oben gibt's doch bloß Kautschukwälder, was treiben die Nigger also dort oben?«

»Das kann ich Ihnen auch nicht sagen, Vanderwycken«, antwortete Parmiter, »aber Ngaljema wird es wissen. Da können Sie Gift drauf nehmen. Und darum marschier' ich jetzt nach Kinshasa.«

»Ja doch, ausgezeichnet. Und wieviel Männer wollen Sie mitnehmen?« erkundigte sich Liebricht.

»Nur die Patrouille... zehn Jungs und Feldwebel Glave.«

»Zehn? Zehn Leute?« Das kam schon wieder von Swinburne. »Sind Sie denn verrückt geworden, Parmiter? Zehn – das reicht doch nie. Da oben in den Bergen stecken vielleicht Hunderte, ja Tausende von Kaffern.«

»Herrgott noch mal, Swinburne, ich habe doch nur gesagt, daß ich nach Kinshasa marschieren will. Wenn zehn Männer nicht ausreichen, dann find ich das schon vor Ort raus, und wenn die nicht reichen, dann...«

»Ja doch, ist ja schon gut, Major... Aber lassen Sie mich mal ein Wort mit den Männern reden, ich möchte nicht, daß es zu unnötiger Gewaltanwendung kommt.« Liebricht faßte Parmiter am Arm und ging mit ihm zur Kaserne zurück, während die Händler zurückblieben und anfingen, sich aufgeregt miteinander zu unterhalten.

Die Karawane der Expedition hatte ihr Lager am Ufer des Pools aufgeschlagen, an dem schilfbedeckten, mit Abfällen übersäten Abschnitt zwischen der Stations-Pier, an der die *Stanley* lag, und dem Missions-Anlegesteg, an dem inzwischen die *Peace* festgemacht hatte. Das große weiße Rundzelt der Hauptquartierskompanie, das Verpflegungszelt sowie zwei kleinere graue Zelte hatte man auf dem höher gelegenen Gelände im Westen der Missionspier aufgeschlagen; so war man nicht dem Gestank ausgesetzt, der von dem Dreck am Uferstreifen herüberwehte. Weiter unten am Ufer standen in einer Reihe die Hütten aus Flechtwerk und die Verschläge aus Gras der *pagazis* und Askaris. Vor rund jedem zwanzigsten loderte ein Kochfeuer, das man die Nacht über hatte brennen lassen, um die Moskitos zu vertreiben. Die kreisförmigen Kraals und Ställe für die Packtiere und das Vieh standen unten am Wasser. Der Signalbläser hatte zwar noch nicht zum Wecken geblasen, die Karawane war jedoch schon auf den Beinen; wie alle andern auch, waren die Leute durch das Getrommel wach geworden.

Inzwischen hatte die Karawane eine Stärke von unter 800 Mann. Die Bakongo-Träger, die man für den Marsch um die Livingstone-Fälle gemietet hatte, hatte man ausgezahlt und nach Hause geschickt. Hinzu kam, daß sieben der Wanjamwesi und Sudanesen auf dem Marsch von Matadi an Malaria gestorben oder durch Unglücksfälle ums Leben gekommen waren. Drei Leute waren desertiert oder unterwegs abhanden gekommen und drei weitere hatte man aufgrund einer Erkrankung oder Verletzung in Missionen und Dörfern zurücklassen müssen. Weitere vier lagen zur Zeit im Hospital in Leopoldville und konnten nicht mehr mitmarschieren. Auch die Anzahl der Lasten hatte sich verringert. Seit der Abfahrt aus Matadi hatte man dreizehn Tonnen Reis aufgebraucht. Annähernd die gleich Menge *mitako* hatte man gegen frische Lebensmittel eingetauscht. Außerdem waren mehrere Kisten mit Ausrüstungsgegenständen im schwersten Gelände und schlimmsten Wetter auf dem Marsch verlorengegangen oder gestohlen oder irreparabel beschädigt worden. Aber die Lebensmittel ließen sich in den Stationsläden ersetzen. Deshalb begab sich Uledi, kaum daß man gepackt und gefrühstückt hatte, in Begleitung einer Gruppe von Trägern zum Kantonnement hinauf und machte sich daran, Jutesäcke mit grobem Mehl, große Fässer mit Palmöl, Ballen aus Baumwollstreifen, Fässer mit Draht zum Tauschen und Kisten mit Räucherfleisch hinunterzuschleppen und stellte das alles zu den Weidenkörben und verpackten Expeditionsgütern, die sich schon am Pool-Ufer entlang stapelten.

Davor stand ein Abordnung Askaris und hielt Wache, die Maxim hatte man weithin sichtbar aufgestellt. Den Geschützlauf hatte man zur Abschreckung auf die Barackenstadt der Schwarzen gerichtet. Die verbliebenen Sudanesen zogen, ausgestattet mit Äxten und Zugsägen und mit hintereinander festgebundenen Maultieren aus dem Lager, um Brennholz für die Kessel der Dampfer zu sammeln. Mit der Reparatur des Rumpfes der *Florida* war auch schon begonnen worden. Man mußte die beschädigten Teile herausschneiden, neue Teile beim Schmied in der Esse zurechthämmern lassen, Nieten herstellen und eine aus Baumstämmen fabrizierte Helling bis herunter zum Pool verlegen, auf der man das Schiff zu Wasser lassen konnte. Gleichzeitig erhielten 200 Wanjamwesi den Auftrag, die *En Avant* vom Stapel zu lassen. Die *Lady Dorothy* hatte man bereits zusammengesetzt und zu Wasser gelassen, man hatte vor, sie als Schleppkahn einzusetzen. In all dem Lärm und hektischen Treiben – dem Singen und Hämmern und Hacken, dem Schreien der Esel, die sich unter ihren Brennholzlasten voranschleppten, dem Aufstampfen der Füße von Hunderten von Trägern, die frische Vorräte heranholten, während Befehle hin und her gebrüllt wurden, den Flüchen der Askaris, die die Eingeborenen herumscheuchten, die auf der Suche nach Tauschgeschäften oder Arbeit aus der Barackenstadt heruntergekommen waren – ging das Schlagen der Trommeln hoch oben in den Bergen völlig unter und wurde eine Zeitlang ganz vergessen.

Heiß und schwül zog der Tag herauf. Fischerboote stachen in See, fuhren von Bucht zu Bucht auf dem glitzernden Wasser des Pools und warfen die Netze aus. Am Himmel zogen Kranichschwärme gen Norden, wo sich über den bewaldeten Bergen Wolken zusammenzogen. Nilpferde tummelten sich im Schlick einer nahegelegen Schwemmwasserregion. Von den marschigen Ufern stiegen Schwärme von Moskitos und Mücken und Bremsen auf, eine Plage für die Arbeitenden. Spätmorgens wurde dann die *En Avant* vom Stapel gelassen. Man führte mehrere Experimente durch mit verschiedenen Arten von Takelage, dann nahm die Stanley das Schiff in Schlepptau und dampfte, während der Kahn langsam Schlagseite nach Backbord bekam, den Pool hinauf, um eine Probefahrt zu machen. Ein Stunde später kam das Schiff zurück und ließ die Sirene tuten, um den Erfolg des Probefahrt zu verkünden. Es legte am Stations-Pier an, die *pagazis* begannen mit dem Beladen der beiden Schiffe. Mit der *Florida* allerdings gab es Schwierigkeiten. Als man das Schiff zu Wasser ließ, entdecke man im Rumpf ein drittes Leck, so daß man es wieder die Helling hochziehen und für weitere Reparaturarbeiten auf die Seite legen mußte. Und noch ehe man die Gelegenheit bekam, die Wirksamkeit der Reparatur zu prüfen, zog ein derart heftiges Gewitter über dem Pool herauf, daß alle losrannten und sich unterstellen mußten.

Jephson zog den Kopf ein und betrat das Kommandozelt der Hauptquartierskompanie. Kurz darauf kam auch Ward ins Zelt. Sie hatten gemeinsam an der *Florida* gearbeitet und waren pitschnaß, aber nicht vom Regen, sondern weil sie mehrfach in den Pool zu dem lecken Schiff hineingewatet und wieder herausgewatet waren. Ward hatte eine Flasche Brandy aus den Fortnum & Mason-Kisten im Zelt aufgetrieben. Jetzt standen sie im Zelteingang, reichten den Flachmann hin und her und sahen sich den Wolkenbruch und dieses wahre Feuerwerk von Blitz und Donner an. Sehr lange dauerte das Ganze allerdings nicht. Es handelte sich auch nicht um die Fortsetzung der langanhaltenden Regenfälle, unter denen sie auf dem Marsch von Matadi gelitten hatten. Hier entledigte sich nur die Natur ihrer drückenden Feuchtigkeitslast, die sich im Laufe des Tages unter der unbarmherzig sengenden Sonne aufgebaut hatte. Es war der sogenannte kleine Regen, mit dem man in den folgenden Wochen an jedem Nachmittag mit absoluter Pünktlichkeit zu rechnen hatte. Die Plötzlichkeit mit der das Gewitter über sie hereinbach, die ungeheure Wucht – der Wind heulte mit Taifunstärke, zerrte an den Zelten und wühlte auf dem Pool zwei, drei Meter hohe Wellen auf – war verblüffend, aber nach höchstens einer Stunde war das Unwetter vorübergezogen. Und nachdem es sich gelegt hatte, klarte der Himmel schnell wieder auf.

»Die Trommeln haben aufgehört«, sagte Ward.

Jephson drehte sich um. Ward sah Richtung Süden. Er hatte den Kopf leicht schiefgelegt. Tatsächlich, das pulsierende Getrommel in der Ferne war wirklich nicht mehr zu hören. Das war den anderen auch schon aufgefallen – *pagazis* steckten die Köpfe aus den Hütten, Askaris schlugen die Kapuzen ihrer Burnusse zurück, Marktfrauen verließen das schützende Dach ihrer Stände. Erwartungsvoll und neugierig wandten alle den Kopf und blickten zu den Hügeln im Süden. Ein Vogel fing zu singen an, ein zweiter antwortete ihm. Baumfrösche stimmten erneut ihr melodiöses Gequake an. Ein Windstoß raschelte durch die Palmen am Ufer, und das Regenwasser tropfte von den Blättern in die Wasserpfützen, daß es wie Glas klingelte. Aber ansonsten hielt die angenehme Stille an.

Da zerriß ein schriller, hysterischer Schrei die Stille: »*Stanley!*«

Ein Mann kam aus dem Blockhaus gerannt: »*Stanley! Monsieur Stanley!*«

Das kam von Liebricht. Er rannte über den Holzsteg, der vom Holzhaus zwischen den beiden Krupp-Kanonen zum Pool hinabführte. Zwei Männer liefen hinterdrein, daß es nur so polterte. Der eine war Fähnrich Dessauer, aber den anderen erkannte Jephson erst, als sie schon ziemlich nahe waren. Dann sah er, daß es Sergeant Glave war, der am Morgen mit Major Parmiter auf Patrouille gegangen war. Der Bursche stolperte bei jedem Schritt und versuchte sich an Dessauer festzuhalten. Seine Jacke war über der rechten Schulter aufgerissen, eine klebrige Masse hatte sie dunkel gefärbt. Es war Blut.

»Wo steckt der Kerl? Wo ist Monsieur Stanley?«

»Weiß ich nicht«, erwiderte Ward und ging schnell zu Liebricht hinüber. »Ich glaube, er ist auf dem Dampfer, jedenfalls hab ich gesehen, wie er vor dem Regen an Bord gegangen ist, vielleicht ist er immer noch da. Aber was ist denn überhaupt passiert?«

Liebricht gab ihm keine Anwort. Er stürmte auf den Stations-Anlegesteg, wobei er mit den Armen herumfuchtelte und laut

Stanleys Namen schrie. Dessauer rannte hinterher, er zerrte den wankenden Sergeant eher hinter sich her, als daß er ihn stützte. Ward und Jephson folgten ihnen.

Hoffman, der die Verladung unter sich hatte, kam gerade das Fallreep herunter, aber Liebricht war so aufgeregt und hysterisch, daß er fast ihn umgerannt hätte.

»Ist Monsieur Stanley an Bord?«

»Oben im Ruderhaus.«

Liebricht stürzte an ihm vorbei.

»He, warum habt ihr es denn so eilig?« Aber dann sah er die Verletzung des Sergeants, machte kehrt und kletterte hinter Ward und Jephson zum Ruderhaus hinauf.

»Monsieur Stanley!«

»Was ist denn?« Stanley studierte gerade ein Karte, mit Schagerström, dem Kapitän des Dampfers.

»Was haben Sie bloß angerichtet, Monsieur Stanley!«

»Wie bitte?« Stanley drehte sich um. »Was habe ich angerichtet?«

»Das hier, Monsieur, das hier!« Liebricht stieß den verwundeten Sergeant recht unsanft ins Ruderhaus.

»Herr im Himmel, Liebricht... sind Sie wahnsinnig geworden?« Er streckte schnell den Arm aus und fing den Sergeanten auf. Er hatte sich unter der Wucht von Liebrichts Stoß seitwärts gedreht, fast hätte er noch die Balance verloren und wäre lang hingeschlagen. »Der Mann ist verletzt, Sie Vollidiot! Den hat ein Speer erwischt.«

»Stimmt – einfach aufgespießt hat man den Mann!«

»Und wieso schleppen Sie den armen Kerl dann zu mir, verdammt noch mal? Der Mann gehört ins Krankenhaus.« Ganz vorsichtig entfernte er den alten Lappen von der zerrissenen Jacke, eine gräßliche, brandige Wunde kam zum Vorschein. »Bei Gott das ist wirklich ein häßlicher Schnitt.«

»Und Sie, Monsieur, Sie tragen die Verantwortung dafür – Sie ganz allein. Aber Monsieur Bentley hat mich ja gewarnt, das mußte ja so kommen!«

»Mir ist zwar nicht klar, worauf Sie hinauswollen, Liebricht, aber jedenfalls der Mann hier bedarf schleunigst ärztlicher Hilfe. Er ist in einem verdammt schlechten Zustand, die Speerspitze steckt noch teilweise drin. Fähnrich Dessauer, bringen Sie den Mann ins Hospital, Stabsarzt Parke ist da, er soll sich um ihn kümmern.«

»Nein! Lassen Sie das, der Mann bleibt, wo er ist. Ich möchte, daß Sie mit eigenen Augen sehen, was Sie angerichtet haben, Monsieur! Ich will, daß Sie aus erster Hand erfahren, was da geschehen ist, und zwar dank Ihnen. Erstatten Sie Bericht, Sergeant Glave, erzählen Sie Monsieur Stanley, was sich abgespielt hat.«

»Ein Speer«, krächzte Glave; sein Gesicht war schweißnaß.

»Wir wissen, daß Sie eine Speerverletzung haben. Aber wie hat man sie Ihnen beigebracht. Erzählen Sie mal, wie sich das Ganze abgespielt hat.«

»Ein Hinterhalt, auf dem Weg von...« Der Sergeant verdrehte die Augen, er schien ohnmächtig zu werden.

»Hören Sie, Liebricht, wenn Sie nicht wollen, daß der Mann an Ort und Stelle stirbt, dann bringen Sie ihn gefälligst auf dem schnellstem Wege ins Hospital«, sagte Stanley.

»Alle hat man umgebracht, und Major Parmiter ist in Gefangenschaft geraten. Nur Sergeant Glave konnte entkommen.«

»Also gut, anscheinend wissen Sie ja bereits, was passiert ist. Dann erzählen *Sie* es mir doch. Aber der Mann hier muß ins Krankenhaus. Dessauer, gehen Sie mit ihm zu Stabsarzt Parke. Und zwar plötzlich. Im Laufschritt.«

Liebricht erhob keinen Einspruch mehr. Seine Erregung hatte sich etwas gelegt. Mit leerem Blick starrte er dem Mann hinterher, der aus der Kabine geführt wurde. Dann ging er zu Schagerström rüber. »Geben Sie mir Whisky, Kapitän.«

»Setzen Sie sich hin.« Stanley deutete auf den Kapitäns-Drehstuhl. Der befand sich direkt neben dem Ruder und war fest mit dem Schiffsdeck verschraubt war. »Setzen Sie sich, und erzählen Sie uns ganz ruhig, was passiert ist.«

»Ich will mich aber nicht setzen.« Liebricht sprang mit einem Satz von Stanley weg und griff nach der Flasche mit irischem Whisky, die Schagerström aus dem Schrank unter dem Kompaß geholt hatte. Er zog den Korken aus der Flasche und nahm erst mal einen großen Schluck. »Ich habe keine Zeit herumzusitzen. Bald wird keiner mehr von uns dazu die Zeit haben.« Er drehte sich um und sah durch die Windschutzscheibe. »Die Krieger sind aus Kinshasa abgezogen«, er deutete mit der Whiskyflasche zum Pool-Ufer, »und zwar alle, Ngaljema ist auch unter ihnen, sie müssen das Dorf noch in der Nacht geräumt haben. Als Major Parmiter heute vormittag mit seiner Patrouille dort eintraf, waren nur noch die Frauen, Kinder und Alten da.« Er trat näher zur Windschutzscheibe und starrte angestrengt nach draußen. »Was sich Parmiter dabei gedacht hat, weiß ich nicht. Er hätte, nachdem er die Lage erkannte, sofort zur Station zurückkehren müssen. Er hat mir versichert, er würde sofort umkehren, wenn er mehr Männer braucht. Aber er ist es nicht, warum bloß? Sergeant Glave hier meint, wegen irgendeiner Sache, die ihm einer der Alten in Kinshasa erzählt hat. Aber egal… jedenfalls entschloß er sich, in die Berge zu gehen, bis zur ersten Gruppe Trommeln. Nach dem Klang zu urteilen waren die Trommeln höchstens eine Meile entfernt. Er wollte sich das Ganze aus der Nähe betrachten – auf Erkundung gehen und nachsehen, was da vor sich geht. Deshalb ist er hinaufgegangen.« Liebricht drehte sich wieder vom Fenster weg. »Und dann hat man ihn und seine Leute überfallen… aus dem Hinterhalt, Monsieur. Unsere Männer hatten kaum den Waldrand erreicht, da sind auch schon Hunderte schreiender Neger über sie hergefallen. Glave meint, es waren zweihundert, vielleicht sogar dreihundert. Sie haben unsern Männern aufgelauert. Sie wußten, daß sie kommen. Meine Jungs hatten nicht die geringste Chance. Glave hier behauptet, sie hätten keinen einzigen Schuß abgeben können. Die haben unsere zehn Leute auf der Stelle niedergemetzelt, mit ihren Speeren durchbohrt, mit ihren *pangas* in Stücke gehauen, und Major Parmiter haben sie gefangengenommen. Was mit ihm geschehen ist, mag der liebe Gott wissen. Nur Sergeant Glave gelang die Flucht, und Sie sehen ja selber, er ist so gut wie tot.«

»Stabsarzt Parke kriegt ihn schon wieder hin.«

»Meinen Sie, Monsieur? Und Major Parmiter und die zehn jungen Kaffer – wird er die auch wieder hinkriegen?«

Stanley winkte ungehalten ab.

»Keine fünf Meilen von der Station entfernt, praktisch direkt im Schatten der Palisade werden zehn Soldaten der Publique Force des Königs niedergemetzelt, und ein weißer Offizier gerät in Gefangenschaft. So was ist uns hier bisher noch nie passiert. Nicht mal in den schlimmsten Träumen hätte ich mir ausgemalt, daß so was geschehen kann.« Er nahm noch einen kräftigen Zug aus der Whiskyflasche. »Und doch ist es passiert. Ja doch, Monsieur, jetzt ist es passiert. Ngaljema ist auf Raubzug gegangen. Und das haben wir Ihnen zu verdanken, das ist Ihr Werk – Sie haben ihn gegen uns aufgehetzt. Genau, wie es Monsieur Bentley prophezeit hat, Sie haben Ngaljema mit Ihrem ganzen...«

»*Ich* habe Ngaljema aufgewiegelt... Das sagen Sie gefälligst nicht noch mal. Versuchen Sie ja nicht, mir das in die Schuhe zu schieben, Liebricht... Ich soll ihn gereizt haben? Daß ich nicht lache... Wollen Sie mir weismachen, er sei erst so wütend geworden, nachdem ich hier eingetroffen bin? Da irren Sie sich aber gewaltig. Er war schon so verflucht gereizt. Es ist ein wahres Wunder, daß er nicht schon längst das Kriegsbeil ausgegraben hat. Gestern hab ich fünf geschlagene Stunden beim *shauri* mit ihm zusammengesessen und genau hingehört. Da hab ich erfahren, was hier vor sich geht. Ich weiß, was Sie und Ihre Jungs mit den armen Schweinen angestellt haben, Liebricht. Ich hab gehört, wie ihr den Kautschuk erntet, Liebricht.« Er trat einen Schritt auf den Belgier zu. »Ich weiß über die *Hände* Bescheid.«

Liebricht vermied es, ihn anzusehen.

»Ja, Freundchen, mir ist die Sache mit den Händen zu Ohren gekommen,« sagte er noch einmal. Er ging noch näher zu Liebricht und senkte die Stimme, bis es wie ein rauhes Flüstern klang. »Versuchen Sie also ja nicht, mir weiszumachen, *wer* Ngaljema aufgestachelt hat. Sagen Sie mir nur, was Sie jetzt tun wollen – jetzt da er wirklich wütend geworden ist.

Liebricht, der ihn immer noch nicht ins Gesicht sah, nahm noch einen kräftigen Schluck. Kalter Schweiß stand ihm auf der Stirn. Die Hand, die die Whiskyflasche hielt, tatterte.

»Sie haben doch wohl die Absicht, jetzt was zu unternehmen, oder? Sie haben doch vor, mit der ganzen Garnison auszurücken und Ngaljema zu verfolgen, um herauszufinden, ob man Parmiter befreien kann, nicht wahr? Oder wollen Sie hierbleiben, an der Flasche nuckeln und abwarten, bis Ngaljema die Station überfällt und Ihnen die Gurgel durchschneidet?«

»Mit der Garnison ausrücken?« erwiderte Liebricht, langsam ließ er die Whiskyflasche sinken. »Ja schon, natürlich werde ich die Garnison ausrücken lassen. Was bleibt mir anderes übrig? Das erwarten Sie doch von mir, stimmt's?« Und dann drehte er sich mit einem Ruck um und sah Stanley an. »Aber ja, genau das wollen Sie! *Mon dieu*, wie konnte ich nur so dumm sein? Warum ist mir das nicht gleich aufgegangen? Dazu wollen Sie also mich verleiten. Ja mehr noch, genau darauf haben Sie *spekuliert*: daß ich mit der Garnison ausrücke und Ihnen freie Hand lasse, damit Sie... tun und lassen können, was Sie wollen. Darum hat sich doch alles gedreht, nicht wahr, Monsieur? Deswegen haben Sie Ngaljema überhaupt zum *shauri* in die Station geholt. Deswegen haben Sie ihn so sehr aufgestachelt, daß er sich über uns beschwert – ja, Sie haben ihn sogar noch dazu ermutigt und, ich ahne es, gemeinsam mit ihm diesen Plan ausgeheckt. Damit Ngaljema einen Vorwand hat, mich, Parmiter und die Garnisonssoldaten aus dem Wege zu schaffen, damit Sie hier allein zurückbleiben und freie Hand haben, die *Peace* in Ihre Gewalt zu bringen.«

Irgend jemand räusperte sich. Jephson blickte sich um. Schagerström zog ein dreckiges Taschentuch – eher ein Lappen – aus der Tasche und hielt es sich vor den Mund.

»Aber ja, nur darum ging es Ihnen«, redete Liebricht weiter, »endlich hab ich's begriffen. Wie konnte ich nur so dumm sein, daß ich das nicht schon viel eher bemerkt habe. Sie haben es sich in den Kopf gesetzt, die *Peace* zu bekommen, und nichts sollte Sie davon abhalten können, absolut nichts. Das haben Sie mir selber gesagt. Nichts werde sie davon abschrecken, und so ist es. Nicht mal die Ermordung von zehn schwarzen Soldaten schreckt sie. Nicht mal der Mord an Major Parmiters – wenn es zum Schlimmsten kommen sollte. Nicht mal die Ermordung von gottweiß wievielen Menschen, ich meine, wenn wir losziehen und im Wald Jagd auf die Wilden machen. Nein, nichts davon schert Sie. Nein, Ihnen ist nur eins wichtig: daß Sie die *Peace* haben, daß Sie mit Ihrer Karawane weiter den Fluß hinauffahren können, daß Sie rechtzeitig bei Emin Pascha eintreffen. O ja, Monsieur, das ist mir jetzt klar. Aber so waren Sie ja schon immer... Sie interessiert ausschließlich, daß Sie Erfolg haben. Sie hat ja doch immer nur interessiert, daß Bula Matari...«

»Jetzt reicht's mir, Liebricht. Ich habe keine Lust mehr, mir Ihr dummes Gerede anzuhören.«

»Mein dummes Gerede? Ja doch, Sie müssen das natürlich dummes Gerede nennen...«

»Es reicht, hab ich gesagt!« rief Stanley wie aus der Pistole geschossen.

Liebricht wich einen Schritt zurück.

»Glauben Sie das meinetwegen, Liebricht, glauben Sie doch, was Sie wollen. Aber lassen Sie sich mal einen guten Rat von mir geben, Freundchen: Machen Sie sich nur keine Sorgen über die Sache. Sorgen Sie lieber dafür, und zwar sofort, daß Sie Ihre Truppe auf Trab bringen. Viel Tageslicht ist nicht mehr da, und Sie wollen doch wohl nicht nach Einbruch der Dunkelheit im Wald Jagd auf die Kaffer machen. Und bis morgen früh sollten Sie erst recht nicht warten, das kann ich Ihnen flüstern. Sie wissen doch, was Ngaljema macht, wenn Sie ihm bis morgen Zeit lassen?«

Liebricht blieb die Antwort schuldig.

»Und ob Ihnen das bewußt ist«, sagte Stanley. »Nehmen Sie also endlich Vernunft an, und verschwinden Sie von hier, aber plötzlich.« Er drehte sich zum Armaturenbrett um, auf dem die Flußkarte aufgeschlagen lag.

»Sie Mistkerl!« sagte Liebricht.

Schnell drehte sich wieder Stanley um, aber Liebricht verließ das Ruderhaus.

Eine beklemmende Stille trat ein. Stanley wartete eine Weile, so als wollte er den übrigen – Ward, Hoffman, Jephson, Schagerström, vielleicht besonders Schagerström – die Gelegenheit geben, ihren Kommentar zu der Meinungsverschiedenheit abzugeben, deren Zeuge sie eben geworden waren. Aber alle enthielten sich der Stimme. Das Schweigen zog sich hin. Seltsamerweise konnte man die Geräusche, die man zu hören erwartet hätte – die Männer, die unten am Ufer arbeiteten, ihren Sprechgesang, das Gehämmere und die Zurufe, die Schreie unter ihren Lasten – nicht hören. Nur unter ihren Füßen das leise Schwappen des Wassers an den Rumpf des Dampfers, das hörten sie. Und über ihren Köpfen das Summen der Fliegen. Und wieder den schwachen Klang von Trommeln, hoch oben in den Bergen.

Einhundert Sudanesen, 250 Wanjamwesi und etwa fünfzig Tonnen Güter standen am Ufer des Pools bereit. Die restliche Karawane und die Vorräte befanden sich auf den Flußschiffen. Die *Stanley* hatte die *En Avant* und die *Lady Dorothy* im Schlepp und lag etwas vom Stationsanleger entfernt auf dem Wasser. Der Kessel stand unter vollem Druck. Troup und Baruti waren schon an Bord gegangen – zusammen mit Kapitän Schagerström, Walker, dem Maschinisten, sowie ungefähr 250 der Wanjamwesi. Nelson und Parke befanden sich auf der *En Avant*, zusammen mit der Masse der Packtiere, fünfzig Wanjamwesi und hundert Sudanesen. Das zerlegbare Stahlboot war bis zum Rand mit Kisten und Kästen vollgeladen, sie lagen gut abgedeckt unter eingefetteten, wasserdichten Segeltuchplanen, und hatte Sudi und die zehnköpfige Mannschaft an Bord. Die *Florida*, die man nach dem fünften Versuch mit Erfolg zu Wasser gelassen hatte, war am Stations-Anleger vertäut. Das Schiff hatte eine leichte Schlagseite nach steuerbord, es konnte aber in Schlepptau genommen werden. Ward war auch schon aufs Schiff gegangen, aber die Wanjamwesi, die auf diesem Wrack mitfahren sollten, gehörten zu denen, die noch an Land waren. Sie standen mit den fünfzig Tonnen Ladung und den übrigen hundert Askaris am Kai der Mission bereit, dort, wo die *Peace* festgemacht hatte. Diese Leute befehligten Hoffman und Uledi; Stanley, Jephson und Barttelot standen zwischen den Askaris herum. Bonny hatte sich mit dem Rücken ans Rohr des automatischen Maxim-Geschützes gelehnt.

Als er das alles mitbekam und schon ahnte, was da vor sich ging, kam Bently, dicht gefolgt von Sims, aus dem Pfarrhaus geeilt und fing sofort an, wütend Protest anzumelden.

»Sparen Sie sich Ihre Worte, Reverend«, sagte Stanley und ging ihm entgegen. »Halten Sie die Luft an. Und hören Sie mir zu. Ich werde gleich die *Peace* übernehmen. Damit ist der Fall geregelt. Also bleibt nur noch eines zu klären, und zwar, ob ich das Schiff auf die leichte oder die schwere Art übernehmen kann. Es hängt ganz von Ihnen ab.«

»Sie wollen die *Peace* übernehmen?« Bentley warf einen Blick zum Missionsschiff hin. Es lag am Landungssteg, der Anker war noch nicht gelichtet. Kein Licht brannte auf dem Schiff, aber die Mannschaft hatte sich schon auf dem Hinterdeck versammelt.

Alle Mann blickten auf die Askaris und das automatische Geschütz am Ufer. Das Maxim hatte sie im Visier »Wenn Sie das machen!« sagte Bentley, aber dann schnappte seine Stimme über. Er unternahm einen zweiten Anlauf. »Das werden Sie nicht wagen! Sie bluffen nur! Oder vielleicht sind Sie doch übergeschnappt! Würden sie das wagen, Sie wären ruiniert – völlig am Ende. Dafür würde ich schon sorgen. Das kann ich Ihnen versprechen, Sir, dafür würde ich sorgen. Was sie da vorhaben, das ist Piraterie. Das gilt in jedem zivilisierten Land der Welt als Schwerverbrechen, und ich werde dafür sorgen, daß jedes zivilisierte Land davon Kenntnis erhält. Und von dem Skandal, den das hervorriefe, würde sich Ihr guter Ruf niemals mehr erholen. Alle Welt wird Sie als den gewalttätigen Briganten erkennen, der Sie sind. Denken Sie darüber nach, Mr. Stanley. Überlegen Sie, wie man Sie dann bei Ihrer Rückkehr nach Europa empfangen würde. Denken Sie an die Schande.«

»Darüber mache ich mir Gedanken, wenn ich wieder in Europa bin«, entgegnete Stanley. »Im Augenblick möchte ich nur, daß Sie einmal über das folgende nachdenken: Wie Sie sehen, stehen dort hundert gut bewaffnete Männer – und die Maxim. Die Männer haben ihre Befehle erhalten. Wenn also jemand den Versuch unternimmt, sich hier einzumischen... Aber dazu muß es gar nicht kommen. Niemandem wird auch nur ein Haar gekrümmt, Reverend, wenn Sie sich vernünftig verhalten.«

Bentley fehlten die Worte.

»Dr. Sims...« sagte Stanley.

Als er seinen Namen hörte, schrak der kleine Dicke zusammen.

»Dr. Sims, Sie werden statt mir die *Peace* flußaufwärts bis nach Jambuja lotsen.«

»Ich?«

»Ja, Sie... Wissen Sie, wo Jambuja liegt?«

»Nein, Sir, flußaufwärts bin ich bisher noch nicht weiter als bis Kimpoko gefahren.«

»Das macht nichts, Kapitän Schagerström weiß, wo der Ort liegt. Sie müssen ihm nur mit der *Peace* hinterherfahren.«

Sims ließ den Blick übers Ufer des Pools schweifen, bis zum Anleger der Station.

»Kapitän Schagerström wird die *En Avant* und mein Stahlboot in Schlepptau nehmen. Sobald wir die *Peace* beladen haben, fahren Sie auf ihr zum Missions-Pier und machen sie dort an der *Florida* fest. Meine Jungs werden die *Peace* dann Bord an Bord vertäuen, und zwar in sicherer Entfernung vom Heckschaufelrad. Meinen Sie, daß sie das schaffen können?«

Sims nickte.

»Na prima. Major – Dr. Sims soll gleich auf die *Peace* gehen. Seien Sie bitte so gut und begleiten Sie ihn an Bord.«

»Dr. Sims...«, sagte Barttelot.

»Major Barttelot, das dürfen Sie nicht zulassen«, Bentley geriet immer mehr in Wut, »Sie dürfen sich einfach nicht an einem derart ruchlosen Verbrechen beteiligen. Sie, Sir, ein Offizier der Königin.«

»Ich diene derzeit unter anderer Flagge, Reverend.«

»O nein, Major, so geht das nicht, solche Ausreden werden ihnen nichts nützen. Sollten Sie sich an dieser Sache beteiligen, dann werde ich auch Sie zugrunde richten – mit derselben Sicherheit wie den Kerl da, diesen Mr. Stanley. Das können Sie mir glauben. Ich werde schon dafür sorgen, daß alle Welt davon erfährt, was Sie hier gemacht haben.«

»Ob das die Leute interessieren wird, möchte ich aber stark bezweifeln, Reverend«, sagte Barttelot. »Sollten wir nämlich rechtzeitig bei Emin Pascha eintreffen und diesen edlen Türken aus den Händen der Derwische befreien können, wird es aller Welt reichlich egal sein, was genau wir tun mußten, um zum Erfolg zu kommen. Und sollten wir es nicht schaffen... na ja, in dem Fall bezweifle ich stark, daß das einen großen Unterschied macht. Weil wir dann vermutlich alle nicht mehr am Leben sein werden. So haben Sie sich das doch gedacht, nicht wahr, Mr. Stanley?«

»Begleiten Sie Dr. Sims auf die *Peace*, Major.«

Barttelot wandte sich lächelnd wieder an Sims.

»Ich warne Sie, Sims – bleiben Sie hier«, schnauzte Bentley ihn an, »wehe, wenn Sie da mitmachen!«

Sims warf Bentley einen ratlosen Blick zu.

»Lassen Sie sich doch nicht unterkriegen, Mann. Sie bleiben hier, haben Sie mich nicht gehört?«

»Sie haben mir doch nicht richtig zugehört, Reverend«, sagte Stanley. »Ich erkläre es Ihnen jetzt zum letztenmal, es hat über-

haupt keinen Sinn, wenn Sie Krawall machen. Damit erreichen Sie überhaupt nichts. Liebricht ist mit seiner Garnison ausgerückt und macht Jagd auf Ngaljema. Und mit den Leuten, die noch mit Dessauer in der Station sind, werden die Askaris hier spielend fertig. Wenn Sie weiter solchen Krach schlagen, dann fallen eben ein paar Schüsse und einige Menschen werden zu Schaden kommen – aber die *Peace* übernehme ich trotzdem. Also, warum wollen Sie mir nicht erlauben, daß das Ganze auf die angenehme Art und Weise erledigt wird? Bleiben Sie nur brav und ordentlich hier stehen. Dann können die Schiffsbesatzung und alle anderen hier erkennen, daß Sie wieder Verstand angenommen und mir Ihr Schiff doch ausleihen wollen. Auf diese Weise wird keinem auch nur ein Haar gekrümmt. Ist das klar?« Er sah Bentley direkt an und fügte dann hinzu: »Alles klar, Major – gehen Sie jetzt mit Dr. Sims an Bord.«
»Aber wir haben doch keinen Treibstoff«, platzte es aus Sims heraus, »das Schiff kann ja nirgends hinfahren, ich hatte keine Gelegenheit, es neu zu bestücken.«
»Und ob Brennstoff an Bord ist«, sagte Barttelot, »und zwar in rauhen Mengen. Was unsere Jungs in den letzten beiden Tagen geschlagen haben, reichte mindestens für zwei Tage Fahrt – mit Volldampf. Wenn Sie also bitte mitkommen möchten, dann können Sie mir gleich zeigen, wo wir das Zeug verstauen sollen.«
Sims sah Bentley achselzuckend an. Ich habe alles versucht, wollte er wohl damit sagen. Und dann ging er mit.
»Fangen Sie mit der Verladung an, Will«, rief Stanley Hoffman zu. »Reverend, treten Sie mal etwas näher, ich möchte, daß Ihre Mannschaft Sie ganz deutlich sieht.«
Die *pagazis* betraten das Fallreep und schleppten die Lasten auf die *Peace*, ohne sich allerdings, wie sonst, fröhlich zu unterhalten. Die Askaris stellten sich in Zweierreihe auf und versperrten den Landungssteg, Gewehr bei Fuß. Hin und wieder klapperte Metall, oder ein Bajonett stieß klirrend gegen einen Patronengurt, wenn ein Soldat die Körperhaltung änderte, oder man hörte einen dumpfen Aufprall, wenn ein *pagazi* ins Stolpern geriet und die Traglast fallenließ, oder man hörte einen leisen Fluch, wenn Hoffman oder Uledi den Männern etwas befahlen. Im Ruderhaus wurde eine Lampe angezündet, ihr Schein bewegte sich am

Hauptdeck entlang und entschwand wieder. Matrosen kamen zum Anleger, warfen Bentley einen kurzen Blick zu und machten dann allmählich die Leinen los. Ein erstes kleines Rauchwölkchen entwich mit einem Stoß dem Schornstein, im Schiffsinnern begann irgendein Teil der Maschine zu rasseln.

Stanley zog seine Reiseflache mit dem Brandy aus der Hosentasche, trank einen kleinen Schluck und hielt Bentley die Flasche hin. Der Missionar ignorierte dieses Friedensangebot. »Möchten Sie auch was, mein Junge?«

Jephson griff zu, trank einen kräftigen Schluck und reichte Stanley die Flasche zurück.

»Ich wünsche, daß Sie Mr. Bentley inzwischen ein bißchen Gesellschaft leisten«, sagte Stanley. »Ich geht jetzt rüber auf die *Peace*. Ich will sehen, ob sich die Abfahrt beschleunigen läßt.« Er wandte sich an den Missionar. »Machen Sie keine Dummheiten, Reverend. Oder wollen Sie unserm jungen Freund hier Schereien machen?«

»Dafür werden Sie büßen«, antwortete Bentley; er biß die Zähne zusammen. »Das wird Sie noch teuer zu stehen kommen.«

»Möglicherweise.« Stanley schob die Brandyflasche wieder in die Hosentasche zurück. »Sie haben doch Ihre Waffe dabei, Arthur? Machen Sie ruhig Gebrauch davon – aber nur im äußersten Notfall.« Und damit begab er sich zum Missions-Anlegesteg.

Bentley sah ihm hinterher. Stanley schritt durch die Reihen der Askaris, ging das Fallreep zur *Peace* hinauf und verschwand schließlich im Hauptdeck unter den zahlreichen Trägern. Dann sah Bentley zum Ruderhaus hoch – dort müßte Stanley ja gleich wieder auftauchen. Aber das war nicht der Fall. »Das wird er noch büßen!« Bentley setzte sich in Bewegung.

»Sir!«

Er drehte sich um und sah Jephson an: »Dafür werdet ihr alle büßen – Sie auch, Mr. Jephson. Sie stecken in der Sache mit drin, genau wie alle anderen... Das hier ist ein Akt der Piraterei – eine Entführung. Ich werde Sie zugrunde richten, so wie die ganze Bande hier, dafür werde ich schon sorgen, das sage ich Ihnen.« Er drehte sich um und ging weiter.

»Sir, ich bitte Sie.« Jephson ging rasch hinter ihm her. »Ich muß Sie bitten, bei mir zu bleiben. Mr. Stanley hat das ausdrücklich angeordnet.«

Aber Bentley ging trotzdem weiter.

Und nun, dachte Jephson. Was mache ich jetzt? Die Pistole ziehen? Bentley festhalten? Ihn mit körperlicher Gewalt zurückhalten? Ihm drohen? Durfte er das? Der Mann war schließlich ein Missionar, alt genug, um sein Großvater sein zu können, ein ehrbarer Gentleman, wie man ihm jeden Tag in der feinen Londoner Gesellschaft begegnen konnte. Er war doch kein Dieb, kein Wilder. Wie konnte man bloß von ihm erwarten, daß er so jemanden hart anpackte, körperliche Gewalt androhte. Herrgott, verdammt abscheuliche Situation! Nie im Leben hätte er gedacht, auf der Reise mit Mr. Stanley in eine solch unangenehme Lage zu kommen. »Bitte, Sir«, bat er inständig, während er hinter Bentley hertrottete, »ich muß wirklich darauf bestehen.«

Aber es nützte nichts. Bentley ging weiter am Pool-Ufer entlang, jetzt schon mit ausgreifenderen Schritten; er nahm gar keine Notiz mehr von ihm. Jetzt steuerte er auf das Stations-Holzhaus zu. Plötzlich wurde ihm klar, was Bentley tun würde, sobald er da angekommen war. Um Himmels willen, Mr. Stanley würde ihm den Kopf abreißen, wenn er Bentley das durchgehen ließ. Solche Sachen waren ihm einfach zuwider, und er haßte Stanley, weil er ihn in eine solche Lage gebracht hatte, in der er so etwas tun mußte. Dennoch streckte er den Arm aus und hielt Bentley am Arm fest.

Im gleichen Moment rannte der los.

Das überrumpelte Jephson so sehr, daß er sich nicht gleich an die Verfolgung machte. Stocksteif blieb er stehen. Völlig verblüfft sah er, daß Bentley mit fliegenden Rockschößen und wie wild mit den Armen fuchtelnd, den Körper verzweifelt nach vorne gestreckt, zum Blockhaus hinüberlief.

»Haltet ihn!« rief irgendwer.

Auch Jephson lief los.

»Verdammt noch mal, Jephson, halten Sie den Mann auf!« Das war Stanleys Stimme.

Während er so schnell wie möglich rannte und Bentleys Namen rief, griff er nach der Pistole, die im Halfter steckte.

Ein Schuß fiel, Bentley stürzte kopfüber in den Morast.

»O Gott!« Jephson blieb stehen. Er hatte nicht geschossen, er hatte ja kaum die Waffe zücken können. Irgendein anderer hatte abgedrückt. Er blickte um sich. Da kamen schon allerhand Leute angerannt – Bonny, mehrere Askaris, Stanley. Er drehte sich um, lief auf den ausgestreckt daliegenden Missionar zu und kniete neben ihm nieder. »Alles in Ordnung mit Ihnen? Wo hat man Sie denn getroffen?«

Bentley wälzte sich auf die Seite und stützte sich auf den Ellbogen. Das ganze Gesicht war mit dem gräßlichen Uferschlamm vollgeschmiert.

»Kommen Sie, ich helfe Ihnen auf.«

»Rühren Sie mich nicht an!«

Jephson hatte noch seine Waffe in der Hand.

»Oh, verzeihen Sie.« Er warf die Pistole weg. »Aber ich möchte Ihnen doch nur helfen. Zeigen Sie mir, wo der Schuß sitzt.«

»Lassen Sie mich in Ruhe!.«

Bonny kam mit den Askaris herbeigelaufen. Stanley folgte ihnen.

»Ihr hättet doch nicht gleich schießen müssen? Warum habt ihr denn geschossen? Wo hätte er denn schon hinlaufen können? Ich hätte ihn mir schon geschnappt. Warum habt ihr denn gleich geschossen?«

Aber Stanley lief einfach weiter in Richtung Blockhaus.

VII

Kinshasa stand in Flammen.

Die ganze Nacht brannte der Ort. Die von den Reetdächern der Bateke-Siedlung auflodernden Flammen warfen ein so helles Licht, daß man sie noch meilenweit entfernt draußen auf dem Pool sah. Jephson stützte sich auf die Reling am Oberdeck der *Stanley*. Er blickte auf den Strandabschnitt, den Mangrovenwald und das trübe Wasser. Auf die große Entfernung vom Ufer ließ sich nicht erkennen, was in dem Dorf geschehen war – oder was sich dort vielleicht immer noch abspielte. Daß Ngaljema und Liebricht Krieg führten, konnte man nur vermuten.

Jack Troup kam vom Unterdeck herauf und stützte sich neben ihm auf die Reling. Schagerström war am Ruder des Dampfers, Walker unten im Maschinenraum. In einer der Kabinen hinter dem Ruderhaus schlief Baruti. Auf der *En Avant*, die die *Stanley* im Schlepptau hatte, standen Nelson und Parke. Wie Jephson und Troup, die an der Steuerbord-Reling standen, sahen auch sie zu dem Feuer an Land. Die längsseits an der *Florida* vertäute *Peace* folgte ihnen im Abstand von knapp einer Viertelmeile. Aber ob sich Stanley, Barttelot und Dr. Sims an Bord der *Peace* – und Ward, Hoffman und Bonny auf der abgestakelten *Florida* – ebenfalls die Zerstörung Ngaljemas königlicher *banza* ansahen, wußte Jephson nicht. Vom Pool her war ein gespenstischer Nebel aufgestiegen, der sie alle einhüllte.

»Dazu hätte es nicht kommen müssen«, sagte Jephson.

Keiner wußte so recht – Jephson selber ebensowenig wie Troup –, worauf sich dieser Satz beziehen sollte – auf den Brand von Kinshasa, die widerrechtliche Aneignung der *Peace*, den Schuß auf Reverend Bentley, den Tod von Major Parmiter –, aber das spielte auch keine Rolle. Sie waren aneinandergekettet, unerbittlich aufeinander angewiesen, alles, was man tat, besaß unausweichliche Folgen für den anderen, alles entstammte demselben Ursprung.

»Daß alles so gekommen ist, liegt nur an Leopold.« Troup holte seinen Tabaksbeutel aus der Tasche und rollte sich eine Zigarette.

»Warum hat er das bloß gemacht, Jack? Warum hat er Mr. Stanley die Dampfer versprochen und dann sein Versprechen gebrochen?«

»Ich weiß es auch nicht«. Er steckte sich die Zigarette an.

»Erzählen Sie mir nicht, daß Sie das nicht wissen!«

Troup drehte sich um, die Schärfe in Jephsons Ton verblüffte ihn ein bißchen.

»*Sie* müßten das doch am besten wissen, *Sie* waren doch mit Mr. Stanley die ganze Zeit im Kongo zusammen, als er für Leopold gearbeitet hat. Und Sie wissen auch, was die beiden abgesprochen haben. Sie kennen das Geheimnis der beiden – genau wie Dick Leslie es gekannt hat.«

»Worauf wollen Sie hinaus?«

»Bitte, Jack, mir brauchen Sie doch nichts vorzuspielen – ich bin doch nicht blöde. Mir ist doch schon längst klar, daß Mr. Stanley die Kongo-Route nur deshalb genommen hat, weil Leopold ihn dazu zwang. Er hat etwas gegen Mr. Stanley in der Hand. Und damit hat er ihn genötigt, diese Route zu nehmen, durch den Ituri-Wald zu marschieren, in seinem Namen Anspruch darauf anzumelden und die Grenzen des Kongo-Freistaates für ihn bis zum Oberen Nil auszudehnen. Ich weiß zwar nicht, worum es dabei geht, es muß aber etwas Schreckliches sein, wenn sich Mr. Stanley dadurch zwingen ließ, so wie jetzt zu handeln. Aber eins begreife ich überhaupt nicht – warum hat Leopold Mr. Stanley, nachdem er ihn dazu gebracht hatte, diese Route zu wählen, nicht wie versprochen die Dampfer überlassen? Wäre Mr. Stanley nicht der, der er ist, wäre die Expedition schon hier am Pool zu Ende. Wir wären keinen einzigen Schritt weitergekommen. Die ganze Sache wäre ins Wasser gefallen, und Leopold wäre auch leer ausgegangen.«

Troup schüttelte den Kopf. »Nein, Arthur, Sie haben da etwas mißverstanden.«

»Erzählen Sie mir doch nichts. Ich war doch dabei, ich war doch in London, als Mr. Stanley nach Brüssel gefahren ist, und auch, als er dann zurückkehrte. Leopold hat Mr. Stanley zu sich bestellt, Jack, und ihn mit irgend etwas gedroht. Und als Stanley dann wieder in London war, da hat er die Route geändert und wollte auf einmal durch den Kongo marschieren.«

»Leopold hat Henry nicht zu sich bestellt. Wenn er nach Brüssel gefahren ist – dann aus eigenem Antrieb. Er ist da hingefahren, weil er versuchen wollte, bei Leopold die Genehmigung für die Nutzung der Dampfer zu bekommen.« Troup drehte sich um und blickte flußabwärts zur *Peace*. »Aber Sie sehen ja selber – es ist ihm nicht gelungen.«

»Aber ich war doch dabei, als er zurückkam, da hat er gesagt...«

»Ich weiß, was er gesagt hat. Er hat gesagt, daß Leopold seine Einwilligung gegeben habe, ihm die gesamte Flotte des Kongostaates zur Verfügung zu stellen.«

»Was meinen Sie damit? Daß er uns angelogen hat?«

»Vielleicht hat er daran geglaubt, als er das sagte... vielleicht hat ihm Leopold sogar so etwas wie eine halbe Zusage gegeben, die es gestatte, daran zu glauben. Oder vielleicht auch nicht.« Er drehte sich um und sah ihn noch einmal an. »Woher haben Sie bloß diese Vorstellung, Leopold hätte ihm diese Route aufgezwungen, Arthur, und ihn mit irgendeinem schrecklichen Geheimnis bedroht? Aber ganz gleich, wo Sie das herhaben – eins können Sie mir glauben, Sie haben da was mißverstanden. Kein Mensch kann Mr. Stanley Angst machen, keiner zwingt ihn, irgend etwas zu tun. Das müßten Sie inzwischen eigentlich begriffen haben. Nein, mein Junge, nur aus einem Grund hat er diese Route gewählt, weil er sie nehmen *wollte*. Er wollte sie schon immer nehmen. Und wenn Sie meinen, ich müßte dies Geheimnis kennen, weil ich so viele Jahre mit ihm im Kongo gewesen bin, dann sage ich Ihnen, daß *das* sein Geheimnis ist. Er wollte die Route schon immer nehmen. Schon immer wollte er den Ituri durchqueren. Und diese Expedition bietet ihm die Möglichkeit dazu. Möglich, daß er nach Brüssel gefahren ist. Kann sein, daß er Leopold aufgesucht hat – ja, das hat er wohl auch. Weil er das mußte. Das war *das Mindeste*: den Eindruck zu erwecken, daß er die Dampfer bekommen hätte. Sonst hätte er überhaupt kein Argument für die Route ins Feld führen können. Ohne die Dampfer – da hätte man seinen Vorschlag zum blanken Irrsinn erklärt. Und außerdem, wer hätte ihn dann fahren lassen? Wer wäre dann noch mitgefahren? Aber im Grunde hat es ihn nie gekümmert, ob Leopold ihm die Dampfer ausleiht oder nicht. Er hätte die Route so oder so genommen. Selbst wenn er dafür töten und stehlen müßte – er wollte wieder in den Kongo und durch diesen verfluchten Wald marschieren.«

»Aber warum will er das, Jack? In Gottes Namen, was sind die Gründe dafür?«

Troup hob die Schultern. »Weil er der erste sein will, der das gemacht hat? Weil er aller Welt zeigen will, daß er kann, wozu sonst kein anderer Mann in der Lage ist? Weil er sich noch eine Feder an den Hut stecken wollte?« Wieder wandte sich der Rotschopf von ihm ab. »Weil er eben Bula Matari ist.«

Bei Tagesanbruch hatte sich der Nebel gelichtet. An beiden Ufern tauchten Felswände aus Sandstein auf, die in den blassen Strahlen der aufgehenden Sonne weiß glänzten. Als Stanley die Felsen vor zehn Jahren zum erstenmal erblickte, hatte er sie auf den Namen »die Felsen von Dover« getauft. Die Steilküste bildete die Durchfahrt vom Stanley-Pool zum Oberlauf des Kongo. Am linken Ufer lag Kimpoko, eine Ansammlung von Grashütten unten an der Steilküste, am Strand lagen Einbaumkanus auf der Seite. Man hätte erwarten können, daß die Kanus zu dieser frühen Stunde auf dem Fluß und die Einheimischen auf Fischfang gegangen wären, aber offenbar hatte die Nachricht über die Schwierigkeiten in Kinshasa das Dorf schon erreicht. Es lag völlig still. Walker, der Maschinist, stand am Ruder der *Stanley*. Er hatte sich mit Kapitän Schagerström in der Nacht abgewechselt, im Vierstunden-Rhythmus Wache geschoben und steuerte nun auf Kimpoko zu. Dort angekommen, gab er die Anweisung, man solle die Maschine stoppen und den Anker werfen; er wollte der *Peace* die Möglichkeit zum Aufholen geben. Das schwer beladene Missionsschiff, das sich wegen der längsseits an ihr vertäuten *Florida* nur schwer manövrieren ließ, krängte zur Steuerbordseite und lag tief im Wasser. Jetzt war das Schiff schon über eine Meile zurückgefallen.

Stromaufwärts des schmalen Zuflusses zum Pool, den die Sandsteinfelsen bildeten, verbreiterte sich der Kongo auf fast zwei Meilen. Hier floß er schnell zwischen den immer noch recht bergigen, von Palmen- und Mangrovenwäldern gesäumten Ufern, die leicht anstiegen und sich in einer Hügellandschaft mit Akazienhainen, Mutterkrautbäumen, auf Felsen wachsenden Büschen und gelbem Gras verloren. Doch je weiter sie den Strom hinauffuhren, desto mehr verschwanden langsam auch diese letzten Ausläufer der Kristall-Berge, die Uferböschungen wurden immer flacher, die bis ans Wasser reichenden Wälder dichter und grüner. Sie waren das reinste Dickicht aus Schlingpflanzen und blühenden Lianen, sprießenden Farnen und Blättern und Baumriesen, die man noch nirgends sonst auf der Erde gesehen hatte und die sich immer weiter nach Norden und Süden vom Fluß fort erstreckten. An dieser Stelle strömte der Kongo auch langsamer, der Strom wurde breiter, verwandelte die Uferregion in einen einzigen Sumpf. In jeder

der sich träge windenden Flußstrecken tauchten kleine bewaldete Inseln, Wattzonen und Sandbänke auf. Auf diesen lagen Krokodile und dösten. Aus den seichten Stellen ragten die schlammbedecken Rücken und weit aufgerissenen Mäuler der Flußpferde. An den Nebenflüssen standen Antilopen, nutzten sie als Tränke. Und am heller werdenden Himmel kreisten weißgefiederte Wasservögel und stießen ihre durchdringenden Schreie aus. An vielen Ufern und auf vielen Inseln standen kleine Dörfer, aber sie lagen genauso verlassen da wie Kimpoko. Und wenn ab und zu doch einige Paraguen auftauchten, bleistiftdünne Silhouetten am Horizont, dann machten sie sich beim Anblick der Dampfer schleunigst wieder davon und verschwanden in den schlammigen, zugewachsenen Schwemmwasserregionen.

Man kam langsamer voran, als Jephson gedacht hatte. Die Höchstgeschwindigkeit der *Stanley* betrug zwanzig Knoten. Doch bei dieser Beladung, mit tonnenschweren Vorräten und Hunderten von Kaffern – außerdem hatte sie ja noch die ebenso schwer beladenen *En Avant* und *Lady Dorothy* im Schlepp –, schaffte das Schiff höchstens neun, zehn Knoten. Die Maschine leistete Schwerarbeit, während die Kabinda-Heizer massenweise Brennholz in die Heizkessel schoben, damit das Schiff mit Volldampf weiterfahren konnte. Aber mit der *Peace* sah alles noch schlimmer aus. Schon unter idealen Bedingungen betrug ihre Höchstgeschwindigkeit kaum zwölf Knoten. Doch an der Art, wie das Schiff zurückfiel, wie es aus dem Eisenschornstein in unregelmäßigen Abständen eine schwarze Rauchwolke stieß, wie es in der windstillen, feuchten Luft lag, erkannte man gleich, daß es bestimmt nicht mehr als sechs oder sieben Knoten machte.

Am Nachmittag fing es auch noch zu regnen an. In wahren Sturzbächen kamen die Wassermassen herunter, so daß man nicht mehr die Hand vor Augen sah. Wie üblich zur Begleitung das eindrucksvolle Spektakel von Blitz und Donner und heulenden Winden, die das Wasser aufwühlten und das Navigieren derart erschwerten, daß man die Schiffe deshalb stoppen, Anker werfen und abwarten mußte, bis der Regen an Wucht nachgelassen hatte. Aber schließlich war alles vorbei, und Schagerström steuerte die *Peace* Richtung Land. Das wunderte alle. Troup ging ins Ruderhaus hoch, um der Sache auf den Grund zu gehen. Es war noch relativ früh am Tag. Außerdem hatte Stanley angeordnet, unbedingt so lange und so weit wie möglich weiterzufahren und Tempo zu machen. Aber damit hatte es sich jetzt, dem Dampfschiff war der Brennstoff ausgegangen. Es hatte viel mehr Treibstoff im Kessel verbrannt, als sie alle angenommen hatten – weil es so schwer beladen war. Die Menge, die eigentlich für über zwei Tage Fahrt unter Volldampf hätte ausreichen sollen, hatte nicht einmal einen Tag ausgereicht. Also mußte man neues Holz sammeln. Schagerström ließ in einem sumpfigen Schwemmwasser den Anker werfen – da, wo ein Nebenfluß, der auf seiner Karte als der Schwarze Fluß verzeichnet war, in den Kongo mündete. Zwei Sunden später traf dann auch die *Peace* ein, auch sie benötigte dringend Nachschub an Brennholz.

Das wurde ihre Hauptarbeit, während es stromaufwärts ging – das Sammeln und Hacken des Brennholzes für die Dampfer. Es war eine Drecksarbeit, man mußte dafür in übelriechenden Wäldern am Ufer nach Totholz suchen, die beißenden Ameisen und Insekten abwehren, die in den marschigen Wiesen aufschwärmten, auf die Schlangen achtgeben, eklig klebrige, am Körper haftende Spinngewebe streifen, sich über von Blitzschlägen gespaltene Bäume und von Würmern wimmelnde und verrottete Baumstümpfe durchs Unterholz bis zum sumpfigen Flußufer schleppen und das Holz dann in achtzig Zentimeter lange Stücke zerhacken, damit es auch in die Feuerroste der Dampfer-Kessel paßte – und die Arbeit dauerte Stunden. Zweihundert Kaffer, Wanjamwesi und Sudanesen durchstreiften den Wald, um das Holz zu holen und herbeizuschleppen, und weitere zwei Dutzend schweißgebadete, am ganzen Körper von Fliegen bedeckte Männer schwangen die Äxte und Sägen. Sie begannen damit lange vor Sonnenaufgang und hörten erst wieder auf, wenn der Mond längst am Himmel stand, aber noch immer reichte es nicht. Schagerström, Walker und Sims prüften dann die Holzstapel und sortierten das unbrauchbare grüne Holz aus, meinten dann aber, das würde nicht mal für einige Stunden Fahrt unter Volldampf reichen, da die Schiffe das Holz einfach in riesigen Mengen verschlangen.

Wenigstens die *Stanley* brachte es auf ein ganz ordentliches Tempo, aber auch nur, wenn man das Schiff reichlich befeuerte. Aber in den Kessel der *Peace* konnte man soviel Holz schieben, wie man wollte, sie fiel trotzdem immer weiter zurück. Zunächst verdächtigte Stanley Sims der Sabotage, so daß er am zweiten Tag der Fahrt Walker an Bord der *Peace* gehen ließ, damit dort auch alles mit rechten Dingen zuging. (Troup übernahm auf der *Stanley* den Posten des Maschinisten). Aber Sims hatte damit gar nichts zu schaffen, die *Peace* hatte ganz einfach mehr geladen, als sie vertrug. Bei Fahrtbeginn entwickelte das Schiff zwar einen ganz ordentlichen Druck im Kessel – fünfzig bis sechzig Pfund –, aber schon nach Minuten ging er langsam wieder herunter, und dann fing der Kessel an zu zischen und zu keuchen und zu hämmern, und das Schaufelrad drehte sich derart gemächlich, daß das Schiff kaum noch gegen die Strömung ankam. Außerdem mußte man nach rund einer Stunde ganz und gar stehenbleiben, um alles zu ölen und zu reinigen, weil durch die übermäßige Befeuerung die Kesselroste total von den Holzkohleresten und der Asche verstopft waren.

So kam man immer mehr in Verzug. Laut Zeitplan sollten sie spätestens am 5. Mai in Kwamouth eintreffen. Doch erst am 10. Mai liefen sie die äußerste Handelsstation des Kongostaates an, wo sie sich neu verproviantierten. Am darauffolgenden Tag lief die *Stanley* auf Grund.

Das geschah am Nachmittag, während sich ein Gewitter über dem Fluß zusammenbraute. Der Dampfer befand sich rund 300 Yards vom südlichen Flußufer entfernt, und Kapitän Schagerström steuerte das Schiff sofort zur Leeseite einer vorgelagerten Insel. Im Norden, über dem Wald, verdunkelte sich der Himmel, die schiefergraue Regenfront wühlte dort auch schon die Wasseroberfläche auf, auch wenn sie noch bei strahlendem Sonnenschein fuhren. Jephson stand auf der Brücke. Er lehnte an der Reling, im Schatten der gestreiften Segeltuchmarkise des Ruderhauses, und sah sich in aller Ruhe an, wie die Schiffe vorankamen. Auf einmal entdeckte er, direkt unter der sonnendurchfluteten Wasseroberfläche, ein Hindernis. Es war eine breite, flache, gelblich schimmernde Fläche – vielleicht eine unter Wasser liegende Sandbank, oder vielleicht auch ein Kalksteinriff. Das Schiff hielt direkt darauf zu. Er blickte zu Schagerström hinüber. Er stand am Ruder. Er hatte sich die gelbe Meerschaumpfeife zwischen die Zähne geklemmt, hielt mit beiden Händen das Steuerrad und sah angestrengt nach vorne. Offenbar hatte auch er das Hindernis entdeckt, vermutlich lag es tiefer im Wasser, als man das wegen der Sonnenbrechung dachte. Jephson sah nach Norden – die Windböen aus der Richtung schlugen ihm schon Regenspritzer ins Gesicht. Um einmal zu sehen, wie weit die Peace zurückgefallen war, blickte er zurück.

Aber er sollte das Schiff nicht mehr sehen. Im selben Augenblick nämlich ging ein gewaltiger Ruck durchs Schiff, und er landete auf dem Hosenboden. Schagerström stürmte aus dem Ruderhaus. Man hört das widerliche Geräusch schrapenden Metalls. Dann saß das Schiff fest.

»Maschine stopp, Mr. Troup!«, brüllte Schagerström. »Wir sind auf auf Grund gelaufen, verdammter Mist! Wir haben da was gerammt.«

Die Schaufelräder an der Seite kamen zum Stillstand. Sofort drehte sich der Dampfer zur Backbordseite, so, als hätte man einen Drehzapfen in den Bug gerammt, und schwang in großem Bogen die *En Avant* und die *Lady Dorothy*, die er im Schlepp hatte, mit herum, wobei das Stahlboot mit lautem Knall gegen den Schleppkahn prallte.

»Anker werfen!«

Man hörte den gewaltigen Krach rasselnder Ankerketten, kurz darauf das Gerenne, Gebrüll und Gefluche der Männer. Nelson kam, eine Hand vor die andere setzend, auf der Leine von der *En Avant* herübergeklettert.

»Alle Mann nach unten, wir müssen uns den Schaden ansehen.«

Jephson rappelte sich auf, ging ins Ruderhaus und polterte die Treppe herunter. Nelson war bereits mit einem Satz aufs Unterdeck gesprungen, drängelte sich vom Heck durch den Haufen panisch aufgeregter Wanjamwesi und brüllte, sie sollten sich hinsetzen und ruhig bleiben; wenn sie weiter so hektisch herumliefen, drohte das Schiff zu kentern. »Im vorderen Laderaum, Arthur.« Troup steckte den Kopf aus dem Maschinenraum, das bärtige Gesicht war voll Ruß. »Da hat's sie erwischt, da müssen sofort mehrere Männer runter und schöpfen, was das Zeug hält.«

»Uledi!« rief Jephson und rannte zum Bug.

Einige Matrosen hatten sich schon am vorderen Laderaum hingekniet und öffneten den Lukendeckel. Uledi und Nelson kamen angerannt. Im selben Augenblick zuckte ein greller Blitz auf, gefolgt von einem ohrenbetäubendem Donnerschlag, und eine heulende, regennasse Bö jagte über das Deck.

»Ein Mist ist das«, entfuhr es Jephson, als er hinter Nelson in den Laderaum sprang und mit den Füßen in mindestens einen Fuß hohem Wasser landete.

Das Kalksteinriff hatte drei der neun Vorderschotten aufgeschlitzt, das Wasser drang auch ziemlich schnell durch die Risse. Auf Anweisung von Nelson und Jephson verfrachtete eine Gruppe Wanjamwesi die dortige Ladung zum Heck. Sie zogen und zerrten Kisten und Kästen, während Uledi anordnete, eine Eimerkette zu bilden und kräftig zu schöpfen. Gegen das Wasser, das schon in den Laderaum eingedrungen war, ließ sich nichts mehr ausrichten, aber es gelang ihnen wenigstens zu verhindern, daß er noch weiter vollief. Aber dann brach das Unwetter mit geballter Wucht über sie herein, und der Wind prallte mit Orkanstärke gegen die Bordwände, daß man meinte, die große Hand Gottes würde das Boot packen und vom Felsen losreißen.

Schagerström packte die Gelegenheit beim Schopf und rief: »Volle Fahrt nach achtern!« Troup gab Volldampf. Die Schaufelräder schlugen ins Wasser. Zum Ankerlichten blieb keine Zeit. Es kreischte ganz entsetzlich, die Ankertrossen rasierten über die Felsen und rissen knallend entzwei, dann sausten die abgerissenen Enden über Deck und schlitzten dabei Decksplanken auf. Weitere Rumpfplanken schrabten übers Riff, wobei man das gleiche gräßliche Knirschen hörte, aber dann riß sich der Dampfer mit einem gewaltigen Ruck los und gelangte wieder in tieferes Fahrwasser. Schagerström befahl, volle Kraft voraus und steuerte Richtung Land. Ihm blieb keine andere Wahl: Versuchte man, den Sturm zu trotzen – ohne Anker und mit einem Dampfer, der Wasser durchließ wie ein Sieb – drohte die Gefahr, daß das Schiff an Ort und Stelle sank. Also mußte er sich, obwohl es blitzte und donnerte und der Wind nur so pfiff, und man in diesen verfluchten Böen keine zehn Meter weit sehen konnte, auf sein Gedächtnis und auf sein Glück verlassen und versuchen, das gegen mannshohe Wellen ankämpfende Schiff irgendwie durch die Riffs und Schlammbänke zu manövrieren und heil auf Land zu setzen.

Uledi hielt die Männer an, immer weiter zu schöpfen. Auch Nelson und Jephson knieten sich in die Arbeit, während sie Angst hatten, daß das Boot gegen den nächsten Felsen prallte. Ein zweites Unglück dieser Art übersteht das Schiff nie, dachte Jephson. Noch ein paar Löcher in den bereits aufgeplatzten Schotten, noch ein paar neue Lecks in denen, die noch intakt waren, und kein noch so kräftiges Schöpfen wäre in der Lage zu verhindern, daß das Schiff unterging, und damit auch die *En Avant* und die *Lady Dorothy*.

Da lief das Schiff mit einem gewaltigen Zittern abermals auf Grund. Man hörte auf mit dem Schöpfen. Die fallengelassenen Eimer versanken blitzartig in dem stinkenden Laderaumwasser, das ihnen bis zu den Knien stand, und knallten an die Bordwände. Jephson sah hoch und wartete auf das Geräusch, das ihr Schicksal besiegeln würde – eine Explosion, das Zerbersten der Kammern, das endgültiges Zerreißen des Rumpfes, die Sintflut, die das Schiff zum Kentern brächte. Doch nichts geschah. Die Maschine erstarb. Nelson sprintete an Deck. Jephson lief ihm hinterher. Inzwischen prasselte der Regen mit vollster Kraft vom Himmel, doch bei diesem Sturm und in dieser Dunkelheit konnte man weder sehen, wo man war, noch erkennen, was sich ereignet hatte.

»Schagerström, Sie verrückter Hund!« Troup stürmte aus dem Maschinenraum und kletterte zur Brücke hinauf. Schagerström kam breit grinsend aus dem Ruderhaus. »Sie verfluchter Hund!«, brüllte Troup und umarmte ihn. »Sie sind das größte Glücksschwein unter Gottes weitem Himmel! Sie haben's geschafft! Sie haben das Schiff auf Land gesetzt, so sanft wie 'nen verfluchten Engel!«

Sobald der Regen nachgelassen hatte, begab sich Schagerström in den vorderen Laderaum, um sich die Schäden anzusehen. Die *En Avant* wurde losgemacht und ging allein im Flachen vor der Küste vor Anker, die *Lady Dorothy* zog man zum Entladen auf den Strand. Schagerström hatte sie alle in eine geschützte Bucht am Südufer an Land gebracht, rund zwei Meilen flußabwärts von einem Dorf gelegen, das auf seiner Karte als Bolobo eingezeichnet war, und man fürchtete, die *Peace* würde sie nicht sehen und an ihnen vorbeifahren. Und während man das Lager aufschlug – man mußte natürlich davon ausgehen, daß man einige Zeit hierbleiben mußte –, fuhr Jephson mit Sudi und zehn Ruderern auf den Fluß, um dem Missionsschiff Signal zum Anhalten zu geben.

Die *Peace* befand sich noch weit flußabwärts. Sudi hatte am oberen Ende der Flußstrecke eine kleine Rauchwolke ausgemacht, näher am rechten als am linken Ufer, dann eine zweite Wolke und ein dritte, dann nichts mehr, aber dann verzog sich der Rauch und war am weißen Himmel nur noch als grauer Schleier zu erkennen. Anscheinend hatte das Schiff angehalten. Er stimmte den Rudergesang an, mit der Unterstützung der Strömung kamen sie nach einer halben Stunde beim Missionsschiff an und legten steuerbord an der *Florida* an.

»Hallo, Arthur, was machen Sie denn hier?« Bertie Ward streckte den Arm über die Reling der *Florida* und half Jephson herüber. »Wo ist die *Stanley*?«

»Wir haben vier, fünf Meilen flußaufwärts angelegt, kurz unterhalb von Bolobo.«

Das Deck der *Florida* war gerammelt voll von Wanjamwesi, sie hatten es sich zwischen ihren Traglasten, den Kisten, den Säcken und Bündeln gemütlich gemacht. Jephson mußte sich dort ziemlich vorsichtig durchschlängeln, um zur *Peace* herüberzukommen. Ward folgte ihm. Hoffman, der auf dem Bug des Schiffsrumpfs gehockt hatte, kam auch mit rüber.

»Warum habt ihr angelegt?« erkundigte sich Ward, »habt ihr kein Brennholz mehr?«

»Nein, wir hatten einen Unfall.« Jephson sprang über die kleine Lücke zwischen der *Florida* und der *Peace* und kletterte an der Reling hoch.

»Was für eine Art Unfall?« Stanley trat aus dem Maschinenraum der Peace und wischte sich an einem Wollappen die Hände ab. Er trug kein Hemd, sein Gesicht und der muskulöse Oberkörper waren voller Ruß und Schmiere. Bei ihm stand Walker, ebenfalls mit blankem Oberkörper, und genauso dreckig. Die beiden hatten an der Schiffsmaschine gearbeitet, das war nicht zu übersehen. »Das Schiff ist auf Grund gelaufen, Sir. Hat ein Riff gerammt, kurz vor dem Gewitter.«

Stanley hörte mit dem Händeabwischen auf.

»Kapitän Schagerström hatte gedacht, er hätte noch jede Menge Wasser unterm Kiel, er sagt, er sei schon hundertmal durch den

Kanal gefahren – ohne die geringsten Schwierigkeiten. Er sagt, er hätte zwar gewußt, wie schwer das Schiff geladen hatte, aber meistens wäre er über die Riffs und Felsen sicher drüberweggekommen, mit fünf bis sechs Fuß Abstand. Deshalb hat er gedacht, noch mindestens drei Fuß dazwischenzuhaben. Hatte er aber nicht. Und dann saßen wir fest. Fast acht Fuß hoch ist das Wasser in die *Stanley* gelaufen, Sir. Kapitän Schagerström meint, wir könnten noch von Glück reden, daß das Schiff nicht auseinandergebrochen und auf der Stelle gesunken sei.«

Inzwischen waren auch Ward und Hoffman von der *Florida* herübergesprungen.

»Aber dann kam das Gewitter auf, und da hat der Wind das Schiff losgerissen, und der Kapitän hat Kurs auf Land genommen. Das hätten Sie mal sehen sollen, Sir – wie Kapitän Schagerström, ohne was sehen zu können, sein Schiff durch den Sturm gesteuert hat, das war ein navigatorisches Kabinettstückchen. In einer kleinen Bucht hat er das Schiff an Land gebracht – vier bis fünf Meilen von hier, kurz unterhalb von Bolobo.«

»Wie groß ist der Schaden?«

»Das Schiff ist an fünf Stellen in drei der Vorderkammern leckgeschlagen. Es hat zwar noch ein paar mehr, aber Kapitän Schagerström meint, die brauchten uns nicht zu stören. Aber die fünf müßten unbedingt geflickt werden.«

»Was ist denn hier los?« Barttelot kam aus der Kabine hinter dem Ruderhaus herübergeschlendert. Er hatte sich gerade rasiert, etwas Seifenschaum klebte noch an seinem Ohr, und er hatte sich ein Handtuch um den Hals geschlungen. »Was machen Sie denn hier, Arthur? Stimmt irgendwas nicht?«

»Die *Stanley* ist auf Grund gelaufen.«

»Ach du lieber Himmel! Auch das noch!« Er mußte heftig lachen. »Allmählich wird das Ganze ja eine irre Farce, das muß ich schon sagen.«

Stanley warf ihm einen giftigen Blick zu.

»Der Kahn hier ist außerstande, einen anständigen Dampfdruck aufrechtzuerhalten, und jetzt ist auch noch das Flaggschiff unserer Prachtflotte auf Grund gelaufen.«

»Mr. Walker, starten Sie die Maschine.«

»Worauf dürfen wir uns wohl ihrer Meinung nach als nächstes

freuen? Darauf, daß die *Florida* kentert? Kann doch passieren, man sehe sich doch mal die Schlagseite an, die der Kahn schon hat.«

»Halten Sie den Mund, Major.«

»Sir?«

»Sie haben ganz richtig gehört. Unterlassen Sie gefälligst Ihre Bemerkungen. Ich bin nicht in der Stimmung, mir Ihre Witzeleien anzuhören.«

»Das kann ich mir schon denken. Sieht ja auch ganz so aus, als hätten wir ausgespielt.«

»Da täuschen Sie sich aber, Major.«

»Ach, kommen Sie, Mr. Stanley. Es hat doch keinen Sinn mehr, sich weiter etwas vorzumachen. Daß Sie es versucht haben, ehrt sie ja. Da kann Ihnen keiner einen Vorwurf machen. Aber diese zusammengeklaubte Flotille – die ist doch ein Witz. Bei dem Tempo, das wir vorlegen, können wir uns glücklich schätzen, wenn die Schiffe nicht sämtlichst untergangen sind, bevor wir in Jambuja ankommen, von Emin Pascha gar nicht zu reden. Der Kahn kann doch jeden Augenblick auseinanderbrechen und den Geist aufgeben – so wie der beladen ist. Und jetzt auch noch die *Stanley*! Mal ganz ehrlich – was wollen Sie denn noch machen?«

»Das Schiff reparieren, Major. Mr. Walker, ich sagte, Sie sollen die Maschine starten. Arthur, gehen Sie ins Ruderhaus, zeigen Sie Dr. Sims, wo die Bucht liegt.«

Die *Stanley* wurde entladen und höher auf den Strand gezogen, so daß sie breitseits zum Fluß lag. Um den Bug herum hob man einen Graben aus, wobei man drei der fünf Lecks freilegte. Schagerström schnitt aus Ölfässern mehrere Stücke zum Flicken. Dann hämmerte er sie flach, bestrich sie auf beiden Seiten mit Rotblei, klebte Segeltuchflicken darauf und überzog diese mit einer Schicht Mennige, damit alles auch wasserdicht wurde. Unterdessen schlug Walker, der im Frachtraum mit Hammer und Meißel arbeitete, um jedes Leck herum Löcher für die Schrauben. Dann wurden die vorbereiteten Flicken angehalten, wobei man die Stellen für die Schraubenlöcher von innen markierte. Abschließend wurden die Nietenlöcher aufeinandergelegt, die Schrauben durchgesteckt und der Flicken von draußen am Rumpf mit Muttern festgeschraubt. Sobald man damit fertig war – und das dauerte fast zwei Tage –

schob man das Schiff wieder in den Fluß, um herauszufinden, an welchen Stellen durch die übrigen Lecks Wasser eindrang. Diese Prodezur mußte häufiger wiederholt werden, und die Enttäuschung wuchs. Schagerström mußte mit den vorbereiteten Flikken unter den Rumpf tauchen und sie an die Außenseite des Schiffsrumpfs halten, damit Walker die Löcher für die Schrauben kennzeichnen konnte. Nachdem man diese dann dort hindurchgeschlagen hatte, mußte er noch einmal tauchen und den Flicken solange anhalten, bis Walker die Schrauben durchschieben und festschrauben konnte. Damit die Schraubenlöcher mit den Flickstücken im Rumpf übereinstimmten, zog man Bindfäden hindurch. Ziemlich oft ging Schagerström die Luft aus, bevor Walker mit seinem Eingriff fertig war, oder aber Walker ließ eine Schraube fallen und konnte sie dann im schlammigen Frachtraumboden nicht wiederfinden, oder das Stück Segeltuch auf dem Flicken verrutschte und legte sich vor das Nietenloch oder die Mennige-Schicht löste sich wieder oder es passierte ihnen ein anderes ärgerliches Mißgeschick, weswegen man die ganze Geschichte drei-, viermal wiederholen mußte, bevor alles richtig saß. Und so konnte die Expedition erst am 15. Mai weiter den Fluß hinauffahren.

Jetzt machten sie noch langsamere Fahrt. Aufgrund des Unfalls hielten sie die Dampfer auf Rufweite, so daß man einander im Falle weiterer Schwierigkeiten schnell zur Hilfe eilen konnte. Da sich die *Peace* außerdem nur ruckend und stockend voranquälte, die Maschine erbärmlich unter der schweren Last ächzte, sich der Kessel mit dem asthmatischen Steigen und Fallen des Dampfdrucks abplagte, mußte die *Stanley* die Fahrt drosseln und konnte nur noch im Schneckentempo weiterfahren. Aber auch wenn dies nicht der Fall gewesen wäre – Schagerström hätte sowieso kein höheres Tempo vorgelegt. Daß er das Schiff auf Grund gesetzt hatte, hatte ihm nämlich einen gehörigen Schreck eingejagt. Außerdem wußte er nicht genau, wie gut das mit den Reparaturarbeiten geklappt hatte. Deshalb stellte er lieber jemand von der Mannschaft ab, der im Frachtraum ständig auf die Lecks achten mußte. Aber der eigentliche Grund, weshalb er jetzt noch vorsichtiger fuhr, lag darin, daß der Fluß immer mehr Tücken bot.

Der Kongo verbreiterte sich auf vier, sechs und in einigen Strekken sogar bis auf zehn Meilen – das war nun wirklich ein mächtiger Strom; fast zwei Millionen Kubikfuß Wasser beförderte er pro Sekunde ins Meer, in dieser Hinsicht war er der zweitmächtigste Strom der Erde – nein, eher sogar ein Binnenmeer! Aber dabei zeigte sich der Strom den auf ihm Reisenden nicht in dieser Gestalt, so, als hätte er es darauf angelegt, sie ganz übel zu täuschen, das war schon ungeheuerlich. Denn mit jedem Tag, mit jeder langsam zurückgelegten Meile, bevölkerten immer mehr kleine und große Inseln, Sandbänke, Untiefen und Felsenriffs die riesige Fläche. Dazu kamen auch immer mehr Nebenflüsse – der Kasai, der Sangha, der Ubangi –, von denen einige fast ebenso breit waren wie der Kongo selber und die sich in seine mächtige Strömung ergossen. Dadurch bildete sich ein solches Labyrinth von Nebenufern und Fahrrinnen, daß es schien, als würde man statt auf einem Strom auf etlichen kleinen Flüssen und Bächen voller Mäander hinauffahren. Und dabei mußte man sich dann noch den richtigen Weg durch schlammige enge Kanäle und übelriechende Bracks suchen, was oft mißlang. Und alles war dicht überwuchert von üppigem Blätterwerk, stank nach modernder Vegetation, wimmelte nur so von Insekten und war unschiffbar wegen der Felsen. So mühte man sich durch dies verwirrende Netz von Wasserstraßen, bis man ins Landesinnere gelangte.

Auf der Fahrt machte sich Langeweile breit, der Tagesablauf war immer der gleiche. Jeden Morgen um fünf Uhr fuhr man los, zum Geschnatter der Affen und dem Kreischen der Graupapageien, während die Nebelschwaden den Fluß noch einhüllten, zwischen dem Wurzelgeflecht, den Schlingpflanzen und den tief hängenden Bäumen, bei denen man am Abend zuvor vor Anker gegangen war. Die *Peace* fuhr zumeist vorneweg, und Walker werkelte unerbittlich an ihrem Kessel herum, was zur Folge hatte, daß das Schiff wenigstens einigermaßen schnell vorankam. Aber schon bald verlor das Schiff schon wieder an Fahrt, längst bevor sich der Nebel verzogen hatte, und es wurde wieder brütend heiß. Der Kesseldruck fiel rasch, und wieder begann das Gekeuche und Geruckel der Maschine, dies war der Zeitpunkt, da die *Stanley* das Schiff überholte und vorausfuhr in den grellen mörderischen Schein der aufgehenden Sonne.

Schagerström hing teils innerhalb, teils außerhalb des Ruderhauses und wedelte sich die Moskitos von den schweißglänzenden Wangen. Er hatte sich ein Tuch um den Hals geschlungen, das mittlerweile schweißgetränkt war, und die Meerschaumpfeife zwischen die Zähne geklemmt. Um herauszufinden, wie es der *Peace* erging, drehte er sich ab und zu um und sah nach hinten, richtete den Blick dann aber schnell wieder nach vorne. Wieder mußte er das Schiff durch eine dieser tückischen, kurvigen Inselkanäle steuern, wieder um eine dieser von den Nebenflüssen aufgeworfenen Schlammbänke manövrieren, wieder auf einen bewaldeten Horizont zusteuern, wo der Strom dann abermals eine Biegung machte. Und dann wartete man wieder auf die *Peace*. Meist war Baruti bei ihm, bis auf einen hellen Lendenschurz trug er nichts. Der Kleine spielte am Kompaß herum, spähte durchs Fernrohr, nahm in den etwas offeneren Strecken auch schon mal selber das Ruder in die Hand. Die restliche Zeit steckte der kleine Mohr unten im Maschinenraum, bei Troup, der ihn in die Geheimnisse eines Schiffsmotors einweihte, oder er fiel Uledi und den Wanjamwesi auf dem Unterdeck auf die Nerven, oder er machte Jagd auf die Schmetterlinge, die dem Boot folgten.

Jephson beneidete den Kleinen, weil er so voller Energie steckte. Welch Wunder? Schließlich war das hier die Heimat des kleinen Schlingels. Aber Jephsons Heimat war es ganz sicher nicht: Andauernd war ihm elend zumute. Der Strom hatte hier, oberhalb des Pools und hinter den Kreidefelsen und inzwischen fast tausend Meilen vom Meer entfernt, wo er ins Zentrum seines weiten Abflußbeckens floß, etwas Beunruhigendes an sich. Dieses Etwas drang wie ein Gifthauch in Jephson ein, raubte ihm die Kräfte und schwächte ihn. Er konnte es nicht ertragen, die ewige, sengende Hitze unter der schwefelgelben Sonne, das freudlose Flirren auf dem Wasser, die drückende Last der reglosen, schwülen Luft, das schockierende Grün des Urwalds, die Endlosigkeit des weißen Himmels, die Leere in den Dörfern, an den sie vorbeifuhren, und die Stille auf dem Fluß.

Hinter Bolobo hatte Barttelot mit Nelson die Plätze getauscht und war auf die *Stanley* übergewechselt. Seine Beziehung zu Stanley war so gereizt und gespannt geworden, daß man es bequemerweise vorgezogen hatte, die einzige Kabine auf der *Peace* nicht mehr länger gemeinsam zu bewohnen. Jephson hatte daraufhin dem ranghöheren Major das Quartier auf dem Dampfer überlassen und war in den Raum umgezogen, den Nelson auf der *En Avant* mit Parke geteilt hatte. Unter den Askaris war irgendein Fieber ausgebrochen – vermutlich Malaria –, weshalb Parke gegen die Ausbreitung des Fiebers allmorgendlich reichlich Chinin verteilte, und zwar nicht nur an die Kaffer, sondern auch an die Weißen, auf allen Booten. Anschließend kam er dann aufs Vorderdeck der *En Avant*, wo er erst einmal eine Flasche Brandy aufmachte und die Karten rausholte. Als Nelson noch auf dem Lastkahn gewesen war, hatte er sich mit Parke die Zeit mit Maumau vertrieben, aber Jephson war zu so was nicht zu bewegen. Dafür fehlte ihm die nötige Energie.

In diesen Tagen, als man nur schleppend langsam vorankam, drückte er sich schlecht gelaunt in jedem sich ihm bietenden Schatten herum. Er lauschte auf das Klatschen und Schlagen der Schaufelräder, auf das Summen der Insekten, fühlte sich undeutlich krank und fiebrig und sah sich die sich pausenlos ändernde, aber sich stets wiederholende Landschaft aus Wäldern und Flüssen und Sümpfen an, die an seinen Augen vorbeizog.

Häufig früher als erwartet ging das Brennholz wieder zur Neige, manchmal schon ein paar Stunden nach Fahrtbeginn, oftmals, weil sich das meiste von dem gesammelten Holz als zu feucht erwies. Daß es gar von Sonnenaufgang bis Sonnenuntergang reichte, kam außerordentlich selten vor. Dann ließ Schagerström wieder die Sirene des Dampfers ertönen, so daß Jephson aus seinen Träumereien hochschreckte und gleich mit Parke die dösenden Neger aufweckte. Troup und Stanley taten das gleiche auf der *Stanley*. Begleitet von den Rufen des Buglotsen, der die Wassertiefe angab, dem Gerenne der Decksmatrosen, die die Taue hievten, sowie dem Rasseln der Ankerketten ging man dann zum neuerlichem Brennholzsammeln an Land. Dauerten die Arbeiten bis nach Einbruch der Dunkelheit – was häufig der Fall war –, dann war die Fahrt für diesen Tag zu Ende. Seit dem Unfall weigerte sich Schagerström nämlich standhaft, nach Einbruch der Dunkelheit weiterzufahren. Also schlug die Karawane wieder das Lager auf, auf einer Waldlichtung, einer Landzunge oder auch in der nächsten moskitoverseuchten Bucht einer sumpfigen Insel.

Am 1. Juni überquerten sie endlich den Äquator.

Hier endet die Leseprobe aus dem Roman

> Peter Forbath
> *Der letzte Held*
> Ca. 900 Seiten, geb., ca. DM 48,–
> Erscheint im September 1989.

Liebe Kolleginnen und Kollegen,

wie hat Ihnen die Leseprobe gefallen?
Bitte schreiben Sie uns Ihre Meinung, wir senden Ihnen dann ein vollständiges, gebundenes Exemplar. Und bitte teilen Sie uns mit, ob wir Ihre Beurteilung in der Werbung verwenden dürfen.

Unsere Verlagsadresse ist:

> Ernst Kabel Verlag
> Heubergredder 12–14
> 2000 Hamburg 60